Assassin's Creed®
ODYSSEY

Assassin's Creed®
ODYSSEY

GORDON DOHERTY

PRZEKŁAD
DOMINIKA BRAITHWAITE

UBISOFT
insignis

First published in 2018

Penguin Books is part of the Penguin Random House group of companies whose addresses can be found at global.penguinrandomhouse.com

Przekład
Dominika Braithwaite

Redakcja
Anna Hadała-Żołnik

Korekta
Marcin Piątek

Skład i przygotowanie do druku
Tomasz Brzozowski

Insignis Media, Kraków 2019

ISBN 978-83-66071-79-7

Insignis Media
ul. Lubicz 17D/21–22, 31-503 Kraków
tel. +48 12 636 01 90
biuro@insignis.pl, www.insignis.pl
Facebook: @Wydawnictwo.Insignis
Twitter, Instagram, Snapchat: @insignis_media

Druk i oprawa
Drukarnia Pozkal, www.pozkal.eu

Wyłączna dystrybucja

Firma Księgarska Olesiejuk, www.olesiejuk.pl

Mojej rodzinie

Podziękowania

Osoby, które pomagały mi podczas pisania tej książki i którym należą się serdeczne podziękowania, to: Caroline, Anthony, Anouk, Melissa, Aymar, Clémence, Stéphanie-Anne, Jonathan, Miranda, Sara i Bob Schwager. Jestem wdzięczny również całemu zespołowi Ubisoftu i wydawnictwa Penguin. Dziękuję Wam za możliwość zagłębienia się w świat *Assassin's Creed*. Była to dla mnie niesamowita przygoda, niemożliwa bez waszej pomocy i fachowych rad. Pragnę również wyrazić wdzięczność mojemu agentowi Jamesowi Willsowi z Watson, Little Ltd za to, że otworzył tej przygodzie drzwi.

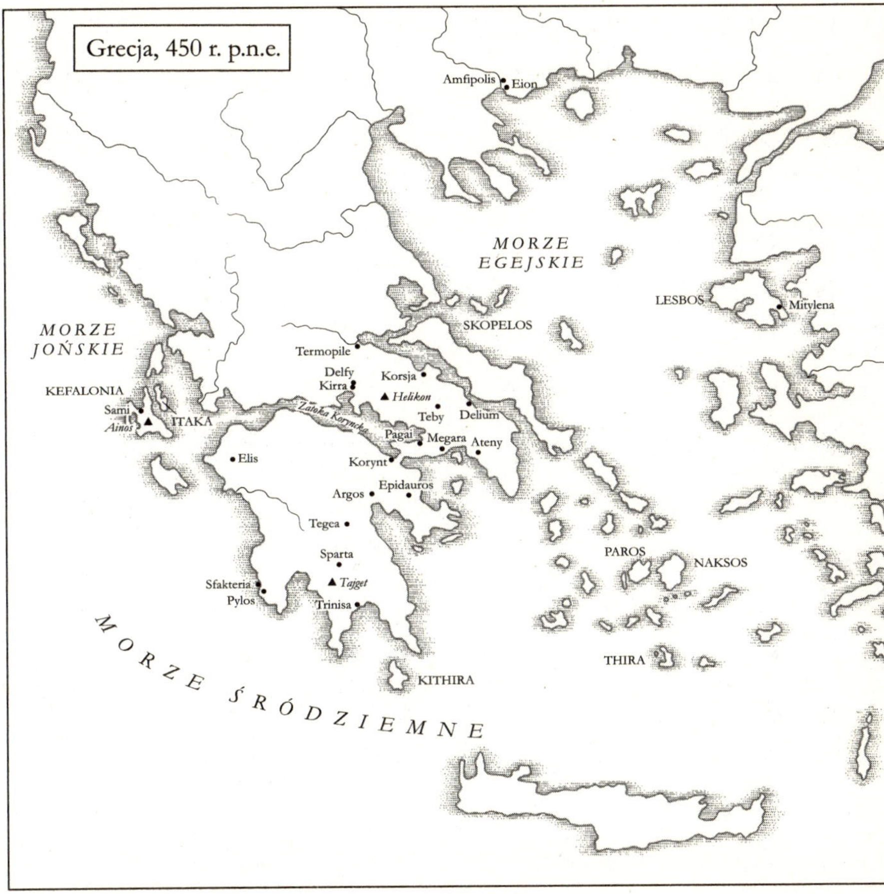

Grecja, 450 r. p.n.e.
Amfipolis
Eion
MORZE
EGEJSKIE
LESBOS
Mitylena
SKOPELOS
MORZE
JOŃSKIE
Termopile
Delfy
Kirra
Korsja
Helikon
KEFALONIA
Sami
Ainos
ITAKA
Zatoka Koryncka
Teby
Delium
Pagai
Megara
Ateny
Elis
Korynt
Argos
Epidauros
Tegea
Sparta
Tajget
Sfakteria
Pylos
Trinisa
PAROS
NAKSOS
THIRA
KITHIRA
MORZE ŚRÓDZIEMNE

Prolog

Sparta
Zima 451 roku przed naszą erą

Przez siedem wiosen skrywałam w swoim sercu tajemnicę. Tliła się ona we mnie ciepłym ogniem prawdy. Wiedziałam o niej tylko ja. Świadomość jej istnienia narastała we mnie za każdym razem, kiedy spoglądałam na matkę lub ojca, a gdy wpatrywałam się w mojego maleńkiego brata, zdawała się wypełniać każdy zakątek mojego ciała. Pewnego dnia odważyłam się wyjawić sekret matce.

– To, co czujesz, to miłość, Kasandro, ale nie taka, jaką znają Spartanie – wyszeptała, nerwowo rozglądając się wokół, jakby chciała się upewnić, że nikt nas nie usłyszy. – Dla nas liczy się tylko ziemia, ojczyzna i bogowie – dodała.

Potem mocno uścisnęła moją dłoń i poprosiła, abym jej przyrzekła, że nigdy już nikomu o tym nie powiem.

Pewnego zimowego wieczora siedzieliśmy wszyscy wokół buchającego ogniem paleniska. Matka trzymała w ramionach małego Aleksiosa, a ja usadowiłam się u stóp ojca. Miałam cichą nadzieję, że może w każdym z nas tli się to samo ciepło.

Właśnie wtedy ciszę i spokój naszego rodzinnego ogniska zakłócił dźwięk przypominający drapanie w drzwi. Ojciec wstrzymał oddech, a matka przytuliła Aleksiosa mocniej do piersi, wpatrując się w drzwi, jakby w ich cieniu czaił się duch.

– Już czas, Nikolaosie – odezwał się z zewnątrz skrzekliwy głos.

Ojciec wstał i okrył swe umięśnione ciało krwistoczerwonym płaszczem. Pod gęstym, czarnym zarostem trudno było odczytać jakikolwiek wyraz jego twarzy. Matka poderwała się i wyciągając rękę, by go pogłaskać po gęstych, czarnych włosach, powiedziała błagalnym tonem:

– Zaczekajmy jeszcze trochę.

– Na co, Myrrine? – szorstko uciął ojciec, odpychając jej dłoń. – Wiesz przecież, co ma się dziś wydarzyć.

Po tych słowach ruszył w kierunku wyjścia, zabierając ze sobą włócznię. Przez uchylone drzwi widziałam, jak ojciec wnikał w strugi chłoszczącego zimnego deszczu. Podążyliśmy za nim, ufając, że będzie nam tarczą. Ponad nami szalała wichura i słychać było odgłosy piorunów.

Wtedy ich zobaczyłam.

Otaczali nas półokręgiem. Byli wśród nich kapłani z wieńcami na skroniach oraz odziani w szare tuniki potężni eforzy, przewyższający władzą nawet dwóch spartańskich królów. Trzymali w rękach zapalone pochodnie, które syczały i buchały ogniem wśród nawałnicy. Najstarszy z nich spojrzał na nas swoimi przekrwionymi oczami i wyszczerzył strupieszałe zęby w dziwacznym uśmiechu. Jego długie, siwe włosy powiewały na wietrze, odsłaniając łysinę na czubku głowy. Potem skinął na nas, odwrócił się i wszyscy ruszyliśmy w jego ślady. Zanim dotarliśmy do obrzeży Pitany – mojego rodzinnego miasta i jednego z pięciu świętych miejsc Sparty – byłam zupełnie przemoczona i trzęsłam się zimna.

Eforzy i kapłani poprowadzili nas dalej przez kotlinę, nieustannie wznosząc modły i pieśni na cześć burzy. Podczas marszu, na wzór ojca, podpierałam się włócznią, której drzewce chrzęściło, wbijając się w łupkową glebę pod moimi stopami. Na samą myśl, że była to niegdyś broń samego Króla Leonidasa, legendarnego władcy Sparty, moje ciało przeszywał dziwny dreszcz. Ponieważ w naszych żyłach płynęła jego krew, wszyscy mieszkańcy Lakonii otaczali moją rodzinę szacunkiem. Potomkinią jego rodu była nasza matka, przez co ja i Aleksios staliśmy się spadkobiercami tego potężnego człowieka i bohatera bitwy pod gorącymi wrotami. Dla mnie jednak największym autorytetem był ojciec. To on sprawił, że krzepą, gibkością i odwagą w niczym nie ustępowałam spartańskim chłopcom. Brakowało mi natomiast wewnętrznej siły, dzięki której byłabym w stanie sprostać temu, co mnie czekało, ale chyba nikt w całej Helladzie nie mógł pomóc mi jej rozwijać.

Krętą ścieżką zaczęliśmy się wspinać na pobrużdżone głębokimi jarami góry Tajget, których ośnieżone szczyty majaczyły w oddali. Wszystko w tej dziwnej wyprawie było dla mnie niezrozumiałe i budziło mój niepokój. Czułam się tak zresztą, odkąd jesienią matka i ojciec wrócili z pielgrzymki do wyroczni delfickiej. Nie podzielili się wtedy ze mną przepowiednią wieszczki, ale wiedziałam, że to, co tam usłyszeli, było niewesołe. Ojciec jakby zamknął się w sobie, był spięty i drażliwy, a matka często popadała w zamyślenie i patrzyła w dal niewidzącymi oczyma.

Teraz szła ze wzrokiem wbitym w ziemię, a po jej policzkach płynęły strumienie deszczu. Raz po raz czule całowała małego Aleksiosa, którego trzymała ciasno w objęciach. Kiedy zauważyła moje zaniepokojenie, przełykając z trudem ślinę, podała mi zawiniątko z niemowlęciem i powiedziała:

– Ponieś brata, Kasandro…

Przywiązałam włócznię do pasa i mocno przytuliłam dziecko do siebie, ponieważ ścieżka stawała się coraz bardziej stroma, a burza zdawała się nasilać. Padał marznący deszcz, osłoniłam więc twarz Aleksiosa rąbkiem powijaków. Czułam ciepło jego pachnącej słodkim olejkiem skóry i zapach pościeli z puchu kwiatów. Jego małe rączki ocierały się o moje włosy. Aleksios cicho gaworzył, a ja gruchałam w odpowiedzi.

W końcu dotarliśmy na niewielki płaskowyż. Na jednym z jego krańców widać było ołtarz z niebieskiego marmuru, naznaczony piętnem czasu i śladami kapryśnej pogody. W jego zagłębieniu płonęła samotna świeca, a nieopodal znajdowało się naczynie z olejem, waza rozcieńczonego marznącym deszczem wina i taca winogron.

Matka przystanęła, zanosząc się płaczem.

– Nie okazuj słabości, Myrrine – warknął ojciec.

Widziałam, jak narasta w niej gniew.

– Jak możesz tak mówić? Według ciebie to słabość? Mierzenie się z własnymi emocjami wymaga odwagi, Nikolaosie. Tylko mężczyźni chowają swe prawdziwe uczucia za maską bohaterstwa!

– Twoje zachowanie jest niegodne Sparty – wysyczał przez zaciśnięte zęby ojciec.

Ich rozmowę przerwał jeden z kapłanów:

– Zgromadźcie się przed ołtarzem – powiedział.

Po jego obnażonej kościstej klatce piersiowej spływały strugi lodowatego deszczu. Nie mogłam skupić uwagi ani na starożytnym stole ofiarnym, ani na majaczącej na krańcu płaskowyżu ciemnej otchłani, sięgającej głęboko do wnętrza gór.

– Podajcie dziecko – zawołał najstarszy efor.

Jego oczy pałały jak rozżarzone węgle, a długie, rzadkie włosy tańczyły na wietrze. Ale dopiero gdy wyciągnął ręce w moim kierunku, zrozumiałam cel owej dziwnej wędrówki i spłynęła na mnie przerażająca świadomość tego, co miało się za chwilę zdarzyć.

– Podaj mi chłopca – powtórzył.

W ustach czułam smak niewyobrażalnej trwogi i patrząc z niedowierzaniem na rodziców, wyszlochałam:

– Matko, ojcze?

Matka podeszła się do ojca i w błagalny sposób położyła dłoń na jego dorodnym ramieniu. On jednak nawet nie drgnął i stał obojętny jak skała.

– Przepowiednia wyroczni mówi wyraźnie, że Sparta upadnie… jeśli ten chłopiec nie zostanie złożony w ofierze – chórem zakrzyknęli kapłani.

Moim ciałem wstrząsnęła panika. Przytulając Aleksiosa mocniej do piersi, cofnęłam się o krok. Mój brat był krzepki i zdrowy – nie było żadnego powodu, dla którego miałby go spotkać okrutny los przypadający w udziale słabym lub ułomnym spartańskim dzieciom. Czyżby taką przepowiednię usłyszeli moi rodzice podczas wyprawy do wyroczni delfickiej? Jakim prawem skazała mego brata na zagładę? Dlaczego ojciec przyzwolił na tę okrutną ceremonię i zamiast wyciągnąć swą włócznię przeciwko tym paskudnym starcom, odepchnął matkę, która padła bezwładnie na ziemię jak sterta szmat.

– Nie… nie! Nikolaosie, proszę, zrób coś! – płakała matka, ale dwóch kapłanów chwyciło ją i odciągnęło od ojca, który patrzył w dal nieobecnym wzrokiem.

Jeden z kapłanów zaszedł mnie od tyłu i złapał za ramiona, a drugi wyrwał Aleksiosa z mych objęć i podał go najstarszemu z eforów. Ten osłonił zawiniątko jak największy skarb i zaintonował:

– Potężny Apollo, Dawco Wszelkiej Prawdy, i Ty, Ateno, Opiekunko Miasta, spojrzyjcie na nas spełniających waszą wolę, z pokorą oddających wam cześć za waszą mądrość. Niech… ten chłopiec umrze!

Potem uniósł dziecko i odchodząc od ołtarza, skierował się ku przepaści. Matka padła na kolana, zanosząc się krzykiem, od którego pękało mi serce.

Efor zastygł nad urwiskiem i już miał posłać ciało niemowlęcia w czeluść, gdy nocne niebo rozdarła błyskawica i rozległ się potężny trzask pioruna. Wydawało mi się, że jego energia przeszyła moje ciało – zalało mnie poczucie niesprawiedliwości i palący gniew. Krzyknęłam z całej siły i wyswobodziłam się z uścisku kapłana.

Z prędkością atlety rzuciłam się przed siebie, wściekła, zaślepiona furią. W desperackim geście wyciągnęłam ramiona w kierunku brata. Czas jakby zwolnił i nasze spojrzenia na moment się spotkały. Gdybym mogła zatrzymać i utrwalić tę chwilę, pozostałabym w tym miejscu na zawsze, by ocalić Aleksiosa od śmierci i utrzymywać przy życiu naszą więź. Wtedy miałam jeszcze nadzieję, że uda mi się go pochwycić i zapobiec tragedii. Potem jednak straciłam równowagę i poczułam, jak moje ramię uderza w bok trzymającego go efora. Wokół mnie wszystko jakby zamarło, zgromadzeni wstrzymali oddech, a ja patrzyłam, jak obaj, razem z Aleksiosem, spadają w przepaść. Demoniczny wrzask efora powoli zgasł w ciemnej otchłani i zaległa kompletna cisza…

Trzęsąc się, klęczałam na skraju przepaści. Za moimi plecami podniosły się histeryczne okrzyki oburzenia:

– Morderczyni! Zabiła efora!

W osłupieniu wpatrywałam się w urwisko, a moją twarz smagał przeszywający chłodem deszcz.

I

Po jej policzkach płynęły strumienie wody. Wciąż miała w pamięci te same dźwięki i obrazy, przypominające upokorzenie i hańbę rodu Leonidasa. Minęło dwadzieścia lat i niektórzy zdążyli już zapomnieć o zaciągniętych długach i popełnionych błędach, inni po prostu pogodzili się z tym, co się stało.

– Ale nie ja – wyszeptała Kasandra.

Zacisnęła dłoń na zniszczonej włóczni, po czym wbiła ją gwałtownie w piach, odpędzając od siebie wspomnienia.

Mrużąc oczy, powoli przyzwyczajała wzrok do oślepiającego blasku wiosennego poranka. Błękitne wody, otaczające wschodnie wybrzeże Kefalonii, lśniły niczym diamenty. Zbierająca się na powierzchni piasku piana morska, szumiąc łagodnie, z wolna docierała do niej i łaskotała obnażone palce stóp Kasandry, a jej skórę chłodziła przyjemna morska bryza. Po bezchmurnym niebie krążyła gromada skrzekliwych mew. Polujący nieopodal kormoran zanurkował nagle pod powierzchnię wody, wywołując eksplozję krystalicznie czystych kropel. Na wschodzie, za mglistym horyzontem, widać było ciąg ateńskich galer, które miały wesprzeć blokadę Megary. Zmierzały one w kierunku Zatoki Korynckiej i kładły się cieniem na jej głębokich wodach. Jasne żagle okrętów niczym płuca tytanów nabierały powietrza, a wiatr niósł z oddali jęki lin i belek oraz szorstkie nawoływania setek wojowników.

Nie minął rok, odkąd Kefalonia, podobnie jak większość pozostałych wysp, znalazła się w ateńskiej strefie wpływów i wojna zaczęła się rozprzestrzeniać jak śmiertelna choroba. Jakiś wewnętrzny głos podpowiadał Kasandrze, że potężna siła, która targała Helladą – zrodzona z walk, ożywiająca ideologiczne spory i sprawiająca, że dawni sprzymierzeńcy rzucali się sobie do gardeł – powinna być jej bliska. Ale niby dlaczego? Nie obchodził jej los dumnych Aten. A jednak... nie potrafiła zapomnieć o niezłomnej Sparcie.

– Sparta.

Na samo jej wspomnienie czar wybrzeża prysł. Wzrok Kasandry zatrzymał się na sterczącej obok włóczni Leonidasa: z żelaznym grotem, misternie wykończoną tuleją i wysłużonym drzewcem, noszącym ślady wieloletniego oliwienia. To, że jedyną pamiątką po jej zdruzgotanej przeszłości był właśnie ten zniszczony przedmiot, wyjątkowo do niej pasowało.

Z zamyślenia wyrwał ją przeraźliwy pisk. Krążący w powietrzu orzeł atakował wzbijającego się nad powierzchnię wody kormorana, który próbował umknąć ze srebrzystą makrelą w dziobie. Przerażony ptak wydał z siebie kolejny wrzask i upuszczając napoczętą zdobycz, zanurzył się pod wodę w poszukiwaniu schronienia. Zanim orzeł zdołał schwytać porzuconą rybę pazurami, ta zniknęła w morskiej toni. Z wizgiem niezadowolenia drapieżnik zatoczył w powietrzu krąg i poszybował w stronę wybrzeża, lądując łagodnie tuż obok Kasandry. Na jej twarzy pojawił się mimowolny uśmiech. Nie tylko zniszczona włócznia przypominała jej o przeszłości.

– Ta makrela miała być naszą kolacją, Ikarosie – zaśmiała się.

Ze swym żółtym, zakrzywionym dziobem i błyszczącymi oczyma Ikaros wyglądał jak niezadowolony starzec.

– Tak, wiem, to wina kormorana – powiedziała z ironią.

Burczenie w żołądku przypomniało jej, że od dawna nic nie jadła. Z westchnieniem podniosła włócznię Leonidasa i przez chwilę przyglądała się swemu rozmytemu odbiciu w jej ostrzu – twarzy o smutnych brązowych oczach, warkoczowi gęstych, kasztanowych włosów i znoszonej ciemnobrązowej, męskiej eksomis – tunice wkładanej na jedno ramię. Nie chciała znów wracać do wspomnień, więc przywiązała włócznię do skórzanego pasa i ruszyła w głąb lądu.

Jej uwagę zwróciło jednak coś dziwnego i na chwilę się zatrzymała. Przez mgłę przebijał się okręt, podobny do setek innych, lecz zmierzający nie ku Zatoce Korynckiej, ale wprost do wybrzeża Kefalonii. Mrużąc oczy, dostrzegła biały żagiel, a na nim twarz gorgony. Jej wyblakłe, szarozielone usta wykrzywione w okropnym grymasie odsłaniały wielkie kły, oczy pałały ogniem, a na głowie wiło się gniazdo węży, które przy każdym podmuchu wiatru wydawały się pełzać w powietrzu. Wpatrując się w to straszliwe oblicze, przypomniała sobie opowieść o Meduzie, niegdyś pięknej i potężnej kobiecie, oszukanej i wyklętej przez bogów. Na moment zatliła się w jej sercu iskierka współczucia, która zaraz potem zgasła. Coś innego nie dawało jej spokoju – choć tajemniczy okręt znajdował się jeszcze bardzo daleko, była absolutnie pewna, że ktoś z jego pokładu ją bacznie obserwował. Łagodny dotąd chłód bryzy morskiej przeszył ją nagle zimnym dreszczem.

– *Potomkowie Sparty nie boją się ciemności, chłodu i tego, co nieznane* – mówił jakiś głos z odległej przeszłości. Jego głos. Kasandra splunęła i zaczęła się oddalać od brzegu. Jedyne, co pozostało po jej niegdyś potężnej rodzinie, to prześladujące ją wspomnienia ojcowskich nauk. Od przejezdnych kupców słyszała smutne opowieści o ruinie domu Leonidasa. Mówili, że zrozpaczona Myrrine odebrała sobie życie po stracie obydwojga dzieci. „To przez to, co zrobiłam tamtej nocy" – myślała.

Przemierzyła plażę i trawiaste, smagane wiatrem diuny. Kamienistą ścieżką doszła do niewielkiego cypla z widokiem na wybrzeże, gdzie znajdowało się jej skromne schronienie. Bielone kamienne ściany błyszczały w świetle słońca, a przywiązane do pali szmaty, pełniące rolę prowizorycznego zadaszenia, powiewały na wietrze. Nieopodal rosło samotne drzewko oliwne. Dzwońce ćwierkały, popijając wodę zgromadzoną nieopodal zmurszałej, kamiennej kolumny. W tym ustronnym miejscu, oddalonym od najbliższego nadmorskiego miasta Sami o dobrych kilka godzin drogi, tygodniami można było nie spotkać żywej duszy.

„Doskonałe miejsce, aby żyć i umrzeć w spokoju" – pomyślała. Odwróciła się, żeby spojrzeć w kierunku morza, gdzie majaczył zarys odległego lądu. „Gdyby nie okrutna przeszłość, mój los mógłby być zupełnie inny".

Pochyliła się, aby przejść pod niskim nadprożem domu. Morska bryza wdzierała się do wnętrza mimo solidnych kamiennych ścian. Rzuciła okiem na skromną izbę – drewniane łóżko, stół, łuk i kuferek mieszczący jej skromny dobytek – połamany grzebień z kości słoniowej i stary płaszcz. Choć Kefalonii nie otaczał mur, a kończyny Kasandry nie były zakute w kajdany, tutejsze ubóstwo sprawiało, że wyspa była dla niej więzieniem. Jedynie najbogatsi mieszkańcy mogli marzyć o jej opuszczeniu.

Usiadła przy stole i nalała sobie wody z glinianego naczynia. Potem wyjęła i rozpakowała małe zawiniątko, zawierające mizerny posiłek – niewielki bochenek twardego jak kamień chleba, kawałek solonego zajęczego mięsa i trzy niepozorne oliwki w garnuszku z gliny. Odgłosy dochodzące z jej żołądka wydawały się pytać, gdzie jest reszta.

Przez małe okienko widziała świeżo wykopany dół w ziemi. Jeszcze wczoraj w tym miejscu znajdowało się jej całe pożywienie – dwa worki pszenicy, cały solony zając, krążek koziego sera i tuzin suszonych fig. Wystarczyłoby tego na jakieś pięć lub sześć dni. Wracając poprzedniego dnia z nieudanych połowów, zauważyła dwóch uciekających z jej zapasami opryszków. Byli już przynajmniej o pół mili od domu, a ona była zbyt głodna, by ich gonić, więc tej nocy położyła się spać o pustym żołądku. Bezwiednie przesunęła opuszką kciuka po dobrze zaostrzonym grocie włóczni Leonidasa. Poczuła, jak skóra ustępuje pod jego naciskiem, i przez zaciśnięte zęby wysyczała:

– Bądź przeklęty, Cyklopie. – Dobrze wiedziała, że ta kradzież była jego sprawką.

Umoczyła kęs chleba w oliwie i już miała go włożyć do ust, kiedy usłyszała burczenie w brzuchu, ale tym razem nie swoje. Spojrzała w kierunku drzwi. Stojąca w nich dziewczynka patrzyła na ten żałosny kawałek chleba, jakby to była bryła złota.

– Foibe? Wieki cię nie widziałam – rzekła zaskoczona Kasandra.

– Nie przejmuj się mną, Kas – odpowiedziała Foibe, odgarniając z twarzy brudnymi palcami kosmyki czarnych włosów. Wbijała wzrok w podłogę i nerwowo bawiła się rąbkiem niechlujnej szarobiałej stoli, w którą była ubrana.

W tym samym momencie małe okienko przesłonił cień nadlatującego ptaka. Ikaros wylądował na parapecie i pełnymi nadziei oczami wpatrywał się w kawałek solonego zająca. Jego pisk wydawał się powtarzać słowa dziewczynki: „Mną też się nie przejmuj!".

Na twarzy Kasandry pojawił się zrezygnowany uśmiech. Wstała od stołu, podała chleb Foibe, a mięso rzuciła Ikarosowi i przez chwilę patrzyła, jak oboje żarłocznie pochłaniali te godne pożałowania resztki. Foibe, ateńska sierota, miała zaledwie dwanaście lat. Kasandra spotkała ją żebrzącą na obrzeżach Sami trzy lata temu. Najpierw dała jej kilka monet, ale w drodze powrotnej z miasta wzięła tę kruszynkę na ręce i przyniosła tutaj.

Odtąd Foibe jadła i spała wraz z nią. Dziewczynka sprawiała, że odżywały w niej wspomnienia wewnętrznego ciepła, które zdusiła w sobie dawno temu.

„Miłość? Nie, już nigdy nie będę tak słaba" – zapewniała samą siebie w myślach. Z westchnieniem zarzuciła na ramię łuk i podniosła skórzany bukłak.

– Chodźmy, zjemy po drodze – powiedziała, wkładając do ust oliwki. Ich czarująca miękkość i słony smak zamiast zaspokoić głód, tylko drażniły jej kubki smakowe. – Jeśli nie chcemy, aby to był ostatni posiłek w naszym życiu, musimy odwiedzić Markosa... – dodała, wypowiadając jedynie w myślach słowa: „...tę kanalię".

Włożyła skórzane karwasze.

– Pora się z nim rozliczyć!

Ruszyły na wschód. Pokonały wypalony słońcem trakt wiodący wzdłuż wybrzeża, a potem skręciły w głąb lądu. Zbliżało się południe i upał dawał się coraz bardziej we znaki. Nad upstrzoną fiołkami łąką unosił się zapach oregano i dzikich gajów cytrynowych. Długie trawy łaskotały łydki, motyle raz po raz przecinały ścieżkę, pobłyskując odcieniami purpury, żółci i błękitu, a cykady brzęczały w południowym skwarze, odsuwając wojnę i przeszłość w zapomnienie. Ale tylko do momentu, kiedy w zasięgu ich wzroku pojawiło się Sami – nieotoczony murami port, labirynt baraków i skromnych bielonych domów otaczających wzgórze; zamożni mieszkańcy miasta sączyli tam wino i ucinali sobie pogawędki na tarasach i werandach marmurowych willi. Zlani potem robotnicy uwijali się po zatłoczonym targu, a objuczone ładunkami oliwek i sosnowych belek konie zmierzały ciasnymi uliczkami w stronę portu i kamienistego nabrzeża, skąd setki łodzi transportowały zapasy na okręty wojenne Ateńczyków.

Rozlegające się nad miastem bicie dzwonów i dźwięki liry raz po raz przecinał odgłos smagania batami, a znad świątyń unosiły się smużki aromatycznego dymu. Kasandra rzadko odwiedzała miasto. Wybierała się tam tylko wtedy, gdy nie udawało jej się pozyskać zapasów w inny sposób, albo po to, by wykonać zadania powierzone jej przez Markosa.

Nazywali ją *misthios* – najemnicą. Czasem tylko przekazywała wiadomości lub nadzorowała przerzut skradzionych towarów, najczęściej jednak jej zadaniem było to, na co potrafili się zdobyć tylko nieliczni. Na myśl o swej ostatniej misji – masakrze dokonanej w kryjówce portowych zbrodniarzy – poczuła w sercu chłód. Włócznia Leonidasa pokryła się tamtej nocy krwią, a w powietrzu długo unosił się smród wnętrzności. Popełniane przez nią morderstwa były jak chwasty zapuszczające korzenie w jej sumieniu... ale nic, co zrobiła dla Markosa, nie mogło się równać z poczuciem winy rozrastającym się w jej sercu od tej pamiętnej nocy na skraju przepaści, kiedy śmierć dwóch osób na zawsze zmieniła jej życie.

Odgoniła od siebie te myśli, miała teraz bowiem bardziej przyziemne zmartwienia. Markos po raz kolejny wymigał się od zapłaty, mimo że likwidacja portowej kryjówki zakończyła się sukcesem. Ile to był jej już winien? Wzbierał w niej gniew. „Szuja, łotr, parszywiec...” – myślała.

Przypomniała sobie, jak dwadzieścia lat wcześniej morze wyrzuciło ją na tę zieloną wyspę. Markos znalazł ją wtedy na kamienistym wybrzeżu na północ od miasta. Obok niej leżały kawałki rozbitej tratwy. Kiedy otworzyła oczy, zobaczyła jego nalaną, ospowatą twarz i czarne, tłuste, kręcone włosy. Przyglądał jej się przez chwilę, a kiedy zaczęła wymiotować słoną morską wodą nagromadzoną w płucach i żołądku, próbował jej nawet pomóc. Potem zażartował:

– Dziwna z ciebie ryba.

Przez jakiś czas ją karmił, ale raczej nie miał zamiaru zatrzymać przy sobie. Zmienił zdanie, kiedy zorientował się, że jest wyjątkowo zwinna i szybka.

– Gdzie się tego nauczyłaś? – zapytał. – Przydałby mi się ktoś taki jak ty.

Sami zostało daleko za nimi. Foibe biegła przodem i bawiła się swoim wystruganym z drewna orzełkiem imitującym Ikarosa, który leciał nad nimi. Kiedy dotarły do rozwidlenia, dziewczynka skręciła w prawo i wesoło rzuciła za siebie:

– Jesteśmy prawie na miejscu!

Kasandra zdziwiła się. Ta droga prowadziła na wzgórze Ainos, którego wierzchołek był zwieńczony ogromnym posągiem klęczącego boga niebios – Zeusa Gromowładnego, dzierżącego piorun w wyciągniętej dłoni. Bogate w substancje mineralne gleby u podnóża góry sprzyjały uprawom winorośli. W słońcu połyskiwały kamienne pomieszczenia gospodarcze i pokryte dachówką domy otoczone bujnymi winnicami.

– Nie wygłupiaj się, Foibe – zawołała, wskazując ręką w lewo. – Dom Markosa jest dalej, od strony południowej zatoki i…

Ale Foibe pędziła już co sił w nogach w kierunku pobliskiej uprawy i majaczącej w oddali postaci odzianej w zielono-biały płaszcz.

– Markos? – wyszeptała zaskoczona Kasandra.

– Miałam ci nie mówić… – wyznała Foibe, kiedy Kasandra dotarła na skraj winnicy.

– Jasne – warknęła Kasandra. – Zaczekaj tu na mnie.

Dwóch robotników przycinało krzewy u stóp wzgórza. Kiedy ich mijała, nawet jej nie zauważyli. Jak zawsze nieposłuszna Foibe dreptała w ślad za nią. Przedzierając się przez winnicę, z daleka słyszała Markosa dyskutującego z jednym z robotników.

– Nasze winogrona będą wielkie jak melony – upierał się, pociągając z bukłaka. Sądząc po wstrząsającej jego ciałem czkawce, raczył się mocnym, tylko lekko zaprawionym wodą winem.

Doświadczony robotnik zsunął chroniący od skwaru kapelusz na tył głowy i przekonywał:

– To zabije krzewy, Panie. Łodygi połamią się pod ciężarem owoców. Na pierwsze zbiory możemy liczyć dopiero za trzy lata.

– Nie ma mowy! – zacietrzewił się Markos. – Jak, na Hadesa, zapłacę za to wszystko…?

Na widok wyłaniającej się zza krzewów Kasandry urwał gwałtownie i niemal przewrócił swego rozmówcę, rozpościerając szeroko ramiona.

– O, Kasandra! – wykrzyknął.

– Kupiłeś winnicę? – zapytała.

– Żebyśmy mogli pić tylko najlepsze wina, moja droga! – przymilał się Markos.

Zamaszystym ruchem ręki wskazał swoje nowe posiadłości i niemal stracił równowagę. Foibe, popiskując, radośnie biegała pomiędzy krzewami. W pewnym momencie krążący nad nią Ikaros zaczął wydawać niepokojące dźwięki, ale Kasandra nie miała teraz czasu się nad tym zastanawiać.

– Nie chcę twojego wina, Markosie. Foibe i ja potrzebujemy jedzenia i ubrań. Oddaj mi lepiej pieniądze, które jesteś mi winien.

Mina Markosa zrzedła i przez chwilę bez słowa majstrował przy swoim bukłaku z winem.

– No cóż, moja *misthios* – zaśmiał się nerwowo. – Na drachmy będziesz musiała jeszcze trochę poczekać.

– Trzy lata to więcej niż trochę – z przekąsem odrzekła Kasandra, po czym spojrzała w górę na Ikarosa, który zaczął histerycznie skrzeczeć, napawając ją trwogą. Zwykle nie zachowywał się tak podczas zabawy z Foibe.

– Kiedy winnica zacznie owocować, będę mieć mnóstwo pieniędzy, moja droga. Ale najpierw muszę spłacić pożyczkę, którą zaciągnąłem, by ją kupić. Trochę zalegam z płatnościami, sama rozumiesz... – kontynuował Markos.

– Nie inaczej... – mruknął robotnik, wracając do przycinania krzewów, i dodał mimochodem: – Cyklop bardzo nie lubi spóźnialskich...

Markos rzucił w jego stronę wściekłe spojrzenie.

– Pożyczyłeś pieniądze od Cyklopa?! – krzyknęła Kasandra z niedowierzaniem i odsunęła się o krok od Markosa, jakby był nosicielem jakiejś zakaźnej choroby.

– Od niego? Zafundowałeś sobie koszmar, Markosie. Czyś ty oszalał?

Szybko omiotła wzrokiem pokryte złocistozielonymi uprawami zbocza wzgórza Ainos. Zastanawiała się, czy jej głos nie poniósł się zbyt daleko.

– Ludzie Cyklopa wczoraj ukradli moje zapasy. On mnie nienawidzi! Wyznaczył nawet nagrodę za moją głowę. Dobrze wie, że współpracujemy. Jeśli masz u niego długi, to ja będę pierwszą osobą, która za to zapłaci.

– W rzeczy samej! – rozległo się nagle za ich plecami.

Kasandra natychmiast się odwróciła. Z gęstwiny krzewów wyłoniło się dwóch nieznajomych ze złośliwymi uśmieszkami na twarzach. Pierwszy z nich, o rozpłaszczonej, gruszkowatej twarzy, jedną ręką zakrywał usta przerażonej Foibe, a drugą trzymał sztylet na jej gardle. Wyrzucając sobie w duchu, że nie posłuchała ostrzegawczych krzyków Ikarosa, Kasandra rozpoznała w nich złodziejaszków, którzy poprzedniego dnia zbiegli z jej zapasami.

– Tylko spróbuj się ruszyć, a podetnie małej gardło – odezwał się drugi mężczyzna, stukając krótkim mieczem o wewnętrzną część dłoni. Gęste brwi rzucały cień na jego oczy.

– To prawda, że Markos narobił sobie długów, ale z tobą, *misthios*, Cyklop ma inne porachunki... Najpierw podziurawiłaś jego okręt, a potem wyrżnęłaś mu ludzi. Tak się składa, że byli moimi kompanami. Co więc powiesz na to, żebyśmy się razem do niego wybrali?

Kasandra poczuła, jak krew zastyga w jej żyłach. Wiedziała, że jeśli pójdzie z nimi, to umrze, a Foibe w najlepszym razie zostanie niewolnicą. Ale jeśli odmówi, zginą wszyscy, tu i teraz.

Minęła chwila pełna napięcia. Kasandra zamarła.

– Wygląda na to, że *misthios* nie chce iść z własnej woli – zawarczał krzaczastobrewy. – Pokażmy jej, że to nie żarty.

W otchłani pamięci Kasandra usłyszała szept Nikolaosa:

– *Uważnie obserwuj swego przeciwnika; oczy zdradzą jego zamiary, zanim zdąży wykonać jakikolwiek ruch.*

Zbir trzymający Foibe spojrzał na dziewczynkę i mocniej zacisnął dłoń na sztylecie. To, co Kasandra zrobiła potem, było instynktowne – rzuciła się w przód, płynnym ruchem oswobodziła przywiązaną do pasa włócznię i posłała ją przed siebie. Wysłużone ostrze poszybowało w stronę napastnika i wbiło się w jego czoło. Ten wywrócił oczami, z jego nozdrzy polała się krew i zwalił się jak sterta kamieni. Płacząca Foibe oddaliła się chwiejnym krokiem. Kasandra wyrwała włócznię jednym szarpnięciem liny i chwyciła ją za drzewce jak hoplita.

Drugi z mężczyzn, nie spuszczając jej z oczu, próbował ją wykiwać i najpierw odchylił się w jedną stronę, po czym rzucił się z wrzaskiem w drugą. Kasandra wykonała zwinny unik, pozwalając przeciwnikowi minąć ją z prawej, a kiedy ten ponownie zaatakował, kucnęła i rozpłatała jego brzuch. Zataczając się, zakłopotany spojrzał na swe pokiereszowane wnętrzności i runął twarzą ku ziemi.

– Na Zeusa! – zawył Markos, po czym padł na kolana i chwytając się za głowę, gapił się na leżące przed nim martwe ciała. – Teraz Cyklop na pewno mnie zabije!

Kasandra przytuliła roztrzęsioną Foibe, pocałowała ją w czubek głowy i zasłoniła dłońmi jej uszy.

– Zakopiemy ich. Nikt nie będzie wiedział, co się z nimi stało – powiedziała.

– On na pewno się dowie – westchnął Markos. – Zapamiętaj to sobie: na miejsce dwóch odciętych głów wyrosną cztery nowe i tylko bardziej się wścieknie. Cyklop to tyran! Albo jesteś mu posłuszna, albo... musisz go zniszczyć, rozumiesz?

Potem machnął ręką i powiedział:

– Ale co ci po moich naukach...

– Lepiej odłóż bukłak z winem i pomyśl trzeźwo. W jaki sposób masz zamiar spłacić u niego swój dług?

Markos wbił wzrok w pustą przestrzeń przed sobą, pogrążając się w beznadziei. Nagle, jakby rażony piorunem, otrząsnął się i poderwał z kolan. Podszedł do Kasandry, potrząsnął nią i rzekł:

– Znalazłem wyjście!

Wyzwalając się z jego uścisku, z przekąsem zapytała:

– Skąd zdobędziesz worek pieniędzy na tej wyspie?

Oczy Markosa zwęziły się. Odparł:

– Nie o pieniądze chodzi, moja droga, ale o obsydian.

Kasandra spojrzała na niego pytająco.

– Pomyśl tylko, co ma dla Cyklopa największą wartość? Nie ludzie, flota czy ziemia, którą posiada... To, co najbardziej sobie ceni, to jego oko z obsydianu. Ponoć jest w nim nawet złoto – ciągnął Markos.

– Ukradniemy je i sprzedamy gdzieś na lądzie albo opchniemy wędrownym kupcom. I wreszcie będziemy bogaci! Spłacę wtedy winnicę i oddam ci to, co jestem winien. Wystarczy też na jedzenie dla Foibe – pisnął uradowany, że udało mu się znaleźć jakiś altruistyczny cel tego planu.

– Chcesz ukraść oko Cyklopa? – zapytała Kasandra z niedowierzaniem.

– Trzyma je w domu i nigdy go nie nosi, bo jest zbyt cenne – odparł Markos.

– Jego dom to forteca – rzekła sucho. Kasandra przywołała w pamięci dobrze strzeżoną jaskinię, położoną na niewielkim półwyspie na zachodzie wyspy. – Ostatnią osobą, która próbowała się tam dostać, był Skamandrios. Nikt go od tamtej pory nie widział.

Oboje przez chwilę myśleli o przebiegłym Skamandriosie, wyobrażając sobie męki, jakie mogły za jego sprawą stać się ich udziałem. Cyklop najchętniej pozbywał się wrogów poprzez spalenie ich żywcem, obdarcie ze skóry lub powolne rozczłonkowanie. Za Skamandriosem nikt specjalnie nie tęsknił, to fakt, ale nie można mu było odmówić pozytywnych cech: szybkości i ostrożności. Niektórzy nazywali go Cieniem.

Kasandra odpędziła od siebie te myśli i zapytała:

– Zaraz, zaraz, powiedziałeś „ukradniemy"... Jak to „my"?

Markos skulił się nieco i z żałosnym uśmiechem odparł:

– To ty jesteś *misthios*, moja droga. Ja bym tylko przeszkadzał. Dla tej misji absolutnie najważniejsze jest, abyś pozostała niezauważona.

– Mnie trochę bardziej martwi to, że mogę zostać złapana.

– To ci nie grozi, bo Cyklop jest poza domem – powiedział Markos napominająco. – Wszystkie prywatne galery na wyspie zostały włączone do floty Ateńczyków. Jedną z nielicznych, które pozostały, jest Adrestia. Cyklop poluje na nią w tej chwili. Mówią, że zadarł z nim trierarcha tego okrętu.

Foibe udało się wyswobodzić z uścisku Kasandry i zapytała:

– O co chodzi?

– Nic, maleńka – pospieszył z odpowiedzią Markos. – Ustalamy właśnie z Kasandrą, ile jestem jej winien. Ma do wykonania jeszcze jedną robotę i wszystko jej oddam. Prawda, moja droga? – zwrócił się do Kasandry.

– I wtedy wreszcie będziemy żyć jak królowe? – Foibe spytała z nadzieją.

– Tak... – cicho odrzekła Kasandra, głaszcząc dziewczynkę po głowie.

– Doskonale – syknął Markos i dodał: – Dziś przenocujecie tutaj i dobrze sobie podjecie. Mamy smażoną barwenę, kalmary, świeżo pieczony chleb, jogurt, miód i pistacje oraz kilka waz wina. Dobrze się wyśpicie i rano będziecie gotowe do drogi.

Potem dodał szeptem, tak, by Foibe nie słyszała:

– Pamiętaj, nikt nie może was zobaczyć, w przeciwnym razie całej naszej trójce grozi... – zawieszając głos, przeciągnął palcem po gardle i wysunął język.

Kasandra wpatrywała się w niego wzrokiem pełnym pogardy.

2

Choć obiecane przez Markosa posłanie rzeczywiście okazało się wygodne i miękkie, Kasandra nie zmrużyła oka i całą noc myślała o czekającym ją zadaniu. Godzinami wpatrywała się w połyskujący w świetle księżyca grot włóczni opartej o łóżko, a potem wstała na długo przed świtem. Przytulona do niej Foibe nawet się nie poruszyła, kiedy Kasandra pocałowała ją w czubek głowy, unosząc się z posłania. Szybko się ubrała i pod osłoną nocy opuściła winnicę. Wybrała ścieżkę wiodącą wzdłuż zachodniego wybrzeża wyspy. W oddali słyszała odgłosy żbików, a ponieważ nadal panował półmrok, na wszelki wypadek trzymała w ręku łuk. Wkrótce słońce wzeszło nad horyzont i jego ogniste promienie zaczęły oświetlać wyspę, przeczesując łąki i wdzierając się pomiędzy szczyty górskie. Z wyższych partii wybrzeża widać było nawet sąsiednią, pogrążoną w porannej mgle Itakę z górującymi nad nią ruinami pałacu Odyseusza. Trudno było oderwać od nich wzrok i Kasandra, jak zwykle, przez dłuższą chwilę przyglądała się temu smutnemu pomnikowi na cześć słynnego bohatera i podróżnika, który dzięki sprytowi i znajomości wojennego rzemiosła opłynął świat wzdłuż i wszerz. Widok ten sprawił, że wezbrała w niej nowa fala pogardy dla krzaczastej Kefalonii. „Lepiej się nie łudzić. Nigdy nie opuszczę tej przeklętej wyspy. Tu dane mi żyć i umrzeć" – skonstatowała z goryczą.

Ruszyła dalej i wkrótce dotarła do miejsca, skąd w głąb morza wcinał się niczym kolec dziki kawałek lądu zwany Zachodnim

Półwyspem. Przyczaiła się tam i sącząc wodę z bukłaka, bacznie obserwowała otoczenie. Robiło się coraz cieplej i wokół rozlegał się głośny śpiew cykad. Kryjówka Cyklopa znajdowała się na płaskim pagórku, jakieś pół mili w głąb półwyspu, nieopodal przylądka. Choć ten rozległy kompleks nazywano kryjówką, Cyklop nie musiał się przed nikim chować. W strukturze otaczającego posiadłość niskiego, zmurszałego muru gdzieniegdzie rosły pojedyncze pelargonie i kępy trawy. Za nim znajdowała się kryta czerwoną dachówką willa z jasnego marmuru, wsparta na kolumnach dorycki w kolorze ochry i jasnego błękitu. Kasandra dostrzegła sześciu oprychów Cyklopa spacerujących tam i z powrotem po surowych kamiennych murach zewnętrznych i obserwujących pobliskie tereny. Kolejnych dwóch mężczyzn pilnowało bramy od wschodu. Spodziewała się, że podobnie było przy północnym wejściu. Co gorsza, na odcinku prowadzącym do zabudowań nie było się gdzie schronić, rosły tam tylko pojedyncze cyprysy i drzewa oliwne. Odkryty teren, porośnięty niskimi, przerzedzonymi krzewami, dawał czwórce patrolujących go najemników z chroniącymi przed palącym słońcem kapeluszach na głowach niczym nieograniczone pole widzenia. Patrolowany przez nich obszar był prywatnym państewkiem Cyklopa.

Nie było jak się do niego dostać. *Zawsze jest jakieś wyjście* – zabrzmiał w jej myślach szorstki głos Nikolaosa.

Spojrzała na północ, ku stromemu skalistemu wybrzeżu. Ciemnobłękitne wody łagodnie omywały wąski kawałek kamienistej plaży. Wykrzywiła usta w niechętnym tej podpowiedzi półuśmiechu – Nikolaos znów miał rację. Odkorkowała bukłak i opróżniła go, pozwalając resztkom cennej wody spłynąć na spękaną, przesuszoną glebę pod jej stopami. Nie spuszczając z oczu najbliższego patrolu, pochyliła się i ruszyła w kierunku nabrzeża.

Kiedy dotarła na miejsce, zawinęła łuk i włócznię w kawałki naoliwionej skóry i przytroczyła je do pleców, po czym zanurzyła się w chłodnej toni. Kiedy woda sięgnęła jej szyi, wyciągnęła ramiona i pracując nogami, zaczęła opływać półwysep w kierunku zachodnim, wzdłuż wybrzeża, od nasady do przylądka. Przez jakiś czas jej nogi i brzuch łaskotały wodorosty i narybek. Co chwilę unosiła głowę i obrzucała wzrokiem plażę po lewej, ale nie zauważyła żadnego z najemników. W pewnej chwili z głębszych wód nieopodal, popiskując, wyłoniła się grupa delfinów. Kasandra usłyszała chrzęst butów na piasku i kątem oka dostrzegła skraj wielkiego kapelusza. Nabrała powietrza i zanurzyła się pod powierzchnię wody. Wśród fal oprócz delfinów, które najwyraźniej też chciały uniknąć niepowołanych spojrzeń, zobaczyła łydki brodzącego w mieliźnie strażnika. Jego sylwetka i przewieszona przez piersi włócznia majaczyły ponad powierzchnią wody. Zobaczywszy delfiny, nie zapuszczał się dalej, ale stał w wodzie po kolana i wygrzewał się w słońcu... Kasandrze zaczynało brakować powietrza i w płucach poczuła palący ból. Gdyby teraz wypłynęła, od razu by zginęła, ale pozostanie pod wodą nie było lepszym wyjściem. Resztki wstrzymywanego oddechu, tworząc skupiska małych bąbelków, uciekły z jej ust jak szczury z tonącego okrętu i jej wzrok na chwilę przesłoniły czarne plamy. Zapewne popadłaby w panikę, gdyby nie wypełniony powietrzem bukłak. Wyjęła kciuk z ustnika i nabrała powietrza, dzięki czemu odzyskała siły i mogła płynąć dalej.

Obserwował ją z oddali. Najpierw jak powoli planowała swoje podejście do kryjówki Cyklopa i potem jak podpłynęła do posiadłości od strony przylądka, docierając do jej północnej bramy, z okolic której ją obserwował. Jak dotąd krążące o niej opowieści okazały się zgodne z prawdą.

– *Wkrótce się okaże, czy jest naprawdę tak zdolna i skuteczna, jak mówią – zastanawiał się, krzyżując ręce na piersi i uśmiechając się szeroko.*

Kasandra wypłynęła na powierzchnię i wspięła się na płaską, rozgrzaną słońcem półkę skalną, a potem, chowając się za krzakami, kamienistą ścieżką udała się w głąb lądu. Wystarczyła chwila i była niemal zupełnie sucha. Zbliżyła się do północnego wejścia i przycupnęła za wielkim głazem, aby przyjrzeć się strzegącym drzwi dwóm najemnikom. Byli ubrani w skórzane pancerze. Jeden z mężczyzn, ten z czerwoną chustką na głowie, dzierżył w rękach włócznię, drugi miał przy pasie niewielki toporek. Wśród zabudowań nie zauważyła nikogo. Ani na tarasie, ani przy wejściu do willi. Najwyraźniej Cyklop zabrał większość swych ludzi ze sobą. Jeśli udałoby się jej przemknąć do środka w taki sposób, by nie zauważyli jej strażnicy na zewnętrznych murach, znalazłaby się na zupełnie niestrzeżonym terenie. Musiałaby się pozbyć tych, którzy stali przy bramie, ale tak, żeby nie zaalarmować tuzina pozostałych. Tuż obok niej rozległ się nagle łagodny szmer i serce skoczyło jej do gardła.

– A niech mnie, Ikarosie! – wyszeptała.

Ikaros spojrzał na nią spode łba i uniósł się w powietrze. Kasandra pochyliła się, ale obserwowała zza głazu, jak orzeł szybuje w stronę wejścia do posiadłości. Strażnicy zauważyli go dopiero, gdy był bardzo blisko, tuż zanim trzepocząc skrzydłami, przeleciał nad jednym z nich i zerwał mu czerwoną chustkę z głowy.

– *Malákas!* – wrzasnął mężczyzna, wygrażając ptakowi, który zdążył już wlecieć na teren posesji.

Obaj wartownicy podążyli w ślad za nim, ku uciesze pozostałych, stojących na murach.

Kasandra poderwała się i skradając się jak kot, popędziła w kierunku wejścia. Właśnie udało jej się je przekroczyć, gdy znudzeni podążaniem za Ikarosem wartownicy odwrócili się w jej stronę. Jak rażona niewidzialnym ciosem, odbiła w prawo, by uniknąć ich wzroku, i wylądowała w gęstwinie rosnących przy ogrodzeniu dzikich kolcolistów. Krzewy poruszały się tylko przez chwilę. Wstrzymując oddech, patrzyła poprzez listowie, jak mężczyźni przeszli tuż obok niej, aby zająć swoje pozycje przy bramie. Pozostali także wrócili do swych obowiązków. Jej plan się powiódł.

Serce Kasandry biło jak oszalałe. Popatrzyła w kierunku willi – główne wejście wyglądało jak otwarta paszcza wielkiego zwierza, a podpierające ją czerwone kolumny przypominały zbroczone krwią kły. Chowając się za wozami, porozrzucanymi tu i ówdzie beczkami, belkami siana oraz drewnianymi zabudowaniami, ostrożnie przemieściła się w pobliże domu. W nogach czuła mrowienie, jakby chciały ją instynktownie ponieść do środka, ale gorzkie doświadczenia sprawiły, że pozostała skulona na miejscu.

„Zupełnie nic nie widać" – pomyślała. „Może się tam kryć cała zgraja ludzi Cyklopa". Spojrzała w górę. Na zadaszonym tarasie znajdowały się drzwi wiodące na piętro. Podkradła się bliżej i chwytając się pnączy bluszczu, wspięła w górę po ścianie. Jedna z dachówek obluzowawszy się, zaczęła spadać. Kasandra bez zastanowienia przytrzymała się bluszczu tylko jedną ręką, a drugą złapała dachówkę w locie.

Z westchnieniem ulgi przypomniała sobie słowa Nikolaosa:

– *Bądź zawsze ostrożna. Spartanie mają być niezauważalni jak cienie.*

„Ale ja nie jestem Spartanką, tylko wyrzutkiem" – pomyślała, odpędzając wspomnienia, po czym zwinnie przeskoczyła ponad marmurową balustradą.

W głębi wiodącego na piętro willi łukowatego sklepienia było tak samo ciemno jak na dole. Kasandra wzięła głęboki wdech i powoli przesuwała się wzdłuż muru. W jednej ręce mocno ściskała włócznię, asekurując się drugą, na wypadek gdyby musiała nagle uniknąć ciosu lub przetoczyć się na przeciwną stronę. Na chwilę pogrążyła się w zupełnych ciemnościach i nerwowo rozglądała się we wszystkich kierunkach, a jej warkocz chłostał pustą przestrzeń niczym bicz. Oczami wyobraźni widziała już atakujących ją strażników, wymachujących srebrnymi mieczami... ale gdy jej wzrok przywykł do półmroku, okazało się, że znalazła się w cichej, pustej sypialni. Na bielonych ścianach widać było malowidła przedstawiające sceny bitew i jednookiego, triumfującego nad nieprzyjaciółmi bohatera. W pokoju znajdowało się wielkie łoże przykryte jedwabnymi kapami.

„Chyba nic tu nie znajdę" – pomyślała i odwróciła się do wyjścia. Wtedy przy palenisku, na drugim krańcu pomieszczenia, dostrzegła cokół z paryjskiego marmuru, a na nim trofea, które zmroziły jej krew w żyłach.

Na drewnianych postumentach, niczym łupy wojenne, tkwiły trzy zmumifikowane głowy. Podeszła bliżej, ale bardzo ostrożnie, jakby chowały się za nimi całe postacie, które mogły ją w każdej chwili zaatakować. Nieszczęśnicy, do których należały, musieli jednak zginąć dość dawno. Grymas na twarzy jednej z nich wyraźnie sugerował, że jej właściciel – długowłosy mężczyzna o zniszczonych zębach – umarł w męczarniach. Druga należała do młodego chłopaka, któremu najwyraźniej obcięto nos. Świadczyła o tym poszarpana rana w miejscu, w którym powinien się znajdować. Ostatnie oblicze – kobiety w średnim wieku – zastygło w niemym krzyku, jakby chciało ostrzec Kasandrę: *Uważaj, jest za tobą!*

Jedna z desek na podłodze nagle skrzypnęła. Przerażona Kasandra odwróciła się, trzymając włócznię w pogotowiu, ale niczego nie zauważyła. Jej serce biło jak oszalałe. Czyżby tylko jej się wydawało? Przypasała włócznię i jeszcze raz spojrzała na makabryczne trofea. Żadne z nich nie było głową Skamandriosa, tego była pewna.

– Może udało mu się zbiec z tym, po co przyszedł, i teraz pławi się, spryciarz, gdzieś na północy w bogactwie?

Ta myśl napełniła ją odwagą, więc pewnym krokiem podeszła do drzwi komnaty. Wysunęła głowę i rozejrzała się, czy na korytarzu czai się jakieś niebezpieczeństwo. Na prawo i lewo droga wydawała się wolna, ale kiedy popatrzyła prosto przed siebie, zobaczyła… dwóch wartowników.

Złapała za włócznię, ale szybko zdała sobie sprawę, że to tylko dwie stare zbroje – pancerze, hełmy i nagolenniki z brązu, zapewne skradzione przez Cyklopa ze zniszczonego pałacu w Itace. Wnętrza hełmów były spowite pajęczynami, których sploty z daleka wyglądały jak twarze.

Z grymasem niezadowolenia zmierzała korytarzem w kierunku dwojga drzwi. Jedne z nich musiały prowadzić do skarbca. Większość mieszkańców wyspy twierdziła, że Cyklop śpi na swoim złocie, ale najwyraźniej trzymał je gdzie indziej. Kasandra podkradła się do drzwi po lewej stronie korytarza i nacisnęła klamkę, która ustąpiła, wydając głuchy odgłos, i drzwi otwarły się z głośnym skrzypnięciem. Żołądek podszedł jej do gardła, ale na szczęście nikt poza nią nie usłyszał ich przeraźliwego dźwięku. Zajrzała do środka. Nie było tam nic oprócz surowych kamiennych ścian, zwykłej drewnianej podłogi oraz starej, zniszczonej i zupełnie pustej szafy z wyłamanym frontem.

Otworzyła więc drzwi po prawej, gdzie powitał ją zgoła inny widok. Sączące się przez wąską rozetę w suficie promienie słońca oświetlały zrabowane skarby – złoto, skrzynie z kości słoniowej pełne monet i ozdób oraz półki uginające się pod ciężarem srebrnych diademów, pieniędzy, naczyń i drogocennych kamieni o czarującym niebieskim odcieniu. Na posadzce leżały góry opali, onyksów i szmaragdów, oplatane naszyjnikami z ametystu. Ozdobny łuk wojenny pobłyskiwał bursztynowym wykończeniem. I wreszcie, na tyłach komnaty, tam, gdzie nie docierało już światło słoneczne, dostrzegła słynne oko. Kasandra zwilżyła językiem spierzchnięte usta. Było osadzone na postumencie z drzewa cedrowego, a jego złota źrenica wydawała się patrzeć prosto na nią. Był to niewątpliwe największy z wszystkich zgromadzonych tu skarbów, cenniejszy niż całe garście, a nawet sakwy monet czy klejnotów. Należało tylko wejść, minąć wszystkie inne kosztowności i zabrać to, po co przyszła.

– No, dalej, weź je! – zachęcał jakiś wewnętrzny głos.

Zrobiła krok naprzód, ale zaraz potem się zatrzymała. Oprócz zapachu metalu i politury poczuła ledwo wyczuwalną woń czegoś, co zupełnie nie pasowało do tego miejsca... fetoru śmierci i rozkładu. Rozejrzała się uważnie. Kamienna framuga po lewej stronie drzwi była pokiereszowana, jakby ktoś próbował w niej wykuć jakiś wzór, prawa była dla odmiany obita drzewem cedrowym. Przewidując niebezpieczeństwo, przyklęknęła, wyciągnęła przed siebie łuk i ostrożnie przesunęła go przez próg, a potem lekko stuknęła krańcem jego ramienia w pierwszą deskę na podłodze komnaty.

Cedrowa okładzina po prawej stronie drzwi ze świstem wystrzeliła w powietrze. Kasandra zdążyła się odsunąć, w ostatnim momencie ratując swój łuk, zanim jakieś potężne urządzenie przeleciało z jednej strony drzwi na drugą i z metalicznym odgłosem oraz eksplozją iskier wbiło się w kamienną framugę. Kiedy wstała, zobaczyła je w całej okazałości. Było to drewniane łoże nabite żelaznymi kolcami, które rozszarpałoby ją na kawałki, gdyby tylko postawiła stopę wewnątrz skarbca. Wisiało na nim zmasakrowane ciało Skamandriosa – strzępy skóry nadal pokrywały jego kości, jeden z kolców przebił czoło, drugi szyję najemnika, kilka innych sterczało z jego klatki piersiowej i kończyn.

– Przynajmniej się nie męczyłeś, Cieniu – Kasandra wyszeptała beznamiętnie.

Wbijając się we framugę, zasadzka zupełnie zablokowała wejście do komnaty. Poirytowana Kasandra cofnęła się o krok, ale w tej samej chwili usłyszała przytłumione odgłosy rozmowy dwóch strażników, najwyraźniej zmierzających w kierunku willi.

– Robi się gorąco. Ja pójdę do stajni i zajmę się końmi, a ty pozamykaj okna i drzwi. Pan wraca dziś wieczorem i będzie wściekły, jeśli w domu nie będzie zbyt ciepło – powiedział jeden z nich.

Zaraz potem usłyszała kroki na parterze, trzask okiennic i szczęk zamków.

Zdawała sobie sprawę, że musi się jak najszybciej stąd wydostać, ale nie mogła odejść bez oka. Zamknęła drzwi do skarbca, by zamaskować blokującą wejście zasadzkę, i rozejrzała się szybko po piętrze budynku, bezskutecznie szukając innego wejścia do komnaty z kosztownościami. Przez chwilę rozważała, czy nie udałoby się jej tam dostać z dachu, przez rozetę, ale przypomniała sobie, że otwór był za mały nawet dla dziecka. Potem myślami wróciła do pierwszego z pokoi.

„Dlaczego taki bogacz i pazerny bandyta jak Cyklop miałby w swym domu zupełnie puste pomieszczenie?" – pomyślała, rozglądając się jednocześnie, czy aby na pewno całe piętro pałacu było ekskluzywnie wykończone i przyozdobione zdobyczami, po czym wróciła do nadal otwartych drzwi przy końcu korytarza i stuknąwszy łukiem w podłogę, upewniła się, że nie czyhają na nią żadne pułapki. Weszła do środka i spojrzała na przylegającą do skarbca ścianę z podejrzanie pustą szafą. Odsunęła ją najciszej, jak się dało, i z rosnącym podekscytowaniem otworzyła schowany za nią drewniany właz. Przedostała się do komnaty skrywającej kosztowności Cyklopa. Poruszała się w niej z obawą, że może zostać zaatakowana przez spadający znienacka miecz lub wpaść w naszpikowany kolcami potrzask. Skarbiec nie skrywał już jednak żadnych innych zasadzek, więc bez przeszkód zdjęła z postumentu oko z obsydianu. Nie miała wątpliwości, że ten ciężki, chłodny przedmiot wynagrodzi jej trudy i spłaci długi Markosa. Wróciła na korytarz i ruszyła w stronę sypialni i pokrytego bluszczem muru. Cieszyła się już na rychły powrót do domu, ale właśnie wtedy usłyszała dobiegający z niedaleka zmęczony głos:

– Piętro prawie zrobione, została tylko sypialnia – mruczał sam do siebie wartownik, którego twarz niemal zupełnie zakrywał skórzany hełm.

Kasandra przywarła do ocienionej ściany i patrzyła, jak mężczyzna wchodzi do komnaty, do której zmierzała. Usłyszała łoskot zamykanych okiennic, a potem brzęk kluczy w zamku. Strażnik zaczął schodzić na parter i Kasandra podążyła jak cień jego śladem w kierunku wyjścia, stawiając ostrożnie każdy krok, tak by jej nie zauważył. Z przerażeniem pomyślała, że jeśli uda mu się zamknąć drzwi, zanim ucieknie, to jej głowa niewątpliwie dołączy do trzech innych z marmurowego postumentu w sypialni.

Nagle wartownik upuścił klucze i pochylił się, by je podnieść, a Kasandra wykonała kolejny krok. Deski pod jej stopami skrzypnęły i mężczyzna gwałtownie się odwrócił. Chwycił za toporek, ale nie zdążył nawet wydać z siebie dźwięku, by zaalarmować kolegów, bo niewielki sztylet schowany jeszcze przed sekundą w fałdzie karwasza Kasandry przeszył jego gardło.

Zdołała chwycić jego ciało, zanim padł na ziemię, unikając tym samym zbędnego hałasu, i omiotła szybko wzrokiem jego ubiór i pęk kluczy. Potem zerknęła w stronę bramy i zrozumiała, że właśnie zyskała wolność.

Tajemniczy obserwator patrzył, jak odziana w czarny płaszcz postać opuszcza willę i kieruje się pewnym krokiem przez posiadłość ku bramie, a potem wymienia kilka słów ze stojącymi tam wartownikami. Widział, jak wychodzi i maszeruje dalej w kierunku wybrzeża, i z ekscytacją pomyślał: „Jest dokładnie tym kimś, na kogo liczyliśmy i kogo potrzebujemy" – i z zacisza swego punktu obserwacyjnego niczym drapieżny ptak wpatrywał się w zbliżającą się sylwetkę.

W zabudowanym skórzanym hełmie Kasandra wyraźnie słyszała swój przyspieszony oddech i czuła smród surowego czosnku, w którym właściciel tego nakrycia głowy najwyraźniej się lubował. Oddalając się od kryjówki Cyklopa, starała się iść swobodnie, a nawet nonszalancko, ale na wszelki wypadek cały czas trzymała rękę na trzonku skradzionego toporka. Była pewna, że dostrzegła z dachu willi coś niepokojącego w tamtych zaroślach i miała zamiar to sprawdzić. Snuła te rozważania na głos. Całe szczęście pilnujący bramy strażnicy byli zbyt zmęczeni południowym skwarem, żeby wsłuchiwać się uważniej w tembr jej głosu.

Dotarła do porośniętego jodłami i jałowcem piaszczystego lasku, dającego schronienie i cień. W powietrzu unosił się zapach olejków eterycznych, a pod nogami rozpościerał miękki dywan z igliwia. W oddali widać było prześwit, a za nim błękit morza. Wkraczając na polanę, znajdującą się zaledwie kilka kroków od wybrzeża, Kasandra myślała już tylko o rychłym sukcesie misji, co przyprawiało ją niemal o zawrót głowy.

Kiedy więc tuż za sobą usłyszała czyjeś oklaski, zamarła jak rażona piorunem.

– Doskonała robota, doskonała! – usłyszała nieznajomy głos.

Odwróciła głowę. Na zwalonym pniu drzewa na granicy lasu siedział szczupły mężczyzna o ptasim wyglądzie i cienkich brązowych włosach zaczesanych na przód głowy. Ubrany był w śnieżnobiałą tunikę przeplataną drogocenną srebrną nicią, a na jego smukłej szyi i nadgarstkach błyszczały bransolety. Pomyślała, że na pewno jest bogaty. I na pewno nie jest stąd.

– Cyklop z Kefalonii rzadko pozbywa się swych z trudem zdobytych skarbów – powiedział mężczyzna, chichocząc.

Kasandra zadrżała. Ton jego głosu był zbyt poufały, a on sam przesadnie pewny siebie. Jego wzrok ślizgał się po niej niby nie pożądliwie, a jednak zmysłowo i lubieżnie.

– Zdejmij rękę z toporka. Nie musisz się mnie obawiać – zapewnił ją.

Kasandra nie spuszczała z niego oka, nie miała też zamiaru odkładać broni. Ikaros sfrunął w dół i przycupnął na jej ramieniu, skrzecząc nieufnie. Uważnie przeczesywała wzrokiem obrzeża polany, ale w zaroślach nie ukrywał się już nikt inny. W dole, przy niewielkim cyplu, tuż obok drewnianego molo zauważyła natomiast zacumowany okręt. Jego załoga wciągała właśnie na drzewce żagiel z wizerunkiem gorgony.

– Kim jesteś? – syknęła przez zaciśnięte zęby.

– Elpenor z Kirry – odpowiedział spokojnie.

„Kirra? To port wiodący do Delf i siedziby wyroczni" – pomyślała Kasandra, z trudem powstrzymując się od splunięcia.

– Twoja sława niesie się daleko, *misthios* z Kefalonii, więc przybyłem, aby cię odnaleźć – ciągnął Elpenor.

– Nie jestem osobą, której szukasz – warknęła. – Na tej wyspie jest nas kilkoro.

– Ale nikt inny nie dorównuje ci sprawnością ciała i umysłu. Twoje umiejętności są nadnaturalne – odparł tonem nieznoszącym sprzeciwu.

Kasandra zdjęła cuchnący hełm z głowy i wyrzuciła go w pobliskie krzaki. Uwolniony gęsty warkocz spłynął na jej ramiona.

– Czego ode mnie chcesz? Mów wprost albo ten toporek utknie w twojej piersi – wysyczała.

Elpenor zaniósł się śmiechem:

– Ależ, Kasandro! Chcę ci zaproponować całkiem spory majątek, wart ponad dwa razy tyle, co oko z obsydianu, które właśnie ukradłaś Cyklopowi.

Kasandra odruchowo dotknęła torby ze skradzionym skarbem, upewniając się, że nadal tam jest. „Dwa razy więcej?" – pomyślała.

Takie bogactwo pozwoliłoby jej nie tylko spłacić długi zaciągnięte u Cyklopa, ale także kupić porządny dom dla Foibe. Wreszcie byłaby w stanie opuścić wyspę, raz na zawsze zrywając więzy ubóstwa. Świadomość, że mogłaby robić cokolwiek i gdziekolwiek, napełniała ją jednocześnie przerażeniem i ekscytacją. Pożądliwy wzrok Elpenora sprowadził ją jednak szybko na ziemię. Popatrzyła na niego z ukosa i powiedziała:

– Nie sypiam z mężczyznami za pieniądze, a już na pewno nie z takimi starcami jak ty. Mogłabym ci zrobić krzywdę.

– Nie pragnę twojego ciała, Kasandro. W zamian za fortunę, którą ci oferuję, chcę, byś przyniosła mi głowę – odparł Elpenor, unosząc brwi.

– Przecież jedną już masz – zakpiła.

– Głowę wojownika – ciągnął Elpenor, uśmiechając się pobłażliwie – spartańskiego dowódcy. Nazywają go Wilkiem.

Nogi się pod nią ugięły, a ciało oblał zimny pot, ale zdołała opanować emocje i jakby od niechcenia powiedziała:

– Krew dowódców niczym się nie różni od krwi zwykłych śmiertelników, nawet jeśli są to zarozumiali spartańscy dowódcy.

– Zgadzasz się zatem?

– Gdzie go znajdę?

– Na lądzie, w najbardziej wymarzonym zakątku Grecji.

Kasandra zmrużyła oczy i spojrzała w tym samym kierunku, co Elpenor, na wschód, tam gdzie przez mgłę widać było bezlik ateńskich okrętów, nieustannie zmierzających w stronę Zatoki Korynckiej, gdzie miały wesprzeć oblężenie Megary.

– W Megarze? – zapytała.

Elpenor skinął głową i kontynuował:

– W rzeczy samej. W miejscu, w którym ścierają się wojska Aten i Sparty. Ateny chcą, aby porty w Megarze i przylegającym do niej wąskim kawałku lądu przypieczętowały ich dominację na wybrzeżu Hellady, dla Sparty natomiast są one przepustką do Attyki.

– A więc Wilk jest w samym centrum ateńskiej blokady? – prychnęła Kasandra.

– Jego wojska przybyły z Lakonii i zmierzają do portu w Pagai, na zachód od Megary.

– Czemu chcesz go zgładzić? – zapytała.

– Szaleje wojna, a on… walczy po złej stronie.

Kasandra rzuciła mu lodowate spojrzenie.

– A skąd mam wiedzieć, że ty jesteś po tej właściwej?

Wypełniona drachmami sakwa, którą Elpenor wyjął z fałd tuniki, zabrzęczała głucho.

– Bo ja ci płacę! – odpowiedział, rzucając woreczek w jej stronę.

Chwyciła go i jego ciężar miło ją zaskoczył.

– Jeśli wykonasz zadanie, *misthios*, otrzymasz dziesięć razy więcej.

Twarz Elpenora wyrażała sprzeczne emocje – na jego ustach malował się chłodny uśmiech, ale oczy patrzyły beznamiętnie. Kasandra skinęła głową w kierunku galery z gorgoną na żaglu i powiedziała:

– Żeby tam dotrzeć i pokonać blokadę, potrzebuję łodzi. Daj mi swoją, to zawrzemy kontrakt.

Przypomniała sobie, że dotychczas tylko jedna z jej misji odbyła się na morzu. Musiała wtedy opłynąć Kefalonię na starym, butwiejącym żaglowcu handlowym, by dostarczyć zdobyte przez Markosa łupy jednemu z jego wspólników.

– Ta wyprawa nie może się odbywać pod moją banderą, *misthios* – zdecydowanym tonem odparł Elpenor.

– Nie mogę się podjąć tego zadania bez łodzi – zaprotestowała. – Ateńczycy dawno temu przejęli statki wszystkich sprzymierzeńców i ściągali podatki na rzecz Symmachii Delijskiej, aby ta mogła powiększyć swą flotę. W prywatnych rękach zostało zaledwie kilka galer, które były zdolne do wypłynięcia w morze i wystarczająco szybkie, aby przebić się przez oblężenie. Żadna z nich nie znajdowała się w Kefalonii.

Elpenor zmarszczył nos i z pogardą w głosie zapytał:

– Czyżbym cię przecenił, *misthios*? Przerasta cię to zadanie?

Kasandra zawahała się chwilę. Elpenor odwrócił się, osłonił głowę kapturem tuniki i skierował się w głąb lasu ścieżką prowadzącą ku wybrzeżu.

– Mnie nic nie przerasta, starcze! W swoim czasie głowa Wilka będzie twoja! – zawołała za nim.

Elpenor zatrzymał się i spojrzał na nią przez ramię:

– Świetnie. Kiedy wypełnisz zadanie, szukaj mnie w Przystani Pielgrzyma w Kirze.

* * *

Zmierzając brzegiem morza do winnicy Markosa, wciąż słyszała pożegnalne słowa Elpenora. Wirowały w jej myślach niczym unoszące się na wietrze nasionka. Na razie wszystko, co powiedział, wydawało się nierzeczywiste i rozmyte. Nie wiedziała nawet, gdzie jest Kirra, od dwudziestu lat nie opuściła przecież Kefalonii. Wilka także nigdy nie widziała. „Ależ jestem głupia" – strofowała się w duchu. „Dlaczego nie potrafię odmawiać? Najpierw dałam się wciągnąć w mroczne interesy Markosa, a teraz zgodziłam się przyjąć tę podejrzaną robotę, która może się okazać pułapką i przyprawić mnie o śmierć". Zaraz potem głośno się roześmiała: „Po co ja się zamartwiam. I tak nie wydostanę się z tej przeklętej wyspy. Wygląda więc na to, że Wilkowi włos z głowy nie spadnie".

Po jakimś czasie Kasandra dotarła do skalistego przylądka na peryferiach zatoki Kleptos i rozciągającej się za nim jasnej piaszczystej plaży. Sięgnęła po bukłak z wodą i już miała go podnieść do ust, by ugasić pragnienie, gdy z drugiej strony zatoki usłyszała dramatyczny, donośny krzyk:

– Przysięgam, że nie kłamię! Nie zabieraj mi jej!

Przykucnęła i osłoniła oczy ręką. Najpierw na zalanej słońcem plaży zobaczyła tylko spienione fale, kołujące nad nimi mewy i kilka skubiących skąpą roślinność kóz. Dopiero po chwili na piaszczystym nabrzeżu dostrzegła rufę triremy, której dziób unosił się na wodzie. Była nieco mniejsza niż wojenne galery Ateńczyków i statek Elpenora, ale wyglądała na elegancką i dobrze skonstruowaną. Tył kadłuba miał kształt odwłoku skorpiona i był od strony kila pomalowany na czarno, a wokół relingów na czerwono. Dziób żaglowca został zwieńczony wykonanym z brązu wizerunkiem barana z wymalowanymi po bokach oczami.

– Adrestia jest dla mnie wszystkim! – dobiegło ją błagalne wołanie.

– Adrestia – wyszeptała Kasandra – bogini zemsty... i statek o takiej nazwie? Kilka razy powtórzyła to imię pod nosem, nie mogąc sobie przypomnieć, gdzie już wcześniej słyszała tę nazwę.

Na pokładzie widać było wzmożony ruch – wszędzie roiło się od ludzkich postaci. Wyglądało na to, że żaglowiec zaatakowali bandyci i teraz krępowali klęczących członków załogi, zmuszając ich biciem do posłuszeństwa. Kasandra dostrzegła też starszego mężczyznę, pochylonego nad ogromnym, wypełnionym wodą glinianym naczyniem. Jakiś olbrzym trzymał jego głowę tuż nad kadzią. Biedak na próżno próbował się wydostać z uścisku. Ponad zatoką znowu rozległ się stłumiony, rozpaczliwy krzyk:

– Oszczędźcie mnie, o bogowie! Oszczędźcie mój statek!

Plusk wody i gwałtowne bulgotanie nagle przerwały wołanie nieszczęśnika, olbrzym wepchnął bowiem jego głowę z impetem pod wodę. Dopiero teraz rozpoznała ogromną postać, przypominając sobie jednocześnie, od kogo usłyszała wcześniej nazwę tego statku. Słowa Markosa odbiły się echem w jej uszach:

– Adrestia jest jedną z nielicznych galer, które pozostały na wyspie. Cyklop poluje na nią w tej chwili.

3

Z głową zanurzoną w glinianym naczyniu Barnaba wydawał daremne okrzyki. Jego błagania zamieniały się pod wodą w ciąg niezrozumiałych i dziwacznych odgłosów i wypływały na powierzchnię w postaci bąbelków powietrza. Jego nadgarstki były spętane szorstką liną i obficie spływały krwią. Woda wdzierała się do nosa i zalewała gardło, odcinając dopływ tlenu niczym owijający się wokół szyi wąż. Potężna ręka Cyklopa trzymała jego głowę w wodzie z nienawistnym uporem, a ciało Barnaby zaczęło się rozpaczliwie domagać powietrza. Przed jego oczami pojawiały się na przemian białe przebłyski i czarne jak atrament kałamarnicy plamy, które rozmywały się, łączyły i rozciągały, odbierając mu ostrość widzenia. Zrozumiał, że to już koniec. Cyklop nie pozwoli mu się tym razem wynurzyć i odda go w ręce Charona – Przewoźnika Umarłych. Jego dusza szlochała, a w pamięci zapalały się i gasły obrazy z całego życia, jakby oglądał je w świetle ledwo tlącej się pochodni. Jedno ze wspomnień zabrało go na moment z powrotem na piaszczystą wyspę, na której znalazł się dawno temu jako młody żeglarz. Niemal umarł tam z pragnienia. Przypomniał sobie też wyłaniającego się z fal, połyskliwego potwora, którego wtedy ujrzał. Kiedy opowiadał o nim później, nikt nie chciał mu wierzyć i uznawano, że coś mu się przywidziało wskutek nadmiaru słońca.

Nagle tłusta ręka szarpnęła go za kark i z chlupotem wyciągnęła jego głowę z wody. Długie pukle ciemnych, poprzecinanych siwizną włosów Barnaby niczym ramiona ośmiornicy rozpryskiwały krople we wszystkich kierunkach. Przez chwilę czuł się ogłuszony i oślepiony. Dławiąc się i z trudem łapiąc powietrze, spojrzał w twarz jednookiego kolosa.

– Twoje rozwiązłe usta robią się lekko sine, Barnabo – odezwał się Cyklop, trzęsąc się ze śmiechu.

– To, co powiedziałem, nie było wymierzone przeciwko tobie. Przysięgam na bogów!

– Ty i twoi bogowie – szydził Cyklop, zaciskając ponownie rękę na jego karku. – Czas ich chyba odwiedzić. Hades nie może się już ciebie doczekać!

Barnaba zaczął coś mówić, ale nie skończył, bo jego głowa ponownie zanurzyła się w mętnej wodzie, która wypełniała mu już usta. W jego zamroczonym i pozbawionym przypływu powietrza umyśle pojawił się kolejny obraz z przeszłości. Był już wtedy trierarchą i wraz z załogą udał się na jedną z wysp w poszukiwaniu zaginionych skarbów. Przez wiele dni błądzili w labiryncie skalnych jaskiń. Skarbu, co prawda, nie znaleźli, ale Barnaba był pewien, że którejś nocy, kiedy inni spali, na ścianie dającej schronienie pieczary zobaczył cień dziwnego stworzenia. Wielka bestia o szerokich ramionach, z rogami na głowie przyglądała się, jak odpoczywali, i zniknęła, kiedy tylko ją zobaczył. Jego towarzysze twierdzili, że była to tylko mara senna. On jednak odnalazł później w jaskini ledwo widoczne ślady racic. Płuca Barnaby wypełniły się wodą i poczuł, jak ucieka z niego życie.

„A więc to koniec...” – pomyślał.

– Co z tobą, stary sukinsynu! – syknął Cyklop, podnosząc go gwałtownie do góry. – Czyżby twoi bogowie odesłali cię z powrotem?

Ludzie Cyklopa wybuchnęli śmiechem, a jeden zawołał:

– Wykończ go!

Barnaba poczuł, jak ręka giganta znów zaciska się na jego szyi. Uznał, że nie warto nawet nabierać powietrza i przedłużać swojego cierpienia. Unosząc oczy ku niebu, wyszeptał tylko:

– Dlaczego nie przyszliście mi z pomocą?

Potem spuścił głowę. Jego twarz niebezpiecznie szybko zbliżała się ku powierzchni wody.

– Puść go! – zawołał nagle głos z drugiego krańca zatoki.

Ręka olbrzyma zamarła, a głowa Barnaby zatrzymała się tuż nad glinianym naczyniem. Ponieważ nie mógł się ruszyć, odwrócił jedynie wzrok w stronę, z której usłyszał wołanie, i to, co zobaczył, zupełnie go zaskoczyło. Wysoka, gibka i silna postać, uzbrojona w niewielki topór i dziwną włócznię, dostojnie kroczyła w ich kierunku. Jej rysy były niczym wyrzeźbione w marmurze. Patrzyła na nich nieustraszonym wzrokiem, usta miała zacięte, a na ramieniu niosła posłańca bogów – orła. Oczy Barnaby zaszły łzami. Czyżby sama córka Aresa przyszła go uratować?

– Nie będę się powtarzać, Cyklopie! – podniosła głos Kasandra.

Unoszący się wokół niej suchy piach sprawiał, że wyglądała jak zjawa. Jednooki olbrzym zatrząsł się z wściekłości i wydał złowrogi pomruk, a potem rzucił Barnabą o pokład, jakby ten był stertą szmat.

Cyklop z Kefalonii mierzył ją swym jednym okiem z rufy żaglowca. Jego okaleczona twarz z pustym prawym oczodołem wyrażała bezustanny gniew, a umięśnione i wielkie jak gałęzie drzew kończyny lśniły kropelkami potu. Do jego potężnego tułowia ściśle przylegał nabijany ćwiekami, skórzany pancerz, a splecione w warkocz czarne włosy powiewały za plecami niczym płomień gigantycznej pochodni.

– *Misthios*? – zawołał z niedowierzaniem.

Kasandra zatrzymała się jakieś dwadzieścia kroków od żaglowca. Gotowa do walki, szeroko rozstawiła nogi i spięła mięśnie ramion. Siedzący na jej barku Ikaros szykował się do ataku. *Emanuj siłą* – szeptał w jej myślach głos Nikolaosa, ale jej ręce trzęsły się jak wprawione w ruch struny liry. Jednak musiała się wreszcie zmierzyć z Cyklopem. Latami unikała tego bydlaka i jego popleczników i teraz miała okazję uwolnić spod jego okrucieństwa i ucisku zarówno siebie, jak i Foibe, Markosa i całą Kefalonię. Poza tym potrzebowała tego przeklętego żaglowca...

– Co ty tutaj robisz?! – wrzasnął olbrzym. – Moi ludzie mieli cię do mnie przyprowadzić zakutą w kajdany!

– Twoi ludzie nie żyją. Przyszłam się z tobą rozliczyć... Cyklopie.

– Nie nazywaj mnie tak! – zaryczał, waląc pięścią w balustradę, a potem skinął na swych ludzi, aby się nią zajęli.

Czterech oprychów zeskoczyło z pokładu i zaczęło ją zachodzić z obydwu stron. Byli już całkiem blisko, gdy Kasandra krzyknęła:

– Czyżbyś miał także tylko jedno ucho, Cyklopie? Powiedziałam, że przyszłam rozliczyć się z tobą, a nie z tymi łajdakami!

Usta Cyklopa wykrzywił grymas. Pstryknął palcami i rozkazał swym ludziom:

– Wyrwijcie jej nogi, wtedy nie będzie mogła uciec, i przywleczcie ją na statek. Jak tylko skończę z tym starym durniem, sam się nią zajmę!

Barnaba kątem oka dostrzegł, jak Kasandra wyciąga z kiesy oko z obsydianu i podnosi je wysoko, by zabłysło w świetle słońca:

– Zobacz, co udało mi się znaleźć w twoim domu! – zawołała.

Cyklop odwrócił się, wytrzeszczając swe jedyne oko, a potem złowrogo się zaśmiał i zeskoczył z pokładu na plażę:

– Drogo za to zapłacisz!

W ślad za nim podążyło sześciu pozostałych zbirów i teraz coraz bardziej zacieśniali się wokół niej. „Dziesięciu ludzi, a do tego Cyklop?" – pomyślała, przypominając sobie słowa Nikolaosa: *Od odwagi niedaleko do szaleństwa. Walcz mądrze, nie przeceniaj swych sił.*

Wtedy tuż za nią, w zaroślach, rozległo się meczenie i już wiedziała, co zaraz zrobi. Odwróciła się w kierunku skubiącej trawę kozy, podniosła jej ogon i zerkając wymownie na jej zad, powiedziała:

– Chyba przechowam je sobie w bezpiecznym miejscu...

Cyklop zamarł i z osłupieniem wymamrotał:

– Nie odważysz się!

Kasandra nie odpowiedziała, tylko lekko się uśmiechnęła, włożyła oko na chwilę do ust, by je zwilżyć, i wepchnęła głęboko w kozi odbyt. Zaskoczone zwierzę podniosło głowę i zdążyło jedynie wydać zakłopotany jęk, zanim Kasandra klapsem zmusiła je do ucieczki. Koza poderwała się, minęła dwóch ludzi Cyklopa i zniknęła w głębi lądu.

Kolos rozdarł się na całe gardło:

– Złapać mi tę przeklętą kozę!

Trzech jego najemników rzuciło się w pogoń, a Kasandra pomyślała: „Świetnie, to trzech mam z głowy". Siedmiu pozostałych, z Cyklopem na czele, zbliżało się do niej teraz w pełnej gotowości do ataku.

– Kto pierwszy rozerwie jej gardło, dostanie kiesę pełną srebra! – zachęcał Cyklop.

Kasandra chwyciła jedną ręką skradziony w kryjówce olbrzyma toporek, a drugą włócznię Leonidasa i bacznie obserwowała, który z jej przeciwników rzuci się na nią pierwszy. Wyglądający najpodlej ze wszystkich łysy bandyta z wielkimi złotymi kolczykami w uszach i ubrany w skórzany kilt ruszył w jej stronę. Kasandra odparła jego atak, krzyżując przed sobą toporek i włócznię, ale siła uderzenia odepchnęła ją daleko do tyłu. Zdążyła się odwrócić w połowie drogi, spodziewając się napaści tych, którzy stali za nią, ale w tym samym momencie kątem oka ujrzała, jak Ikaros wciska pazury w twarz mężczyzny, który zdołał zajść ją od tyłu z ostrym sierpem w ręku. Wykonała zwrot i odparła kolejny atak, wbijając toporek głęboko w klatkę piersiową jednego z przeciwników. Mocno krwawiąc, zwalił się na ziemię i odsłonił tym samym kolejnego oprawcę. Kasandra pochyliła się, unikając ciosu mieczem i rzuciła się z impetem w przód, wbijając włócznię w sam środek twarzy nieprzyjaciela. Mężczyzna zaryczał jak zwierzę i padł na ziemię z rozpłataną głową. Jego miejsce w mgnieniu oka zajęło dwóch następnych bandytów. Jeden zadrasnął ją włócznią, a drugi niemal zmiażdżył jej głowę ciężką buławą. Było ich zbyt wielu, a Cyklop tylko czekał na odpowiedni moment, by zadać śmiertelny cios.

– *Spartanie muszą mieć wzrok myśliwego i ogarniać nim wszystko, nie tylko to, co łatwo dostrzegalne* – pouczał ją z otchłani pamięci Nikolaos.

Kątem oka zerknęła na reję Adrestii i utrzymującą ją w miejscu linę. Z jednej strony była ona przywiązana do balustrady. Unikając dwóch kolejnych ciosów, Kasandra wyrwała toporek z ciała jednego z pierwszych napastników, po czym wstała i cisnęła nim w kierunku żaglowca. Nie miała czasu sprawdzić, czy jej rzut był celny, musiała bowiem sparować kolejne uderzenie, ale zaraz potem usłyszała odgłos pękającej liny i jęk belek. Zagłuszył go ryk pędzącego w jej stronę Cyklopa. Jego ciężki miecz był wymierzony w jej tułów. W tej samej chwili dostrzegła nad sobą cień czegoś wielkiego – uwolniona reja zatoczyła krąg wokół masztu, wlekąc za sobą linę. Kasandra podskoczyła, by się jej chwycić. Przywarła do niej ze wszystkich sił dokładnie wtedy, gdy ostrze Cyklopa przecięło miejsce, które przed chwilą zajmowała. Zanim przywiązana do rei lina podniosła ją wysoko w górę, Kasandrze udało się jeszcze wymierzyć Cyklopowi kopniaka w nos. Potem poszybowała w kierunku statku, zostawiając grupę bandytów kolosa daleko za sobą. Zbliżyła się do galery, uderzając o balustradę. Puściła linę i wdrapała się na pokład. Potem podbiegła do Barnaby, aby przeciąć liny krępujące jego ręce, i uwolniła z pęt przerażoną załogę.

– Przygotujcie się na atak – pouczyła ich, zmierzając ku rufie żaglowca.

Od strony wybrzeża słychać było wściekłe postękiwania Cyklopa i jego najemników, którzy zarzucając liny na omasztowanie, zaczynali się wspinać na pokład. Załoga statku przez chwilę przesuwała jakieś belki i haki, a potem pospieszyła ku tylnej balustradzie, aby odeprzeć natarcie. Kilku ludzi Cyklopa udało się zepchnąć, ale on sam był zbyt silny. Wspiął się na tyle wysoko, że udało mu się rozpłatać mieczem gardło jednego z członków załogi, który z jękiem spadł w morską otchłań. Potem wraz z trzema innymi zbójcami wdarł się na pokład. Nie tracąc czasu, jednooki olbrzym rzucił się w stronę Kasandry. Pod nogi napatoczył mu się jednak roztrzęsiony, nieuzbrojony Barnaba. Cyklop stanął i już miał się pozbyć przeszkody jednym machnięciem miecza, gdy Kasandra posłała w jego kierunku zakończoną ostrą iglicą tyczkę do łowienia ryb. To prowizoryczne narzędzie niczym oszczep przebiło pierś olbrzyma i przytwierdziło go do masztu. Na jego twarzy pojawił się najpierw wyraz niedowierzania, potem z ust pociekła strużka ciemnej krwi, aż wreszcie zacharczał i skonał.

Jego nieliczni towarzysze nagle stracili całą pewność siebie i zaczęli się wycofywać, skacząc do wody i pędząc w głąb wybrzeża.

– Cyklop z Kefalonii nie żyje… – wydukał jeden z żeglarzy.

– Nareszcie wyspa wyzwoliła się spod jego tyranii – wychrypiał drugi.

Nadal ociekający wodą, zmizerowany i wymęczony Barnaba podszedł do Kasandry, popatrzył na nią uważnie i przyklęknął, wyrażając podziw i szacunek. Właśnie wtedy na jej ramię wrócił Ikaros. Barnaba podniósł wzrok i zapytał:

– Czy jesteś córką Aresa?

– Mam na imię Kasandra – odpowiedziała i skinęła na niego, by wstał. Potem omiotła wzrokiem kilka martwych ciał leżących na pokładzie i zatrzymała się na glinianym naczyniu z wodą.

– Słyszałam, że Cyklop miał jakieś porachunki z trierarchą tego statku, ale nie wiedziałam, że aż tak bardzo z nim zadarłeś.

Barnaba westchnął i podniósł się z kolan.

– To, co się wydarzyło, było pewnym nieporozumieniem. Jakiś czas temu zatrzymałem się w małej tawernie w Sami. Podczas suto zakrapianej winem kolacji postanowiłem podzielić się z towarzyszami opowieścią z mojej ostatniej wyprawy. Przyznaję, że byłem wtedy bardzo pijany, ale to, o czym mówiłem, było prawdą… Na jednej z wysp widziałem przerażającą istotę, niewyobrażalnie brzydką. Nazwałem ją jednookim potworem. Słysząc te słowa, nasz wspólny uroczy znajomy wywrócił kopniakiem stół, myśląc, że to o nim mowa, i przepędził mnie stamtąd. Na szczęście udało nam się dotrzeć do portu i uciec. Musiał nas chyba jednak śledzić, bo on i jego ludzie zaatakowali, kiedy tylko tutaj zacumowaliśmy.

– Tak, Cyklop ma… a raczej miał w zwyczaju brać takie rzeczy do siebie – uśmiechnęła się gorzko Kasandra.

Na opalonej twarzy Barnaby pojawił się wyraz ulgi. Zerknął na przytwierdzone do masztu ciało Cyklopa, a potem na glinianą kadź z wodą i kontynuował:

– Większość życia spędziłem na morzu. Wstyd byłoby utonąć w garncu wody. Ja i moja załoga zawdzięczamy ci życie. Niestety, mogę ci się odpłacić jedynie oddaniem i lojalnością. Poza tym statkiem niczego innego nie posiadam.

– Wystarczy, jeśli pozwolisz mi przez jakiś czas korzystać z twojego żaglowca.

– Chcesz, abym zabrał cię w podróż, *misthios*? Zawiozę cię, gdziekolwiek sobie życzysz, choćby na koniec świata!

Adrestia opuściła zatokę Kleptos i wzdłuż wybrzeży Kefalonii dotarła do Sami, gdzie zacumowała na kilka dni. Na kładce łączącej żaglowiec z nabrzeżem trwał nieustanny ruch – ludzie Barnaby dźwigali ładunki, gromadzili żywność i niezbędne zasoby.

Kasandra oparła łokcie na balustradzie i pogrążyła się w myślach. Otaczał ją dochodzący z doków gwar, krzyk mew i szczękanie naczyń z pobliskich tawern. Tuż za nią, na drewnianym molo, można było usłyszeć lekkie kroki:

– Jestem gotowa – powiedziała zdyszana Foibe – wszystko spakowane.

Kasandra mocno zacisnęła powieki, próbując zdusić w sobie uczucia, i chłodnym tonem rzuciła:

– Ty zostajesz.

Foibe najwyraźniej się zatrzymała, bo kroki ucichły.

– Ale ja chcę z tobą... – zaczepnie powiedziała Foibe.

– Tam, dokąd się wybieram, nie ma miejsca dla dzieci.

Kasandra odwróciła się i kucnęła, by nie patrzeć na nią z góry. Foibe najwyraźniej próbowała zamaskować prawdziwe emocje, w jej oczach wzbierały bowiem łzy.

– Musisz zostać. Cyklopa już nie ma, więc ty i Markos będziecie tutaj bezpieczni.

Spojrzała na drugi koniec molo, gdzie Markos żywo dyskutował z zezowatym sprzedawcą, który próbował mu opchnąć brudnego, wyliniałego osła.

– Rumak wojenny, mówisz... Godny dowódcy... – przerwał na chwilę, odwzajemnił spojrzenie Kasandry i skinął głową na pożegnanie.

Poruszając bezgłośnie ustami, Kasandra poprosiła:

– Opiekuj się nią!

Markos ponownie kiwnął głową, ale niecierpliwie jak skarcone dziecko.

Nagle zauważyła, że dziewczynka wciska jej coś do ręki. Był to jej drewniany orzełek – zabawka.

– W takim razie weź ze sobą Charę – nalegała Foibe. – Gdziekolwiek będziesz, Chara będzie z tobą, byś o mnie pamiętała.

Kasandra poczuła ucisk w gardle i wzbierający szloch, ale zdołała opanować emocje i wzdychając, odparła:

– Ja też coś dla ciebie mam.

Wyjęła oko z obsydianu i włożyła je do małej rączki. Pamiętnego dnia w zatoce Kleptos, dzięki zręcznej sztuczce, zamiast cennego przedmiotu włożyła kozie w tyłek kamień i teraz zastanawiała się, czy biedne stworzenie już się go skutecznie pozbyło.

– Zachowaj ten skarb dla siebie i nie pozwól, by Markos się o nim dowiedział. Jeśli wpadniesz w tarapaty, sprzedaj go i mądrze wykorzystaj zdobyte pieniądze.

Zaskoczona Foibe przez chwilę wpatrywała się w słynne oko, a potem schowała je do swej sakwy. Kasandra wstała i powiedziała:

– Żegnaj, Foibe.

– Wrócisz tu jeszcze, prawda? – błagalnym tonem zapytała dziewczynka.

– Nie mogę ci tego obiecać, ale mam nadzieję, że kiedyś się jeszcze spotkamy.

Na pokład żaglowca wnoszono właśnie ostatnie pakunki i przygotowywano się do podniesienia trapu. Foibe wycofała się i uśmiechnęła przez łzy, a potem zeskoczyła na nabrzeże i podreptała w kierunku Markosa. Kasandra odwróciła się do nich plecami, ściskając mocno w ręku drewnianego orzełka.

Wioślarze wyprowadzili Adrestię na morze. Barnaba przechadzał się po pokładzie. Wyglądał zupełnie inaczej niż tamtego dnia, kiedy uratowała go przed Cyklopem. Był ubrany w jasnoniebieską tunikę z białymi rękawami, jego ciemnobrązowe kręcone włosy były zaczesane do tyłu, a broda spięta w szpic. Emanował siłą, niezłomnością i dojrzałym pięknem. Po jakimś czasie wydał rozkaz:

– Schować wiosła! Wciągnąć żagle!

Członkowie załogi zaczęli się zwinnie wspinać na maszt i ciągnąć za liny. Przytroczony do rei śnieżnobiały żagiel Adrestii rozwinął się z impetem, ukazując wizerunek szkarłatnego orła. Z pomrukiem przypominającym odległy grzmot żagiel wydął się niczym pierś olbrzyma i galera nabrała prędkości. Płynęli na wschód. Woda raz po raz zalewała pokład, kiedy przecinali potężne fale, zostawiając za sobą bałwany piany.

Barnaba podszedł do Kasandry. Morska bryza rozwiewała jego włosy.

– Kiedy Cyklop trzymał mnie pod wodą, modliłem się o pomoc bogów i zesłali mi ciebie…

– Wołałeś, więc przyszłam – zaśmiała się z ironią.

– I walczyłaś jak Amazonka lub siostra Achillesa, a orzeł Zeusa nieustannie krążył nad twoją głową – ciągnął Barnaba.

Lecący ponad nimi Ikaros zaskrzeczał, jakby chciał potwierdzić jego słowa. Oczy Barnaby zaiskrzyły i spojrzał na nią z podziwem:

– Napotkałem w swoim życiu ludzi, którzy twierdzili, że w ich żyłach płynie krew bogów, ale zwykle okazywało się, że były to czcze przechwałki... Nauczyłem się, że prawdziwą miarą człowieka są jego czyny.

Spuszczając skromnie wzrok, Kasandra rozejrzała się po czystym i schludnym pokładzie żaglowca. Tuż pod zakończoną ogonem skorpiona rufą znajdowała się niewielka kabina oraz kilka ciemnych zakamarków. Członkowie załogi najwyraźniej upodobali sobie zawieszone na omasztowaniu kosze, bo wielu z nich siedziało wysoko na rei i wymachiwało nogami. Kilku ze zwiniętymi płaszczami pod głową spało w cieniu nieopodal dzioba, inni podśpiewywali, szorując podłogę, jeszcze inni usadowili się przy balustradzie i grali w hacle. Załoga liczyła w sumie trzydziestu ludzi. Barnaba uchwycił spojrzenie Kasandry i powiedział:

– Każdy z nich jest dla mnie jak brat i możesz na nich całkowicie polegać.

Potem wbił wzrok w rozległe wody Zatoki Korynckiej, do której zmierzali, i zapytał:

– Ale powiedz mi, proszę, czemu z wszystkich miejsc, w które mogę cię zabrać, wybrałaś właśnie Megarę?

– W jednym z portów Megary, Pagai, czeka na mnie wielka nagroda.

– Ale to samo centrum wojny, *misthios* – drążył Barnaba. – Megara roi się od oddziałów spartańskiej piechoty i jest ciasno otoczona przez galery Ateńczyków. To akurat nie stanowi wielkiego problemu, bo choć Adrestia jest małym i wysłużonym żaglowcem, jej dziób jest ostry, a do tego jest zwrotna i szybka. Ale nawet jeśli uda nam się przebić przez blokadę, chodzą słuchy, że kiedy tam dotrzemy, Perykles na czele ateńskiej piechoty ma zaatakować stacjonujące w Megarze oddziały Sparty. Cóż może być warte takiego ryzyka?

– Głowa jednego ze spartańskich dowódców – odpowiedziała Kasandra.

Znajdujący się w pobliżu członkowie załogi wstrzymali oddech.

– Mam zabić tego, którego zwą Wilkiem – mówiła dalej, wpatrując się w głębokie wody, które pokonywali. Im dalej płynęli, tym bardziej wierzyła, że jej misja się powiedzie.

Barnaba gwizdnął i zaśmiał się gorzko, jakby właśnie kazano mu się wspiąć na naoliwiony urwisty klif.

– Masz zabić Wilka? To nie byle jakie zadanie. Mówią, że Nikolaos ze Sparty ma ramiona z żelaza i jedno oko zawsze otwarte, nawet gdy śpi. Poza tym nigdy nie wypuszcza z ręki swej włóczni, a ci, którzy go chronią, to prawdziwe demony…

W uszach Kasandry rozległo się nagle dziwne dzwonienie, które zagłuszyło na chwilę słowa Barnaby. Nogi się pod nią ugięły. Po chwili wymamrotała:

– Co powiedziałeś?

Na twarzach trierarchy i pobliskich żeglarzy malowało się zmieszanie, kiedy pomagali jej, by się nie osunęła. Odepchnęła ich i podpierając się na balustradzie, wbiła wzrok w wodę.

– A więc Wilk to Nikolaos ze Sparty. Wynajęto mnie, bym zabiła własnego ojca…

Elpenor przyglądał się bacznie zmierzającej ku Zatoce Korynckiej na pełnych żaglach Adrestii. W rękach trzymał dziwną maskę, którą od czasu do czasu gładził, uśmiechając się pod nosem. W pewnej chwili zauważył, jak stojąca u steru dumna, odważna i jak dotąd niezwyciężona Kasandra upada na jedno kolano, a potem odpędza próbujących jej pomóc mężczyzn i niemal połączył się z nią w bólu.

A więc już wie… – zamruczał. – Zaczęło się…

4

– Zwinąć żagiel! – zakomenderował Barnaba.

Wizerunek potężnego orła schował się w fałdach śnieżnobiałej materii i dwudziestu członków załogi zajęło swoje miejsca na wyściełanych skórą ławkach wzdłuż boków galery. Chwycili jodłowe wiosła, przewlekli je przez skórzane dulki i po chwili z rytmicznym pluskiem zaczęli nimi uderzać o taflę wody.

Megara była już w zasięgu wzroku i ich podróż powoli dobiegała końca. Kasandra oparła się na dziobie i patrzyła na oddzielający ich od lądu las ateńskich galer z powiewającymi na wietrze pasiastymi żaglami, jodłowymi masztami i pokrytymi smołą kadłubami. Na każdym z nich tłoczyli się umięśnieni hoplici, łucznicy, miotacze i peltaści. Na niektórych dostrzegła nawet tesalskie rumaki, którym osłonięto głowy, by nie wpadały w popłoch. Dostępu do majaczącej w oddali Megary i portu w Pagai strzegła wielka, pływająca armia.

Od dwóch dni, odkąd poznała prawdziwą tożsamość Wilka, nieustannie dodawała sobie odwagi i powtarzała w duchu, że musi wreszcie stanąć z nim twarzą w twarz.

– Tylko jak pokonać tę przeklętą blokadę? – mruknęła pod nosem.

Galery były zgrupowane po cztery lub pięć i tworzyły coś na kształt murów obronnych. Na pokładach dwóch najbliższych trirem Kasandra widziała tłumy odzianych w białe tuniki peltastów, którzy pokrzykując i żywo gestykulując, obserwowali podpływający ku nim maleńki żaglowiec. Adrestia wyglądała na ich tle niczym mysz zdążająca na spotkanie stada lwów. Dowódca peltastów nakazał im chwycić oszczepy i przygotować się do ataku.

Kasandra spojrzała za siebie, na Barnabę i jego ludzi, i zastanawiała się, czy aby nie zmienić zdania i nie poprosić, by zawrócili i popłynęli na północ lub południe. Mogliby zacumować gdzieś z jednej lub drugiej strony Zatoki Korynckiej, skąd od Pagai dzieliłby ich jakiś miesiąc drogi pieszo. Nie zdążyła jednak nic powiedzieć, bo nagle usłyszała krzyk Barnaby:

– Kybernetesie, skręcamy... skręcamy... skręcamy!

Siedzący w cieniu ogona skorpiona, na tyłach galery, ciemnoskóry sternik Reza złapał obydwa wiosła naraz i z całej siły wychylił się w lewo. Wymagało to nie lada wysiłku i dwóch członków załogi pospieszyło mu szybko z pomocą.

Wzburzając fale, żaglowiec gwałtownie pochylił się w prawo. Kasandra musiała się mocno wesprzeć na relingu, by nie stracić równowagi. Kaskada wody przelała się ponad nią i zalała pokład dokładnie wtedy, gdy wyrzucone w ich stronę oszczepy minęły Adrestię i zniknęły w morskich odmętach daleko za nimi. Statek wyrównał kurs i Kasandra ze zdziwieniem ujrzała tylko jedną ateńską triremę naprzeciw. Najwyraźniej Barnaba dostrzegł ten słaby punkt w blokadzie znacznie wcześniej.

– I raz, i dwa, i trzy... – słychać było miarowe nawoływanie keleustesa, który spacerując tam i z powrotem po pokładzie i uderzając pięścią w otwartą dłoń, wybijał rytm. Adrestia niewyobrażalnie prędko pędziła w kierunku ateńskiej galery z dziobem wymierzonym w jej burtę. Z szeroko otwartymi oczyma Kasandra obserwowała zaskoczenie malujące się na twarzach załogi wrogiego statku.

– Pochylcie się! – wrzasnął Barnaba.

Kasandra poczuła, jak z gwałtownym szarpnięciem dziób żaglowca wbił się w kadłub ateńskiego okrętu, a potem usłyszała trzask łamanych desek i zobaczyła, jak niebo przesłania eksplozja drzazg. Adrestia przecięła statek nieprzyjaciela na pół i popędziła dalej, pozostawiając za sobą zamęt i zniszczenie.

Kasandra zerknęła w stronę wraku i wzburzonych wód wokół niego, spodziewając się odwetu, ale Barnaba uspokoił ją, mówiąc:

– Nie będą nas gonić. Flota Ateńczyków nie pozwoli sobie na takie ryzyko. Podążając za nami, za bardzo zbliżyliby się do wybrzeża.

„Wybrzeże...” – pomyślała i spojrzała w kierunku kamienistej plaży i ukazującego się na horyzoncie zarysu portu w Pagai. Poczuła przeszywający ją lodowaty dreszcz, wiedziała bowiem, że kiedy tam dotrze, nie będzie już drogi odwrotu i nie uniknie konfrontacji z Nikolaosem. Z mocno bijącym sercem przeczesywała wzrokiem brzeg morza, ale nie zauważyła żadnego niebezpieczeństwa.

Żaglowiec dopłynął do odludnego fragmentu lądu i oparł dziób na kamienistej plaży. Kasandra zeskoczyła z pokładu i wpatrywała się w opustoszały krajobraz, raz po raz zadając sobie w duchu pytanie: „Gdzie jesteś, Wilku?”.

Tuż za nią rozległo się rozpaczliwe sapnięcie, które wyrwało ją z zamyślenia i wprawiło w trwogę. Jednemu z ateńskich wojowników udało się dopłynąć do brzegu. Jego niebiesko-biała eksomis była zupełnie przemoczona. Z trudem łapał oddech i pozbywał się resztek morskiej wody z płuc. Dopiero wtedy zauważyła, że poprzez mieliznę zmierzają w ich kierunku setki innych rozbitków. Większość z nich była nadal uzbrojona, a niektórzy dryfowali na wodzie na własnych tarczach. Z odległych galer słychać było zagrzewające do walki okrzyki i przez chwilę przewaga Ateńczyków wydawała się oczywista.

Ale właśnie wtedy z sosnowego lasku na plażę wtargnęła szkarłatna horda Spartan. Kasandra padła na ziemię i ukryta w gęstwinie kolcolistów patrzyła, jak liczący około pięciuset żołnierzy lochos wyłaniał się zza drzew. Przynajmniej jedną piątą pułku stanowili coraz rzadziej spotykani rodowici spartiaci. Purpurowe płaszcze wojowników powiewały za nimi, kiedy zwartym szykiem maszerowali w kierunku nabrzeża. Ciasno zaplecione włosy, które przypominały grube liny, podskakiwały na ich plecach w rytm uderzeń bosych stóp. Hełmy połyskiwały w świetle popołudniowego słońca, a krwistoczerwone symbole lambdy na pokrytych brązem tarczach były niczym palce oskarżycielsko wymierzone w wyrzucanych na brzeg ateńskich żołnierzy.

Z nienawistnymi, zaciętymi twarzami i nie wydając z siebie ani jednego dźwięku, spartańscy wojownicy dopadli swych ofiar, przebijając ich włóczniami na wskroś i rozpryskując wokół fontanny krwi. Rozbitkowie, którzy jeszcze nie zdążyli wygramolić się na brzeg, ginęli od bezlitosnych uderzeń kolców z brązu, umocowanych na drzewcach spartańskich broni. Uwagę Kasandry szczególnie zwrócił jeden ze Spartan, który walczył jak wcielony żywioł. Jego twarz była niemal całkowicie zasłonięta przez tradycyjny koryncki hełm. Patrzyła, jak uwijał się w ferworze walki, sprawnie władając pobłyskującą w słońcu włócznią i trzepocząc tu i tam czerwonym płaszczem. W pewnym momencie przypuściło na niego atak jakichś siedmiu Ateńczyków, ale wszystkich własnoręcznie zgładził. Wkrótce setki rozbitków, którym udało się przetrwać zagładę galery, utonęły w morzu krwi. W zatoce na powrót zapanowała cisza i słychać było tylko szum fal łagodnie uderzających o brzeg.

Wreszcie zobaczyła go w całej okazałości. Była absolutnie pewna, że to właśnie Wilk. Oprócz szkarłatnego, teraz dodatkowo skąpanego we krwi płaszcza nosił oznaczający dowódcę poprzeczny pióropusz w tym samym kolorze. Wspomnienia przeszłości chłostały ją niczym bicze, gdy wpatrywała się w jego niemal zupełnie ocienioną hełmem twarz. Dygocząc, z mocno bijącym sercem ściskała włócznię Leonidasa, która wydawała się drżeć w jej ręku.

Ludzie Wilka podnieśli swe włócznie na jego cześć i wznieśli uroczysty spartański okrzyk: *Aroo*.

Kasandra wiedziała, że w obecności tak wielu mężnych wojowników nie może zaatakować. Musiała ochłonąć i poczekać na inną okazję. Zdjęła rękę z włóczni i schowała broń pod płaszczem – jej wzburzenie powoli ustępowało. Widziała, jak Wilk podszedł do młodego dowódcy, i usłyszała, jak klepiąc go po ramieniu, powiedział:

– Dobra robota, Stentor.

Potem odwrócił się i w towarzystwie kilku wojowników opuścił zatokę. Kasandra patrzyła, jak wielki spartański dowódca, jej ojciec, a jednocześnie cel jej misji oddala się, zmierzając okalającą wybrzeże ścieżką w głąb lądu.

Zerknęła za siebie i niemal bezgłośnie poprosiła wyraźnie zaniepokojonego Barnabę:

– Zaczekaj tu na mnie.

Potem wstała, wyszła zza krzaków i ruszyła w kierunku spartańskich żołnierzy. Jeden z nich, ten, którego Wilk nazwał Stentorem, zauważył ją i zatrzymał się, by zagrodzić Kasandrze drogę.

Wyglądał na nieco starszego od niej. Wszystko wskazywało na to, że był dowódcą, musiał więc mieć ze trzydzieści lat. Jego wąskie usta okalała czarna jak atrament broda, a orli nos przypominał ostrze noża. Zmierzył ją obojętnym wzrokiem. Był silny i wyjątkowo szczupły. Liczne walki i doskwierający spartańskim oddziałom głód najwyraźniej odcisnęły na nim swoje piętno. Jego wargi drgnęły i już miał wysyczeć pod jej adresem jakąś obelgę, gdy kątem oka zauważył zacumowaną nieopodal Adrestię. Omiótł wzrokiem martwe ciała Ateńczyków, a potem spojrzał w kierunku pozostałości ich rozbitego statku i łącząc fakty w jedną całość, przemówił:

– To ty przepołowiłaś ich galerę...

Jego słowom towarzyszyły odgłosy żerujących na zwłokach sępów, które zdążyły się już zlecieć, zwabione zapachem śmierci. Jeden z drapieżników właśnie wydziobywał oko z głowy martwego Ateńczyka.

– Zawadzała mi – lakonicznie odparła Kasandra.

W jego oczach zatliła się iskierka szacunku, a potem spojrzał z dumą w kierunku skalistego nabrzeża. Na jego szczycie, w powiewającym na tle zachodzącego słońca płaszczu, stał Wilk i patrzył w morze, opierając się na lasce zwanej *bakteriya*.

Kasandra podążyła za jego wzrokiem. Nie umknęło to uwadze Stentora, który szybko zauważył, że przyglądała się dowódcy trochę dłużej, niż powinna.

– Czego chcesz od Wilka? – warknął podejrzliwie.

– Chcę... zaoferować mu swoje usługi – powiedziała z udawaną nonszalancją.

– Rozumiem. Jesteś najemnicą... Dlaczego wydaje ci się, że potrzebujemy pomocy? Widziałaś przecież, co przytrafiło się przed chwilą tym ateńskim głupcom? O ile mi wiadomo, Megara jest w rękach Spartan...

– Na razie tak – odparła Kasandra – ale słyszałam, że Perykles i ateńska piechota mają zamiar przypuścić na miasto atak.

Stentor uniósł kącik ust i zanim zdążył rzucić w jej stronę przekleństwo, Kasandra dodała:

– Niewątpliwie wygracie większość walk na lądzie, ale może do niektórych zadań przydałaby się wam najemnica? Potrzebuję tylko bezpiecznego schronienia dla siebie i załogi mojego statku na jakiś czas...

Stentor parsknął pogardliwie.

– Chcesz nam służyć? Nigdy nie dopuściłbym żadnego płatnego żołnierza w pobliże mego ojca – powiedział, zerkając w kierunku Wilka.

– Jesteś jego... synem? – zająknęła się Kasandra.

– Adoptował mnie krótko po tym, jak dwoje jego własnych dzieci umarło – wyjaśnił Stentor.

– Uczyłem się i trenowałem pod jego bacznym okiem. To dzięki niemu zostałem lochagosem i dowódcą tego oddziału. Jest dla mnie niedościgniony wzorem i wszystkim, co mam. Poszedłbym za nim nawet do bram podziemnego świata.

– A ja tylko proszę o szansę zrobienia tego samego – powiedziała.

Stentor spojrzał na nią z ukosa niczym kupiec oceniający wartość szkapy i zaciskając dłoń wokół pięści, kategorycznie odrzekł:

– Nie, w naszym obozie nie ma miejsca dla najemników. Nie pozwolę nikomu obcemu zbliżyć się do Wilka. Wielu z was, *misthios*, pracuje dla Ateńczyków, tak jak Hyrkanos i jego płatni zbójcy, którzy czają się na lądzie i napadają na powozy z naszymi zapasami, próbując nas zagłodzić. Inni przychodzą tu zwabieni nagrodą, jaką mogą otrzymać za głowę mojego ojca. Ryzyko jest zbyt wielkie. Równie dobrze mogłabyś być jedną z nich. Może wcale nie przyszłaś nam pomóc, tylko go zgładzić – ciągnął, marszcząc nos i wpatrując się w nią uważnie, a potem dodał: – Wracaj więc na swój okręt, nieznajoma, i bądź wdzięczna, że pozwalam ci ujść cało.

Za plecami usłyszała brzęk podnoszonych w górę włóczni i zrozumiała, że pora zakończyć rozmowę. Ukłoniła się lekko i wróciła na Adrestię – jedyne względnie bezpieczne schronienie.

* * *

Posiliła się solonymi sardynkami i chlebem oraz mocno rozcieńczonym winem, a potem położyła się nieopodal dzioba okrętu. Niepokoiła ją cisza, która zaległa nad zatoką. Była obolała i nie potrafiła uporządkować myśli ani zasnąć, więc usiadła przy relingu, opierając podbródek na kolanach. W słabym świetle księżyca, który oświetlał rozpościerające się wokół wody, widziała, jak siedzący nieopodal Ikaros czyścił sobie piórka. Od ateńskich galer z jednej strony i z obozu Spartan na wysokich klifach z drugiej biły łuny światła. Znajdowała się pomiędzy tymi dwoma światami, otoczona chrapiącymi żeglarzami i śmierdzącymi zwłokami ateńskich żołnierzy, których Spartanie pozbawili oręża i pozostawili niepogrzebanych na plaży.

Jej serce zamarło, gdy w oddali usłyszała wyraźne odgłosy wioseł. Czyżby szykował się nocny atak? Wychyliła się i zobaczyła, że od strony blokady płynie ku nim niewielka łódź. Było w niej dwóch nieuzbrojonych Ateńczyków, którzy po przybiciu do brzegu podążyli w stronę spartańskiego obozowiska. „To dopiero odwaga, szkoda, że za chwilę zginą…" – pomyślała. Ale mężczyźni wrócili i po jakimś czasie dołączyła do nich większa grupa nieuzbrojonych Ateńczyków, którzy przybyli, by pogrzebać ciała ofiar w płytkich piaskach wybrzeża. Najwyraźniej ich zawzięci wrogowie udzielili im chwilowej amnestii.

Na skraju wzniesienia ponad zatoką, na tle czarnego jak atrament i usianego gwiazdami nieba Kasandra zauważyła zarys sylwetki Wilka, który obserwował pochówek nieprzyjaciół.

– Ta szczypta godności, którą w ten sposób okazałeś, pewnie napawa cię dumą – wysyczała w jego kierunku z nienawiścią. – Gdzie podziały się twoja duma i honor tej nocy nad przepaścią?

* * *

Adrestia pozostała w zatoce nieopodal Pagai przez kolejny miesiąc, a Kasandra próbowała w tym czasie zdobyć zaufanie Spartan. Śledziła maszerujące spartańskie oddziały, broniące zatoczek i przystani przed inwazją Ateńczyków i odpierające ataki wojsk lądowych z północy. Od czasu do czasu wspierała Spartan w walce i dwukrotnie udało jej się wpłynąć na jej przebieg. Za pierwszym razem przyczaiła się za wysoką skałą nad nabrzeżem i posłała z ukrycia deszcz płonących strzał w kierunku nadpływającej ateńskiej galery. Gorejące pociski przeleciały tuż nad głowami gotowych do walki Spartan i okręt nieprzyjaciela zajął się ogniem, zanim zdążył dobić do brzegu. Niczym sęp pozbawiony padliny, Stentor posłał jej wtedy tylko nienawistne spojrzenie. Jednak kolejnym razem, kiedy rzuciła się razem z nimi do walki i pokonała jednego z ateńskich bohaterów, wzniósł do góry miecz i z wściekłością wrzasnął w jej stronę:

– Trzymaj się z dala od moich żołnierzy i mego ojca!

Uwadze Kasandry nie umknęły jednak ani sińce pod jego oczami, ani osłabienie spartańskich wojowników. Choć słynęli oni z odporności na głód, braki w zaopatrzeniu oznaczały zapewne, że wielu z nich nie jadło porządnego posiłku od dobrych kilkunastu dni.

Pozyskanie zaufania Spartan było jak opanowanie zamkniętej, żelaznej twierdzy. Kasandra wiedziała, że musi znaleźć jakiś sposób, aby tego dokonać, i zaczynała rozumieć, że kluczem do tej nieprzystępnej fortecy było zdobycie pożywienia. Pod osłoną nocy opuściła więc Adrestię niezauważona i ruszyła w głąb lądu.

* * *

Spartańskie obozowisko na wzniesieniu ponad zatoką otaczał krąg płonących pochodni. U wejścia stali czujni strażnicy o zastygłych twarzach, z włóczniami wbitymi na sztorc w ziemię. Na okolicznych wzniesieniach i pobliskich drzewach czaili się Skiryci, którzy byli doskonałymi oszczepnikami i często pełnili nocną wartę. Choć nie byli rodowitymi Spartanami, darzono ich sporym zaufaniem. Wewnątrz obozu paliły się ogniska, a zgromadzeni wokół nich żołnierze raz po raz zanosili się donośnym śmiechem, popijając cienką zupę z kamionkowych naczyń – kothonów lub ostrząc groty swych włóczni. Niektórzy stali nago przed helotami, którzy nakładali na ich wychudzone ciała wonne olejki, po czym strigilami złuszczali im skórę.

Wyraźnie zmęczony, głodny i poirytowany Stentor siedział w samym środku obozu. Nie mógł spać, zebrał więc wokół ogniska kilku wojowników, którzy nie udali się jeszcze na spoczynek, aby wspólnie przetrwać noc.

– Zaśpiewajcie mi którąś z wojennych pieśni Tyrtajosa – warknął.

Dwóch siedzących naprzeciw niego żołnierzy odchrząknęło i zaintonowało koszmarną wersję utworu, napisanego jakieś trzysta lat wcześniej przez największego poetę i pieśniarza Sparty. Na twarzy Stentora pojawił się grymas odrazy.

– Przestańcie, zanim duch tego wielkiego człowieka pojawi się tutaj, by wyrwać wam języki!

Spojrzał w dół, na wybrzeże, gdzie przyklejona do skał niczym ślimak morski Adrestia kołysała się łagodnie. Nieszczęsna *misthios* spędziła tu niemal całe cuchnące lato i włóczyła się za nimi już od dwóch miesięcy. Jej udział w ostatnich walkach kładł się cieniem na ich zwycięstwach. Raz nawet użyła łuku – broni, której Spartanie nawet by nie dotknęli! Pewnego dnia wybrał się do zatoki, by popatrzyć, jak jego żołnierze ćwiczą na plaży. Ustawili się w dwóch falangach, jedna naprzeciw drugiej, i natarli na siebie, symulując walkę. Stentor śmiał się pod nosem i klaskał w dłonie, kiedy żołnierze rząd za rzędem przewracali jeden drugiego, zaliczając kolejne zwycięstwa. W końcu po imponującym pokazie siły na polu bitwy pozostał tylko jeden wojownik, inni rozpierzchli się, postękując. Dumny z jego wyczynu Stentor podszedł bliżej i już miał mu pogratulować, gdy zobaczył, że pod hełmem i czerwonym spartańskim płaszczem krył się nie kto inny, tylko Kasandra! Nie obywatel Lakonii, ale jakaś przeklęta najemnica!

Z wściekłością godną tyrana naubliżał wtedy swoim żołnierzom za to, że nie tylko pozwolili jej ze sobą trenować, ale powierzyli jej także spartańskie oręże.

– Ale ona nam dorównuje – odważył się powiedzieć jeden z nich. – Ktoś ją dobrze wyszkolił w spartańskiej sztuce walki, ale nie chce powiedzieć kto.

Któryś ze Spartan po przegranym pojedynku próbował ją nawet uwieść i zmusić do pocałunku. Siedział teraz biedak w odległym kącie obozowiska i leczył złamaną szczękę i posiniaczone jądra.

– Kim jesteś, *misthios*? – zastanawiał się Stentor, przypominając sobie, że Skiryci od miesiąca informowali go również o jej dziwnych nocnych wypadach w głąb lądu.

Chwilowo ciążyły mu jednak większe zmartwienia. Wyglądało na to, że dziewczyna miała rację i Perykles z potężną armią hoplitów miał wkrótce dotrzeć na południe i spróbować przejąć kontrolę nad tymi terytoriami. Spartańskie bataliony miały wkrótce wyruszyć im naprzeciw. O tym, że wymarsz był blisko, świadczył fakt, że zaczęto organizować wsparcie i mobilizować sojuszników. Stentor przeczesywał ręką włosy, myśląc o liczebnej przewadze Ateńczyków. Martwiło go, że wielu przewidywało porażkę Spartan w tym starciu. Podkopywało to jego morale w takim samym stopniu, co pustka w żołądku.

Nagle usłyszał chrzęst piasku. Ktoś przechodził pomiędzy namiotami i szybkim, pewnym krokiem zbliżał się do niego.

– Straże! – zawołał, podnosząc gwałtownie głowę.

Gdy cień postaci przesłonił ognisko, Stentor wstał i sięgnął po sztylet, ale właśnie wtedy tuż obok niego wylądował masywny worek, który pękł, ukazując swą bezcenną zawartość. Wszyscy gapili się na niepozorne ziarenka pszenicy, które się z niego wysypały, jakby były czystym złotem. Stentor podniósł wzrok i napotkał chłodne spojrzenie Kasandry.

– *Misthios*? – warknął, zgrzytając zębami.

– Hyrkanos nie żyje. Śledziłam go przez ostatni miesiąc i dziś udało mi się przeniknąć do jego obozu i wszystkich wymordować. Jest tam jeszcze z tuzin wozów ze skradzionym ziarnem. Ty i twoi ludzie będziecie się mogli wreszcie porządnie najeść i odzyskać siły przed starciem z ateńską piechotą.

Stentor odczuwał z jednej strony euforię, a z drugiej wściekłość.

– A zatem znów nas ratujesz… Mamy ci się kłaniać i okazywać wdzięczność, tak? – syknął.

– Chcę tylko jednego. Spotkania z Wilkiem – odpowiedziała cicho Kasandra.

Gniew Stentora zelżał, a w jego głowie zaświtał pewien plan. W obecnej sytuacji każdy sprzymierzeniec był na wagę złota.

– Dobrze. Umożliwię ci to spotkanie, ale pod jednym warunkiem. Kiedy wyruszymy na północ, by zmierzyć się z Ateńczykami, ty, *misthios*, pomaszerujesz w mojej enomotii. Poręczę za ciebie i dołączysz do zaprzysiężonej mi grupy wojowników.

Wymierzył w nią palec i ciągnął dalej:

– Widziałem, jak ćwiczyłaś w zatoce, ale udawana bitwa na plaży nie jest odpowiednią próbą dla wojownika. Musisz udowodnić, że nie straszne ci prawdziwe starcie i wraz z innymi hoplitami możesz stanąć w naszym murze obronnym.

Dwóch mężczyzn siedzących przy ognisku zaniosło się śmiechem, słysząc te słowa. Stentor miał nadzieję, że perspektywa walki ją odstraszy i w duchu powtarzał sobie: „Na co czekasz, *misthios*? No, już, uciekaj! Znikaj stąd!".

Ale Kasandra patrząc mu butnie w oczy, powiedziała tylko:

– Daj mi włócznię i tarczę, a będę walczyć, jak przystało na obywatela Sparty.

Z twarzy Stentora zniknął uśmiech i zastąpiło go lodowate spojrzenie.

Dwie wielkie armie maszerowały naprzeciw siebie, wznosząc nad Megarą gigantyczne tumany pyłu. Uszli już dobrych kilka godzin na północ od Pagai i Kasandra zastanawiała się, czy jeszcze kiedykolwiek zobaczy Barnabę, który zachowywał się tego poranka jak kura domowa, pakując dla niej dodatkową porcję chleba i upewniając się, czy aby na pewno wystarczy jej wody. Hełm sprawiał, że słyszała, jak krew pulsuje jej w żyłach, czuła siłę własnego oddechu i wszechobecny zapach potu. Przy każdym kroku obijała się o szerokie ramiona wojownika po jej lewej stronie, lina przytrzymująca tarczę wpijała się w jej ramiona, a rękojeść hoplickiej broni ocierała wnętrze dłoni. Włócznia Leonidasa została na Adrestii, Kasandra wiedziała bowiem, że Wilk mógłby ją po niej rozpoznać. Pierwszy rząd enomotii Stentora stanowiło trzydziestu jeden brodatych mężczyzn o kamiennych twarzach. Był wśród nich również Nikolaos. Z Teb, Koryntu, Megary, Focji i Lokris nadciągali peloponescy sojusznicy. Dzięki nim Wilk dysponował niemal siedmiotysięczną armią, która niczym ogon potężnego szkarłatnego węża podążała teraz za nimi. Na jej czele szli Skiryci oraz kontyngent kawalerii konnej z Beocji. Faliste nadbrzeżne tereny zostały daleko w tyle i teraz otaczały ich skaliste wzgórza i zalesione wyżyny.

Wreszcie dotarli do rozległej pustynnej równiny, gdzie zobaczyli połyskujący stalą i brązem zwarty mur wroga. Jak okiem sięgnąć, widać było tylko niebiesko-białe tuniki i proporce. Licząca niemal tysiąc żołnierzy ateńska armia zaczęła na ich widok wznosić głośne okrzyki i szydercze pieśni.

Spartańscy dowódcy wydali zwięzłe komendy i tyły kolumny przemieściły się na jej czoło, tworząc długą linię wzdłuż frontu nieprzyjaciela. Oddział Wilka zajął pozycję po prawej stronie aliantów, a Skiryci po lewej. Kroki żołnierzy ucichły, a w ich miejsce rozległo się szczękanie metalu i głuche stuknięcia tarczy o tarczę. Wkrótce utworzyły one zwartą ścianę, ozdobioną kolorowymi emblematami, w tym peloponeskimi herbami z wizerunkami piorunów, węży i skorpionów. Kasandra również włożyła lewe przedramię w *porpax* – znajdującą się wewnątrz tarczy opaskę z brązu – i chwyciła za skórzany uchwyt, umocowany przy krawędzi tak naturalnie, jakby ten element zbroi stanowił część jej własnego ciała.

Raptem zaległa zupełna cisza i nad równiną przez chwilę unosiły się wyłącznie lekkie podmuchy wiatru. Przerwało ją stłumione beczenie. Białowłosy spartański kapłan podszedł do Wilka, wlokąc za sobą kozę. Kasandra nie mogła oderwać wzroku od tego pomarszczonego starca – wieniec z liści laurowych na jego skroniach i nagie, kościste ramiona sprawiły, że wydarzenia tamtej nocy, która zakończyła się nad przepaścią, na nowo ożyły w jej pamięci. Kapłan wzniósł błagalny okrzyk ku niebu, po czym jednym szarpnięciem noża rozciął gardło przerażonego zwierzęcia. Wierzgając i tryskając krwią, koza zwaliła się na ziemię i wkrótce skonała, a kapłan oświadczył, że złożona ofiara zadowoliła bogów. Wtedy na znak Wilka Spartanie jak jeden mąż podnieśli włócznie i wycelowali je, niczym oskarżycielskie palce, w znajdujących się po drugiej stronie równiny Ateńczyków.

Stojący za Kasandrą nieuzbrojony żołnierz podniósł do ust rozwidlone, przypominające kły słonia piszczałki zwane *auloi* i zadął w nie z całej siły. Równinę zalał niski, przerażający dźwięk *Hymnu do Kastora*, który Kasandra pamiętała jeszcze z czasów dzieciństwa i uroczystych biesiad. Nagle zdała sobie sprawę, że zupełnie zaschło jej w gardle, a pełny pęcherz urósł do wielkości melona. Była pewna, że w walce jeden na jednego jest w stanie pokonać każdego przeciwnika. Przecież sam Wilk uczył ją w dzieciństwie, jak walczyć w szyku i jak być bezwzględnym i niewzruszonym. Pokazywał, jak należy się ustawiać i poruszać w kolumnie. Czyż nie udowodniła trenującym z nią na plaży wojownikom, jak dobrze była wyszkolona? A jednak udział w prawdziwej walce był dla niej czymś zupełnie nowym, dziwnym i... wprowadzającym w zakłopotanie.

– Boisz się, *misthios*? – zapytał stojący tuż obok niej Stentor.

Kasandra nawet na niego nie spojrzała.

– Uczestnictwo w bitwie jest niczym bieg w kajdanach. Nie można się odwrócić i uciec, bo okryjesz się hańbą. Nie można robić uników ani stosować przewrotnych forteli jak w zwykłym pojedynku. Tutaj jesteś częścią większej całości i musisz nią pozostać bez względu na wszystko. To już nie ćwiczenia – tutaj się walczy i wygrywa lub... umiera. Ale głowa do góry, ponoć ci, co balansują na krawędzi, mają najlepsze życie – zaśmiał się szyderczo.

– Chcesz, żebym stchórzyła – syknęła w odwecie. – Nic z tego.

– W takim razie patrz uważnie, może się czegoś ode mnie nauczysz, bo to ja odniosę dziś zwycięstwo dla Wilka. Stanę się bohaterem tej bitwy i to ze mną będzie się chciał widzieć po skończonej walce.

Kasandra spojrzała na niego z ukosa, zastanawiając się, czy warto się do niego w ogóle odzywać. Ale nie mogła przestać myśleć o tym, co by było, gdyby życie jej rodziny potoczyło się inaczej i ta pamiętna noc nad przepaścią nigdy się nie wydarzyła. Kim byłby wtedy Stentor? Czy zamiast niego prawą ręką ojca byłaby wtedy ona? A może Aleksios? Z jej ust wyrwała się prośba:

– Jeśli dziś zginę, nigdy nie poznam Wilka... Opowiedz mi o nim.

– Co chcesz wiedzieć? Jakie są jego zwyczaje i kto jest jego strażnikiem, tak? Zapomniałaś, że cię przejrzałem, *misthios*? – powiedział ozięble.

– Nie. Chciałam raczej wiedzieć, jaki jest... Jakim jest ojcem... – westchnęła i spojrzała mu w oczy.

Jego kamienna dotąd twarz przybrała zupełnie inny wyraz i Kasandra zobaczyła w nim przez chwilę chłopca, a nie mężczyznę. To jedno spojrzenie wystarczyło, by zrozumiała go bez słów. Zresztą Stentor nie odpowiadał, a na jego oblicze szybko powrócił dawny chłód i gniew. Za nimi wciąż rozlegał się przeraźliwy pisk *auloi*. Kasandra założyła, że ich rozmowa dobiegła końca, i niemal podskoczyła, kiedy jednak się odezwał:

– Jest silny i opiekuńczy. To dobry ojciec. Tak mi się wydaje. Ale czasem są takie momenty, jakby sam w to nie wierzył. Jego wzrok gdzieś wtedy odpływa i ogarnia go smutek... Lecz przecież chyba wszyscy nad czymś w życiu ubolewamy – uśmiechnął się, rezygnując na chwilę z wizerunku prawdziwego Spartanina.

– Oj, tak – odrzekła Kasandra i poczuła, że jej serce zamienia się w kamień. Zerkając na Wilka, pomyślała: „Niektóre rachunki wkrótce zostaną wyrównane".

Piszczałki wreszcie zamilkły, podobnie jak drwiny i sprośne pokrzykiwania Ateńczyków. Po obu wrażych stronach rozległy się setki głosów nawołujących do walki. Niczym ogromne ramię zgarniające resztki ze stołu, Spartanie i ich sprzymierzeńcy ruszyli naprzód w tempie, które zaskoczyło Kasandrę. Szli zwartym szykiem, prędkim, marszowym krokiem, w zupełnej ciszy. Niektórzy z aliantów wznosili pojedyncze okrzyki i zaśpiewy, ale Spartanie uparcie milczeli, mierząc nieprzyjaciela nienawistnym wzrokiem. Odległość pomiędzy wojskami gwałtownie się zmniejszała i Kasandra dostrzegła ruszającą w ich kierunku taksiarchię ateńskich hoplitów, ubranych w śnieżnobiałe tuniki z szafirowymi prawymi rękawami. Na jej czele stał dowódca w koryncckim hełmie z pióropuszem, klasycznym pancerzu z brązu i białych skórzanych butach zdobionych złotem. Coraz wyraźniej słychać było jego wibrujący wojenny okrzyk:

– *Elelelelef! Elelelelef!*

Serce Kasandry biło jak oszalałe i gdyby teraz Stentor ją zapytał, czy się boi, odpowiedź byłaby z pewnością twierdząca. Strach narastał w niej z każdym krokiem, a ateńskie włócznie były coraz bliżej i bliżej… Wtedy poczuła pierwsze uderzenia.

Śmiercionośne groty zgrzytały po jej tarczy, a niektóre ze świstem przelatywały tuż obok jej głowy i łydek. Brzęk żelaza i brązu rozlegał się na całej linii starcia niczym kłapanie metalowych szczęk. Niektórzy rzucali włóczniami w tarcze przeciwników, by ich odsłonić. Wtedy ci stojący obok miotaczy wbijali bezbronnej ofierze broń między żebra. W ciągu tych pierwszych kilku chwil poległy setki żołnierzy. Wszędzie słychać było odgłosy walki, gardłowe wrzaski. Pole bitwy zalewała rzeka ludzkich wnętrzności. Zadraśnięta w policzek Kasandra czuła zapach i smak świeżej krwi, która spływała strumieniami po jej twarzy. Ateński taksiarcha najwyraźniej uznał, że *misthios* jest najsłabszym ogniwem w szyku i natarł wprost na nią. Zakluczona między spartańskimi hoplitami Kasandra mogła się tylko schować za tarczą i na oślep zadawać ciosy włócznią.

– Patrzcie! Spartanie zabrali ze sobą sukę! – zaryczał ze śmiechu taksiarcha.

Kasandra poczuła wszechobecny smród bebechów i rozpryskującej się krwi. Włócznia wściekle tłukącego w jej tarczę dowódcy złamała się, podobnie jak setki innych po obu stronach. Oddziały Ateńczyków i Spartan zaczęły się szybko przegrupowywać, by wypełnić puste miejsca po poległych i po chwili, uderzając tarczą o tarczę, szyki znów się zwarły. Kasandra stanęła oko w oko z ateńskim taksiarchą. Podobnie jak inni Spartanie *misthios* była teraz zamknięta w szczelnym uścisku z przeważającym liczebnie przeciwnikiem.

– Obetnę ci cycki, spartańska kurwo, a potem powlekę cię za swym koniem – warknął taksiarcha, a kropelki jego śliny opryskały jej twarz.

Walczący obok Stentor odwrócił zakrwawioną twarz w jej kierunku i burknął:

– Dobądź miecza!

Po czym sam wyciągnął sztylet i wbił go w szyję nacierającego na niego Ateńczyka. Taksiarcha zamierzył się na nią, ale jej szybki jak błyskawica refleks nie zawiódł. Wyjęła niewielki zakrzywiony nóż, który otrzymała rano, i z impetem wbiła go prosto w jego oko. Butne przechwałki zastąpił wrzask bólu i dowódca padł. Jego miejsce natychmiast zajął inny wojownik, więc kontynuowali starcie, nie szczędząc sił w przepychankach i walce, aż wreszcie wśród donośnych odgłosów konania nadszedł moment zwycięstwa. Ateńczycy najpierw odsunęli się o krok, potem o dwa. Zagrzewająca ich do walki pieśń o odwadze ucichła i rozległ się zdesperowany skowyt. Ich liczebna przewaga okazała się niewystarczająca w obliczu słynnego spartańskiego uporu. Ateńczycy najpierw trochę rozluźnili szyki, a potem masowo rzucili się do ucieczki, porzucając tarcze. Z Kasandry powoli opadało napięcie. Stentor z uśmiechem przyglądał się beockiej kawalerii, która ruszyła w pogoń za opuszczającymi pospiesznie pole bitwy nieprzyjaciółmi, a peltaści z przeciwległej flanki szpikowali oszczepami nieliczne wrogie oddziały, które postanowiły walczyć do końca.

– Taniec wojenny powoli dobiega końca! Patrz, jak Ateńczycy się nas boją! Perykles ucieka do swego Partenonu, gdzie dramatopisarze i sofiści otoczą go stosowną opieką. On już wie, że dni ich blokady w Megarze są policzone. Droga do Aten wkrótce stanie dla nas otworem! – triumfalnie perorował Stentor.

Jego słowa nie zdążyły jeszcze dobrze wybrzmieć, a Kasandra już pędziła w stronę leżącego w oddali, rannego Wilka. Najwyraźniej odłączył się od reszty i teraz otaczało go trzech żądnych zemsty Ateńczyków. „Nie! On jest mój!" – zaprotestowała w duchu. Pierwszego z napastników uderzyła z całej siły tarczą w głowę, a drugiemu wbiła sztylet w bok, powalając go na ziemię. Trzeci podniósł włócznię i wymierzył ją w Wilka, ale Kasandra go ubiegła. Ostrze jej miecza przebiło tunikę, skórę, tkanki i kości napastnika, docierając aż do płuc. Wstrząsany paroksyzmami padł martwy, nadal trzymając drzewcową broń w dłoni. Pierwszy z trójki Ateńczyków, którego Kasandra tylko ogłuszyła, zaatakował ponownie, ale tym razem dopadł go sam Wilk. Łupnął tarczą w sam środek jego twarzy, łamiąc mu nos, a potem z wprawą przebił włócznią jego szyję. Mężczyzna osunął się na ziemię w agonii.

Dysząc ciężko, Kasandra padła na kolana, była zupełnie bezbronna. Przed nią stał Wilk. Przyglądał się jej przez chwilę, ale wkrótce rozdzielili ich jego ludzie, którzy stanęli w kręgu i podnieśli swe włócznie, z powagą wołając *Aroo!*, od czego zatrzęsło się całe pole bitwy.

Sprzymierzeńcy Spartan głośno świętowali zwycięstwo, oni sami jednak zamilkli, jakby ten krótki okrzyk był jedyną ekstrawagancją, na jaką mogli sobie pozwolić. Wbili włócznie w pobojowisko i popijali wodę z bukłaków, od czasu do czasu wymieniając między sobą kilka zdań.

– *Naszym zadaniem jest zabijać lub ginąć w imię ojczyzny i robimy to bez żadnej pompy czy widowiska* – przypominały się jej dawno wypowiedziane słowa Nikolaosa.

Grupa Spartan zaczęła zdejmować zbroje z ciał Ateńczyków i zawieszać ich hełmy, pancerze i tarcze na stelażu utworzonym ze skrzyżowanych włóczni wbitych w ziemię. Kiedy skończyli, ich twór wyglądał jak karykatura ateńskiego hoplity o czterech głowach, który miał tu pozostać na pamiątkę przegranej bitwy. Ścielące się gęsto na równinie zwłoki zaczęły przyciągać roje much i drapieżne ptactwo.

Jeden z żołnierzy otaczających kręgiem Wilka podszedł do Kasandry i zapytał:

– To ty jesteś *misthios*?

Skinęła głową w odpowiedzi.

– Zaimponowałaś dziś Wilkowi swą postawą. Kiedy wrócimy do obozu w Pagai, chce się z tobą zobaczyć.

Kasandra kątem oka dostrzegła pociemniałą z wściekłości twarz Stentora.

Powietrze było tego wieczora ciężkie jak przed burzą, w oddali słychać już było pojedyncze pomruki piorunów, a niebo zasnuły ciemne chmury. Kasandra wróciła na Adrestię, ale nie była zbyt rozmowna. Odpędziła Barnabę, który próbował opatrywać jej rany, włożyła za pas naruszoną włócznię Leonidasa i odwróciła się w kierunku nadbrzeżnych klifów, gdzie znajdował się obóz Spartan i skalisty cypel, na który kazano się jej udać.

– Kiedy wrócę, będziemy musieli opuścić zatokę w pośpiechu, inaczej zginiemy... Bądźcie gotowi! – warknęła.

Z tymi słowami zeskoczyła z pokładu i stromą ścieżką weszła na szczyt skalistego wzniesienia. Porywisty wiatr targał jej płaszcz i włosy. Dotarła na wskazane miejsce i zamarła...

Stał odwrócony tyłem i wpatrywał się w ciemne, wzburzone morze, jakby w nim także czaił się wróg. Z mocno bijącym sercem Kasandra powoli zbliżyła się do niego. Wpatrywała się w jego ciemnoczerwony płaszcz, który łopotał na wietrze zupełnie tak samo jak tamtej nocy w drodze na Tajget...

Spod jego hełmu wystawały pojedyncze kosmyki włosów, mocno przeplatane siwizną, a odkryte łydki, ocienione fałdami obszernego palium, były żylaste i naznaczone piętnem czasu. Nadal był silnym mężczyzną, ale wyraźnie zmęczonym.

Podeszła do niego niemal bezszelestnie, a mimo to wyczuł jej obecność. Świadczył o tym prawie niezauważalny ruch jego głowy. „To oczywiste, że mnie usłyszał" – pomyślała z goryczą. Uczono go być ostrożnym od momentu, gdy się urodził. Zatrzymała się, a on powoli odwrócił się w jej stronę. Ponad nimi rozległ się stłumiony grzmot.

Patrzył na nią przez otwór w hełmie z tym samym nic niemówiącym wyrazem, który widziała wcześniej na twarzy Stentora. Jego ciało, otulone tylko płaszczem, było pokryte licznymi bliznami. Zadana mu w czasie bitwy na pustyni rana była świeżo opatrzona. Upływający czas nie był dla niego łaskawy. „Ja również taka nie będę" – powtarzała sobie w duchu z żądzą zemsty.

– A więc to ty śledziłaś moją armię od miesięcy... Podejdź bliżej, opowiedz mi o sobie. Chciałbym wiedzieć, dlaczego tak dobrze walczysz, i to za darmo...

Jego głos był nadal głęboki, ale jakby mniej zdecydowany. W blasku błyskawicy, która rozdarła niebo nad wybrzeżem niczym postrzępiony kolec, spojrzała mu głęboko w oczy. „Jak możesz mnie nie pamiętać? Po tym, co zrobiłeś...” – pomyślała z żalem i wściekłością.

– Jak zauważyłaś, trudno zdobyć moje zaufanie. Ale tobie się udało. W przyszłości będziesz mogła zarobić u nas spore pieniądze...

W tym momencie ostry podmuch wiatru odsłonił pas Kasandry i przytroczoną do niego naruszoną włócznię Leonidasa. Wilk urwał w pół słowa, a kolejna błyskawica oświetliła na chwilę jego oblicze. Miał szeroko otwarte oczy i wyraz niedowierzania na twarzy.

– To ty... – powiedział ledwo słyszalnym, ochrypłym głosem.

Kasandra sięgnęła po swą wysłużoną broń, z którą wiązało się tyle wspomnień...

Wpatrywałam się w nieprzeniknioną otchłań przepaści, mając nadzieję, że to wszystko się nie wydarzyło, ale spływający po mnie lodowaty deszcz bezlitośnie przypominał mi, że to prawda. Aleksios był martwy.

– Morderczyni! Zabiła efora! – krzyczał jeden z kapłanów, a jego przeraźliwy głos odbijał się echem wśród skał.

– Sprowadziła na Spartę przekleństwo! Skazała nas na los przewidziany przez wyrocznię! – lamentował inny.

– Musi za to zadośćuczynić! Powinna umrzeć! – zdecydował trzeci. – Nikolaosie, zrzuć ją do przepaści, niech zapłaci za to, że okryła cię hańbą!

Zesztywniałam, a mój kark ścisnęły niewidzialne, lodowate szpony przerażenia. Odwróciłam się i zobaczyłam najpierw miotającą się w uścisku starszego mężczyzny matkę, a potem ojca, który stał przygarbiony z wyrazem przerażenia na twarzy.

– ONA MUSI UMRZEĆ – przekonywał kościsty kapłan – w przeciwnym razie ty, Nikolaosie, zostaniesz skazany na banicję, a plama na honorze będzie cię prześladować niczym cień. Twoja żona cię znienawidzi.

– Nie! Nie słuchaj ich, Nikolaosie – rozpaczliwie błagała Myrrine.

– Nawet heloci będą tobą pogardzać. Zrób to, co jest obowiązkiem prawdziwego Spartanina – ciągnął kapłan.

– Dla Sparty! – zakrzyknęli chórem inni.

– Nie! – wychrypiała matka, tracąc głos.

W tym momencie niczego nie chciałam bardziej, niż znaleźć się z nimi wszystkimi na powrót w domu, wokół paleniska. Tak bardzo pragnęłam, aby to był tylko zły sen. Ojciec podszedł do mnie. Z jednej strony rozlegały się groźby kapłanów, z drugiej – płacz matki. Ufnie wyciągnęłam ku niemu ręce. Wiedziałam, że mnie przytuli i obroni. Byłam tego tak samo pewna, jak tego, że rankiem na wschodzie ukaże się bóg słońca – Apollo. Zatrzymał się tuż przede mną i westchnął. Nie patrzył na mnie, ale wpatrywał się jakby gdzieś w dal. Mogłabym przysiąc, że ujrzałam wtedy, jak blask w jego oczach gaśnie.

Potem chwycił mnie za nadgarstek, mocno, jakby chciał wokół niego zacisnąć żelazne kajdany, i podniósł mnie. Kiedy podchodził ze mną do przepaści, z trudem łapałam powietrze, a moje nogi rozpaczliwie szukały oparcia.

– Nie... Proszę, nie! Nikolaosie, spójrz na mnie – zanosiła się płaczem matka – jeszcze nie jest za późno. Spójrz na mnie!

– Ojcze? – zaszlochałam.

– Wybacz mi – powiedział, a potem rozluźnił uścisk.

Mój ojciec i bohater pozwolił mi spaść w przepaść.

Odruchowo próbowałam się czegoś chwycić. Przez chwilę widziałam jeszcze jego twarz i słyszałam rozdzierający krzyk matki, ale szybko pogrążyłam się w zupełnych ciemnościach, otoczona tylko padającym miarowo deszczem i wyciem wiatru. Pamiętam, że zdążyłam wziąć kilka oddechów, a potem wszystko ucichło.

Kiedy się ocknęłam, usłyszałam przenikliwy, wysoki skrzek i po chwili coś delikatnie stuknęło mnie w policzek. Otworzyłam oczy. Wysoko nade mną nadal szalała burza. Na policzkach czułam uderzenia pojedynczych kropel marznącego deszczu. W osłoniętej przepaści panowała dziwna cisza. Czyżbym właśnie rozpoczęła podróż przez wieczność?

Nagle, tuż nad moją twarzą, zobaczyłam głowę ptaka. Miał białe piórka i szare otoczki wokół oczu. Wyglądał dość żałośnie. Znów zamierzył się dziobem na moją twarz, ale w ostatniej chwili udało mi się odsunąć głowę. Wtedy coś się pode mną przesunęło i trzasnęło. Poczułam przeszywający ból ramienia oraz nogi. A więc nie znalazłam się jeszcze w krainie umarłych i nie przeszłam do wieczności. Jakimś cudem przeżyłam upadek. Usiadłam. Małe orlątko niezgrabnie wdrapało się na moją nogę. Wyglądało na to, że wykluło się całkiem niedawno. Otuliłam to maleństwo dłońmi i gorzko załkałam. Tak bardzo chciałam się wreszcie obudzić z tego koszmaru. Mój wzrok powoli przyzwyczajał się do ciemności i po chwili zdałam sobie sprawę, że leżę na stercie ludzkich kości. Zewsząd otaczały mnie popękane czaszki z odsłoniętymi zębami i połamane szkielety. Na niektórych widać było jeszcze strzępy ubrań. Z przerażeniem zrozumiałam, że większość z nich należała do niechcianych spartańskich niemowląt, niedoskonałych lub zbyt słabych, by zadowolić starszyznę plemienia.

– Aleksios? Aleksios? – powtarzałam, łkając.

Wiedziałam, że musi tu gdzieś być. Chciałam przynajmniej po raz ostatni przytulić jego martwe ciało... Odpowiedziała mi zupełna cisza.

Ostrożnie odłożyłam pisklę i na kolanach, tak by nie urazić bolącej nogi, na wpół po omacku poruszałam się po cmentarzysku. Nagle moje ręce napotkały coś miękkiego i ciepłego, więc z nadzieją pomyślałam, że znalazłam brata.

W świetle błyskawicy zobaczyłam, że moja ręka spoczęła na zwłokach efora. Jego twarz zdeformował niemy krzyk, a łysa czaszka została rozbita jak skorupka jaja. Odskoczyłam z przerażeniem, instynktownie chwytając leżącą obok kość, na wypadek gdyby ten martwy nędznik miał mi ponownie zagrozić. Podniosłam ją, lecz okazało się, że zamiast kości trzymam w ręku włócznię Leonidasa.

Wpatrywałam się w jej grot, czując jednocześnie wściekłość, przerażenie i osamotnienie. Przez chwilę błądziłam jeszcze wśród sterty kości, nadaremnie szukając ciała Aleksiosa, aż w pobliskiej szczelinie skalnej coś się poruszyło. Zobaczyłam zbliżający się w mym kierunku cień postaci i usłyszałam lekkie kroki. Wiedziałam, że jeśli znajdą mnie żywą po tym wszystkim, co się stało, to mnie dobiją. Zabrałam więc ze sobą orle pisklę i uciekłam… Byle dalej od Sparty, przeszłości i tego koszmaru.

Broniąc się przed napaścią córki, Wilk zasłonił się wysoko podniesionymi rękami.

– Jak to możliwe? – wyszeptał.

Kasandra nie odpowiedziała, tylko ponownie zaatakowała, tym razem próbując mu wbić włócznię w szyję. Uratował go jedynie niezawodny spartański instynkt. Z pasa na piersiach wyrwał sztylet i odparł jej natarcie, ale zachwiał się i niemal runął ze skały. Niebo rozdarł potężny piorun i dzięki temu Kasandra zauważyła, że Wilk zerka w kierunku znajdującego się za nimi obozowiska.

– Wygląda na to, że Zeus mi sprzyja – warknęła. – Nikt nie usłyszy twojego wołania o pomoc!

Aby utrzymać równowagę, dowódca podparł się o skałę ręką, w której trzymał sztylet. W tym samym momencie Ikaros sfrunął doń i wyrwał broń z jego dłoni, niemal strącając go z klifu. Kasandra złapała Nikolaosa za gardło i przykładając włócznię do jego boku, uwięziła w podwójnym uścisku śmierci. Popchnąwszy go lekko w kierunku przepaści, syknęła:

– Wreszcie sprawiedliwości stanie się zadość.

– Zanim mnie zabijesz, powinnaś o czymś wiedzieć – zachrypiał Wilk. – Kochałem ciebie i twego brata najszczerszą miłością... ale nie byłem waszym prawdziwym ojcem.

Wzburzenie Kasandry sięgnęło zenitu i jeśli chodzi o siłę, w niczym nie ustępowało szalejącej wokół nich nawałnicy. Drgnęła jej ręka i przytknięta do boku Nikolaosa włócznia drasnęła go.

– Co masz na myśli? – zażądała odpowiedzi.

– O wyjaśnienie musisz spytać swoją matkę.

Kasandra zastygła w bezruchu.

– Matka... żyje? – wyjąkała.

Nikolaos lekko skinął głową i dodał:

– Nie widziałem jej od tamtej tragicznej nocy. Opuściła wtedy Spartę. Nie wiem, gdzie się udała, ale wiem, że żyje. Znajdź ją, Kasandro, i proszę, powiedz jej, że nigdy nie wybaczyłem sobie tego, co się wówczas stało... Ale musisz być ostrożna – ciągnął, a jego oczy zabłysły nagle niczym oczy szaleńca – uważaj na żmije, które czają się w trawie.

Potem chwycił ją za rękę, w której trzymała włócznię, wpychając ją nieco głębiej we własne ciało:

– A teraz skończ, co zaczęłaś...

W blasku kolejnej błyskawicy Kasandra zobaczyła w jego hełmie odbicie własnego oblicza. Jej serce skuwał lód nienawiści. Powoli rozluźniła uścisk na gardle Nikolaosa i zamierzała zepchnąć mężczyznę w przepaść, przeszywając go na wskroś włócznią. Wreszcie miała okazję odpłacić mu za dwudziestoletnią niewolę i niesprawiedliwość, której doświadczyła.

5

Port w Kirze zalany był czerwcowym skwarem. Promienie słońca odbijały się od morskich fal z oślepiającym blaskiem, a na horyzoncie połyskiwały srebrzyste pasma górskie. Na wijących się wśród nich stromych ścieżkach tłoczyli się zmierzający do Delf pielgrzymi. Ich celem była zamieszkująca je słynna wyrocznia – pytia, strażniczka prawd Apollina i helleńska wieszczka.

Nabrzeże portu wyróżniało się feerią jaskrawych barw i mieszanką intensywnych zapachów. Taflę wody zakrywały zacumowane jedna przy drugiej tratwy, łodzie i niewielkie prywatne okręty. Nieco na uboczu, na prywatnym odcinku przystani, żeglarze zwijali właśnie żagiel z wizerunkiem ohydnej gorgony. Przy kejach i trapach roiło się od pielgrzymów, słychać było ich gwar i śpiewy przerywane pokrzykiwaniem kupców zachwalających swe towary – statuetki, błyskotki i inne „świętości". Dzieci przeskakiwały z tratwy na tratwę, oferując przyjezdnym schłodzone napoje. Nad świątyniami unosiły się smużki wonnego dymu, dokoła rozlegało się bicie dzwonów, a tłumy nieustannie ciągnęły zapchanymi uliczkami miasta w kierunku pielgrzymiego szlaku.

Od strony prywatnej przystani przez gawiedź przeciskała się zdobiona złotem lektyka. Zajmował ją Elpenor – człowiek okrutny, który cieszył się z niepowodzeń innych, nawet gdy byli jego przyjaciółmi. Podniósł pełen monet woreczek i ważył go w ręku, zastanawiając się, czy zainwestować pieniądze w coraz lepiej prosperujący rybacki interes, czy też spożytkować je w inny sposób.

– Mógłbym kupić trzy nowe łodzie do połowu... albo zapłacić bezzębnym rzezimieszkom w porcie, żeby zatopili dwanaście statków Drakona – mruczał Elpenor pod nosem.

Przyjaźnił się z Drakonem od dzieciństwa i jego żona oraz córki nazywały nawet Elpenora wujkiem.

Kiedyś rodzina Drakona była bardzo biedna i żyła na pograniczu skrajnego ubóstwa. Elpenor chętnie dawał im wtedy kilka monet ze swego miesięcznego utargu. Nie dlatego, że chciał im pomóc, ale dlatego, że sprawowanie nad kimś kontroli sprawiało mu przyjemność. Gdyby nie te pieniądze, często przymieraliby głodem. Na samą myśl o tym Elpenor wpadał w ekstazę. Ale w pewnym momencie los uśmiechnął się do Drakona. Najpierw przypadkiem odnalazł miejsce, gdzie gromadziły się ławice dorady, i całymi miesiącami przybijał do brzegu po tak obfitym połowie, że ryby ledwo mieściły się w jego maleńkiej łodzi. Co gorsza, Drakon bardzo chętnie opowiadał o swym szczęściu – a to o nowych łodziach rybackich i rosnącej flocie, a to o coraz większym bogactwie. Nie musiał już polegać na hojności Elpenora i to zadecydowało teraz o jego losie.

„Mam nadzieję, że dobrze pływasz, Drakonie" – syknął Elpenor z jadowitym uśmiechem. Zaraz potem wzdrygnął się z obrzydzenia. Jego lektyka mijała bowiem właśnie jedną z tawern. Dochodzący z niej zapach cebuli mieszał się ze smrodem niemytych ciał pielgrzymów, którzy zgromadzili się u jej wejścia i śmiali się głośno z jakiegoś niewybrednego żartu.

– Zmykajcie w góry, oddajcie wyroczni, co jej się należy, i wynoście się stąd! – z tymi słowami przeklął ich w duchu i klasnął, aby pospieszyć swych tragarzy:

– Szybciej! Chcę być w domu przed południem, zanim ten fetor stanie się nie do zniesienia.

Pokonując labirynt wąskich uliczek, wydostali się na przedmieścia i przez żelazną bramę weszli na teren posiadłości Elpenora, który natychmiast opuścił lektykę. Przy dźwiękach chlupoczącej fontanny i wdychając słodki zapach kwitnącego w ogrodzie rumianku, wszedł do swej willi i zsunął drogie skórzane pantofle ze stóp, by nacieszyć się chłodem marmurowej podłogi. Niosący lektykę służący zaczęli się oddalać, więc odwrócił się i pstryknął palcami na jednego z nich:

– Nalej wonnych olejków do wody w łaźni! I zaczekaj tam na mnie! – dodał, patrząc na niego lubieżnie. – I byłoby dla ciebie lepiej, gdybyś mnie dziś zadowolił... Nie chciałbym cię znów skrzywdzić.

Niewolnik słuchał go, patrząc w dal nieobecnym wzrokiem, potem skinął głową i odszedł, by wykonać polecenie.

Elpenor udał się do swego umeblowanego popiersiami i miękkimi siedziskami gabinetu z paleniskiem po jednej i kolumnadą pozwalającą nacieszyć się urokami ogrodu po drugiej stronie. Podszedł do stołu i ze zdobionego glinianego naczynia nalał sobie kubek schłodzonego, rozcieńczonego wodą wina. Był lekko rozczarowany, że waza nie była pusta; pozbawiało go to bowiem przyjemności wychłostania dziewczyny, której zadaniem było zaopatrywanie jego spiżarni w najlepsze trunki i pożywienie.

– A teraz przejdźmy do dzisiejszych obowiązków – mruknął pod nosem, z wyraźną przyjemnością sącząc orzeźwiający napój.

Odwrócił się na pięcie i ruszył w kierunku szlifowanego jesionowego sekretarzyka, w którym trzymał swe monety i papiery, ale zamarł w pół kroku.

Na jego biurku znajdował się hełm spartańskiego dowódcy z rozpostartym niczym ogon pawia poprzecznym szkarłatnym pióropuszem. Na polerowanej powłoce z brązu widniały wyraźne ślady zaschniętej krwi.

– Najpierw mi zapłacisz – przemówił zza ocienionej kolumnady czyjś głos.

Elpenor przywitał Kasandrę głośnym westchnieniem, kiedy spokojnie wyłoniła się z półmroku. Wydawało mu się, że od ich spotkania w Kefalonii bardzo się zmieniła. Była jakby wyższa, szczuplejsza i znacznie pewniejsza siebie niż wcześniej.

– A potem coś mi wyjaśnisz... – ciągnęła, patrząc na niego spode łba i wolno cedząc słowa.

– Co takiego? – zapytał Elpenor.

– Nie baw się ze mną w kotka i myszkę. Powierzając mi to zadanie, dobrze wiedziałeś, że wysyłasz mnie po głowę mego ojca.

Elpenor spojrzał na nią zmrużonymi oczami, a jego twarz powoli wykrzywiła się w drwiącym uśmieszku.

– Czy zgodziłabyś się podjąć tej misji, gdybym ci wtedy o tym powiedział, *misthios*? – zapytał, otwierając szufladę i wyjmując z niej niewielką sakiewkę z pieniędzmi, którą nonszalanckim ruchem umieścił na biurku. Przez cały ten czas bacznie obserwował Kasandrę.

– Nie uważasz, że niektóre sprawy lepiej pozostawić w przeszłości, tam, gdzie ich miejsce? – zapytała i jakby obawiając się zasadzki, ostrożnie podeszła bliżej.

– Ale skoro już włożyliśmy kij w mrowisko, to trzeba się liczyć z konsekwencjami – wyszeptał szyderczo Elpenor. – Nikolaos nie był twoim prawdziwym ojcem, prawda?

Usta Kasandry wykrzywiły się z wściekłością:

– Wszystko mi wyśpiewasz, ty żmijo. Dlaczego zależało ci na tym, abym go zabiła?

Elpenor wzruszył ramionami i z teatralnym westchnieniem usadowił się wygodniej na wyściełanej miękko ławie, popijając wino. Tuż obok niego znajdował się posąg Aresa, boga wojny, trzymającego w ręku prawdziwą, wykonaną z brązu włócznię. Elpenor z lubością zaczął gładzić marmurowe dzieło sztuki dłonią, mówiąc:

– Wilk był genialnym dowódcą i szybko rozpracowałby strategie ataku i obrony Ateńczyków... A szybka wojna jest niedochodowa...

– Skąd wiedziałeś, że coś nas kiedyś łączyło? – syknęła Kasandra, zgarnąwszy sakiewkę z biurka, i podeszła do ławy.

– Jestem wielkim wielbicielem teatru. Świetny dowódca zrzucający swe własne dzieci do przepaści na życzenie wyroczni... Toż to sztuka dla szerokiej publiczności! – zachichotał.

– Masz specyficzne poczucie humoru – burknęła. – Ciekawe, kto się będzie śmiał, kiedy zanurzę włócznię w twoim ciele.

– Spokojnie, *misthios*, pozwól, że wyjaśnię – powiedział Elpenor i podniósł kubek do ust, aby zamaskować porozumiewawcze spojrzenie, które wymienił ze strażnikiem stojącym po zewnętrznej stronie kolumnady.

„Doskonale" – pomyślał, zobaczywszy, jak odziany w skórę wartownik, niczym gepard polujący na gazelę, podkrada się do Kasandry.

– Zakładam, że Wilk powiedział ci także o matce i o twoim prawdziwym ojcu.

Kasandra skinęła w odpowiedzi i gromiąc go wzrokiem, podeszła jeszcze bliżej.

– Więc sprawa jest prosta. Znasz już twoje kolejne dwie ofiary.

– Co takiego? – zapytała z niedowierzaniem.

– Dobrze wykoncypowałaś, *misthios*. Dowiodłaś przecież, że jesteś do tego zdolna. Nie udawaj niewiniątka...

– Od początku wiedziałam, że jesteś bezdusznym gnojkiem,

ale twa podłość przerosła moje najśmielsze oczekiwania – wychrypiała. – Niby czemu miałabym to zrobić?

– Czyżbyś odmawiała? – zapytał Elpenor, pochylając się i wpatrując w nią szeroko otwartymi oczami. Widać było, że nie może się doczekać odpowiedzi.

– Nigdy – wysyczała przez zaciśnięte zęby.

– Szkoda, liczyłem na nieco dłuższą współpracę – odpowiedział Elpenor i skinął w kierunku zachodzącego ją od tyłu wartownika.

Kasandra wykonała półobrót, sięgnęła po łuk, umieściła na cięciwie strzałę i wypuściła ją z niewyobrażalną prędkością, trafiając napastnika prosto w oko, zanim zdążył ją dopaść. Mężczyzna zachwiał się i wstrząsany drgawkami runął jak długi w palenisko.

Elpenor wyrwał włócznię z marmurowych ramion Aresa i zamachnął się nią na Kasandrę. Po chwili usłyszał świst i tępe uderzenie ostrza, a potem zobaczył, jak obie jego dłonie, wciąż zaciśnięte na drzewcowej broni Aresa, wirują wraz z nią w powietrzu. W miejscu, gdzie jeszcze przed chwilą były ręce Elpenora, pozostały dwa równo obcięte kikuty. Wystawały z nich kości przedramienia z wyraźnie widoczną warstwą szpiku i coraz obficiej lała się stamtąd krew. Elpenor upadł na kolana i zawył:

– Coś ty zrobiła?!

Kasandra zasłoniła mu usta i przyparła go do ławy.

– Wykrwawisz się w mgnieniu oka, jeśli ci nie pomogę, ale najpierw będziesz mówić.

Przeszywający ból przedramion stawał się nie do zniesienia, krew lała się strugami na posadzkę i po chwili Elpenor odczuwał coraz większy chłód całego ciała, który pojawił się w miejsce palącego urazu. Skinął lekko głową i Kasandra odsłoniła mu usta.

– Ależ z ciebie idiotka, Kasandro. Opuściłaś Kefalonię żywa tylko dzięki mnie. Kult chciał cię zlikwidować, ale udało mi się ich przekonać, że większy będzie z ciebie pożytek, jeśli pozwolą ci żyć.

– Jaki Kult? Co to takiego... – zaczęła.

Ale w tym samym momencie, czując, że to ostatnia okazja, aby ją poniżyć, Elpenor zarechotał:

– Idź w ślady Wilka... i spytaj wyroczni – a potem wyzionął ducha.

Zdezorientowana Kasandra odeszła chwiejnym krokiem od szybko siniejącego ciała. Opuszczając komnatę, instynktownie otworzyła szufladę sekretarzyka i wyjęła z niej kilka wypełnionych sakiewek. Potem zajrzała do drewnianej skrzyni. Znalazła w niej jedwabny płaszcz, który można by drogo sprzedać, oraz ohydną, ale niewątpliwie cenną maskę teatralną. Włożyła wszystko do swej skórzanej torby i pochyliła się, by opuścić posiadłość, nie zwracając na siebie niczyjej uwagi. Przy basenie zobaczyła jednak zesztywniałego ze strachu niewolnika. Rzuciła jedną z sakiewek w jego kierunku i powiedziała:

– Uciekaj stąd! Im dalej, tym lepiej!

Widziała, że wraz z kilkoma innymi służącymi Elpenora bez wahania uciekł w stronę portu. Kasandra skierowała natomiast swe kroki w głąb lądu i dołączyła do setek wspinających się na delfickie wzgórza pielgrzymów. Po kilkugodzinnej wędrówce bolały ją uda, jej głowa opadała ze zmęczenia, a słońce parzyło odsłonięty kark. Myśli Kasandry wciąż krążyły wokół piętrzących się przed nią pytań. Przez całą zimę, kiedy ukrywała się wraz z Barnabą i jego załogą na okolicznych wyspach, przygotowywała się do spotkania z Elpenorem. Teraz, kiedy było już po wszystkim, zamiast tak dla niej istotnych odpowiedzi miała tylko kilka sakiewek z pieniędzmi i dwa drogocenne przedmioty, które znalazła w jego skrzyni.

Odwróciła się i jeszcze raz popatrzyła w dół na jego posiadłość. Kirra wyglądała teraz jak kłębowisko uliczek i zaułków, które otaczały zielone wody Zatoki Korynckiej niczym kolorowa mozaika. Na tej wysokości powietrze było suche, dusiło w gardle i szczypało w oczy. Czuła się jak głupiec. Po co właściwie wybrała się do Delf i świątyni Apollina? Wątpiła, by ta przeklęta wyrocznia mogła odpowiedzieć na jej pytania. Ale nie miała chyba innego wyjścia. Wilk nie powiedział jej, gdzie znajduje się jej matka ani prawdziwy ojciec. Wiedziała tylko tyle, ile wyjawił jej przed śmiercią Elpenor. Równie dobrze mogła więc zapytać wieszczki.

Ponad głową Kasandry rozległ się pisk Ikarosa. Spojrzała w górę, mrużąc oczy. Orzeł zatoczył krąg i poszybował naprzód, ponad jasnymi, porośniętymi skąpą roślinnością skałami. Wyższe partie gór były pogrążone w chmurach i przyniosły wytchnienie od upału. Wkrótce wraz z tłumem pielgrzymów Kasandra dotarła do wysokogórskiej zielonej kotliny, upstrzonej sosnami i cyprysami oraz spływającymi po skałach strumykami.

Na równinie ponad kotliną znajdowała się świątynia Apollina, która była siedzibą wyroczni. Srebrzyste kolumny doryckie podtrzymywały jej czerwony dach, a wśród bogato malowanych architrawów gnieździło się drobne ptactwo. Niektórzy twierdzili, że sanktuarium jako siedziba bogów było centrum całego świata i prawdziwym sercem Hellady. Tutaj Spartanie i Ateńczycy byli równi, ponieważ i jedni, i drudzy byli śmiertelni.

Ciżba pielgrzymów otaczała mniejsze świątynie i miejsca kultu rozsiane tu i ówdzie na drodze ku wyroczni. Drobni handlarze koczowali w cieniu kolumn, oferując na sprzedaż tabliczki z kości słoniowej i naszyjniki z koralików. Kasandra nie zwracała na nich uwagi i wpatrywała się w starożytną świątynię, wciąż wracając myślami do odległych wydarzeń z dzieciństwa i tragedii, która stała się jej udziałem dawno temu na wzgórzu Tajgetu.

– I to wszystko z twojego rozkazu – wyszeptała z żalem, przypominając sobie, jak wskutek okrutnej przepowiedni wyroczni zginął jej brat. „Dziś odpowiesz na moje pytania, wieszczko, albo zginiesz od mojej włóczni" – powtarzała gniewnie w duchu.

Z uniesioną w zamyśleniu głową wpadła na mężczyznę, który stał przed nią. Wymamrotała słowa przeprosin i zauważyła, że kolejka do świątyni utknęła w miejscu. Długi ogonek pielgrzymów przesuwał się o kilka miejsc do przodu w ślimaczym tempie.

Ci, którzy stali najbliżej niej, byli podejrzliwi i marudni.

– Wiele się tutaj zmieniło... – narzekał jeden z pątników.

– Mówią, że niektórym w ogóle nie pozwalają wejść do środka – burknął drugi.

– Wszędzie widać strażników. To podejrzane! – wtrącił trzeci.

Wydawało jej się, że nieco dalej, bliżej wejścia do świątyni, usłyszała znajomy, donośny głos i popatrzyła w tamtą stronę.

– Powiedz im, powiedz! – gderał podekscytowany Barnaba.

Najwyraźniej wyruszył w góry, kiedy ona udała się na spotkanie z Elpenorem, i wszystko wskazywało na to, że w kolejce do świątyni zawarł nową znajomość. Ubrany w sięgającą kostek eksomis starszy mężczyzna o zmęczonej twarzy i burzy brązowych, związanych niebieską wstążką włosów był wyraźnie zakłopotany słowami kapitana.

– Ciszej! – jęknął.

– Ale przecież zapuściłeś się znacznie dalej niż ja! – nie dawał za wygraną Barnaba. – Przepłynąłeś całą Jonię! Widziałeś feniksa, prawda?

– Nie – odpowiedział zdecydowanym tonem mężczyzna i zwrócił się do nielicznych słuchaczy: – To była zwykła mewa, której zapalił się ogon.

Rozczarowany Barnaba wdrapał się na kamienną ławkę, by czekający w kolejce mogli go lepiej słyszeć, i wbijając kciuk w pierś, zapewniał:

– Ale ja widziałem, przysięgam! Poderwał się znad palącego się miasta, przeleciał tuż nad moją głową...

– I nasrał ci na łysinę? – przerwał mu z tubalnym śmiechem jeden z pielgrzymów. – A potem pewnie gonił cię Sfinks albo Minotaur, który miał ochotę na miłosne igraszki, tak?

Barnaba strzelił palcami i z podnieceniem zwrócił się do niego:

– Tak! Minotaura też spotkałem! W skalnym labiryncie, w którym szukałem skarbu...

Nikt go już jednak nie słuchał, bo natrząsający się z jego opowieści mężczyzna zaczął tańczyć wokół kamiennej ławki, mucząc i przykładając palce do głowy w taki sposób, by imitowały kształt rogów. Zgromadzeni wybuchnęli gromkim śmiechem. Barnaba spurpurowiał ze złości, a jego nowy znajomy ściągnął go z ławki, żeby oszczędzić mu wstydu. Kasandra zaczęła się ku nim przepychać, nie zważając na rzucane w jej kierunku przekleństwa i krzyki oburzenia. Kiedy tam dotarła, okazało się, że od wejścia do świątyni dzieli ich raptem kilkadziesiąt osób. Nadal zaczerwieniony i lekko spocony Barnaba ukłonił się i z wyraźnym zaskoczeniem na jej widok powiedział:

– *Misthios*, mówiłaś, że idziesz kogoś odwiedzić!

– Już to zrobiłam – odrzekła.

– Nie spodziewałem się, że cię tu spotkam. Kiedy zapytałem, czy chcesz mi towarzyszyć w drodze do wyroczni, kazałaś mi chyba pójść się kochać... No, może inaczej to ujęłaś...

– Zmieniłam zdanie. Muszę porozmawiać z wieszczką – powiedziała, wyciągając rękę, by nadlatujący Ikaros mógł wylądować na jej naramienniku.

– W takim razie możesz do nas dołączyć, o ile mój przyjaciel nie ma nic przeciwko temu – ciągnął Barnaba, rzucając pytające spojrzenie swemu sąsiadowi i odsuwając się nieco, by zrobić Kasandrze miejsce.

Znajomy Barnaby zachęcająco skinął na nią ręką, a trierarcha Adrestii przedstawił go:

– Kasandro, oto Herodot.

Herodot uważnie się jej przyglądał, więc Barnaba wyjaśnił:

– To *misthios*, o której ci mówiłem, pamiętasz?

– Pamiętam – powiedział Herodot ściszonym głosem.

– Herodot jest historykiem – ciągnął Barnaba – i ma bardzo ciekawe życie. Wszczął bunt wobec tyrana Halikarnasu, a potem opłynął niemal każdy zakątek świata, zanim osiadł na stałe w Atenach. Do tego spisuje wszystkie swoje przygody w wielkiej księdze, której rozdziały noszą imiona dziewięciu muz.

– Nie mówiłeś, że to Spartanka – przerwał mu Herodot.

Kasandra uniosła ze zdziwieniem brew.

– Potrafię to rozpoznać. Dumna postawa, bezczelne, chłodne spojrzenie...

W pewnym momencie Kasandra zauważyła, że na widok włóczni Leonidasa, częściowo schowanej pod jej płaszczem, oczy Herodota zabłysły dziwnym blaskiem, a twarz pobladła gwałtownie, jakby właśnie zobaczył ducha.

– Pochodzę znikąd – ucięła, poprawiając okrycie i zasłaniając broń.

– Każdy skądś pochodzi, moja droga! – ciągnął Herodot, a jego twarz wyglądała teraz na starszą, bardziej naznaczoną czasem.

– Ale ja nie mam wobec Spartan uprzedzeń, więc nie musisz się mnie obawiać. Zarówno mieszkańcy Lakonii, jak i Ateńczycy mają tyle samo cech, za które można ich w równym stopniu podziwiać i nienawidzić. Najbardziej martwi mnie fakt, że różnice między nimi doprowadziły do wojny. I to po tym, jak wspólnymi siłami pokonali potężną perską armię... Do czego to doszło... Dobrze, że chociaż to miejsce zachowało neutralność...

Kasandra miała nieodparte wrażenie, że jego ostatnie słowa zabrzmiały bardziej jak pytanie i zauważyła, że wypowiadając je, Herodot uważnie przyglądał się ocienionemu portykowi świątyni i strzegącym jej wejścia dwóm uzbrojonym wartownikom. Byli ubrani w czarne, skórzane kamizelki, na głowach mieli hełmy, a w rękach dzierżyli pomalowane na czarno tarcze.

Nagle z oddali rozległ się głos Rezy, sternika Adrestii. Stał u podnóża góry i żywo gestykulował, wołając:

– Mamy problem, trierarcho! Przystań w Kirze chce zapłaty za cumowanie żaglowca. Musisz wracać!

– Po całym dniu czekania? To chyba jakiś żart... – ciężko westchnął Barnaba.

Kasandra dała mu garść drachm z sakiewki, którą dostała od Elpenora, a on skinął głową w podziękowaniu i powiedział:

– Jesteś bardzo hojna, *misthios*! Do zobaczenia na pokładzie!

Ikaros poderwał się i poleciał za oddalającym się Barnabą, więc Kasandra została tylko w towarzystwie starego historyka.

Kolejka nieco się zmniejszyła i podeszli niemal pod samą bramę. „Do wyroczni przychodzą nawet sami królowie. To za jej przyczyną rozpoczynają się i kończą wojny" – głośno rozmyślał Herodot, a potem zapytał:

– A ty po co tu dziś przyszłaś?

– By znaleźć rozwiązanie – odpowiedziała, kładąc rękę na sercu.

– A ja… by dowiedzieć się prawdy, choć obawiam się, że nie spodoba mi się ona… – rzekł Herodot ze smutkiem.

– Następny! – warknął jeden ze strażników.

Herodot skłonił z szacunkiem głowę i powiedział:

– Chyba powinnaś wejść pierwsza, moja droga!

Kasandra zauważyła, jak ponownie zerknął w kierunku włóczni Leonidasa, którą skrywała pod płaszczem, i posłała mu porozumiewawcze spojrzenie, a potem weszła do świątyni, mijając taksujących ją wzrokiem wartowników w czarnych zbrojach. Wewnątrz panowały niemal zupełne ciemności i roztaczał się mdlący, słodki zapach. Znad szerokich miedzianych lichtarzy, ustawionych na niskich stelażach, unosiły się smużki dymu tlących się mirry i kadzidła.

W znajdującym się w centralnej części świątyni adytonie było niemal zupełnie ciemno. Marmurowe podobizny Posejdona, Zeusa, Fortuny i Apollina patrzyły na nią z góry, podświetlone słabym blaskiem lichtarzy. Wzdrygnęła się na widok dwóch kolejnych odzianych na czarno wartowników, przypominających posągi. Za nimi zobaczyła dziwną przygarbioną postać siedzącą na trójnogu pośrodku komnaty. Jej ciało i głowę spowijała długa, biała szata ozdobiona paciorkami. Wokół niej, na pokrytej marmurowymi płytami podłodze, ustawione były lśniące łagodnym blaskiem naczynia, znad których unosiły się słupy wonnego dymu.

Z rosnącym gniewem Kasandra wpatrywała się w wyrocznię. „Nawet jeśli nie uzyskam odpowiedzi na moje pytania, to wydarzy się tu dziś coś rozstrzygającego, bo ci głupi strażnicy wpuścili mnie tutaj z bronią" – pomyślała. „Ta jędza wreszcie zapłaci za przepowiednię, która zniszczyła mi życie…"

Wyrocznia podniosła głowę i Kasandra było zmuszona zrewidować swój plan. Nie była wcale starą wiedźmą, jak nakazywała tradycja, ale młodą dziewczyną, znacznie młodszą od niej samej. Jej twarz przypominała jej o Foibe. Kobieta, która wiele lat temu nakazała zabić jej brata, najwyraźniej dawno nie żyła. Kasandra nie czuła już gniewu, kiedy wyrocznia poprosiła, by podeszła bliżej:

– Wejdź w krąg światła Apollina, który rozjaśnia wszelkie ciemności – zawołała słabym, ochrypłym głosem, zachęcając ją gestem, by zbliżyła się ku jaśniejącym łagodnym blaskiem lampionom. – Po co przychodzisz?

– Chcę... poznać prawdę o swojej przeszłości. Interesuje mnie także, co przyniesie mi przyszłość. Chciałabym dowiedzieć się czegoś o moich rodzicach i poznać miejsce, w którym przebywają.

Wieszczka nadal rytmicznie poruszała głową, ale jakby wolniej i zupełnie niepasującym do jej delikatnej budowy ciała donośnym głosem zapytała:

– Kto pyta Apollina o tę wiedzę?

Kasandra zdała sobie sprawę, że jej wizyta w świątyni jest bezcelowa i że nie uzyska od wieszczki żadnych istotnych informacji ani nie dokona na niej zemsty, która dałaby jej choć odrobinę satysfakcji.

– Urodziłam się w Sparcie. Mój brat i ja zostaliśmy w dzieciństwie strąceni w przepaść, ale mi udało się przeżyć. Nie mam żadnej innej rodziny.

Wyrocznia przestała się kołysać i popatrzyła Kasandrze prosto w oczy. Jej twarz miała teraz zupełnie inny wyraz, sprawiała wrażenie, jakby właśnie się obudziła, ale po chwili spojrzała na stojącego nieopodal wartownika i pogrążyła się z powrotem w swym transie.

– Rodziców znajdziesz... po drugiej stronie rzeki.

Zmysły Kasandry nagle się wyostrzyły i usilnie próbowała sobie przypomnieć wszystko, co wiedziała na temat tych okolic.

W pobliżu płynęła tylko rzeka Plejstos. Czyżby jej rodzice mieszkali na jej drugim brzegu?

– Kiedy twe dni dobiegną końca i zapłacisz Charonowi, by cię przewiózł przez Styks, spotkasz się z nimi po drugiej stronie – ciągnęła wieszczka, gasząc w niej ten wątły płomyk nadziei.

Nastała cisza i strażnicy zaczęli się niecierpliwić:

– Twój czas się skończył.

– Żegnaj – rzuciła Kasandra w stronę wyroczni i już miała odejść, kiedy nagle przy wejściu do świątyni rozległ się krzyk i brzęk rozbijającego się naczynia.

– Potrzebujemy wsparcia! – zawołał jeden z wartowników przy bramie i dwójka strzegących wieszczki mężczyzn wybiegła z adytonu.

Kasandra też ruszyła ku wyjściu, ale zatrzymał ją szept wyroczni:

– Poczekaj!

W pierwszej chwili nie rozpoznała jej głosu. Brakowało mu siły i pewności siebie oraz teatralnego zaśpiewu.

– Polują na dziecko, które spadło do urwiska... – powiedziała pospiesznie wyrocznia.

Ciało Kasandry przeszedł zimny dreszcz, odwróciła się i podeszła do wieszczki.

– Co powiedziałaś?

– Kult szuka dziewczynki, którą zepchnięto w przepaść.

Myśli w głowie Kasandry wirowały jak szalone. Chwyciła wyrocznię za ramiona i mocno nią potrząsnęła:

– Kto szuka? Gdzie ich znajdę?

W oczach dziewczyny pojawiły się łzy i Kasandra zdała sobie sprawę, że w świątyni dzieje się coś złego. Rozluźniła uścisk i powiedziała:

– Mogę ci pomóc, ale ty musisz najpierw pomóc mnie.

– Dla mnie jest już za późno – pisnęła wieszczka.

W oddali rozległy się kroki powracających strażników i dziewczyna z przerażeniem w oczach dodała:

– Musisz już iść!

– Hej, ty! Wychodź już! – zawołał wartownik.

– Kult spotyka się dzisiaj w jaskini Gai. Może tam znajdziesz odpowiedzi na twoje pytania – zdążyła jeszcze rzucić wyrocznia do odchodzącej Kasandry.

– Powiedziałem: wychodź!

Strażnik chwycił Kasandrę za ramię i wypchnął do wyjścia, a drugi złapał wieszczkę i brutalnie zaciągnął na tyły świątyni. Kasandra musiała na powrót przyzwyczaić wzrok do jasnego światła na zewnątrz, więc zatrzymała się na chwilę przy wyjściu i zmrużyła oczy. Tuż za sobą usłyszała wtedy donośny głos wartownika:

– Wyrocznia nie przyjmie już dzisiaj innych pątników!

Oczekujący przed świątynią wydali z siebie jęk rozczarowania. Kasandra zauważyła, że nieopodal w tłumie wybuchła bójka. Kiedy podeszła bliżej zgromadzonych, zobaczyła, że wysoki mężczyzna o tubalnym głosie, który wcześniej natrząsał się z opowieści Barnaby, leży na ziemi obezwładniony przez jednego z wartowników. Drugi strażnik natomiast z pasją okładał go poniżej pasa. Nieszczęsny pielgrzym krzyczał wniebogłosy, a jego oczy niemal wyskakiwały z orbit.

– Dowal mu jeszcze z drugiej strony i wystarczy – zaśmiał się bestialsko przytrzymujący niebogę wartownik.

– A to niezdara! Roztrzaskał dziękczynną amforę! – powiedział Herodot i obejmując Kasandrę, pospiesznie odprowadził ją na ubocze. – A niech to! – dodał z szelmowskim błyskiem w oku.

Kasandra omiotła wzrokiem najpierw Herodota, a potem leżącego na ziemi biedaka i rozbitą amforę.

– Nie zrobiłeś tego... – powiedziała z niedowierzaniem.

– Dobrze, dobrze, nie tak głośno... Wolno mi czasem skłamać, w końcu nie jestem Persem. Strąciłem to naczynie, bo pomyślałem, że może wtedy uda ci się szczerze porozmawiać z wyrocznią.

Kasandra dostrzegła, że Herodot znów wpatruje się uważnie w jej włócznię i ponownie zakryła ją płaszczem.

– Kapłani i opiekunowie świątyni ponoć wtrącają się w rozmowy, wznoszą modły i cały czas przeszkadzają – ciągnął.

– Nie było tam żadnych kapłanów ani opiekunów, tylko ci czarni jak smoła strażnicy – powiedziała, marszcząc brwi.

Herodot pobladł i poprosił, by mówiła dalej.

– Najpierw wyrocznia plotła coś od rzeczy, jakby majaczyła i zbywała mnie jakimiś oczywistościami, ale gdy strażnicy wybiegli na zewnątrz, zaczęła mówić o czymś, co mogło mieć dla mnie znaczenie.

– Zaczęła?

– Nie skończyła, bo wartownicy zdołali wrócić i traktując ją jak niewolnicę, zawlekli na tyły świątyni.

Twarz Herodota przypominała teraz oblicze starca.

– A więc to, co mówią, jest prawdą. Wyrocznia jest pod ich kontrolą.

– Kto ją kontroluje?

– Powiedziałem ci, że przyszedłem tu szukać prawdy i znalazłem ją, ale to przerażająca wiedza. Zrozum, cała Hellada ufa słowom wyroczni: Sparta i setki jej sprzymierzeńców ze Związku Peloponeskiego, Ateny i ich sojusznicy z Symmachii Delijskiej, a także wszystkie neutralne miasta-państwa. Wszyscy wykonują jej wolę. Jeśli przejęli władzę nad wyrocznią, to wojna tocząca się pomiędzy dwoma potężnymi mocarstwami nie zakończy się zwycięstwem żadnego z nich. Zatriumfuje w niej trzecia potęga.

Wyobraź sobie tylko, jak daleko sięgną teraz ich wpływy, skoro mogą sterować wieszczką...

– Herodocie, na wszystkich bogów, powiedz mi wreszcie, kim są ci „oni"?

Upewniwszy się, że nie ma nikogo w pobliżu, szepnął:

– Kult Kosmosu.

Kasandra zadrżała, jakby dotknęła jej chłodna, martwa ręka. „Kult..." – pomyślała.

– Członkowie Kultu są jak cienie. Nikt nie wie, kto jest kim, bo spotykają się potajemnie i noszą maski, by chronić swoją tożsamość. Widziałem jednego z nich tylko raz, w zupełnych ciemnościach. Wyglądał w masce niczym diabelne monstrum... – Herodot przerwał i z otwartymi ustami przyglądał się, jak Kasandra wyciąga drewnianą maskę z haczykowatym nosem, zmarszczonymi brwiami i ustami wykrzywionymi w złowrogim uśmiechu.

– Na Apollina! – syknął, wpychając przedmiot z powrotem do jej sakwy i nerwowo rozglądając się wokół – Skąd to masz?

– Wygląda na to, że jednego z nich już spotkałam – odpowiedziała. – I koniecznie muszę się zobaczyć z pozostałymi. Wyrocznia nie zdążyła mi wiele przekazać, ale... – pstryknęła palcami, aby przypomnieć sobie jej słowa – powiedziała, że spotykają się dzisiaj wieczorem w jaskini Gai. Gdzie to, do cholery, jest?

Herodot wziął ją pod ramię i krętą górską ścieżką ruszyli w kierunku portu, zostawiając świątynię za sobą.

– To wzgórze to ogromny labirynt naturalnych pieczar. Jaskinia Gai jest jedną z nich – powiedział.

– Muszę tu wrócić dziś wieczorem – postanowiła Kasandra, przyglądając się licznym szczelinom w skalnych ścianach. – Pomożesz mi?

Herodot westchnął i odrzekł:

– Dobrze, ale obiecaj mi, że wyjdziesz stamtąd żywa. Polubiłem cię, Dziecko Znikąd, i nie chciałbym, aby nasza znajomość przedwcześnie się skończyła.

6

Noc była chłodna, świerszcze łagodnie pobrzękiwały. Gdzieś daleko w zalesionych partiach gór grasowały niedźwiedzie i dziki. Na dnie doliny nie było niemal nikogo. Pielgrzymi rozeszli się i tylko nieliczni koczowali przy ogniskach, cicho podśpiewując. Na świątynnym wzgórzu obsługa i niewolnicy uwijając się w świetle pochodni, sprzątali obejście. Ubrani w czarne zbroje strażnicy ze wzmożoną czujnością spacerowali tam i z powrotem po dziedzińcach sanktuarium.

Kasandra wdrapała się na niewielką półkę skalną i zrzuciła Herodotowi linę. Choć wcześniej narzekał na ból w plecach, chwycił sznur i wspiął się po nim, by zająć miejsce obok niej. Ich oczom ukazała się niewysoka, pogrążona w ciemnościach szczelina.

– To chyba musi być wejście... jak sądzisz? – zastanawiała się Kasandra.

– Wiem tylko tyle, że jest tam tyle jaskiń, że wnętrze wzgórza przypomina plaster miodu – wzruszył ramionami Herodot.

Kasandra podniosła skórzaną torbę z płaszczem i maską i przez chwilę ważyła ją w rękach. Jeśli ten tunel prowadził do jaskini Gai, musiałaby je włożyć, aby jej nie rozpoznano. Jej łuk, włócznia i naramienniki zbytnio zwracałyby uwagę, była więc zmuszona je zostawić. Odpięła je i zaczęła niechętnie zdejmować, zdając sobie sprawę, że bez nich będzie się czuła tylko na wpół ubrana. Herodot bez wahania wziął jej łuk i kołczan. Jednak gdy podała mu włócznię, głośno przełknął ślinę, otworzył własny skórzany tobołek i wyciągnął go daleko przed siebie, aby nie musiał dotykać hasty. Jego zachowanie zdziwiło Kasandrę, ale postanowiła nie zadawać zbędnych pytań i powiedziała tylko:

– Jeśli nie wrócę przed świtem, odejdziesz stąd, tak jak się umawialiśmy, dobrze? Powiedz też Barnabie, żeby opuścił to miejsce i o mnie zapomniał.

Herodot kiwnął głową, a Kasandra zniknęła w tunelu. Wewnątrz było ciasno i niewygodnie. Nawet gdy szła zgięta wpół, liczne stalaktyty wbijały się jej w plecy. Po jakimś czasie tunel przypominał raczej zajęczą norę i dalej musiała się przeciskać i czołgać na brzuchu. Brakowało jej powietrza, ale nie było już drogi odwrotu. Przez chwilę zastanawiała się, czy Herodot zdążył już zejść do Kirry, aby sprzedać włócznię Leonidasa, i czy wnętrze tej góry stanie się jej grobem, ale właśnie wtedy podłoga się pod nią zapadła i po obluzowanych kamieniach zsunęła się w dół. Z miejsca, w którym się znalazła, widać było pomarańczową poświatę, a echo niosło donośne, zdecydowane głosy wielu osób. Zza naturalnej skalnej kolumny widać było cienie dwóch zbliżających się w jej stronę postaci. Zanim się wyłoniły, Kasandra zdążyła szybko narzucić na ramiona zdobiony płaszcz Elpenora i zakryć twarz ohydną maską. W długich, powłóczystych szatach nieznajomi wyglądali, jakby unosili się ponad ziemią.

– Pospiesz się – powiedział jeden z nich zza maski, która była dokładnie taka sama jak maska Elpenora. – Właśnie wyjęto artefakt. To wyjątkowa okazja, by go dotknąć!

– Taka okazja nie może mnie ominąć – odpowiedziała Kasandra zniekształconym przez maskę głosem.

Tajemnicze postacie pospieszyły dalej. Ich rozmowa dotyczyła potrzeby zwerbowania dodatkowych oddziałów wojskowych i wysłania najemników na kolejne misje. Poczekała, aż się oddalą, a potem ruszyła za nimi oświetlonym pochodniami, podziemnym korytarzem. Po drodze mijała wykute w skale komnaty. W niektórych z nich stały łóżka i meble, ale nikogo tam nie było. Nagle z otworu prowadzącego do jednej z grot wydobył się obłok dymu i rozległ się mrożący krew w żyłach krzyk. Zwolniła, niepewna, czy chce zobaczyć, co było przyczyną tak potwornego wrzasku, ale przechodząc obok, nie mogła się powstrzymać i zerknęła do środka. Wewnątrz jeden z zamaskowanych członków Kultu, ciężko dysząc, grubą, owłosioną ręką trzymał nad buchającym paleniskiem rozgrzany do białości pogrzebacz. Przed nim, przywiązane do ustawionej pionowo ramy, wisiało zmaltretowane ciało jakiegoś nieszczęśnika. Jego głowa zwisała bezwładnie, a z twarzy sączył się jakiś płyn.

– Wynajęliśmy cię, żebyś zabił Fidiasza… dobrze ci zapłaciliśmy – wycedził oprawca – a ty sknociłeś sprawę i mało brakowało, a wylądowałbyś w więzieniu Ateńczyków! Choć właściwie byłoby dla ciebie lepiej, gdyby tak się stało! – ciągnął, chwytając swą ofiarę za włosy i podnosząc do góry jego zmasakrowaną, zalaną strużkami krwi twarz z wyłupionym prawym okiem.

Potem przysunął rozżarzony pogrzebacz do jej drugiego oka. Przez chwilę torturowany mężczyzna rozglądał się nim nerwowo wokół, ale dobrze wiedział, że nie ma dokąd uciec. Z sykiem i głuchym pyknięciem drugie oko nieszczęśnika prysnęło, ochlapując ubranie stojącej w wejściu Kasandry. Poczuła smród palonego ciała i z trudem powstrzymała wymioty. Zamaskowany brutal zauważył ją i próbując przekrzyczeć wrzask ofiary, rzucił w jej stronę:

– Kiedy tylko skończę z tym sukinsynem, każę jednemu z moich sług wyczyścić twoje szaty.

– Dobrze, ale pospiesz się! Pokazują artefakt! – odpowiedziała spokojnie i z ulgą ruszyła dalej.

Na końcu korytarza znajdowała się rozległa komnata z polerowaną podłogą i kilkoma symbolami wyrytymi w skale. Niewielka grupa członków Kultu z identycznymi maskami na twarzach żywo o czymś dyskutowała. Kasandra nie miała odwagi do nich dołączyć. Nieco dalej zauważyła odwróconą tyłem i klęczącą przed kamiennym ołtarzem sylwetkę o długich, czarnych włosach z wyraźnie odznaczającym się białym pasmem. Postanowiła podejść właśnie do niej. Serce niemal wyskoczyło jej z piersi, gdy nagle tuż za sobą usłyszała głos:

– Śmiało, bez obawy! Idź i pomódl się z Chryzis. Nie ma nic przeciwko odrobinie towarzystwa – zachęcał zamaskowany wysoki, chudy jak tyczka mężczyzna.

Kasandra skinęła głową w podziękowaniu, a potem naśladując postawę Chryzis, skrzyżowała ręce na piersiach i pochyliwszy głowę, klęknęła obok niej.

– Też to czujesz? – odezwał się aksamitny kobiecy głos zza maski. – Bogowie są zadowoleni z naszych osiągnięć i zdobytej władzy. Modlitwa jest częścią tradycji, a tradycja to potężne narzędzie kontroli. Masy zawsze wznoszą modły do siły wyższej… To my jesteśmy tą siłą. Czyż nie napawa cię to dumą?

Z komnaty tortur dochodziły makabryczne odgłosy, bestialski oprawca najwyraźniej używał piły. Rozległ się jeszcze jeden przeraźliwy skowyt i głuche tąpnięcie. Potem wszystko ucichło.

– Jestem z wami od niedawna, a i tak rozpiera mnie duma – miękko powiedziała Kasandra.

Wiedziała, że jej wiarygodność zależy od tego, na ile będzie w stanie zignorować mrożące krew w żyłach odgłosy i zachowywać się dokładnie tak jak inni.

– Pozwól zatem, dziecko, że ci wyjaśnię. Kluczem do naszej potęgi jest wyrocznia, która od pokoleń mówi naszym głosem – pouczyła ją Chryzis.

Jej słowa pobrzmiewały w głowie Kasandry niczym echo. „A więc rozkaz zrzucenia mego brata w przepaść nie pochodził od wieszczki, tylko od tych kreatur" – zorientowała się.

– Rola wyroczni jest nie do przecenienia. Wkrótce będziemy dzięki niej władać całą Helladą. Pozwolimy dwóm potęgom prowadzić wyniszczającą wojnę i bez względu na to, kto w niej zwycięży, władza i tak będzie należeć do nas – ciągnęła kobieta. – Ale wyrocznia to jeszcze nic, mamy przecież... artefakt. Jej własne słowa wyraźnie wprawiały ją w stan ekstazy.

– Święty artefakt – przytaknęły stojące nieopodal postacie.

– O tak, święty artefakt – dołączyła posłusznie Kasandra.

– Będzie tu dziś także nasz mistrz – wtrącił jakiś inny głos. – Ten, który potrafi uwolnić jego prawdziwą moc ukazywania przeszłości, teraźniejszości i przyszłości.

– To będzie wielkie wydarzenie – powiedziała Kasandra i powoli udała się na przeciwległy koniec komnaty, próbując podsłuchać, o czym rozmawiają inni.

Jej uwagę zwróciły najpierw dwa głosy, kobiecy i męski, które żarliwie się o coś sprzeczały. Z rozmowy wynikało, że mężczyzna miał na imię Silanos, a kobieta Diona.

– Nie zawracajmy sobie głowy matką. Jest już stara i bezużyteczna – powiedziała kobieta, lekceważąco machnąwszy dłonią.

– Ale mam ją już prawie w garści! To na niej musimy skupić nasze wysiłki – nalegał Silanos, po czym odwrócił się nagle do Kasandry i zapytał zza maski:

– A ty, jak sądzisz, czy powinniśmy najpierw odszukać matkę czy siostrę naszego mistrza?

Kasandra ze ściśniętym gardłem zdążyła tylko wymamrotać:

– Ja...

– Ha! Nie skupiajmy się ani na jednej, ani na drugiej! Aby je schwytać, potrzeba nie lada sprytu. Za to paradujący wszędzie ze swym pióropuszem Perykles jest znacznie łatwiejszym celem. Zarżnijmy go, a osłabimy Ateńczyków i powstrzymamy chaos oraz nieporządek, które szerzą się wszędzie tam, gdzie ci się pojawią. Jego miejsce mógłby wtedy zająć ktoś, kto bardziej nam odpowiada – włączyła się w rozmowę postać stojąca za nią.

Silanos i Diona kontynuowali spór z nieznajomym, a Kasandra dyskretnie się oddaliła i weszła do przedsionka jaskini. W jednej ze ścian wykuto tam imponującą podobiznę zakapturzonej żmii. Z otwartego pyska wystawały obnażone kły, a w pustych oczodołach tliły się świece, co nadawało jej przerażający wygląd. Przed posągiem stała zamaskowana postać. Kasandra podeszła bliżej i z trudem powstrzymała cisnący się na usta okrzyk odrazy. Mężczyzna uniósł nadgarstki i przeciągnął nimi po ostrych wierzchołkach kłów gada, po czym odrzucił głowę w tył i wydał z siebie pełne ekstazy westchnienie. Jego krew spływała do kamiennego koryta ukrytego w paszczy gada. Mężczyzna odwrócił się i obrzucił Kasandrę wzrokiem. Mimo iż jego twarz zakrywała maska, można było dostrzec, że jedno oko miał czarne, a drugie wyraźnie zamglone.

– Nie pozwól, by kły wyschły... no, dalej, złóż ofiarę – zachęcał, odsuwając się i bandażując świeże rany.

– Nie dziś – powiedziała zdecydowanym tonem.

– Powinniśmy być wdzięczni, że na razie chcą tylko naszej krwi. Wkrótce Dejmos będzie od nas wymagał, byśmy składali w ofierze odcięte kończyny. Gdyby tylko udało nam się pochwycić resztę jego rodziny, moglibyśmy się pozbyć naszego okrutnego i nieprzewidywalnego mistrza.

Kasandra nie wiedziała, co odpowiedzieć, i nieznajomy zaniepokoił się:

– Lepiej mu o tym nie mów – ciągnął, podchodząc do niej. – Jeśli się dowie, to się wścieknie. Zachowuje się wtedy jak dzikie zwierzę. To nieposkromiony żywioł! Choć jest ucieleśnieniem wszystkiego, czemu bractwo się sprzeciwia, na razie go potrzebujemy. Strach pomyśleć, co by było, gdyby się dowiedział, że mamy zamiar schwytać jego matkę... – zachichotał. – Chyba lepiej by było, gdyby ta informacja do niego nie dotarła.

– W rzeczy samej – zgodziła się Kasandra, odczuwając nagle przejmujący chłód.

Opuściła przedsionek i podążyła za Chryzis, Silanosem i Dioną do głębszych partii jaskini. W jej głowie kotłowała się plątanina myśli. Żądza władzy nad światem, ofiary z własnej krwi, zniewolenie wyroczni delfickiej... czym tak naprawdę był Kult Kosmosu? Oszołomiona dotarła do ogromnej pieczary i ze zdziwieniem poczuła znajomy dreszcz. Towarzyszył jej zawsze, ilekroć dotykała włóczni Leonidasa, ale przecież nie miała jej teraz przy sobie... To, co odczuwała, było jednak nieco inne, jakby silniejsze. Znacznie silniejsze.

Z sufitu zwisały ogromne stalaktyty, a w samym centrum groty znajdował się okrąg z oszlifowanego kamienia, pełniący rolę ławy. Siedziało na nim kilkadziesiąt okrytych płaszczami, zamaskowanych postaci. Oprawca z komnaty tortur, Chryzis i mężczyzna z bandażami na nadgarstkach właśnie do nich dołączyli. Za Kasandrą do jaskini weszło jeszcze troje innych ludzi. Wszyscy zajęli swe miejsca w kręgu i zaczęli nucić głęboką, monotonną pieśń. Po chwili niektórzy ucichli i zaczęli się jej przyglądać, najwyraźniej czekając na nią. Podeszła więc i zajęła jedyne puste miejsce w okręgu. Dziwny, jednostajny śpiew ponownie wypełnił grotę i Kasandra poczuła, jak cierpnie jej skóra.

Wszyscy wpatrywali się w postument z czerwonego żyłkowanego marmuru, na którym umieszczono niewielką złotą piramidę.

Słynny artefakt.

Doświadczenie *misthios* pomogło jej szybko oszacować, ile mógłby być wart. Ale nie to było teraz najważniejsze. Czuła przemożną potrzebę wyjścia z kręgu i skonfrontowania się z tymi zamaskowanymi sukinsynami. Była gotowa walczyć jak lwica, by pomścić śmierć brata i rozpad rodziny. Zacisnęła ręce w pięści i w duchu przeklinała Herodota, że namówił ją do oddania mu broni. Ale właśnie wtedy jej uwagę znowu zwróciło tajemnicze drżenie, które wprawiało jaskinię w wibracje i przeszywało jej ciało znajomym dreszczem, i zdała sobie sprawę, że pochodziło ono ze złotej piramidy.

Jeden z członków Kultu wyszedł przed krąg, podszedł do artefaktu i z wielkim nabożeństwem położył na nim rękę. Pozostali westchnęli z zazdrością, a niektórzy wyraźnie niecierpliwili się, chcąc jak najszybciej zająć jego miejsce. Piramida lśniła delikatnym blaskiem, jakby w jej wnętrzu znajdowała się świeca lub lampa.

– Tak! Widzę je! – zaintonował stojący przy piramidzie. – Niedostrzegalne dla osób spoza Kultu pęta wokół szyj i kajdany u kostek wszystkich ludzi, i mężczyzn, i kobiet. Widzę gasnący płomień chaosu. Wąski korytarz myśli, czystego poświęcenia i autentycznego porządku.

W pomieszczeniu rozległ się szmer uznania. Potem do piramidy podeszło po kolei trzech innych członków bractwa i każdy z nich dzielił się ze zgromadzonymi tym, co zobaczył. Siedząca obok Kasandry Chryzis szepnęła:

– Artefakt ma największą moc, gdy dotyka się go jednocześnie z mistrzem, który przenika nasze myśli i pozwala nam ujrzeć znacznie więcej. Ale nawet bez niego przyłożenie ręki do piramidy jest niesamowitym doświadczeniem. Musisz koniecznie spróbować.

Kasandra przełknęła ślinę, wdzięczna, że jej twarz zakrywa maska, i wkroczyła w środek okręgu. Wyciągnęła rękę i zatrzymała ją nad szczytem piramidy. Serce biło jej jak oszalałe, głosy zgromadzonych szumiały w uszach, a po plecach spływały strużki zimnego potu...

Nagle z tyłu jaskini rozległ się potężny trzask. Z wyrywanych z zawiasów drzwi posypały się śruby i drzazgi. Do komnaty, niczym zjawa, wpadł wysoki, dobrze zbudowany mężczyzna. Zatrzymał się u wejścia w czujnym półprzysiadzie. Wyglądał jak dzika bestia. Miał umięśnione nogi i ramiona, jego tors zakrywał biały pancerz ze złoconymi pasami, a ramiona przysłaniała biała peleryna. Gęste, ciemne włosy, zebrane częściowo w kok, spływały falami na kark i ramiona. Nie miał maski, a na jego przystojnej twarzy malował się nieposkromiony gniew. Czyżby ten wojownik był ich mistrzem?

– Wśród nas jest zdrajca! – warknął Dejmos. – O ile mi wiadomo, Kult liczy czterdziestu dwóch ludzi. Czyż nie tylu się was tu dziś zgromadziło? Jak to jednak możliwe, skoro jeden z członków bractwa leży w Kirze martwy?

Na potwierdzenie swych słów podniósł w górę odciętą głowę Elpenora i rzucił ją na ziemię. Kasandra wpatrywała się w nią, zdjęta grozą. „Przecież nie odcięłam mu głowy... – pomyślała – ten potwór pewnie sam zbezcześcił ciało, żeby zrobić wrażenie!"

– Kto z was jest zdrajcą? – zaryczał mistrz, a jego głęboki głos odbijał się echem wśród ścian pieczary. – Zdejmijcie maski!

Kasandra zamarła z przerażenia, ale któryś z członków Kultu zaprotestował:

– Nasze zasady na to nie pozwalają, Dejmosie. Chcemy pozostać anonimowi...

– Zademonstrujmy naszą lojalność, jak zawsze, poprzez położenie ręki na artefakcie wraz z mistrzem. Wówczas Dejmos zobaczy całą prawdę i obnaży sekrety, które skrywamy – zaproponowała Chryzis.

Dejmos wpadł w sam środek kręgu i mierząc Kasandrę wzrokiem od stóp do głów, warknął:

– Dobrze, zaczynaj! Dotknij artefaktu i powiedz, co widzisz. Nie próbuj kłamać. Zobaczę dokładnie to samo, co ty – ostrzegł, przykładając dłoń do piramidy.

Kasandra wpatrywała się w mistrza. Jego orzechowe oczy pałały nienawiścią, więc przygotowywała się w duchu na swój marny koniec. Nie miała jednak wyjścia. Przyłożyła rękę do artefaktu i już miała zaśmiać się tej bandzie głupców prosto w twarz, ale wydarzyło się coś, co niemal zwaliło ją z nóg.

Odgięła głowę w tył i zobaczyła dziwne intensywne światło. Podobne wizje miewała czasem za sprawą włóczni Leonidasa, ale to teraz działo się naprawdę. Czuła zapach jesieni i wilgotnych paproci. Słyszała ćwierkanie ptaków w lesie Eurotas. Znalazła się w Sparcie.

Popołudniowe niebo jest zachmurzone, a ja przedzieram się przez paprocie i obserwuję tłustego dzika, który rozkopuje ziemię nieopodal. Wyobrażam już sobie wyborne potrawy, które można by z niego przyrządzić. Jakże wszyscy byliby ze mnie dumni, gdyby udało mi się go własnoręcznie ustrzelić! Mam przecież zaledwie siedem lat. Przyklękam, podnoszę włócznię, celuję w bok zwierzęcia... I zaczynam się wahać – może powinnam jeszcze chwilę poczekać, a może nie...

Ponad moją głową przelatuje wtedy inna włócznia i pobłyskując srebrzystym grotem, wbija się w błoto, tuż obok dzika, który z piskiem ucieka. Wstaję, żeby zobaczyć, kto spłoszył mą zdobycz i wołam:

– Kim jesteś? Pokaż się!

Spośród drzew wychodzi matka z małym Aleksiosem na ręku.

– Wahaniem wpędzisz się…

– …do grobu, wiem… – kończę za nią, niezadowolona, że zapomniałam o jej naukach. – Ojciec będzie rozczarowany, gdy się dowie, że jeszcze nie jestem gotowa…

– Jesteś wytrwała i w coraz lepszej formie. Podejmowanie dobrych decyzji to najtrudniejsza sztuka – uspakaja mnie matka, a potem kładzie Aleksiosa na pniu drzewa, wyciąga z ziemi włócznię, którą wcześniej rzuciła, i mówi: – Chyba nadszedł już czas, by była twoja.

Podaje mi swój oszczep, a ja biorę go w ręce. Przez chmury przebija promień słońca i padając na grot, na chwilę mnie oślepia. To piękna broń. Drzewce jest zniszczone, ale jego długość jest dla mnie idealna.

Kiedy dotykam jej ostrza, przeszywa mnie dreszcz i czuję łaskotanie w żołądku.

– Dzieje się ze mną coś dziwnego… – mamroczę pod nosem.

– Naprawdę? – uśmiecha się matka.

Próbuję jeszcze raz i znów towarzyszy mi to dziwne uczucie.

– To nie jest zwykła włócznia… – mówię po chwili.

– Nie. Należy do długowiecznego, potężnego rodu wielkich bohaterów. Jesteśmy częścią tej rodziny, ich krew płynie w moich i twoich żyłach, tak jak niegdyś w żyłach króla Leonidasa.

– To jest… była… włócznia króla Leonidasa? – pytam z niedowierzaniem.

Matka uśmiecha się i gładzi mnie po policzku.

– Leonidas był odważny i dokonał czegoś bardzo ważnego pod Termopilami. Ponieważ płynie w tobie jego krew, nosisz w sobie

tę samą siłę. Nasz ród odczuwa to, co dzieje się wokół, inaczej niż wszyscy. Jesteśmy zwinni i silni jak lwy i w obliczu niebezpieczeństwa reagujemy z szybkością dzikiego zwierza. To wielki dar dla naszej rodziny. Nie każdy to szanuje; niektórzy rozpoznają w nas tę moc, ale chcą ją zagarnąć dla siebie. Próbują nam ją odebrać.

– Nie pozwolę na to – protestuję z naiwnością dziecka.

– Wiem, jesteś wojowniczką – potwierdza moje słowa matka.

Ostrożnie zawijam włócznię w skórzany pokrowiec i wkładam do kołczana. Intuicja podpowiada mi, że powinnam bardzo o nią dbać. W oddali słychać pierwsze pomruki burzy.

– Zbliża się nawałnica – mówi matka i podnosi Aleksiosa.

To dziwne, ale odkąd rodzice wrócili zeszłej jesieni z pielgrzymki do wyroczni, cały czas czuję się tak, jakby zbierało się na burzę. Matka wyczuwa mój niepokój i kładzie Aleksiosa w moich objęciach. To mnie uspakaja. Całuję go w czoło i wpatruję się w jego błyszczące orzechowe oczy…

Kasandra gwałtownie oderwała rękę od piramidy i głęboko westchnęła. Wspomnienia powoli się rozmywały. Wbiła zdezorientowany wzrok w Dejmosa. On również się w nią wpatrywał szeroko otwartymi oczyma. Nie, na pewno się nie pomyliła…

Nadal oszołomiona powiedziała bezgłośnie:

– Aleksios?

On również ledwo słyszalnie wyszeptał jej imię, kręcąc z niedowierzaniem głową. Kasandra, chwiejąc się, zrobiła krok wstecz.

– Co zobaczyłeś, Dejmosie? Czy to osoba godna zaufania? – zaskrzeczał ktoś tuż za nią.

Zaległa zupełna cisza.

– Co z tobą, Dejmosie? Odpowiedz – zażądał inny głos.

Ale mistrz nadal milczał.

Po chwili następny zniecierpliwiony członek Kultu wtargnął do środka kręgu i sapnął:

– Teraz moja kolej, ja nie mam nic do ukrycia.

Dejmos otrząsnął się z transu i z wrzaskiem złapał mężczyznę za kark, a potem z całej siły uderzył jego zamaskowaną twarzą o szczyt piramidy. Z głuchym stuknięciem maska złamała się wpół, a spod niej wybuchnęła fontanna krwi. Piramida pozostała czysta i nienaruszona, natomiast twarz uczestnika zgromadzenia zamieniła się w krwawą miazgę, a jego ciało, wstrząsane drgawkami, osunęło się na posadzkę. Niektórzy, osłupieni i przestraszeni, zaczęli się wycofywać, ale kilka osób okrążyło Dejmosa i z oburzeniem zawołało:

– Co ty zrobiłeś, Dejmosie?!

Choć nogi się pod nią uginały, roztrzęsiona Kasandra dotarła do wyjścia, a potem rozejrzała się uważnie wokoło i uciekła co sił w nogach. Na wpół świadomie przecisnęła się przez tajemny tunel i wypadła na zewnątrz. Dygocząc i z trudem łapiąc oddech, usiadła na skalnej półce i przywarła plecami do górskiego zbocza. Otrzeźwiły ją dopiero słowa czekającego na nią Herodota:

– Co się stało, moja droga?

Popatrzyła na niego i ledwo słyszalnie wyszeptała:

– On tam jest... To ich mistrz...

– Kto, dziecko?

– Mój brat, Aleksios...

Pod osłoną nocy Adrestia wypłynęła z portu w Kirze. Reza zasiadł u steru, kilku innych członków załogi manewrowało żaglami, a Barnaba stał na dziobie z jedną nogą na barierce i wpatrywał się w ciemność jak w odwiecznego wroga. Raz po raz odwracał się i patrzył na siedzącą przy rufie Kasandrę, czekając na jej decyzję. Jego życie i cały dobytek, jakim była Adrestia, były na jej usługi, musiał jednak wiedzieć, dokąd płynąć. Ale

Kasandra nadal była pogrążona w myślach. Wsparta o kabinę żaglowca, ściskała rękę, którą dotknęła piramidy, i wpatrywała się w dal. Wszystko, co dotąd wiedziała o swoim życiu i co uważała za prawdę, właśnie legło w gruzach.

Herodot siedział przy niej z jabłkiem w ręku. Odkrawał z niego kawałek po kawałku i jadł, co jakiś czas oferując cząstki Kasandrze, a kiedy odmawiała, rzucał obrzynki Ikarosowi, który dziobał je jakby z lekką pogardą.

– Było ich wielu, wszyscy mieli maski na twarzach – odezwała się wreszcie z wyraźnym trudem Kasandra. – Są w posiadaniu dziwnej piramidy, dzięki której sprawują kontrolę nad wyrocznią i jej przepowiedniami. Dysponują armią szpiegów i wojowników. Mają w garści niemal całą Helladę. Są wszędzie.

– A zatem jest jeszcze gorzej, niż myślałem – wypowiedziawszy te słowa, Herodot zamyślił się i przez jakiś czas wpatrywał się w ciemność.

– Jeśli to prawda, że Peryklesowi grozi niebezpieczeństwo, powinniśmy się udać do Aten – powiedział po dłuższej chwili.

Kasandra spojrzała na niego z ukosa:

– Po tym wszystkim, co tam zobaczyłam i usłyszałam, mam się niepokoić o Peryklesa? Mój brat żyje, ale Kult uczynił z niego jakiegoś... potwora. Mają zamiar zabić moją matkę. Dlaczego miałby mnie obchodzić jakiś żądny krwi dowódca?

– Żądny krwi? Nie znasz go – przerwał jej Herodot – on nie jest zwolennikiem wojny.

– Dowódca wojskowy, który nie popiera zbrojnego konfliktu? To dość rzadki przypadek – rzuciła z ironią i przypominając sobie długie nocne rozmowy w plugawych tawernach Sami, ciągnęła:

– Niektórzy mówią, że sam to wszystko zaplanował, jeszcze w czasach pokoju, żeby wzmocnić ateńską flotę i pławić się w jej sławie. Ateńczycy nie mają sobie równych w walce na morzu, ale spartańscy hoplici rządzą na lądzie i nie straszna im nieudolna piechota przeciwnika. Dopóki jednak Perykles święci sukcesy na wodzie, przedłużająca się wojna jest mu na rękę…

– Może masz rację. Ale Perykles mógł też zdawać sobie sprawę, że wojna jest nieunikniona, i podejmować takie decyzje, aby wyrządzić jak najmniej szkód – wzruszył ramionami Herodot.

– Jakoś mnie to nie przekonuje. Dlaczego miałabym się martwić o jakiegoś króla Aten? – zapytała nieufnie.

Herodot wybuchnął głośnym, szczerym śmiechem, a potem powiedział:

– Ateny nie mają króla. Perykles jest reprezentantem społeczności, a jego rola wcale nie jest łatwa. Ma wielu przeciwników, którzy tylko czekają, by zająć jego miejsce. Jeśli Kult spiskuje przeciwko niemu, może się okazać, że ten narastający, ale jak na razie rozgrywany według klasycznych zasad konflikt okaże się krwawą katastrofą i pogrąży obie strony w chaosie.

Kasandra patrzyła na niego z powątpiewaniem, więc Herodot postanowił przekonać ja w inny sposób:

– Dobrze więc, skoro uciekasz od brata, powinnaś odnaleźć matkę, czyż nie?

Potaknęła.

– Gdzie zatem chciałabyś zacząć jej szukać? Hellada jest długa i szeroka…

– Masz jakiś pomysł? – syknęła z rozdrażnieniem.

– Tak, i wiesz, co to za miejsce – odpowiedział. – Ateny są centrum naszego świata, moja droga. W przeciwieństwie do zacofanej, nieprzystępnej Sparty ich granice są otwarte dla kupców, handlarzy i podróżników. Decyzje podejmują tam wielkie umysły, które posiadają bardzo rozległą wiedzę. Jeśli mamy znaleźć odpowiedź na pytanie, gdzie jest twoja matka, musimy się udać…

– Do Aten! – warknęła Kasandra na tyle głośno, żeby stojący w oddali Barnaba ją usłyszał.

Trierarcha natychmiast zasalutował i wydał załodze rozkaz zmiany kursu. Żagiel Adrestii jęknął i okręt wykonał zwrot, rozpoczynając długą podróż wzdłuż wybrzeży Peloponezu ku Attyce.

Zmęczony Herodot położył się na pokładzie i udał na spoczynek. Kasandra nie mogła spać, stała więc i patrzyła, jak wzburzone przez dziób żaglowca fale rozpływały się za nim łagodnie po spokojnej tafli. Srebrzysta poświata księżyca, granatowe niebo i miliardy gwiazd odbijały się w wodzie jak w lustrze. Długo wpatrywała się w ten kojący krajobraz i powoli zaczynała odczuwać znużenie, gdy nagle jedna z fal wydała jej się większa i wyższa, jakby płynął za nimi inny statek. Gdzieś w oddali zabrzmiała pieśń wielorybów i Kasandra odwróciła się na moment, a kiedy znów spojrzała za rufę, morze było ciche i niezmącone, jak wcześniej. Potrząsnęła głową i uznała, że jej przemęczone zmysły zaczynały ją zawodzić.

Herodot już nie spał i przyglądał się teraz jej broni. Łuk i oszczep stały oparte o kabinę.

– Gapisz się na tę włócznię, jakby była duchem – zażartowała.

Herodot nie odwzajemnił jej uśmiechu i z powagą odrzekł:

– To włócznia Leonidasa. Jak tylko zobaczyłem ją u twego boku w kolejce do świątyni, wiedziałem, że sprowadzało cię tam coś ważnego, tak jak i mnie.

Kasandra usiadła naprzeciw niego i westchnęła:

– Jestem potomkinią Leonidasa. Niektórzy twierdzą, że zhańbiłam jego ród...

Przerwała, bo przypomniały jej się słowa jednego z członków Kultu: *Gdyby tylko udało nam się pochwycić resztę jego rodziny, moglibyśmy się pozbyć naszego okrutnego i nieprzewidywalnego mistrza.* Potem podniosła włócznię i uważnie się jej przyjrzała:

– Czasem wydaje mi się, że przemawia do mnie. Do tej pory był to jedyny taki przedmiot...

– Ten przedmiot w jaskini Gai, o którym mówiłaś, złoty artefakt, też miał taką moc? – zapytał Herodot, rozglądając się wokół, jakby chciał się upewnić, że nikt ich nie podsłuchuje.

Kasandra skinęła głową.

– Czułam się, jakby piramida skuła kajdanami moje myśli i serce i przeniosła mnie do odległej przeszłości. Nigdy wcześniej nie doświadczyłam czegoś takiego. Wszystko było niezwykle wyraźne i odczuwalne. Co sprawia, że ten artefakt i moja włócznia są tak wyjątkowe? – zapytała, odkładając oszczep.

Herodot spoważniał i pobladł.

– Twoja włócznia i złota piramida rzeczywiście są niezwykłe, Kasandro... ale nie tak bardzo, jak ty sama.

– Nie rozumiem...

Herodot spojrzał w kierunku Barnaby i przywołał go ruchem ręki, a potem odrzekł:

– Wkrótce zrozumiesz.

Następnego dnia Adrestia wpłynęła w morski przesmyk, ocieniony ogromnymi głazami. Kasandra z ekscytacją patrzyła w górę na potężne, porośnięte roślinnością skały. „Termopile. Miejsce wielkich bohaterów..." – pomyślała.

– Jesteś zadowolona, że się tutaj zatrzymaliśmy, *misthios*? – spytał Barnaba.

– Skoro ty ufasz Herodotowi, to ja też. Wkrótce popłyniemy dalej do Aten – powiedziała i z uśmiechem zeskoczyła na mokry piach.

Herodot zszedł na plażę po sznurkowej drabinie i razem ruszyli krętą ścieżką w góry.

– To tędy Efialtes prowadził Persów do walki – po tych słowach historyk zamyślił się, a jego zmrużone oczy zaszły łzami.

Zaprowadził ją na niewielki ustęp skalny z widokiem na wybrzeże. Nieco wyżej, ze szczelin wiodących do wnętrza górskich jaskiń, wydobywały się obłoki pary. Niektórzy nazywali te otwory bramami Hadesu, inni gorącymi wrotami.

– To tutaj Persowie napadli na połączone wojska Spartan i ich sprzymierzeńców. W tym miejscu zginął twój wielki przodek.

Wreszcie doszli do pokrytego żółtawymi porostami i zmurszałego na skutek silnych, przybrzeżnych wiatrów posągu lwa. Na kamiennym postumencie nadal widniało imię spartańskiego króla.

– Wyjmij swą włócznię i pozwól jej przemówić – powiedział Herodot.

Kasandra zacisnęła obie dłonie na włóczni i podniosła ją wysoko.

– Nie, to nie ma sensu. Włócznia zawsze sama wybiera odpowiedni moment. To się nie dzieje na zawołanie! – powiedziała, lecz nagle…

Niebo jest przesłonięte przez grad padających strzał. Zewsząd otaczają mnie miotający się hoplici, których raz po raz dosięgają włócznie nieprzyjaciela. Wokół słychać krzyki. Odziani w czerwone płaszcze Spartanie walczą jak wilki i nawołują sojuszników do wytrwania na polu bitwy. Liczebna przewaga napierających na nich z każdej strony ciemnoskórych żołnierzy jest ogromna. Są wszędzie – zbiegają w dół górskimi ścieżkami, tłoczą się na plaży… Krąg wiklinowych tarcz i ostrych włóczni coraz bardziej się wokół nas zacieśnia. Nawołujący do walki dźwiękiem piszczałek Spartanin pada trafiony perskim oszczepem.

Naprzód, Nieśmiertelni! – rozbrzmiewa dziwny, śpiewny okrzyk wrogiego dowództwa. Nadchodzą tysiącami. Szlachtują i przebijają przeciwników na wskroś, torując sobie wąską drogę na wschód, do serca Hellady. W końcu na ich drodze pozostaje tylko garstka Spartan. Czerwone płaszcze furkoczą w ferworze walki i ani na chwilę nie ustają. Wreszcie go widzę! Jest starszy, niż myślałam. Jego ciało nosi znamiona bitwy. Jest poraniony i splamiony krwią. Na zmęczonych ramionach niesie ciężar całego narodu… a w rękach dzierży nienaruszoną włócznię.

– Leonidas? – szepczę.

W ostatnich chwilach bitwy bohaterski król spogląda przed siebie i jego wzrok zatrzymuje się na mnie. Patrzy mi prosto w oczy. Z nieba ponownie pada deszcz strzał i trzy z nich wbijają się w jego ciało. Jednak nadal walczy, odpierając atak gromady Nieśmiertelnych. Wtedy jego włócznia łamie się wpół. Dwa ostrza dosięgają jego karku i przyklęka na jedno kolano. Trzeci grot zanurza się w jego pierś i pole bitwy pogrąża się w ciszy. Król Leonidas, władca Sparty, przewraca się i umiera.

Kasandra ocknęła się i zobaczyła przed sobą spokojne, opustoszałe wybrzeże, bez martwych, zalanych krwią ciał. Herodot stał obok ze smutnym uśmiechem na twarzy.

Upuściła włócznię i zapytała:

– Po co mnie tu przyprowadziłeś?

– Bo mówiłaś o hańbie i o tym, że nie jesteś warta swego rodu. To nieprawda, Kasandro. Bez względu na twą przeszłość, jesteś jego spadkobierczynią – westchnął Herodot i pochylił się, by podnieść włócznię z ziemi. Nie chciał jej dotykać. Zawinął ją więc w skórzaną torbę i oddał Kasandrze.

– Ta włócznia i przedmiot, który widziałaś w jaskini pod świątynią wyroczni, nie zostały wykonane przez istoty takie jak my.

– Przez kogo zatem, przez Persów?

Herodot zaśmiał się cicho.

– Czyżby były darem bogów? – dociekała Kasandra.

– Niezupełnie – spoważniał Herodot. – Zostały stworzone przez kogoś, kto istniał przed nami, zanim powstała Hellada czy Persja. Wcześniej niż wydarzyły się wojna trojańska i potop... Przed powstaniem człowieka.

Kasandra wyraźnie nie nadążała za jego słowami, więc Herodot zaproponował, by usiadła, wyjął kawałek chleba i podał jej połowę.

– Nie pisałem o tym w moich dziełach, bo obawiałem się, że posądzą mnie o szaleństwo. Niektórzy i tak myślą, że jestem obłąkany. Podczas swych podróży odkryłem dziwne rzeczy, Kasandro – ciągnął, powoli żując chleb i wpatrując się w historyczny przesmyk oraz w morze za nim. – Kiedyś latem spotkałem pewnego wędrowca. Był niski i gruby. Na imię miał Meliton. Spędził wiele dni na morzu, dryfując bez celu na małej łodzi. Opowiedział mi o swoich przygodach i zapewniam cię, że niektóre z nich były barwniejsze od historii Barnaby. Na większość z nich nie zwracałem szczególnej uwagi, ale jedna zapadła mi w pamięć. Może dlatego, że w jego oczach zamiast typowego szelmowskiego błysku zobaczyłem wtedy strach.

Kasandra przełknęła kawałek chleba i zachęciła go, by mówił dalej.

– Kiedy Meliton był młody, jego statek rozbił się na wybrzeżu Thery, niewielkiej wyspy oderwanej niegdyś od lądu wskutek wybuchu wulkanu. To jałowe i nieciekawe miejsce; nie ma tam nic poza popiołem i zgnilizną. Meliton przetrwał tam jednak wiele miesięcy, żywiąc się larwami i małżami. Pewnej nocy obudziło go dziwne drżenie dochodzące z głębi ziemi.

– Kolejny wybuch? – szepnęła Kasandra.

– Nie. Wulkan jest od wieków martwy, tak jak wszystko inne na tej wyspie. To było coś bardzo osobliwego, *misthios* – kontynuował Herodot, a jego oczy wyraźnie pociemniały. – Gdy ziemia się zatrzęsła, Meliton ujrzał jasne światło, gdzieś daleko, w górzystych partiach wyspy. Nie mógł to być ogień wulkanu, bo przypominało ono jasny, złoty płomień. Mimo ciemności postanowił wybrać się w tamtą stronę. Dotarł na miejsce długo po wschodzie słońca i najpierw zobaczył jedynie ciemną wulkaniczną skałę, taką jak wszystkie inne. Ale gdy uważniej jej się przyjrzał, zauważył na niej znaki.

– Znaki? – zdziwiła się Kasandra.

– Dziwne symbole ułożone w ciągi i wyryte w skale. Poprosiłem Melitona, aby mi je jak najlepiej opisał, a on narysował je dla mnie palcem w ziemi.

Wypowiadając te słowa, Herodot nakreślił przed nią w pyle różne geometryczne kształty i wskazując na nie, powiedział:

– To były mądrości Pitagorasa.

Kasandra poczuła przeszywający ją dreszcz.

– Otóż to – pokiwał głową Herodot, widząc, że pojęła znaczenie tej historii. – Ten wielki filozof, ideolog i matematyk, wybitna postać Hellady, jako jeden z nielicznych rozumiał to, co istniało przed człowiekiem.

– Ale powiadają, że mądrości Pitagorasa zostały zatracone i pogrzebane razem z nim ponad sześćdziesiąt lat temu… – zwróciła mu uwagę Kasandra, przypominając sobie jakąś pijacką rozmowę na ten temat, zasłyszaną kiedyś w kefalońskiej tawernie.

– Ja też tak sądziłem. Ale ten przedmiot jest ich częścią – powiedział Herodot, wskazując na włócznię Leonidasa. – Pomyśl tylko, co by oznaczało odnalezienie ich wszystkich. Jeśli dzisiejsi ludzie posiedliby wiedzę, w jaki sposób tworzyć takie przedmioty jak twoja włócznia lub artefakt, który widziałaś w jaskini Kultu, tylko po to, by ją wykorzystać do własnych celów... Niestety Kult wie o zagubionych pismach Pitagorasa i próbuje je odnaleźć...

Kasandra zadygotała z przerażenia:

– Na bogów! Nie można do tego dopuścić!

– Leonidas był tego samego zdania. On znał tylko część prawdy. Ale i to wystarczyło, by zdawał sobie sprawę z zagrożenia. Wiedział, że należy się sprzeciwiać tym, którzy próbują posiąść i wykorzystać tę wiedzę. Dlatego z nimi walczył. Ty jesteś częścią tego szlachetnego rodu, Kasandro. Twoja rodzina musi przetrwać. W tej mrocznej grze, którą tak niewielu rozumie, chodzi o dobro naszego świata.

Po tych słowach Herodot wstał i wolno ruszył w kierunku Adrestii. Kiedy chciała pójść za nim, odwrócił się i powiedział:

– Zostań jeszcze i spokojnie przemyśl to, co powiedziałem.

Usiadła więc pod posągiem lwa i patrzyła na wybrzeże, zastanawiając się, ile kości skrywają w sobie białe piaski tej plaży. Nadal zatopiona w myślach, żuła chleb i rozrzucała okruchy dla Ikarosa. Słowa Herodota wprawiały ją na przemian w niepokój i podziw. „A niech cię, historyku! Twoje opowieści rodzą tysiące nowych pytań" – pomyślała, a na jej twarzy pojawił się zmęczony uśmiech.

– Pora ruszyć do Aten i poszukać odpowiedzi chociaż na kilka z nich – westchnęła i wstała, by wrócić na żaglowiec.

Zatrzymała się jednak w pół kroku, bo tuż nad jej głową ze świstem przemknęła strzała i teraz drżała wbita w ziemię tuż pod jej stopami. Instynktownie przyjęła obronną pozycję i szybko omiotła wzrokiem otaczające ją wzgórza, ale niczego nie zauważyła. Dopiero po chwili ujrzała postać, która niczym bóg wpatrywała się w nią z wysokiej półki skalnej.

– D… Dejmos? – wyjąkała ochrypłym głosem.

Zmysły jednak jej nie zawiodły i wzburzone fale, które widziała w nocy, nie były przywidzeniem. Ich okręt był śledzony.

Dejmos odwrócił się bez słowa i zniknął za skalnym występem. Kasandra wspięła się po stromych skałach w pobliże miejsca, gdzie go zobaczyła. Zawahała się, ale po chwili podciągnęła się w górę i stanęła na pewnym gruncie. Czekał na nią, odwrócony tyłem.

– Dlaczego mnie śledzisz? – spytała.

– Pamiętam cię, choć byłem tylko niemowlęciem – powiedział. – Nigdy nie zapomniałem, jak ściskałaś mnie w objęciach.

W sercu Kasandry rozżarzył się znów dawno zduszony płomyk uczucia, które próbowało teraz zająć ogniem ją całą.

– Ja też nie zapomniałam, co czułam, trzymając cię…

– Moi rodzice skazali mnie na śmierć i chcieli mnie zrzucić w urwisko – przerwał jej obojętnym tonem – ale to ty… ty posłałaś starego efora wraz ze mną w przepaść. Dobrze o tym wiem. Złoty artefakt mi to wyjawił.

– Nie… to nie tak, próbowałam cię ratować, musisz mi uwierzyć, Aleksiosie! Nie miałam pojęcia, że przeży…

– Aleksios umarł tamtej nocy – wysyczał, odwracając się gwałtownie w jej stronę. Kosmyki jego ciemnych włosów tańczyły na wietrze, częściowo zasłaniając zacięty wyraz jego twarzy.

– Moja prawdziwa rodzina nazywa mnie Dejmosem.

Tłumiąc w sobie resztki uczuć, Kasandra lekceważąco prychnęła:

– Podczas waszego żałosnego zebrania w jaskini dowiedziałam się, że twój Kult i ja mamy ten sam cel. Szukamy matki…

– Skoro nie wiesz, gdzie jest, to znaczy, że ciebie też porzuciła... – rzekł, a w jego głosie zabrzmiała nutka zaskoczenia.

– Tak, porzucono nas, ale przeżyliśmy. Możemy wszystko naprawić, musimy ją tylko odnaleźć.

– Ja jej nie potrzebuję.

– Ale twoje bractwo ma na ten temat inne zdanie. Myrrine ma być ich kolejną ofiarą – powiedziała beznamiętnie.

– Kult nas potrzebuje, bo jesteśmy wyjątkowi... Wiesz o tym, prawda? – parsknął po dłuższej chwili milczenia, wskazując na kamiennego lwa.

– Nie wyruszysz zatem na poszukiwania matki wraz ze mną? – zapytała, cofając się o krok.

– A ty nie dołączysz do mnie... – zaripostował.

– Nigdy nie stanę się częścią twojego parszywego Kultu – splunęła z pogardą.

Zapadła pełna napięcia cisza.

– Nie uciekniesz przed nimi – odezwał się wreszcie Dejmos. – Kurs twojego statku sugeruje, że wybierasz się do Aten. Oni już tam są. Kiedy dotrzesz do Peryklesa i jego elitarnej swołoczy, powiedz im, że mamy ich na oku.

Potem wycofał się i zniknął w szczelinie skalnej, otoczony obłokiem pary.

– Aleksiosie! – zawołała.

– Zostaw mnie, siostro, i bądź wdzięczna, że pozwalam ci żyć... Przynajmniej na razie! – jego głos odbijał się echem wewnątrz skalnego korytarza.

7

W powietrzu nad portem w Pireusie mieszały się ze sobą intensywne zapachy potu, łajna, pieczonego chleba i smażonej dorady oraz młodego wina.

– Ale motłoch! – zdziwiła się Kasandra.

Zewsząd słychać było ujadanie psów, krzyk mew i podniesione ludzkie głosy. Tłumy ubranych w niebiesko-białe tuniki żołnierzy oblegały zacumowane jedna przy drugiej wojenne galery. Nad keją, na którą bezustannie wjeżdżały wozy pełne worków z ziarnem, powiewała biała flaga.

Kasandra zeszła z pokładu Adrestii na nabrzeże i spojrzała na położone jakieś dwie mile w głąb lądu Ateny. Miasto wyglądało imponująco. Ponad pokrytymi czerwoną dachówką zabudowaniami wznosił się, niczym marmurowa wyspa, Akropol. Usiany był zapierającymi dech w piersiach świątyniami i posągami. Ani Kefalonia, ani tym bardziej Sparta nie mogły się poszczycić takimi budowlami i dziełami sztuki.

W promieniach słońca błyszczał słynny Partenon. Jego zdobione ściany, kolumny i malowidła jaśniały z oddali. Wejścia na wzgórze strzegła ogromna, wykonana z brązu rzeźba bogini Ateny trzymającej w ręku włócznię. Posąg oślepiał swym płomiennym blaskiem, emanował władczością i patosem.

Do miasta wiodła z portu dziwaczna wąska promenada. Wyglądała jak dwumilowe ramię, którym Ateny kurczowo trzymały się najbliższego kawałka wybrzeża i swej jedynej przystani.

Ścieżka była z obydwu stron otoczona murem, przy którym nadal uwijali się murarze i niewolnicy. Układano tam ostatnie kamienie i rytmicznie stukano dłutami.

– Chodźmy, *misthios* – skinął na nią Herodot, wstępując na promenadę.

Kiedy Kasandra spojrzała za siebie, zobaczyła, jak Reza zakłada się z kilkoma członkami załogi innego okrętu, że Ikaros zdejmie pierścień z palca ich kapitana. Potężny ptak przestępował niecierpliwie z nogi na nogę, jakby chciał koniecznie udowodnić, że sternik Adrestii miał rację. Uśmiechnęła się na ten widok, a potem dołączyła do Herodota. Szli wzdłuż rzucającego przyjemny cień obmurowania. Stary żebrak pouczał wszystkich, którzy zechcieli go słuchać:

– Powinniśmy się uczyć od Trojańczyków, Hetytów i Asyryjczyków! Wielkie mury to wielkie kłopoty...

Dopiero teraz Kasandra zauważyła, że były zbudowane naprędce i byle jak. Sklecono je z kamieni brukowych, gruzu i odłamków budowli, co wyraźnie kontrastowało ze splendorem marmurowych budynków i solidnych obwarowań miasta.

Herodot, jakby czytając jej w myślach, powiedział:

– To prawda, że Długie Mury, bo tak je zwą, są brzydkie, ale za to wyjątkowo praktyczne. Chronią przed atakiem Spartan, którzy słabo radzą sobie z oblężeniem. Poza tym zapewniają bezpieczny transport zapasów żywności z portu. Podejrzewałaś, że Perykles jest sprytny i zapobiegliwy i tu się z tobą zgodzę. Spartanie nie mogą ani zdobyć Aten, ani zagłodzić ich mieszkańców.

– I to jest ta jego słynna strategia? – ironizowała Kasandra – A gdzie w tym miejsce na chwałę?

– Chwała? Cóż za spartańskie podejście! – zaśmiał się Herodot.

Dotarli do fragmentu promenady ciasno zabudowanego po obu stronach chatami i szałasami, które zasiedlali brudni, ubodzy ludzie. Wkrótce ścieżka stała się tak wąska, że musieli przeciskać się przez koczujące tłumy, a czasem przechodzić ponad ciałami śpiących.

– Chyba nigdy nie widziałam tylu ludzi naraz – burknęła Kasandra.

– To wieśniacy – szepnął Herodot – trudno im zrozumieć pomysły Peryklesa. Musieli opuścić swe domy czy gospodarstwa i przenieść się tutaj, by żyć jak biedota.

Droga prowadziła teraz w górę i wkrótce weszli do Aten. Akropol otaczały rzędy malowanych willi. Pośrodku rozległej agory wznosiły się posągi Ejrene i Plutosa. Pokój i bogactwo, które reprezentowali, były w obecnych czasach na wagę złota. Na placu odbywał się targ i roiło się na nim od bydła i stoisk drobnych handlarzy, sprzedających malowane strusie jaja i przyprawy. Jeden ze sprzedawców, niczym zwycięzca, trzymał ociekającą krwią cielęcą wątrobę. W ciasnych uliczkach tłoczyli się spoceni ludzie. Smród niemytych ciał współgrał z dźwiękiem podniesionych głosów. Wysokich wewnętrznych murów obronnych miasta strzegli ateńscy hoplici przypominający Kasandrze tych, z którymi walczyła w Megarze. Niektórzy z nich żywo o czymś teraz dyskutowali, wskazując na tereny poza miastem. „Cóż mogło ich tak niepokoić?" – zastanawiała się w duchu Kasandra.

Przypadkiem oddaliła się na skraj agory i Herodot gwałtownie ją zatrzymał.

– Nie tędy, *misthios* – powiedział, spoglądając z obrzydzeniem na przylegający do placu ogrodzony kompleks. Było w nim ciemno, ponuro i od czasu do czasu niosły się stamtąd odgłosy rozpaczy i beznadziei. – To więzienie, miejsce wiecznego zapomnienia – szepnął z takim wyrazem twarzy, że Kasandra zadrżała. Kiedy przeszli na drugi koniec agory, rozchmurzył się. – Wejdźmy raczej na słynny Pnyks, *misthios*. Może znajdziemy tam odpowiedzi na niektóre z twoich pytań – ponaglił i schodkami z białego marmuru wspięli się na wzgórza Akropolu.

Podchodząc na Pnyks, mijali strażników oraz grupki spierających się ludzi. Słychać było nieustanny, monotonny gwar, jakby wzniesienie otaczała ogromna chmara trzmieli. Wreszcie dotarli na rozległy płaskowyż, którego strzegł wielki posąg bogini Ateny. Kasandra niemal skręciła kark, przyglądając się z podziwem jej wyniosłej twarzy. Na otwartej przestrzeni w cieniu Partenonu odbywało się Zgromadzenie. Wszystko tutaj różniło się od tego, co znała, i stało w zupełnej sprzeczności ze spartańskimi zasadami... Tysiące odzianych w drogie szaty mężczyzn wymachiwało rękami i krzyczało na stojącego przed nimi na postumencie człowieka.

– To jego szukamy – powiedział Herodot. – Oto dowódca Ateńczyków, Perykles.

Kasandra uważnie mu się przyjrzała. Z pewnością nie wyglądał na króla. Był ubrany w skromną tunikę, miał szeroki, płaski nos i schludnie przyciętą brodę, a jego łysiejącą głowę okalały siwe włosy. Mógł być w wieku Herodota lub nieco młodszy.

– Jak długo będziemy się zgadzać na to oszustwo? – krzyknął najgłośniejszy z oponentów Peryklesa.

Był to rudowłosy mężczyzna w średnim wieku, o ciemnych oczach i spiczastej bródce, który przechadzał się wokół postumentu, uderzając zaciśniętą pięścią o dłoń i od czasu do czasu wymierzając oskarżycielsko palec w stronę dowódcy.

– Perykles po raz kolejny udowadnia, że potrafi tylko zwlekać, naradzać się i zawierać niezadowalające kompromisy, jak podczas impasu korkyryjskiego. Osłabianie sojuszników i rozzuchwalanie wrogów wydają się jego domeną.

Herodot przez chwilę przysłuchiwał się krzykliwemu mężczyźnie, a potem wyjaśnił:

– Ten, który biega wokół niego jak oblana wrzątkiem świnia, to Kleon demagog. On mówi to, co ludzie chcą usłyszeć, nawet jeśli to kompletne bzdury. To zdecydowanie najbardziej zajadły oponent Peryklesa, gorszy niż którykolwiek z dyskutantów, a nawet wojowników, których spotkał na swej drodze.

Kleon nie ustawał w swych tyradach:

– Perykles ogołocił z floty wszystkie wyspy i zagarnął ich pieniądze, a teraz traktuje skarbiec na szczycie tego wzgórza jak własny! Buduje świątynię Ateny Nike, nie zważając na ludzką niedolę. Zachowuje się niczym król! – splunął z pogardą.

Kiedy do oskarżeń przyłączyli się inni, Kleon wyrzucił w górę ręce i zaczął nimi wymachiwać, jakby chciał podsycić ich gniew. Po chwili zgiełk ucichł i Perykles ze spokojem odpowiedział:

– Budowa sanktuarium ma pozytywnie wpływać na morale Ateńczyków. Nie mam zamiaru wznosić w tym miejscu królewskiego pałacu. Czyż sam nie nakazałem zarekwirować złota z kaplic i willi, w tym z mojego własnego domu, na potrzeby naszej floty?

Kleon parsknął tylko pogardliwie, szukając odpowiedzi na argument dowódcy.

– O, tak, nasza flota! Nasza niezwyciężona flota, która tylko wysysa pieniądze, a rezultaty jej działań są mizerne. Na razie nieudolnie kąsa wybrzeże Peloponezu. Po katastrofie naszych wojsk w Megarze unika konfrontacji na lądzie, a nasze uprawy i domy przodków niszczeją. My, potomkowie ziemi, jesteśmy zmuszeni patrzeć, jak nasz dobytek obraca się w pył.

– W pył? – skrzywiła się Kasandra.

Herodot dotknął jej ramienia i gestem zachęcił, by spojrzała na rozciągający się na horyzoncie krajobraz Półwyspu

Attyckiego: w oddali majaczyły przeważające na tym terenie srebrzyste pasma górskie. Na nielicznych równinach z cennymi gruntami uprawnymi ujrzała coś odmiennego – przerażający widok. Przez chwilę nie wierzyła własnym oczom. Tam, gdzie niegdyś rozpościerały się uprawy zbóż i bogate w bujne gaje cytrynowców i drzew oliwnych gospodarstwa, teraz straszyły pokryte świeżym popiołem połacie zburzonych budowli. Zobaczyła wśród nich krwistoczerwone plamy i szybko zorientowała się, co one oznaczały.

Koczujące w owym miejscu spartańskie wojska blokowały dostępu do Aten od strony lądu. Tylko czekały na okazję, by pokonać mur i zdobyć miasto; ich włócznie pobłyskiwały już w słońcu. „Stentor..." – pomyślała Kasandra, domyślając się, że to on stał na czele oblężenia zamiast Wilka.

– Dewastacja naszych ziem nie przynosi mi żadnej satysfakcji – perorował Perykles – ale nie mamy innego wyjścia. Czyż nie rozumiecie? Nie możemy zaproponować Spartanom rozejmu, bo potraktują to jak jęk zapędzonej w róg kozy i tylko ich to ośmieli. Nie możemy też jednak wyjść im naprzeciw. Udowodnili przecież wielokrotnie, że ich falanga nie ma sobie równych. Nasza siła tkwi w kamieniu; Długie Mury nas ocalą! Okręty będą dostarczać ryby z północnego morza i ziarno z przybrzeżnych krain. Nawet jeśli Spartanie zaczną tłuc pięściami w nasze mury, nam i tak nic nie grozi. Nie mają szans na wygraną.

Na twarzy Kleona pojawił się szeroki uśmiech i wyraźnie akcentując każde słowo z osobna, powiedział:

– Podobnie. Jak. My.

Zgromadzenie znów wybuchło gromkimi głosami aprobaty, a Perykles stał na postumencie niewzruszony niczym posąg.

– Kleon ma rację – wrzasnął ktoś z tłumu. – Nasze miasto tonie w brudzie i nędzy, a końca tej przeklętej wojny nie widać!

– Otóż to! – przytaknął Kleon – Czy to nie pierwszy raz od miesięcy, powtarzam: miesięcy, Perykles zaszczycił nas tutaj swoją obecnością? Czyżby nie wiedział, że podlega kontroli świętego Zgromadzenia?

Rozległy się kolejne głosy uznania i Kleon bez zaproszenia wszedł na postument, a Perykles bez szemrania ustąpił rywalowi miejsca. Przerzuciwszy luźny koniec szaty przez ramię, kontynuował nienawistną diatrybę, raz po raz wyrzucając wolną rękę w górę, by podkreślić swe racje. Kleon jeszcze długo nie ustawał w swych wywodach. Wreszcie znudzeni członkowie Zgromadzenia podjęli kwestię ostracyzmu.

– Anaksagoras, przyjaciel Peryklesa, staje dziś przed wami oskarżony o bezbożność – zaczął Kleon, wskazując na starszego mężczyznę w tłumie. Wśród obecnych rozległ się jęk zniesmaczenia.

– Twierdzi on, że słońce to nie Apollin... ale jakaś płonąca kula materii!

Odgłosy pogardy wzmogły się, a Anaksagoras cmoknął z niezadowoleniem i machnął ręką, jakby próbował odgonić od siebie chmarę pszczół. Potem wskazał na słońce, aby potwierdzić swe racje.

Decyzję o ostracyzmie wydawano poprzez głosowanie, dlatego teraz do worka wrzucano po kolei odpowiednio oznaczane kawałki rozbitej wazy. Gdy Perykles oddał swój głos, Herodot i Kasandra podeszli do niego. Z bliska wyglądał zgoła inaczej, niż gdy przemawiał na postumencie, a jego twarz była przygnębiona i zmęczona.

– Przyjacielu... – przywitał go Herodot.

Perykles spojrzał na niego i rozchmurzył się, jakby po wielu dniach deszczu wreszcie wzeszło słońce, a potem wziął Herodota w objęcia. Kasandra zauważyła, że historyk szepnął dowódcy do ucha coś, co wyraźnie go zasmuciło. Perykles skinął głową, podziękował mu, a kiedy się rozstawali, spojrzał na Kasandrę i zapytał:

– A kto to taki?

– To Kasandra. Dobrze się znamy – powiedział Herodot i ciągnął dalej. – W dokach słyszałem, że organizujesz dziś wieczorem sympozjon. Kasandra chciałaby o coś zapytać twoich najbliższych doradców. Czy mogłaby do was dołączyć?

– Po tym, co mi przed chwilą powiedziałeś, przyjacielu, byłoby wielką nieodpowiedzialnością zapraszać do mego domu nieznajomych, a tym bardziej najemników – odrzekł Perykles.

Herodot ponownie pochylił się ku niemu i powiedział coś, co musiało zrobić na Peryklesie wrażenie, bo po chwili zastanowienia zdecydował:

– Możesz przyjść, ale bez broni... podczas przyjęć w moim domu ostry musi być tylko umysł.

Okolony marmurowymi ścianami andron wyglądał jak labirynt, który przecinają kolumny. Szmaragdowe pędy winorośli wiły się wokół filarów i zwisały z sufitu, a w ocienionych zakamarkach stały donice z fioletową bugenwillą i drzewkami cytrynowymi. Pokryta mozaiką podłoga przedstawiała wynurzającego się z wody Posejdona, otoczonego grupą srebrzystych morskich stworzeń. Lśniącą feerią barw posadzkę zdobiły jedwabne perskie dywany w kolorach intensywnej czerwieni, miodu i lazuru. W powietrzu unosił się zapach pieczonej ryby, mięsiwa i dojrzałego wina.

Tu i ówdzie stały grupki pogrążonych w rozmowach ateńskich obywateli. Pomieszczenie rozbrzmiewało śmiechem i okrzykami zaskoczenia. Niektórzy opierali się o kolumny, inni o balustrady balkonów, jeszcze inni, z zaczerwienionymi od spożytego wina twarzami, chwiejnym krokiem przemierzali komnatę. W tle słychać było żywą, choć niezbyt głośną muzykę liry i lutni, którą raz po raz zagłuszały wybuchy serdecznego śmiechu i oklasków.

W pewnej chwili tuż za Kasandrą grupka podchmielonych biesiadników strąciła amforę, która rozbiła się z trzaskiem. Z przyzwyczajenia *misthios* wsunęła rękę pod lazurową ateńską stolę, którą miała na sobie, chcąc dobyć włóczni. Zaklęła w duchu, przypomniawszy sobie, że przyszła tutaj nieuzbrojona.

– I ja mam tu być sympozjarchą – skrzywiła się – i zadbać, żeby za bardzo się nie upili?

– Teoretycznie tak – wzruszył ramionami stojący obok niej Herodot – ale prawdopodobieństwo, że uda ci się spełnić ten obowiązek, jest równie wysokie jak w przypadku złapania rozsierdzonego wilka za uszy.

Przechylił swój jeszcze pusty kubek w jej kierunku, a potem wskazał pokrytego wrzodami potwora wymalowanego na dnie naczynia i wyjaśnił:

– Powinno się pić na tyle wolno, aby nie zobaczyć tego obrazu. Ponoć przynosi pecha…

Kasandra popatrzyła na ochoczo podejmujących to ryzyko gości Peryklesa. Jeden z mężczyzn właśnie opróżnił naczynie, podnosząc je tak wysoko, że zdołała zobaczyć wizerunek widniejący na jego dnie.

– Czy to jest to, co myślę? – spytała z niedowierzaniem.

– Tak. To potężny, nabrzmiały penis – odrzekł Herodot. – Priap byłby z niego dumny. Zbierający się tu mężowie stanu są podobno zbyt powściągliwi i ostrożni, aby ktokolwiek mógł go zobaczyć. A jednak…

Jakby zaprzeczając jego słowom, mężczyzna, na którego patrzyli, zasłonił sobie kubkiem krocze i wśród rechotu współbiesiadników odtańczył lubieżny taniec.

– Wydaje się to bardzo nie na miejscu, prawda? – ciągnął Herodot. – Cały kraj płonie, Ateny zalewa fala uchodźców... a ci, którzy powinni dbać o nasze bezpieczeństwo, upijają się do nieprzytomności. Ale sama widziałaś, jaka sytuacja panuje poza miastem. Spartanie nas otaczają i te mury są dla nas więzieniem. Któż się odważy nas pouczać?

Po chwili zaśmiał się szczerze i pozdrawiając kilku uczestników uczty gestem ręki, powiedział do Kasandry:

– Ależ się zrobiło dramatycznie! Chyba powinienem sobie darować takie komentarze... W rzeczywistości Perykles organizuje te spotkania nie dlatego, że uwielbia zbiorowiska, tylko po to, aby najważniejsi mieszkańcy Aten dobrze o nim mówili. Zresztą, nie wszyscy przychodzą się tutaj upić. Rozmawiaj tylko z tymi, którzy się nie zataczają, ani nie wymiotują. To im Perykles naprawdę ufa i powierza odpowiedzialność za losy Aten.

Potem Herodot podał Kasandrze dwie wazy; jedną z winem, drugą z wodą:

– Weź je i zanim kogokolwiek o coś zapytasz, zaproponuj wino. Jeśli ten ktoś poprosi o dużą ilość wody, warto z nim rozmawiać.

Potem podszedł do grupy starców, a Kasandra nagle poczuła się jak w pułapce. Wszyscy wydawali jej się niezwykle doświadczeni i mądrzy. Onieśmielona i zagubiona, niczym mała dziewczynka, wściekała się na siebie w duchu: „Cóż mi strzeliło do głowy, by próbować się czegoś dowiedzieć od tych wyniosłych typów?". Wzdychając ciężko, weszła w tłum nieznajomych. Niektórzy rzucali jej zdziwione spojrzenia, a potem odwracali wzrok, kiedy tylko zauważyła, że na nią patrzą.

Przyglądał się jej, kiedy w towarzystwie Herodota wchodziła o zmroku do willi Peryklesa. „Ach, jaki wspaniały zbieg okoliczności" – dumał, gładząc kontury swej maski. Nie będzie się musiał za nią uganiać po zapyziałych uliczkach Aten. Załatwi ją tu i teraz, a razem z nią tego przeklętego historyka. Pstryknął palcami i czwórka jego ludzi dyskretnie zajęła ustalone pozycje.

Zobaczyła, że jakiś wyjątkowo włochaty, niski mężczyzna z czarną brodą i mięsistym nosem uśmiechał się do niej szeroko, więc odwróciła się naprędce w drugą stronę. Zobaczyła wzbudzającego zaufanie starca o haczykowatym nosie. Wydawał jej się skarbnicą wiedzy, więc ruszyła w jego kierunku.

Zaoferowała mu wino, a on popatrzył na nią nieprzytomnym wzrokiem i z potężnym pijackim chrapnięciem zsunął się po ścianie na podłogę.

– Pozory często mylą – usłyszała czyjś głos tuż za sobą.

Odwróciła się, ale w pierwszej chwili nikogo nie zauważyła. Dopiero gdy spojrzała w dół, dostrzegła niskiego, owłosionego typa, który przed chwilą się do niej uśmiechał. Był ubrany w himation, czyli klasyczną, odsłaniającą klatkę piersiową szatę, i podpierał się laską. Kasandra zerknęła na niego i jego podporę z ukosa. Uśmiechnął się i wyprostował, a potem odłożył laskę i powiedział:

– Masz rację, jestem na nią zbyt młody, ale lubię się zabawiać w grę pozorów. Założenie, że coś jest takie, na jakie wygląda, to podwalina głupoty. Zakuwa rozum w kajdany. Jeśli się z nich wyswobodzisz, czeka cię cudowna i odkrywcza podróż – od iluzji przez wiarę aż do wiedzy w czystej postaci, a to jedyna prawdziwa wartość, jaką możemy na tej ziemi posiąść.

Kasandra wyciągnęła w jego stronę wazę z winem i spytała:

– Z kim mam przyjemność?

– Wszyscy ci powiedzą, że z Sokratesem, ale co ci po moim imieniu – odrzekł, podstawiając czarkę pod naczynie z trunkiem. – To nasze czyny determinują to, kim jesteśmy. Czyny mogą nam przynosić przyjemność, ale mają też swoją cenę. Może teraz ty mi powiesz, kim jesteś?

– Kas… – zaczęła, podejrzliwie mrużąc oczy.

– Kasandra, tak. Perykles wspominał, że dziś tu będziesz – dokończył Sokrates. Zauważyła, że wymienił jednocześnie porozumiewawcze spojrzenie ze stojącym nieopodal Herodotem i nieco się uspokoiła.

– A gdzie jest Perykles?

– Rzadko uczestniczy w swoich przyjęciach – zachichotał Sokrates.

– Pewnie jest rozczarowany wynikiem głosowania… Anaksagoras został przecież uznany winnym i skazany na dziesięć lat zesłania.

– Wręcz przeciwnie, bardzo się z tego cieszy…

Kasandra nalała sobie wina i wzięła spory łyk. Było cierpkie i mocne.

– Nie rozumiem. Dlaczego miałby być zadowolony z tego, że jego przyjaciel zostaje skazany na banicję?

– Nic tu nie jest takie, jakim się wydaje, Kasandro. Ja również przyjaźnię się z Anaksagorasem. Co więcej, był moim mentorem i zasadził pierwsze ziarenka prawdy, o tutaj… – ciągnął Sokrates, stukając się palcem w czoło i popijając wino. – Mówiąc szczerze, i ja podziękowałem w duchu bogom za ten wynik. Ale rozumiem twoje zagubienie. Pomyśl jednak: kto chciałby szukać pomocy i schronienia w gnieździe żmij? Sokrates zbliżył się do niej i ściszonym głosem dodał: – Anaksagorasowi groziło w Atenach niebezpieczeństwo. Śmiertelne niebezpieczeństwo. W podobnej sytuacji jest zresztą większość zgromadzonych tu dzisiaj osób…

Nieopodal tych dwojga wysoki mężczyzna w żółtej tunice przyprószonej białym pyłem układał ozdoby ze stołu jedna na drugiej, budując z nich wieżę, i z entuzjazmem wyjaśniał proporcje wzniesionej budowli otaczającym go słuchaczom. Sokrates wskazał na niego palcem:

– Widzisz głównego architekta i rzeźbiarza tego miasta, Fidiasza. To on wykonał potężny posąg Ateny i jest budowniczym nieukończonej świątyni na jej cześć. On też nie jest tu bezpieczny i tylko czeka na możliwość wydostania się z Aten.

– Przed kim musi uciekać? – zapytała z niepokojem Kasandra.

Z twarzy Sokratesa zniknął wesoły uśmiech.

– Jak sądzisz, moja droga?

Kasandra wyraźnie się zaniepokoiła. Sokrates położył jednak rękę na jej ramieniu, jakby chciał ją uspokoić, i rzekł:

– Są też wśród nas dobrzy ludzie, zwłaszcza tutaj. Rozejrzyj się. Oprócz pospolitych pijaków przyszła tu dziś także intelektualna elita Aten. Tamten to Tukidydes, doskonały żołnierz i jeszcze lepszy przywódca wojskowy. Wyobraź sobie, że zazdrości Herodotowi i chciałby kiedyś pisać takie historie jak on… – mówił Sokrates, wskazując młodego, łysiejącego mężczyznę o poważnej twarzy. Otaczali go inni wojskowi, których ciała były pokryte licznymi bliznami. Nieco dalej zaś toczyła się zagorzała debata. – To Eurypides i Sofokles – ciągnął Sokrates – mistrzowie dramatu, zakochani w sobie po uszy. Obok stoi Arystofanes, który wkłada w ich utwory nieco humoru, i śmiem twierdzić, że bardzo chciałby włożyć coś zupełnie innego w Eurypidesa.

Mężczyzna o mocno zaciśniętych ustach i cienkich kosmykach ciemnych włosów okalających łysą głowę przeszedł obok i machając lekceważąco ręką w kierunku Sokratesa, zwrócił się do Kasandry:

– Nalej mu wina i idź dalej. W przeciwnym wypadku ten irytujący gaduła zanudzi cię opowieściami o tym, że dzień jest nocą, a noc dniem i że nie jest to dla nas oczywiste tylko dlatego, że w rzeczywistości jesteśmy ślepi!

– O, Trazymach! Mój niezrównany partner w debatach na temat umysłu – ucieszył się Sokrates.

Trazymach zatrzymał się i zaciskając pięści, przyglądał się Sokratesowi, jakby chciał mu powiedzieć: „Daj sobie spokój!". Potem zerknął na Kasandrę i poradził jej:

– Jeśli chcesz porozmawiać z kimś mądrym, to poszukaj gdzie indziej.

– W rzeczy samej! Wśród nas jest wielu mędrców. Sofokles to bardzo światły człowiek! I Eurypides...

– Ale najmądrzejszy z nich wszystkich jest Sokrates! – zawołał nagle stojący w pobliżu jegomość, pijany w sztok.

Trazymach miał ochotę skręcić pijanemu nieszczęśnikowi łeb.

– Ale może to ty jesteś teraz skarbnicą wiedzy, Trazymachu? Czy udało ci się wreszcie zdefiniować pojęcie sprawiedliwości?

Trazymach zatrzymał się w pół kroku, zadrżał i wyraźnie podenerwowany zwrócił się do Sokratesa:

– A ty znowu swoje?!

Kasandra z trudem powstrzymywała wybuch śmiechu i musiała zakryć usta czarką z winem.

– Rozmawialiśmy na temat władzy i sprawiedliwości – wyjaśnił Sokrates. – Nie ma lepszego miejsca na taką debatę niż dom Peryklesa, prawda? Zapytałem więc naszego przyjaciela Trazymacha, czy jego zdaniem sprawowanie władzy jest sztuką.

Trazymach żachnął się, lecz podjął dyskusję:

– Tak. To rodzaj sztuki. Podobnie jak wszystkie inne ludzkie przedsięwzięcia. Nie ma o czym dyskutować.

– Doskonale – Sokrates zamilkł, ale tylko na tyle, by uśpić czujność Trazymacha, a potem rzekł: – A jednak medycyna pomaga pacjentom, a nie lekarzowi. Ciesielstwo uświetnia budynek, a nie budowniczego. Czyż sztuka sprawowania władzy nie ma zatem poprawiać bytu podwładnych, a nie władcy?

Trazymach wpatrywał się w Sokratesa z napięciem:

– Co? Nie! Czy ty w ogóle słuchasz, co mówię? – zezłościł się.

Na twarzy Sokratesa tańczył łagodny uśmiech. Kasandra wypiła kolejny łyk wina i ośmielona trunkiem powiedziała:

– Sprawiedliwość ma sens tylko wtedy, gdy służy wolności.

– Ale przecież jest zbiorem zasad, którym musimy się podporządkowywać. Czyż nie jest to zaprzeczenie wolności? – Sokrates skierował to pytanie do obydwojga.

Trazymach odpowiedział jako pierwszy:

– Nie, ponieważ brak zasad prowadzi do anarchii, a wtedy tylko najsilniejsi byliby wolni.

– A czy to jakoś różni się od świata, w którym żyjemy?

– Oczywiście, że nie! – syknął Trazymach.

– Chwileczkę, co chcecie przez to powiedzieć...? – wtrąciła zdezorientowana Kasandra. Chyba zaczynała powoli rozumieć Trazymacha.

– Ja nigdy nie mam zamiaru nic powiedzieć... – zaczął Sokrates.

– To prawda – cierpko zauważył Trazymach.

– Ja tylko zgłębiam twoje idee – dokończył Sokrates.

Trazymach złapał się za głowę, rzucił w stronę Sokratesa przekleństwo, odwrócił się na pięcie i zniknął na dobre.

– Wybacz mi – powiedział Sokrates, śmiejąc się jak dziecko. – Nie mogę się powstrzymać. Zamiast pytać, on zawsze szuka odpowiedzi.

– Ja też – zdecydowanym tonem zripostowała Kasandra. – Chcę odnaleźć kobietę, która opuściła Spartę.

Nieopodal stojących na ścianie wisiało duże lustro z polerowanego brązu. Sokrates skinął w jego kierunku i uśmiechnął się:

– Właśnie ją znalazłaś.

Kasandra przyjrzała się własnemu odbiciu i z ironią odrzekła:

– Jesteś bardzo spostrzegawczy, ale ja szukam kogoś, kto porzucił Spartę jakieś dwadzieścia lat temu.

– Nie wyobrażasz sobie, ilu ludzi przewinęło się przez to miasto tylko w ciągu ostatniego miesiąca, a ty mówisz o dwudziestu latach!

Kasandra westchnęła:

– Nie wiem nawet, czy w ogóle tu była…

Sokrates zamyślił się i powiedział:

– Jeśli podróżowała lądem i wybrała się na północ, musiała przechodzić przez Argolidę…

Kasandra nie była pewna, w którą stronę udała się matka i czy szła pieszo…

– Argolida jest bardzo rozległa.

– Masz rację, ale ponieważ jest to teren górzysty i roi się tam od bandytów, podróżnicy rzadko zbaczają z jedynej drogi prowadzącej przez Epidauros. Znajduje się tam sanktuarium Asklepiosa i kapłani, którzy się nim opiekują, słyną z udzielania pomocy wędrowcom i potrzebującym.

– Kapłani? Po tym, co ją spotkało, raczej by się tam nie zatrzymała…

– Hmm… – szepnął Sokrates – jest tam jeszcze Hipokrates. To lekarz i mój dobry przyjaciel. Nie jest kapłanem i ma świetną pamięć do szczegółów oraz twarzy. Kiedyś tak sprawnie przypominał sobie wydarzenia z przeszłości, że niemal doprowadził Trazymacha do łez. Jeśli ktokolwiek zapamiętał przechodzącą tamtędy osobę, jak rozumiem, samotną kobietę, to tylko on.

– Muszę go zatem znaleźć – postanowiła Kasandra.

Czuła wdzięczność, ale jednocześnie była nieco rozczarowana tą jakże ogólną wskazówką. Sokrates przeprosił ją i pod pretekstem konieczności skorzystania z latryny podszedł do Trazymacha, by znów prześladować go swymi pytaniami.

Pozostawiona sama sobie Kasandra powoli przeciskała się przez tłum. Mężczyzna o haczykowatym nosie leżał teraz w kałuży własnych wymiotów. Dwóch innych raczyło się winem wprost z amfor, a trzeci wykłócał się o coś żarliwie ze ścianą. Zatrzymała się w pobliżu trzech osób, na które Sokrates zwrócił wcześniej jej uwagę – Eurypidesa i Sofoklesa, dramatopisarzy i kochanków, oraz Arystofanesa, autora komedii, który wbił się między nich i bez przerwy gadał, wzbudzając salwy śmiechu.

– Widzieliście, jak udawałem Kleona? To z przedstawienia pod tytułem *Ruda małpa*. Co o nim myślisz?

Arystofanes zaczął przeskakiwać z nogi na nogę i wywijać rękoma, dziko popiskując, aż wszyscy zebrani wokół niego zaryczeli z radości. Eurypides wbił wzrok w ziemię i z wyjątkowym zainteresowaniem przyglądał się swoim sandałom. Najwyraźniej chciał uniknąć oceny występu Arystofanesa, ale kiedy śmiechy ucichły, oczy wszystkich i tak zwróciły się w jego kierunku. Komediopisarz klepnął Eurypidesa w ramię i ogłosił wszem i wobec:

– Stary, dobry Eurypides twierdzi, że dobrzy ludzie wiodą ciche życie, prawda?

Eurypides otworzył usta, ale nic nie powiedział, tylko pokiwał nieśmiało głową. Arystofanes wrócił do przechwałek i głośno opowiadał o swych sztukach. Sofokles cofnął się o krok, by zerknąć na kochanka, wszystko wskazywało jednak na to, że Arystofanesowi udało się skupić uwagę Eurypidesa wyłącznie na sobie.

– Wszyscy trzej tak naprawdę bardzo się lubią… – usłyszała za sobą łagodny głos.

Kiedy się odwróciła, zobaczyła młodą dziewczynę wpatrującą się w nią dużymi, sarnimi oczyma z mieszanką wstydu i nieposłuszeństwa na twarzy i filuternie przygryzioną wargą.

– Foibe?!

Dziewczynka objęła Kasandrę i chowając głowę w jej stoli, załkała:

– Strasznie za tobą tęskniłam... Kiedy mnie zostawiłaś, Markos opiekował się mną przez jakiś czas, ale tylko do momentu, gdy dowiedział się o oku... Przekonał mnie, żebym mu je pożyczyła. Chciał je zainwestować i podwoić jego wartość...

– Ale nie zrobiłaś tego...

– Wszystko stracił...

– No jasne... – zgrzytnęła zębami Kasandra.

– Przez jakiś czas był zupełnie załamany, a gdy wreszcie się otrząsnął, zaczęły mu przychodzić do głowy kolejne chybione pomysły. Jednym z nich była kradzież stada bydła z gospodarstwa położonego na północ od Ainos. Moja rola polegała na tym, że miałam się przebrać w kostium krowy... Nie było cię już ponad rok i wiedziałam, że muszę cię odszukać, więc zakradłam się na statek transportujący drewno do portu w Pireusie. Pracuję teraz dla Aspazji, żony Peryklesa. Jestem służącą, ale przynajmniej nie muszę udawać krowy... Wiedziałam, że kiedyś się tu pojawisz. Mówią, że prędzej czy później każdy tutaj przychodzi... Kiedy cię dziś zobaczyłam... – zaczęła, ale wzbierający płacz nie pozwolił jej skończyć.

Kasandra uścisnęła ją mocno i ucałowała czubek jej głowy. Wdychała znajomy zapach włosów Foibe, próbując powstrzymać wzmożoną falę emocji.

– Dlaczego nie wróciłaś do Kefalonii? – spytała Foibe z wyrzutem. – Mogłaś chociaż dać znać, że wszystko z tobą w porządku.

– Bo temu, czego szukałam, zdążyły wyrosnąć rogi, macki i ostre szpony – ciężko westchnęła Kasandra. – Dowiedziałam się też, że moja matka żyje...

– Żyje? Ale przecież mówiłaś, że...

Foibe patrzyła na nią zaskoczona. Należała do grona nielicznych osób, które wiedziały o niej wszystko. Kasandra zreflektowała się i położyła palec na ustach.

– Powiedziałam ci to, co sama uznawałam dotąd za prawdę. Ale myliłam się. Moja matka żyje, z tym że nie wiem, gdzie jest. Dlatego znalazłaś mnie tutaj. Może ktoś z tu obecnych będzie mógł mi pomóc.

– Aspazja ci pomoże – bez cienia wahania powiedziała Foibe. – Każdy tutaj coś wie, ale ona wie chyba wszystko. Jest mądra i przebiegła jak sam Perykles. Niektórzy mówią, że nawet go w tych cechach przerasta...

– Nie widzę tu żadnych kobiet – zdziwiła się Kasandra. – Gdzie ją znajdę?

– Jest tutaj, w tym miejscu – uśmiechnęła się Foibe.

Tukidydes i otaczający go wojskowi skinęli na Foibe, aby podeszła nalać im wina. Dziewczyna przewróciła oczyma i oddaliła się, by ich obsłużyć. Kasandra zaś udała się w stronę zamkniętych drzwi komnaty i oparła się o nie, zastanawiając się, gdzie szukać dalszych informacji. Za drzwiami słyszała stłumione głosy. Zaczęła się im uważnie przysłuchiwać, zakładając, że każde, nawet niewyraźne słowo może być na wagę złota. „Niech to będzie cokolwiek, choćby najdrobniejsza wskazówka" – myślała.

– Szerzej, jeszcze szerzej... taaak... tak! – rozległ się jęk rozkoszy, a po nim odgłosy sapania i ekstazy.

Kasandra szybko odsunęła się od drzwi, jakby i one uczestniczyły w rozpuście. Ich podwoje zadrżały pod wpływem jej gwałtownego ruchu. Po drugiej stronie rozległy się czyjeś kroki i po chwili drzwi się otwarły. Stanął w nich młody, dobrze zbudowany, jasnowłosy mężczyzna o niebieskich oczach i bladej cerze. Miał na biodrach przezroczystą jedwabną przepaskę i rzemyk na szyi – to był cały jego strój. Kasandra zmierzyła go wzrokiem od stóp do głów, a potem spojrzała w głąb oświetlonej lampami oliwnymi komnaty, pośrodku której znajdował się basen. Aromat kadzidła mieszał się tam z zapachem rozpalonych, nagich ciał. Na łożach i kanapach, na podłodze i pod stołami, w gąszczu nóg i rąk oraz natłoku błyszczących pośladków i krągłych piersi dziesiątki mężczyzn i kobiet oddawały się miłosnym igraszkom, pojękując z rozkoszy.

– O, kolejna uczestniczka! – uśmiechnął się złotowłosy gospodarz.

– Niewykluczone – powiedziała Kasandra, licząc, że może uda jej się czegoś od niego dowiedzieć.

– Nazywam się Alkibiades i jestem siostrzeńcem Peryklesa – ukłonił się i ucałował jej dłoń, pożerając ją wzrokiem.

– Szukam kobiety – powiedziała Kasandra.

Alkibiades zaprosił ją do środka, rozpościerając szeroko ramiona, a potem skinął w kierunku ponętnej starszej kobiety o kruczoczarnych włosach, która siedziała samotnie na skraju basenu. Ta posłała Kasandrze lubieżne spojrzenie i zalotnie zagryzła wargi, rozsuwając przy tym nogi. *Misthios*, unosząc brew, powiedziała:

– Niezupełnie o to mi chodzi.

– A zatem wolisz mężczyzn? – zapytał, wyraźnie podniecony.

– To zależy, co od nich usłyszę.

– Chodź, chodź – zachęcał Alkibiades – powiem ci, co tylko będziesz chciała...

Kasandra odstawiła wazę z winem oraz naczynie z wodą i weszła do środka.

– Szukam kobiety o imieniu... – zaczęła, ale Alkibiades zatrzymał ją, wyciągając przed siebie dłoń.

Zatrzasnął drzwi, a potem zsunął wyciągniętą rękę, dotykając jej piersi. Kasandra zacisnęła pięści. Czuła niepohamowaną ochotę, aby złamać mu szczękę, podobnie zresztą jak spoufalającemu się z nią żołnierzowi Stentora... Nie chciała jednak zaprzepaścić szansy na uzyskanie informacji, więc wpiła się w jego usta. Tłumiąc śmiech, odwzajemnił jej pocałunek. Otworzył ciepłe, wilgotne usta i wepchnął jej język między zęby, a potem objął umięśnionym ramieniem i poprowadził ku wolnej kanapie. Kasandra położyła rękę na jego szerokiej piersi, po czym lekko odepchnęła, czując, że już ma go w garści, że może teraz przystąpić do właściwej misji.

– Szukam kobiety, która dawno temu uciekła ze Sparty.

Wyraźnie rozochocony Alkibiades skrzywił się i potrząsnął głową, próbując odpędzić otumaniające pożądanie, kiedy zdał sobie sprawę, że póki nie odpowie, nie może liczyć na więcej pieszczot.

– Uciekła? Nikt stamtąd nie ucieka... tym bardziej samotna kobieta. Ale załóżmy, że tak się stało – ciągnął, wydymając usta. – Jeśli dotarłaby do Aten i nie miała męskiego opiekuna, zaraz by ją aresztowano. Podobny los spotkałby ją w Tebach czy Beocji. Jeśli była sprytna, udała się do miejsca, w którym kobiety mogą być wolne i niezależne.

Kasandra wpatrywała się w niego wyczekująco.

– Czyli do Koryntu – powiedział wreszcie. – To dzięki heterom tamtejszych świątyń miasto tętni życiem. Sypiają z mężczyznami za pieniądze i podarki, ale tylko dlatego, że taka jest wola bogów. To silne i wolne kobiety... obdarzone wyjątkową wyobraźnią – dodał, wracając najwyraźniej myślami do jakiejś rozpustnej nocy.

Kasandra pstryknęła palcami tuż przed jego twarzą, sprowadzając go z powrotem na ziemię.

– Powinnaś porozmawiać z Antuzą. Jej władza w Koryncie jest porównywalna z tą, którą w Atenach sprawuje Perykles... – westchnął Alkibiades, spoglądając na drzwi – chwilowo w każdym razie.

Z zewnątrz dobiegł ich czyjś stłumiony, lecz wyraźnie podenerwowany głos. „Herodot?" – pomyślała Kasandra.

– Dziękuję, Alkibiadesie. Może przy następnej okazji nauczę cię paru rzeczy – powiedziała Kasandra, celowo ocierając się o jego przepaskę i powoli wycofując.

Rozczarowany Alkibiades rzucił Kasandrze jeszcze jedno namiętne spojrzenie i na pożegnanie poprosił:

– Jeśli spotkasz tam gdzieś Sokratesa, przyślij go do mnie, dobrze? Od wieków na niego poluję, ale ten ciągle mi się wymyka...

Kasandra wróciła do andronu i próbowała odnaleźć Herodota. Historyk przepadł jak kamień w wodę, za to w oczy rzucił jej się kto inny. Był ubrany podobnie jak wszyscy, może nieco skromniej, w eksomis i skórzane sandały. Ściszonym głosem rozmawiał z towarzyszami Tukidydesa. Któryś z nich zwrócił się do niego po imieniu i Kasandra usłyszała, że nazywa się Hermippus. Miał prosto przyciętą brodę i cienkie, tłuste włosy, zaczesane na tył głowy. Nie zwróciłaby na niego uwagi, gdyby nie to, że miał bielmo na jednym oku, a na nadgarstkach świeżo zagojone blizny. Patrząc na niego, przypomniała sobie inne, znacznie mroczniejsze zgromadzenie, w którym niedawno uczestniczyła, i plugawca w masce z rozciętą o kły kamiennego węża skórą oraz jego słowa: „Nie pozwól, aby kły wyschły i złóż ofiarę...".

Przez chwilę przyglądała mu się uważnie, niepewna, co zrobić. Zastanawiała się, czy przyszedł na przyjęcie z jej powodu.

A może jego celem był Perykles? Zaniepokoiła się też o Foibe. Czyżby to ona była w niebezpieczeństwie? Serce Kasandry biło jak oszalałe. Wycofała się w kąt pomieszczenia i ze stojącej tam wazy nalała sobie wina, myśląc: „A niech się dziwią, że piję nierozcieńczone wino... potrzeba mi tego trunku".

Podniosła kubek do ust, ale nie zdążyła się napić, bo ktoś złapał ją za łokieć.

– Udawaj, że pijesz, ale pod żadnym pozorem tego nie rób – usłyszała łagodny, ale zdecydowany głos.

– Hermippus je zatruł. Jeśli je wypijesz, padniesz nieprzytomna i albo nigdy się już nie obudzisz, co prawdopodobnie byłoby dla ciebie najlepszym wyjściem, albo ockniesz się zakuta w kajdany w jakiejś ciemnej pieczarze, zdana na jego łaskę.

Kasandra, mimo że skóra jej ścierpła, wykonała polecenie i tylko umoczyła wargi w winie. Hermippus spoglądał na nią raz po raz, a gdy zobaczył, jak podnosi czarkę do ust, jego twarz rozjaśnił pełen satysfakcji uśmiech.

Ukryła się w cieniu kolumny z przetykanego czerwonymi żyłkami marmuru. Z tego miejsca dobiegał życzliwy głos, który należał do odzianej w fioletową stolę i złoty gorset kobiety. Była starsza od Kasandry i bardzo piękna. Miała upudrowaną twarz i burzę ciemnych loków ufryzowanych na szczycie głowy. Jej umalowane usta wydawały się uśmiechać, ale w rzeczywistości wyrażały śmiertelną powagę. Bacznie wpatrywała się w Kasandrę ciemnymi, błyszczącymi oczami, jakby chciała przejrzeć ją na wylot.

– Aspazja? – wyszeptała Kasandra.

– Foibe powiedziała, że możesz potrzebować mojej pomocy, więc przyszłam. Hermippus szybko się zorientuje, że jego trucizna nie zadziałała, a skoro on tu jest, to ani chybi są i inni. Na pewno mają coś w zanadrzu, więc grozi ci śmiertelne niebezpieczeństwo. Musisz jak najszybciej opuścić to miejsce i Ateny. Mówiła spokojnie, łagodnie, ale jednocześnie bardzo stanowczo.

– Przybyłam tutaj, by porozmawiać z mędrcami, z których słyną Ateny. Chcę się dowiedzieć, gdzie przebywa moja matka, a na razie udało mi się zebrać tylko strzępki informacji o uzdrowicielu z Argolis i heterze ze świątyni w Koryncie, którzy być może będą mogli mi pomóc. Opuszczę to miejsce jutro, ale dziś muszę się jeszcze czegoś dowiedzieć…

Przy końcu nieoświetlonego korytarza zauważyła dwa cienie poruszające się w zaplanowany sposób, jakby zajmowały jakieś wcześniej ustalone pozycje, tak by zamknąć ją w tym zaułku niczym w grobowcu..

– Jeśli dziś umrzesz, to te informacje na nic się nie zdadzą – syknęła Aspazja, wprowadzając ją pospiesznie do małego przedsionka i zamykając drzwi.

Podeszła do ruchomego panelu w ścianie i szarpnęła za znajdującą się obok dźwignię. Oczom Kasandry ukazały się wykute w skałach Akropolu i obwieszone pajęczynami kamienne schody.

– To przejście prowadzi na przedmieścia. Czeka tam na ciebie mój człowiek, który bezpiecznie zaprowadzi cię do portu w Pireusie.

– A co z Herodotem?

– Już tam jest.

– A Foibe?

– Nic jej tu nie grozi – warknęła Aspazja, wpychając ją do tunelu. – Wracaj na swój okręt i uciekaj… Pospiesz się!

8

Zamaskowane postacie pogrążone w dyskusji siedziały kręgiem wokół lampy. Skąpe światło rzucało na ściany pieczary ich gigantyczne, wynaturzone cienie.

– Dejmos spełnił swoje zadanie. Jest silny, ale trudno go poskromić, gdy zaczyna się zachowywać jak dzikie zwierzę. Czy ktoś wie, gdzie się podział? Odkąd rozkwasił twarz tego biedaka w jaskini Gai, nikt go nie widział.

– Potrzebujemy go bardziej niż tego, którego zabił – burknął kolejny głos. – Wróci jak pies, będzie na każde nasze skinienie.

U wejścia do jaskini rozległy się kroki i po chwili w kręgu światła pojawił się starszy mężczyzna, który przyklęknął przed nimi. Zgromadzeni odwrócili wzrok w jego kierunku, spodziewając się dobrych wiadomości.

– Mamy wieści z Aten… – wyszeptał jeden z członków Kultu z podekscytowaniem. – Misja jest zakończona? Siostra do nas dołączyła… czy nie żyje?

– Wymknęła się – wysapał posłaniec – uciekła z Aten. Hermippus wraz z czwórką waszych ludzi wyruszyli za nią w pościg na dwóch ateńskich galerach, ale… – przerwał, by przełknąć ślinę – jedną z nich roztrzaskała, a drugą podpaliła.

Mężczyzna, który zadał pytanie, przez chwilę wpatrywał się w starego gońca, a pozostali spojrzeli na puste miejsca w kręgu.

– Posłała więc pięciu naszych towarzyszy do Hadesu? – w głosie prowadzącego spotkanie wybrzmiała nutka szacunku.

– Wszyscy zginęli…

Mistrz Kultu podszedł do posłańca, kiwając głową i postukując palcem w swą maskę, a potem ujął go za brodę i powiedział:

– Dobrze się spisałeś. Zrobiłeś dokładnie to, o co cię prosiliśmy. Rozumiem, że nikomu nie pisnąłeś ani słowa o tym, dla kogo pracujesz?

Starszy człowiek dumnie przytaknął.

– Doskonale.

Mistrz Kultu położył drugą rękę z tyłu głowy starca, odgiął ją gwałtownie w prawo. Przerażony mężczyzna chwycił go za przedramię i wbijając w nie paznokcie, krzyknął:

– Co robisz?! Przestań!

W odpowiedzi ten zacisnął ręce jeszcze mocniej na karku posłańca, aż pobielały z wysiłku. Po chwili rozległo się głośne chrupnięcie, głowa nieszczęśnika wygięła się nienaturalnie w tył, a potem bezwładnie opadła do przodu. Skórę na karku nieboszczyka napinał wystający kawałek złamanego kręgu. Morderca rozluźnił uścisk i ciało mężczyzny osunęło się na ziemię.

– Dopadniemy ją, tylko nieco później, niż myśleliśmy. Gdzie może być teraz?

Położona w głębi lądu Argolida lśniła w świetle słońca. Co rozsądniejsi mieszkańcy krainy chowali się przed letnim skwarem w swych domach lub w cieniu drzew. Niektórzy jednak nie mogli zaprzepaścić jedynej w swoim rodzaju okazji i przybyli na rozgrzaną słońcem plażę na spotkanie ze szczupłym, łysym mężczyzną z lokiem ciemnych włosów nad czołem. Przechodził teraz przez tłum ludzi. Byli wśród nich mieszkańcy wsi, żołnierze z obu stron konfliktu i matki tulące wyjątkowo ciche niemowlęta. Wszędzie rozlegały się pojękiwania, płacz i prośby o pomoc. Zakasując fioletową eksomis i stawiając na ziemi wiklinowy koszyk, mężczyzna ukląkł przy bladym młodym człowieku, który twarz miał pokrytą czerwonymi ranami, słabo poruszał ustami i trząsł się na całym ciele. Wyglądało na to, że był pomocnikiem cieśli, na rękach miał bowiem blizny i liczne zgrubienia.

– Na wyspie Kea czeka na mnie matka i mój wierny pies. Ludzie mówili, że możesz mi pomóc – wyszeptał. – Radzili, bym udał się tutaj, na plażę nieopodal Epidauros, i odnalazł słynnego Hipokratesa. Podobno jest on w stanie wyleczyć każdego i nawet zmarłych przywraca do życia...

Na twarzy Hipokratesa pojawił się zatroskany uśmiech. Chłopak miał wszystkie symptomy śmiertelnej choroby.

– W drodze tutaj marzyłem tylko o tym, by móc jeszcze wrócić do domu, przytulić matkę i pogłaskać psa, a potem pozwolić mu polizać moją twarz.

Oczy Hipokratesa zaszły łzami. Wiedział, że młodzieniec nie zobaczy już najbliższych. Choroba była w bardzo zaawansowanym stadium i czekała go już tylko powolna i bolesna podróż do podziemi i w objęcia Hadesa. Pogłaskał go po głowie i przytknął niewielką ampułkę do jego ust.

– Proszę, to ci pomoże.

Chłopak z trudem uniósł się i wypił lek. Hipokrates został przy nim, szepcząc uspokajające słowa. Po kilku godzinach napar z szaleju czarnego zaczął działać, znieczulając ciało chorego i zmniejszając jego cierpienie. Wkrótce pełne wdzięczności oczy tego młodego mężczyzny zamknęły się na zawsze.

Hipokrates wstał wyraźnie przygnębiony, jakby dźwigał na swych barkach jakieś niewidzialne brzemię, które właśnie stało się jeszcze cięższe. Nieopodal leżało wielu innych z objawami tej samej choroby i teraz podnosili się z trudem, resztkami sił prosząc o pomoc. Tak niewielu był w stanie ocalić... „Muszę próbować... gdybym tylko mógł znaleźć lekarstwo!" – powtarzał sobie w duchu, wznosząc oczy ku niebu.

Następnie ruszył w kierunku wychudzonej, kościstej kobiety, ale drogę zagrodziło mu dwóch ludzi. Było oczywiste, że nie potrzebowali jego pomocy. Nie wyglądali na wycieńczonych przez wojnę ani na cierpiących na choroby duszy. Ich wzrok zdradzał złe zamiary. Jeden z nich – osiłek z metalową przepaską na włosach – uśmiechnął się szeroko, ale jego oczy pozostały zimne niczym lód.

– Szukaliśmy w świątyni, ale nie mogliśmy cię znaleźć. Czyż to nie jest jedyne właściwe miejsce dla uzdrowiciela?

– Uzdrowiciele powinni być tam, gdzie są chorzy – spokojnie odpowiedział Hipokrates.

Torujący mu drogę mężczyźni wymienili porozumiewawcze spojrzenia. Hipokrates zrozumiał, kim byli, jeszcze zanim dostrzegł stojącą na wzgórzu samotną kobietę o spływających na ramiona czarnych włosach z wyraźnym pasmem siwizny. Przyglądała im się z lodowatym wyrazem twarzy.

– Pójdziesz z nami – odezwał się drugi z mężczyzn tonem jednoznacznie sugerującym, że to nie było pytanie. Miał lekko zdeformowaną czaszkę, kształtem przypominającą rzepę.

Zadrzewioną doliną poprowadzili go w głąb lądu, w kierunku wzniesienia. Po obu stronach drogi rosły topole, pachniało paprociami i grzybami, a w oddali rechotały żaby. Oskarżony o pychę Hipokrates przybył tu sam, mimo ostrzeżeń Peryklesa i Sokratesa, którzy radzili mu wziąć ze sobą ochronę. Ale pojawienie się tutaj w towarzystwie nawet kilku ateńskich hoplitów oznaczałoby sprowadzenie wojny i na tę ziemię. Przewrotna Argolida, odwieczny wróg wszystkich i wszystkiego, położona pomiędzy Spartą a Atenami, od których oddzielała ją tylko Zatoka Sarońska, pozostawała dotąd poza konfliktem.

Pod płaszczami eskortujących go mężczyzn zauważył zarysy masek i mieczy. „Wynajmij chociaż najemników" – przypomniał sobie radę Tukidydesa, którą zbył, bo przecież wtedy był pewien swego.

– Co to dla mnie oznacza? – zapytał z lekkim drżeniem w głosie Hipokrates.

– Chryzis o tym zdecyduje – odrzekł jeden z mężczyzn.

– Na wzgórzu, gdzie na ciebie czeka, znajduje się gniazdo szerszeni. Widziałeś kiedyś, jak ktoś umierał od ukąszeń chmary tych zezłoszczonych stworzeń? – spytał drugi z bestialskim uśmiechem na twarzy.

Hipokrates mocno zacisnął obie pięści, próbując opanować narastający w nim strach. Chwilę będzie bolało, a potem nastąpi śmierć i tyle. Chyba że zdecyduje umrzeć na własnych zasadach... Zerknął do swego koszyka i z ciężkim sercem wyjął fiolkę szaleju jadowitego, zerwał glinianą zawleczkę i uniósł butelkę do ust...

Nagle oślepiła go jakaś ciemnoczerwona masa. Odskoczył z krzykiem, upuszczając truciznę i koszyk. Przetarł oczy i zdał sobie sprawę, że dziwna substancja pokrywała także jego twarz i szatę. Oszołomiony rozejrzał się wokół i zobaczył chwiejące się, pozbawione głowy ciało długowłosego osiłka. Jego szyja zmieniła się w wilgotny, zakrwawiony kikut.

Drugi mężczyzna, ten z brodą w kształcie rzepy, na ugiętych nogach zaczął się nerwowo rozglądać to w jedną, to w drugą stronę. Po chwili zauważył schowaną za drzewami sylwetkę. W porę usłyszał warkot procy, usunął się, dzięki czemu uniknął trafienia.

– Nie ujdziesz z życiem, bandyto! – wrzasnął w stronę, z której nadlatywał już kolejny pocisk. Tym razem uratowała go wykonana z brązu, niewielka tarcza, którą zdołał się w ostatniej chwili zasłonić.

* * *

Odziana w skórę Kasandra wyłoniła się spośród drzew niczym tygrysica opuszczająca legowisko. Na plecach miała łuk, a w ręku trzymała procę. Rzuciła ją na ziemię, by dobyć włóczni i stanąć do walki. Wystarczyło jedno spojrzenie – tak szybko zrozumiała, że jej przeciwnik był wyszkolonym, szybkim i zwinnym wojownikiem. Kilka razy zadał markowane ciosy, naśmiewając się z jej reakcji.

– Cóż za niespodzianka! – szydził. – Posłano mnie po uzdrowiciela, ale chyba przypadkiem trafiła mi się nieco większa gratka i jeszcze większa nagroda...

– Ta sama, o której wspomniał Hermippus, zanim jego statek rozpadł się na połowę, a on sam utonął, cienko piszcząc? – odgryzła się Kasandra.

– Hermippus był niezdarą i łajzą! Za to ja jestem niczym skorpion – syknął i w mgnieniu oka rzucił się na nią gotowy do ataku włócznią.

Kasandra w porę zdążyła odczytać jego intencje i rozpędzona przeskoczyła nad nim, wbijając swój oszczep głęboko w czubek jego zniekształconej głowy. Mężczyzna wydał ostatnie tchnienie i upadł w leśne runo. Kasandra wylądowała tuż przy jego rozpłatanej głowie, z której sączyły się gęsta czarna krew i fragmenty mózgu. Ukryty w krzakach paproci Hipokrates rzucił się do ucieczki. Kasandra dostrzegła go i zawołała:

– Poczekaj! Wysłał mnie Sokrates.

Hipokrates odwrócił się i rozglądając się, zaskoczony zapytał:

– Sokrates? Mój przyjaciel?

Za plecami Kasandry, wysoko na wzgórzu, nadal stała obserwująca ich kobieta. Na jej widok Hipokrates wyraźnie się przestraszył, ale krążący nad nią Ikaros zaatakował ją i zmusił do ucieczki.

– Wygląda jak Chryzis... – zaczęła Kasandra.

– Znasz ją? – zapytał nieufnie Hipokrates.

Kasandra skrzywiła się na wspomnienie zamaskowanej członkini Kultu z jaskini Gai.

– Wiem, że należy ją zabić. Gdzie mogła uciec?

Hipokrates wzniósł obie ręce w uspakajającym geście.

– Powiem ci, ale najpierw musimy porozmawiać. Chodź ze mną.

Wrócili na plażę i przez pewien czas krążyli wśród chorych i rannych. Hipokrates zajmował się trudniejszymi przypadkami, a Kasandra obmywała i bandażowała drobne obrażenia. Jedną z osób, które opatrywała, była dziewczyna w wieku Foibe. Pogryzło ją jakieś zwierzę i w ranę wdała się infekcja. Odchodząc, Kasandra poklepała ją przyjaźnie po ramieniu i lekko uszczypnęła w policzek. Szczery uśmiech dziewczynki przypomniał Kasandrze o Foibe. Niepokoiła się o nią, ale szybko stłumiła emocje, wiedziała bowiem, że podczas tej wyprawy porywy uczuć mogą się okazać szczególnie zgubne. Zwróciła uwagę na leżącego nieopodal wycieńczonego, pojękującego mężczyznę. Jego ciało było pokryte ranami. Ponieważ nie wiedziała, jak mu pomóc, wzięła go za rękę i długo słuchała, jak słabym głosem opowiadał o swym życiu, aż zmorzył go sen.

– W Helladzie dzieje się coś dziwnego – powiedział cicho Hipokrates, gładząc czoło chorego.

– Tak, panoszy się w niej Kult – zgodziła się Kasandra.

– Nie o tym mówię – ciągnął – ale o tej dziwnej chorobie. Nie widziałem wcześniej nic podobnego. Wygląda na to, że epidemia wybucha w zatłoczonych miejscach, osadach, w których przebywa zbyt wielu ludzi, a stamtąd rozprzestrzenia się na porty i wsie.

– Jeśli jest na to lekarstwo, to je znajdziesz – próbowała go pocieszyć Kasandra.

– Tak, bo tego się oczekuje od wielkiego Hipokratesa – westchnął.

Późnym popołudniem, by odpocząć i się posilić, oboje usiedli na pagórku z widokiem na dotknięty klęską teren. Z ich perspektywy ulokowani na plaży chorzy wyglądali jak wyrzucone na brzeg zdechłe ryby. Hipokrates wyjął chleb, tłustą baraninę i jajka. Kasandra z apetytem pochłonęła swoją porcję, zdając sobie sprawę, że od momentu ucieczki z Aten rzadko miewała cokolwiek w ustach, mimo to rzuciła też kawałek mięsa Ikarosowi. Zjedli jeszcze po jabłku i popili posiłek odrobiną chłodnej źródlanej wody. Hipokrates skinął w stronę przycumowanego w oddali okrętu.

– To twój żaglowiec, prawda? Czy przypłynął z tobą mój przyjaciel Herodot?

– Nie jest z tego specjalnie zadowolony – przytaknęła Kasandra. – Mój kapitan Barnaba jest w jego towarzystwie bardzo pobudzony. Błagał mnie, żebym go zabrała ze sobą na ląd, ale nie mogłam sobie pozwolić na takie ryzyko. Nie wiedziałam, co tu zastanę.

– Ale chyba nie przybyłaś tutaj po to, by zabić Chryzis? – zapytał, patrząc jej prosto w oczy.

– Nie, ale na pewno to zrobię. Odszukałam cię, by cię o coś zapytać. Muszę kogoś znaleźć…

– Dobrze pamiętam twoją matkę – uśmiechnął się Hipokrates.

– Skąd… skąd wiedziałeś, że to o nią chodzi? – zapytała osłupiona.

Hipokrates podniósł resztkę swojego jabłka:

– Niedaleko pada jabłko od jabłoni… Kiedy tylko wyszłaś spośród drzew, od razu zobaczyłem ją w tobie…

– A zatem jednak przechodziła tędy dawno temu?

Hipokrates spuścił wzrok, a potem westchnął i powiedział:

– Byłem wtedy bardzo młody i nie wiedziałem, jak jej pomóc, więc ją odesłałem. Ale determinacja, która malowała się wtedy na jej twarzy, na zawsze pozostała w mojej pamięci. Iście pałała ogniem swady.

– Wiesz, dokąd się potem wybrała?

– Niestety nie, ale jest ktoś, kto może wiedzieć – westchnął Hipokrates i wskazał palcem za siebie, w głąb lądu. – Sanktuarium Asklepiosa, gdzie kiedyś praktykowałem, nie jest tym samym miejscem, co kiedyś. Powiedzmy, że moje poglądy różnią się od tych, które wyznają jego obecni kapłani. Wydaje im się, że samo przebywanie w świątyniach i bibliotekach ma zbawienny wpływ na chorych. Owszem, z pewnością jest to lekarstwo dla duszy, ale trudno się nią przejmować, jeśli odpada ci ręka – wypowiedziawszy te słowa, potrząsnął głową, jakby odpędzając wzbierający w nim gniew. – Idź do sanktuarium i porozmawiaj z kapłanem o imieniu Dolops. Znajdziesz go w bibliotece. Powiedz, że to ja cię przysłałem. Tak jak jego poprzednicy, od lat prowadzi księgi, w których zapisywane są imiona, dolegliwości i dalsze losy wszystkich, którzy tędy przechodzą. Myrrine na pewno tu była, a więc jej wpis też tam się znajduje...

Słuchając go, Kasandra poczuła, jak wzbierają w niej dawno zapomniane uczucia. Stłumiła je jednak w sobie, położyła rękę na ramieniu Hipokratesa i podziękowała mu.

– Bądź zdrowa, Kasandro! – zawołał za nią uzdrowiciel. – I uważaj na siebie. Robi się ciemno, a w Argolidzie...

– ...nie jest bezpiecznie – dokończyła.

– W rzeczy samej, ale jest jeszcze coś, czego dotychczas ci nie powiedziałem. Dolops... jest synem Chryzis.

* * *

Idąc przez ciemny las, Kasandra słyszała odgłosy świerszczy, pohukiwanie sów i dalekie wycie wilka. Nieopodal ścieżki zauważyła nawet ślady lwa i gdzieś między drzewami usłyszała jego gardłowy pomruk, starała się więc iść ostrożnie i z wiatrem.

Kiedy dotarła na skraj polany, odgarnęła gęste paprocie, aby popatrzeć na słynne sanktuarium. Nawet pod osłoną nocy jego widok był imponujący. Na horyzoncie widać było trzy niewysokie wzgórza. Na jednym z nich znajdowała się świątynia Apollina, drugie było miejscem urodzenia słynnego Asklepiosa. Między nimi znajdowały się połączone szerokimi alejami i okolone pięknymi ogrodami marmurowe budowle. Jedną z nich był długi, monumentalny portyk, po którym z wolna przemieszczali się starzy, zgarbieni kapłani. Był tam także gimnazjon, kaplica i biblioteka oraz oświetlony łagodnym światłem pochodni abaton – pomieszczenie przeznaczone dla chorych. Amfiteatr i kilka skromnych pomieszczeń mieszkalnych dla kapłanów wykuto w pobliskich skałach. Z jednej ze świątyń dochodził niski dźwięk orfickich hymnów.

Kasandra cichaczem przemierzyła polanę i podeszła do jednego z domów nieopodal biblioteki. Odnalazła mieszkanie Dolopsa i weszła do środka. Obawiała się, że kapłan może zacząć krzyczeć o pomoc, ale mimo iż bardzo się wystraszył, nie wydał z siebie ani jednego dźwięku, tylko intensywnie się w nią wpatrywał. Miał szarą, zmęczoną twarz i cienkie, potargane włosy. Kasandra rozejrzała się wokół i zobaczyła dziwne, niestaranne napisy na ścianach, powtarzające wciąż te same słowa: „Dlaczego, matko, dlaczego? Pozwól im żyć!". Nigdzie nie zauważyła Chryzis.

Usiadła naprzeciw kapłana i zaczęła tłumaczyć, po co przyszła i kto ją przysłał. Wydawało jej się, że Dolops nieco się uspokoił, zwłaszcza gdy wspomniała o Hipokratesie.

– Chciałabym się dowiedzieć czegoś na temat kobiety o imieniu Myrrine – powiedziała.

Przez chwilę wydawało jej się, że kapłan przemówi, ale tylko z trudem przełknął ślinę, a potem wstał, wziął pochodnię i w milczeniu zaprowadził ją na otwartą przestrzeń obok portyku. Wskazał ręką na ustawione rzędami lub ułożone jedna na drugiej kamienne tablice. Kasandra zmarszczyła brwi. Czyżby zaprowadził ją na cmentarzysko? Dolops jednak podał jej pochodnię i zachęcił gestem, aby się pochyliła. Usiadła w kucki i oświetliła jedną z tablic. Zgodnie z tym, co powiedział Hipokrates, były na nich zapisy dotyczące pacjentów sanktuarium. Zaczęła czytać wyryte na nich inskrypcje:

DIODORIS PRZYSZEDŁ TUTAJ WIOSNĄ
TYLKO Z JEDNYM OKIEM. NOCĄ, KIEDY SPAŁ
W ABATONIE, ODWIEDZILI GO BOGOWIE
I WYSMAROWALI PUSTY OCZODÓŁ MAŚCIĄ.
RANO DIODORIS OBUDZIŁ SIĘ Z DWOJGIEM
ZDROWYCH OCZU!

Kasandra z trudem powstrzymała wybuch śmiechu. Na innej tablicy widniały następujące słowa:

TYSON Z HERMIONY BYŁ ŚLEPCEM, ALE KIEDY
ŚWIĄTYNNY PIES POLIZAŁ JEGO ORGANY,
MĘŻCZYZNA ODZYSKAŁ WZROK.

„Ciekawe, o których organach mowa" – pomyślała Kasandra.

Ale czytała dalej: o tych, którzy połykali pijawki, aby pozbyć się wewnętrznych dolegliwości, i o tych, którzy ugryzienia wilka leczyli ukąszeniem żmii. Na jednej z tablic opisywano nowatorską metodę leczenia obrzęków twarzy w świątyni Asklepiosa – pacjentowi obcięto głowę, odsączono z niej nadmiar płynu, po czym włożono z powrotem na swoje miejsce.

Inskrypcje stawały się coraz bardziej niedorzeczne i Kasandra zaczynała odczuwać znużenie. Na wschodzie powoli się przejaśniało. Czyżby spędziła tu całą noc? Zrezygnowana, zamierzała się już podnieść, kiedy na jednej z tablic coś przykuło jej uwagę.

Sparta.

Rzuciła się na kolana i dokładnie obejrzała kawałek kamienia. Większość napisu została zatarta, najwyraźniej w pośpiechu.

„...ze Sparty... przyszła tu z dzieckiem... prosiła bogów o łaskę..."

Kasandra wstała i ze złością zapytała:

– Kto zbezcześcił ten kamień?

Dolops zbladł, tak jak wtedy, gdy weszła do pomieszczenia, w którym przebywał.

– Na bogów, powiedz mi wreszcie! Przemierzyłam całą Helladę w poszukiwaniu jakichkolwiek informacji i ta tablica jest wszystkim, co mam. Proszę, odpowiedz! – warknęła zniecierpliwiona.

Kapłan otworzył usta i Kasandra zamarła... Wreszcie zrozumiała, dlaczego nic nie mówił. Zamiast języka miał postrzępiony czarny kikut. Wyglądało na to, że wypalono mu go całkiem niedawno, bo rana była jeszcze świeża.

– Wybacz... nie wiedziałam... – powiedziała zmieszana – Ale potrzebuję czegoś więcej niż ten zamazany napis na kamieniu. Pomóż mi, proszę.

Dolops spojrzał na nią załzawionymi oczyma, a potem wymownie popatrzył na przestrzeń za jej plecami.

Serce Kasandry zabiło nieco szybciej i odwróciła się, ale nie zobaczyła tam nic oprócz południowego zbocza doliny

Asklepiona. Przyjrzała się uważnie temu terenowi i dopiero po chwili w leśnej gęstwinie dostrzegła maleńką iskierkę światła.

– Tam znajdę odpowiedź? – chciała się upewnić.

Dolops posmutniał i kiwnął głową.

Kasandra biegiem rzuciła się w stronę stoku. Ikaros sfrunął z dachu portyku, szybując w ślad za nią. Wbiegła pomiędzy drzewa i przedarła się przez zarośla, nie spuszczając z oka dziwnego światła płonącego w oddali. Wreszcie dotarła do zapomnianej świątyni poświęconej Apollinowi Maleatasowi, zwieńczonej kopułą z czerwonej dachówki i opartej na zmurszałych, pokrytych mchem i porostami kolumnach. W środku rozlegał się cichy płacz niemowlęcia. Zdezorientowana Kasandra zakradła się do wnętrza kaplicy. Poczuła ciepło bijące od zapalonych świec i zobaczyła pochyloną, odwróconą do niej tyłem, a twarzą do starej zasłony i kamiennego ołtarza kobietę, która trzymała w objęciach kwilące dziecko. Podłogę pokrywały rozsypane płatki kwiatów. Przez chwilę ciało i duszę Kasandry obezwładniło dziwne uczucie.

– To niemożliwe... Matka? Tutaj? – wyszeptała drżącym z emocji głosem.

– Nie zgadłaś – wysyczała Chryzis, odwracając się i szczerząc zęby w złośliwym uśmiechu.

Kasandra z przerażeniem zauważyła, że tuż nad piersią niemowlęcia kobieta trzymała sztylet.

– Ale mogłabym się stać twoją matką, gdybyś tylko zechciała. Mój syn Dolops to półgłówek. Zakładam, że to on mnie zdradził.

Kasandra nie odpowiedziała.

– Wiesz też już zapewne, że twoja prawdziwa matka przyszła tu kiedyś – ciągnęła Chryzis.

– Tak, z dzieckiem – wydusiła z siebie Kasandra, uzmysławiając sobie, co Chryzis miała zamiar uczynić z niemowlęciem, które trzymała. – Co im zrobiłaś? Co?

– Dziecko żyje, to także już wiesz – warknęła Chryzis, podchodząc bliżej. – Dejmos należy do mnie i choć niektórzy członkowie Kultu narzekają, że zachowuje się jak zwierzę, traktuję go jak syna.

– A moja matka? – nie ustawała Kasandra.

Chryzis uśmiechnęła się szeroko.

– Nadal pamiętam tę noc, kiedy go przyniosła; zapłakane, godne pożałowania maleństwo, marznące na deszczu. Ach, gdybym tylko wtedy wiedziała, że Myrrine miała dwoje dzieci... ale teraz jesteś tutaj i moja rodzina jest wreszcie kompletna.

Kasandra popatrzyła na nią złowrogo i przez zaciśnięte zęby wysyczała:

– Gdzie jest moja matka?

– Pozwoliłam jej odejść. Była niepocieszona, że nie mogłam uratować małego Aleksiosa.

– Ale przecież powiedziałaś... Okłamałaś ją! Przekonałaś ją, że Aleksios umarł?

– Myrrine powierzyła go mej opiece. Był niezwykłym dzieckiem. Spartanie chcieli go zabić, ale ja go ocaliłam i wychowałam. Wojennego rzemiosła i walki uczył się od najlepszych. On jest mój, tak jak wszystkie inne dzieci, które przynosi mi Hera.

Jej słowa zmroziły Kasandrze krew w żyłach.

– Kim ty jesteś?

Chryzis położyła dziecko na ołtarzu i zbliżyła się do Kasandry.

– Dobrze wiesz, kim jestem. Znasz też grupę, do której należę. A teraz, żeby uzupełnić układankę, musisz tylko dołączyć do nas, tak jak kiedyś Dejmos – wypowiedziawszy te słowa, kobieta pochyliła się i wyszeptała jej do ucha: – Czy pozwolisz, bym została twoją matką, Kasandro?

Ciałem Kasandry wstrząsnęło obrzydzenie i odepchnęła od siebie Chryzis. Kapłanka zachwiała się, ale nie upadła, i wymierzyła w nią swój sztylet. Kasandra dobyła włóczni, a wtedy oczy kobiety zabłysły dziwnym blaskiem i zaczęła się wycofywać, strącając z ołtarza na ziemię świece i dziecko. Kotara, płatki kwiatów i pojedyncze suche liście paproci leżące na posadzce szybko zajęły się ogniem. Chryzis wymknęła się tylnym wyjściem, chichocząc:

– Nie złapiesz mnie, Kasandro! Musiałabyś zostawić to dziecko na pastwę płomieni, a przecież nie chciałabyś, żeby przez twe nierozsądne wybory zginęło kolejne niemowlę!

Przez krótką chwilę Kasandra zastanawiała się, czy za nią nie pobiec, ale szybko podjęła decyzję. Chryzis mogła zaczekać. Rzuciła się w ogień, podniosła maleństwo i otuliła je połami swojej eksomis. Wydostała się na zewnątrz, ledwo dysząc i krztusząc się od dymu. Padła na kolana, a zaraz potem przetarła piekące oczy i osmoloną twarz. Była pewna, że Chryzis udało się zbiec, ale kiedy podniosła wzrok, zobaczyła ją stojącą nieopodal, odwróconą plecami. Po chwili kapłanka przewróciła się. W jej twarz wbita była siekiera, a ciałem wstrząsały konwulsje.

Dolops pochylił się nad nią i wyrwał topór. „Przepraszam, matko… ale teraz, gdy ciebie już nie ma, dzieci wreszcie będą mogły żyć" – pomyślał. Potem zabrał z objęć Kasandry niemowlę i odszedł w stronę sanktuarium Asklepiosa.

9

Długi płaszcz zamaskowanego mężczyzny powiewał za nim, kiedy ten wszedł do komnaty i szybkim, zdecydowanym krokiem udał się na sam środek kręgu. Zgromadzeni wbili wzrok w zakrwawioną szatę, którą rzucił na podłogę.

– W lesie znaleziono Chryzis. Wilki rozszarpały jej ciało, więc nie wiemy, jak straciła życie, ale dwójka naszych ludzi, których wysłaliśmy razem z nią, zginęła od ran zadanych włócznią i procą – powiedział, wskazując na puste miejsca w kręgu.

– Siostra Dejmosa… – domyślili się niektórzy.

– Powinniśmy wysłać do Argolidy jeden z naszych tajemnych oddziałów, by ją wytropić. Jest szybka i silna, ale tysiąc uzbrojonych żołnierzy na pewno sobie z nią poradzi.

– Opuściła już Argolidę – warknął mężczyzna w centrum kręgu – jej żaglowiec pozostał na wybrzeżu, ale ona sama poszła dalej, w głąb lądu.

– Gdzie zatem może być?

Mistrz zgromadzenia podniósł w górę palec, prosząc o ciszę, i podszedł do przedstawiającej mapę Hellady mozaiki na podłodze. Czubkiem obutej w miękką skórę stopy zakreślił długą linię. Prowadziła ona przez otwarte tereny na północ od Argolidy ku fragmentowi lądu graniczącemu z Megarą i zatrzymała się przy ciemnej plamce na wybrzeżu, pod którą widniał napis Korynt.

Jeden z członków Kultu zaśmiał się złowrogo, a po chwili dołączyli do niego inni i wkrótce pomieszczenie rozbrzmiewało salwami śmiechu. Wielki niczym wół, ciężko dyszący, zamaskowany mężczyzna wszedł w sam środek kręgu i rozpościerając szeroko ramiona w geście triumfu, obrócił się dookoła i powiedział:

– To będzie koniec jej podróży! Czas, abym odwiedził rodzinne strony!

Z przyspieszonym oddechem Kasandra szła ulicami Koryntu, nad którymi unosiły się żółtawe opary świątynnego dymu i obłoki pyłu. Wokół wznosiły się, pomalowane na jaskrawe kolory, wysokie budynki i wille. To bogate, sprzymierzone ze Spartą miasto zwykle tętniło życiem. Tego jednak dnia było dziwnie opustoszałe.

Na placu targowym dostrzegła tylko puste stragany i porzucone wozy, wypełnione naczyniami i flakonami wyrabianymi w tej części Hellady. Niektóre z nich były wykonane z surowej gliny, inne pomalowane na czarno i pomarańczowo, a także ozdobione wizerunkami bogów oraz herosów. Tawerny świeciły pustkami. Mieszkańcy, bawiące się dzieci, handlarze i zwykle oferujące swe usługi w ciasnych uliczkach ponętne *pornai*, z których tak słynął Korynt, jakby zapadli się pod ziemię. Na schodach prowadzących do świątyni Afrodyty także nie było żywej duszy. Co jakiś czas Kasandra słyszała skrzypnięcie okiennicy lub stłumiony szept i udało jej się zobaczyć pojedyncze wystraszone twarze mieszkańców Koryntu, którzy najwyraźniej przed czymś się chowali. Czyżby obawiali się ataku żołnierzy? Wojna nie dotarła jeszcze do miasta i mury obronne tego nadmorskiego supermocarstwa, w walkach z którym Sparta polegała na morzu, były, jak na razie, nienaruszone. W pewnej chwili Kasandra zauważyła właściciela tawerny. Próbował się schować za beczką, a ponieważ był od niej co najmniej trzy razy szerszy, trudno było go nie dostrzec. Kopnęła więc w antałek i warknęła:

– Wychodź!

Pulchny mężczyzna wstał jak gdyby nigdy nic i zaczął nerwowo polerować wierzch baryłki trzymaną w ręku ścierką.

– O, dzień dobry! Czym mogę służyć? Nalać wina? Podać posiłek?

– Szukam Antuzy – odparła.

Gospodarz tawerny skrzywił się i wbił wzrok w ziemię, jakby chciał się pod nią zapaść. Kasandra chwyciła go za tunikę i przyciągnęła do siebie tak, że nosem niemal dotknęła jego tłustej, pokrytej wągrami twarzy i poczuła, że śmierdział cebulą.

– Dojście tutaj z Argolidy zajęło mi cały dzień i noc. Moja cierpliwość jest na wyczerpaniu. Gdzie jest Antuza, zwierzchniczka heter?

Dokładnie w tym momencie do tawerny wleciał Ikaros i wylądował na kontuarze, skrzecząc i przewracając kilka naczyń.

Mężczyzna wydał z siebie jęk i wreszcie odpowiedział:

– Hetery opuściły Wielką Świątynię. Pozostanie tutaj byłoby dla nich zbyt wielkim ryzykiem.

Kasandra zmarszczyła brwi. Hetery były w mieście otaczane wielkim szacunkiem. Spełniające wolę bogów świątynne kochanki były zwykle świetnie wykształcone i bardzo majętne. Jeśli miasto chciałoby się kogokolwiek pozbyć, to z pewnością nie ich.

– Gdzie poszły? – spytała, zaciskając pięść mocniej na jego tunice.

– Do źródła Pejrene – wydusił, wskazując palcem na południe.

– Dlaczego?

– Bo… podobno do miasta ma dziś wrócić olbrzym Monger.

– Kto to taki?

– Zarządca tej części miasta, którą kiedyś władała Antuza. Jest wyniosła i bywa okrutna, ale w porównaniu z nim to wcielenie łagodności. Wielu dotkliwie odczuło jego rządy. Zagarnął wszystkie moje oszczędności, a gdyby tylko znalazł dobry powód, chętnie pozbawiłby mnie również głowy.

„Nie obchodzi mnie, kim jest ten bydlak. Muszę odnaleźć Antuzę" – pomyślała Kasandra, rozluźniając uścisk i przywołując Ikarosa pstryknięciem palców. Ptak strącił jeszcze jeden kubek i wymierzył ostry dziób w karczmarza. Biedak skulił się i nie przestał lamentować, dopóki orzeł nie opuścił tawerny.

Kasandra porzuciła skąpane w mglistym południowym świetle miasto. Przez chwilę wydawało jej się, że ze szczytu murów obronnych ponad bramą bacznie obserwowało ją dwóch strażników, ale nie przejęła się tym zbytnio. Spojrzała w kierunku położonych jakieś cztery mile w głąb lądu wysokich wzgórz. Jeśli karczmarz miał dobrą orientację w przestrzeni i wskazał jej właściwy kierunek, źródło Pejrene musiało się znajdować gdzieś na tym paśmie górskim. Wraz z Ikarosem przemierzyła usianą gliniastymi jamami równinę. Czując pierwsze podmuchy jesiennego wiatru, który oblepiał jej spoconą skórę pyłem ze ścieżki, doszła do podnóża gór.

Miejscami niebezpieczna kamienista ścieżka, prowadząca na szczyty, przyprawiała ją o zawroty głowy. W jednym miejscu musiała przejść ponad głęboką przepaścią i targana gwałtownymi podmuchami wiatru, z trudem znajdowała oparcie dla palców w gładkim stoku. Wreszcie z ulgą oparła rękę na szerokiej skalnej półce, podciągnęła się w górę i... zobaczyła wymierzone w nią ostrze miecza.

– Zrób jeszcze jeden krok bez mojego pozwolenia, a cię rozpłatam – zagroziła kobieta o zaciętym wyrazie twarzy.

Kasandra usłyszała dźwięk napinanych cięciw i zobaczyła dwie łuczniczki. Wstała, podnosząc w górę obie ręce. Kobieta z mieczem skinęła w prawo, wskazując jej drogę.

Ikaros zaskrzeczał i najwyraźniej szykował się do ataku, lecz Kasandra powstrzymała go ostrym spojrzeniem. Rozejrzała się po smaganych wiatrem górskich szczytach. Wśród pojedynczych cyprysów i iglaków dostrzegła prastarą, zdobioną złotem kwadratową budowlę, wspartą na blokach z ciosanego kamienia i kariatydach. W cieniu kolumn widać było kobiety cerujące ubrania. Rzezały drwa i przenosiły nanizane na drewniane szpikulce mięso dzikich zwierząt. Na widok Kasandry wiele z nich zamarło w bezruchu. Nieopodal na ziemi klęczała młoda dziewczyna głaszcząca kota. Jej brudna stola i nieuczesane włosy przypomniały Kasandrze o Foibe. Dziewczynka spojrzała na nią i szybko uciekła. Kasandra mocno zacisnęła dłonie, karcąc się w duchu za przypływ emocji i odpędzając je od siebie.

Wiatr osłabł. Kobieta o surowej twarzy poprowadziła Kasandrę do złoconego budynku. Kiedy wchodziły do środka, pogrążyły się na chwilę w zupełnych ciemnościach. Wewnątrz znajdował się płytki basen ze śnieżnobiałego marmuru, wypełniony wpływającą przez naturalny otwór w podłodze wodą o niesamowitym odcieniu morskiej zieleni. Opowiadano, że źródło tworzą łzy jego słynnej fundatorki lub że wytrysnęło pod wpływem uderzenia kopyta Pegaza. Ściany świątyni były zdobione podniszczonymi malowidłami przedstawiającymi podróże Odyseusza.

Zatrzymały się nad basenem i nieznajoma powiedziała:

– Jest bardzo piękny, prawda? Za chwilę w nim utoniesz, tak jak ostatni z jego posłańców.

– Mówisz o Mongerze?

– Nie zgrywaj głupiej – warknęła kobieta, dźgając mieczem plecy Kasandry.

– Nie znam go i nie mam zamiaru go poznać. Przyszłam tutaj, bo chcę porozmawiać z Antuzą.

– No to ją znalazłaś.

Kasandra poczuła, że zaschło jej w ustach.

– Szukam mojej matki – powiedziała, próbując się odwrócić w stronę rozmówczyni, ale kolejne pchnięcie miecza zmusiło ją do pozostania w tej samej pozycji.

– Kto cię przysłał? – burknęła Antuza.

– Alkibiades – odpowiedziała.

Ręka kobiety zadrżała.

– Udało mu się okiełznać chuć na tyle długo, by przemówić? To imponujące.

– Moja matka uciekła ze Sparty wiele lat temu. Mogła się przedstawiać jako Myrrine.

– Myrrine? – zdziwiła się Antuza i opuściła miecz, a Kasandra wreszcie mogła się odwrócić. Twarz kobiety złagodniała, a w oczach zapłonęła jej iskierka sympatii.

– Była tutaj, prawda?

– Tak – cicho odparła Antuza – i zbyt szybko nas opuściła... – Zaraz potem podniosła znów miecz i wymierzyła go w Kasandrę: – Myrrine nauczyła mnie, jak być kobietą niezłomną, twardą i bezkompromisową. Zakładam, że chciałabyś wiedzieć, dokąd się udała?

Kasandra kiwnęła głową.

– Musisz więc coś dla mnie zrobić – powiedziała, spoglądając w stronę zamglonego zarysu Koryntu w oddali. – Do miasta podobno wraca dziś Monger. Wyzwól nas spod jego panowania i zabij go. Znajdziesz go w portowych magazynach.

Misthios powiodła wzrokiem w ich stronę.

– Zrobię wszystko, aby odnaleźć matkę. Ale powiedz mi, kim jest Monger?

– To krwiopijca i potwór. Jest wielki niczym wół i równie silny – przy tych słowach twarz Antuzy wykrzywił grymas pogardy, a stojące nieopodal kobiety wyraźnie się wystraszyły, słysząc temat rozmowy. – Zabił już trzy z moich dziewcząt, a dwie inne, Roksana i Erinna, są nadal jego zakładniczkami. Wiesz, co robi ze swymi więźniami? Przypieka ich ciała kawałek po kawałku rozgrzanym prętem. Tylko jednej z heter udało się uciec z jego szponów...

Antuza spojrzała w stronę kobiety siedzącej nad basenem. Jej ciało pokrywał gąszcz blizn, a na pozbawionej oczu twarzy trudno było dopatrzyć się wyrazistych rysów.

Kasandra przypomniała sobie oprawcę, który z wyraźną przyjemnością wypalał rozgrzanym do czerwoności żelazem oczy nieszczęśnika w jaskini Gai i zdała sobie sprawę, że doskonale wie, kim jest zarządca Koryntu.

– Zabiję go albo zginę, próbując to zrobić – powiedziała zdecydowanym tonem.

Erinna wyciągnęła rękę i mocno uścisnęła dłoń Roksany. Ciężkie kroki za drzwiami rozbrzmiewały coraz głośniej. Przytulone dziewczyny popatrzyły na siedzącego naprzeciw zmizerniałego mężczyznę, który był równie brudny i poraniony jak one. Ruchom towarzyszyło teraz charakterystyczne sapanie, coraz bliższe i bliższe, aż wreszcie drzwi zaskrzypiały i otworzyły się. Hetery objęły się mocno i zamknęły oczy, aby zapamiętać ostatnie wspólnie spędzone chwile.

Ale to nie one, lecz wychudzony mężczyzna wydał z siebie rozpaczliwy okrzyk, gdy Monger chwycił go za kostkę i wywlókł z celi, ciągnąc po ziemi niczym zabawkę.

– Czas się rozgrzać – warknął tłusty zwyrodnialec, targając swą ofiarę do portowego magazynu.

Młode kobiety zostały same w pomieszczeniu. Roksana rozejrzała się wokół, przypominając sobie pozostałe osoby, które jedna po drugiej zostały stąd zabrane, aby już nigdy nie wrócić.

– Zostałyśmy tylko my – szepnęła Roksana. – Teraz kolej na którąś z nas. Nigdy już nie zobaczymy Antuzy.

Nagle wrota znów się otworzyły i dziewczyny podskoczyły ze strachu. Na podłogę upadł mały szczebelek, sprytnie wetknięty w mechanizm drzwi, tak by się nie zatrzasnęły, i do celi weszła odziana w skórę i uzbrojona kobieta, która szybko podeszła i kucnęła przy nich. Jej oczy były zimne jak głaz.

– Wychodźcie. Postarajcie się jak najszybciej dotrzeć do źródła w górach, nie zwracając na siebie niczyjej uwagi – powiedziała.

– Zaprowadzisz nas tam? – spytały zdezorientowane.

– Nie mogę. Najpierw muszę zrobić to, po co tu przyszłam.

Wewnątrz ponurego nadbrzeżnego magazynu raz po raz rozbłyskiwały pomarańczowe iskierki ognia. Pomieszczenie było zadymione, duszne i gorące. Monger dołożył drew pod tygiel i wyciągnął z niego rozżarzony pręt, z przyjemnością przyglądając się cieknącej z niego białawej cieczy. Przywiązany do stołu wychudzony mężczyzna wykręcał się i krzyczał, kiedy oprawca przesuwał pręt nad jego twarzą. Kropla ciekłego żelaza kapnęła na policzek nieszczęśnika i skwiercząc, wypaliła głęboki otwór w jego skórze. W magazynie rozległ się nieludzki wrzask. Monger złapał swą ofiarę za głowę i ryknął:

– Zamknij się, kundlu! Głowa mnie rozbolała od twojego jęczenia.

– Proszę! Zrobię wszystko, tylko przestań! – błagał mężczyzna.

– A więc powiesz mi, gdzie w tych przeklętych górach kryje się Antuza i jej hetery?

Zapadła cisza. Po chwili przykuty do stołu człowiek zapłakał:

– Nie mogę. To jedyna rzecz, jakiej nie mogę zrobić. Nikt w mieście nie może ci tego wyjawić. Zdradzając Antuzę, zdradziłbym samą Afrodytę, obraziłbym bogów...

Monger zamachnął się żelaznym prętem niczym maczugą, ale nie uderzył nieszczęśnika, tylko przeciął więzy krępujące jego kończyny, uwalniając go na chwilę tylko po to, by podnieść jeden koniec stołu, na którym leżał, i zsunąć mężczyznę wprost to kadzi pełnej ciekłego żelaza.

Ciszę rozdarł krzyk:

– Nie... nie... nieee!

Kasandra obserwowała to potworne przedstawienie, czołgając się po stercie worków z ziarnem. W świetle ognia widać było rozradowaną twarz Mongera. Z ogromną, pozbawioną górnych zębów szczęką, grubą dolną wargą i oślinioną brodą wyglądał jak potwór. Gwałtownie odwrócił głowę w jej kierunku i zdjęta strachem Kasandra w ostatniej chwili zdołała zeskoczyć w wąską, ciemną szczelinę pomiędzy workami. Widziała stamtąd środek pomieszczenia, więc kiedy zwyrodnialec podszedł do kotła, by dołożyć drew do ognia, uznała, że to doskonała okazja, by zaatakować go od tyłu i wbić mu ostrze pomiędzy łopatki. Zacisnęła rękę mocniej na włóczni i przeliczyła znajdujących się w pomieszczeniu ludzi Mongera. Było ich dwunastu i wszyscy mieli przy sobie maczugi i buławy. „Można ich obezwładnić" – przekonywała się w duchu, ale zaraz potem pomyślała: „Nie oszukuj się!".

– Dobra zabawa zawsze zbyt szybko się kończy! Pora chyba na którąś z dziwek Antuzy, co? – szydził Monger, a potem popatrzył na jednego z otaczających go zbirów i warknął: – A może teraz kolej na któregoś z was?

Mężczyzna, na którym zatrzymał się wzrok okrutnika, pisnął cienko i popchnął do przodu swego towarzysza. Monger złapał go i powlókł w stronę kotła. Chwycił go za kark i pochylił jego głowę nad rozżarzoną bulgoczącą cieczą tak, że niemal dotknęła jej powierzchni.

– Ha! – zaryczał ze śmiechu, puszczając go wolno.

Kasandra słyszała, jak oprawca rozdzielał zajęcia na następny dzień i instruował, do kogo mają się udać, aby siłą wymusić pieniądze. Planował także kolejną wyprawę w góry, której celem było odnalezienie kryjówki Antuzy. Jego dyspozycjom nie było końca i Kasandra zaczynała odczuwać zmęczenie. Chcąc jak najszybciej dotrzeć do Koryntu, poprzedniej nocy w ogóle nie spała. Była głodna i obolała. Przypomniała sobie słowa matki: „Wahaniem wpędzisz się do grobu" i pomyślała: „Musisz działać, bo robisz się coraz słabsza. Teraz lub nigdy, bez względu na liczbę strażników".

Przygotowując się do ataku, kilka razy przerzuciła ciężar ciała z jednej nogi na drugą i wbiła wzrok w plecy Mongera. To on był jej głównym celem. Istniało prawdopodobieństwo, że jeśli go zabije, pozostali się rozproszą. Ale nie miała pewności, że tak się stanie. Potrząsnęła głową, by odpędzić wątpliwości, zacisnęła zęby i napięła mięśnie gotowa do skoku…

Nagle poczuła chłód ostrza na plecach i zamarła.

– Nie bądź głupia. Jeszcze jeden ruch i oboje zginiemy – ledwo słyszalnie wyszeptał męski głos.

Odwróciła głowę i zobaczyła młodego, posępnie wyglądającego mężczyznę. Był przystojny, nosił brodę i miał ciemne długie włosy. Jej uwadze nie umknęło także to, że był ubrany w czerwony płaszcz. Nie był zatem jednym z ludzi Mongera.

– Tak, jestem Spartaninem i wrogiem Mongera, podobnie jak ty – powiedział, jakby czytając w jej myślach.

– Kim jesteś, do cholery?

– Nazywam się Brazydas – szepnął.

Była pewna, że jego imię obiło jej się już gdzieś o uszy. Pojawiło się zapewne podczas którejś z zasłyszanych przez nią rozmów na temat wojny.

– Gdzieś o tobie słyszałam... Jesteś doradcą wojskowym lub dowódcą... – chciała się upewnić.

– Na potrzeby tej misji zwykłym szpiegiem. Kiedy posłańcy z tych stron przestali docierać do Sparty, eforzy wysłali mnie tutaj, abym się dowiedział, dlaczego tak się dzieje. I już wiem. Ten sukinsyn zagarnął cały Korynt. Antuza to przewrotna intrygantka, ale Monger jest od niej znacznie gorszy. Nie udało mi się jeszcze powiadomić o tym eforów.

– Dlaczego? – syknęła Kasandra surowym tonem, jakby była jednym z nich.

Brazydas zmarszczył brwi i ze złością powiedział:

– Bo ukrywam się tutaj od sześciu cholernych dni, żeby dorwać tę kupa gówna, kiedy będzie sam. I dziś prawie mi się to udało, ale pojawiłaś się ty i wszystko zepsułaś...

Kasandra poczuła od niego zapach potu i zapytała:

– Mówisz, że jesteś tu od sześciu dni?

– Zbudowałem sobie między workami małe schronienie. Jest tam dziura w podłodze, która służy mi za latrynę, mam też trochę solonego mięsa i kilka pojemników z wodą. Dzięki temu jestem w formie.

– Tak, to widać, słychać i czuć... – wtrąciła Kasandra, kręcąc nosem.

Brazydas zignorował jej uwagę i wbił wzrok we włócznię Leonidasa, którą właśnie zauważył.

– Po twoim akcencie domyśliłem się, że jesteś z moich stron, ale teraz wiem na pewno, że jesteś Spartanką, i to nie pierwszą lepszą – rzekł, chowając sztylet.

– Nie jestem Spartanką. Kiedyś nią byłam... – wyszeptała Kasandra.

– Jak możesz tak mówić? – zapytał poirytowany. – Czyż nie wiesz, jak wielu darzy twoją rodzinę szacunkiem?

– Kiedyś tak było. Moja rodzina się rozpadła i jej szczątki są rozsiane po całej Helladzie.

Brazydas zasępił się, głęboko zamyślił i przygryzł dolną wargę. Po chwili potrząsnął głową i rzekł:

– Nigdy nie wierzyłem w to, co mówili o wydarzeniach na górze Tajget.

– A więc wierzysz we mnie i w ród, którego krew płynie w moich żyłach?

Zawahał się, lecz po chwili skinął głową.

– A więc połączmy siły. Zaczekajmy, aż strażnicy się rozejdą i zabijmy tego potwora.

Usiedli i czekali w ciszy. Po kilku godzinach Monger odesłał wszystkich swych ludzi z wyjątkiem trzech, z którymi omawiał szczegóły zaplanowanych na następny dzień poszukiwań w górach.

– Pójdziemy w poprzek urwiska, od jednego krańca do drugiego, jasne? – zapytał, oczekując na potwierdzenie.

– Tak jest, panie.

– Zgoda? – zapytał kolejnego zbira.

– Znajdziemy Antuzę i jej dziwki. Będą pracować dla ciebie albo zginą.

– Ty też się zgadzasz? – spytał trzeciego.

– Tak zrobimy.

Potem Monger spojrzał w górę na stertę worków i powtórzył pytanie. Odpowiedziała mu cisza, a Kasandra poczuła, jak żołądek podchodzi jej do gardła.

– Zadałem ci pytanie, Brazydasie… co myślisz o naszym planie?

Kasandrę przeszył lodowaty dreszcz i zdążyła tylko wymienić szybkie spojrzenie z Brazydasem, zanim pozostali towarzysze Mongera odsunęli tworzące sklepienie nad ich kryjówką worki i wycelowali w nich gotowe do strzału łuki.

– Coś podobnego! – zamruczał Monger na widok Kasandry. – Wygląda na to, że moja nagroda właśnie się podwoiła...

Założono jej potwornie ciężkie kajdany. Monger zacisnął je mocno w taki sposób, że jedyna wolna kończyna Kasandry była naprężona, a potem przywiązał ją do stołu, na którym wcześniej znęcał się nad biedakiem z celi. Kasandra czuła żar bijący od kotła z bulgoczącym żelazem.

Brazydas klęczał ze skrępowanymi liną rękami, otoczony kręgiem uzbrojonych we włócznie strażników Mongera.

– Myślałeś, że nie wiedziałem, gdzie się chowasz, Brazydasie? – zachichotał olbrzym. – Słyszałem cię i czułem twój zapach. Pewnie się zastanawiasz, dlaczego nie zabiłem cię wcześniej... Lubię, jak moje ofiary żywią przez jakiś czas płonną nadzieję, zanim zafunduję im niemiłą niespodziankę. Ich rozczarowanie jest wtedy znacznie większe. Przysięgam, na bogów, że jeszcze dziś zawiśniesz nad tym kotłem i będziesz błagał o litość. Już nie mogę się doczekać – ciągnął, oblizując grube wargi i złośliwie rechocząc.

Potem podszedł do Kasandry i wyciągając z tygla rozgrzany pręt, wyszczerzył zęby w okrutnym uśmiechu:

– A z tobą trochę się pobawię. Wiedziałem, że prędzej czy później cię tu zobaczę, ale spodziewałem się, że będę musiał cię ścigać. A tu niespodzianka! Sama przyszłaś do mnie. Będę cię przypalał i zdzierał z ciebie skórę kawałek po kawałeczku, aż zaczniesz krzyczeć, ale nie o litość, o nie! Będziesz mnie błagać o to, aby móc służyć mi i mojemu zgromadzeniu.

– Odpierdol się – beznamiętnie wycedziła Kasandra.

Monger przestał się uśmiechać i przytknął rozgrzany pręt do jej uda. Poczuła niewyobrażalny ból, który na chwilę całkowicie nią zawładnął. Krzyk, który usłyszała, dobiegał jakby z oddali i dopiero po chwili zrozumiała, że wyrwał się z jej własnego gardła. Wyprężyła się, jeszcze bardziej napinając ciasne więzy, i poczuła smród palonego ciała. Z bólu wbiła zęby głęboko we własny język i jej usta zalała krew.

Monger ponownie przyłożył pręt, tym razem do jej boku. Wrzasnęła i poczuła, jak ogarnia ją ciemność. Ostatkiem sił udało jej się oprzytomnieć. Wiedziała, że jeśli zemdleje, ocknie się w jaskini Kultu lub w ogóle się nie obudzi. Patrzyła, jak Monger wyjmuje świeżo rozżarzony szpikulec z ognia. Bijące od niego ciepło parzyło jej skórę, jeszcze zanim zbliżył przyrząd do jej twarzy. Rozgrzane do białości ostrze zatrzymało się tuż nad jej okiem i nawet z tej odległości ścięło powierzchnię spojówki. Głowę Kasandry przeszył nieznośny ból, przygotowywała się na najgorsze, a Monger pochylił się nad nią i zamruczał z lubością:

– Jeszcze chwila i wystrzeli…

Za oślepiającą bielą Kasandra dostrzegła jednak jakiś ruch i niewyraźny zarys dwóch sylwetek. Zbliżały się powoli, niezauważone przez Mongera i jego dwunastu ludzi. Po chwili zobaczyła wystraszone twarze Erinny i Roksany. Uzbrojone w maczugi dziewczyny zaatakowały i powaliły po kolei po dwóch strażników. Korzystając z zamieszania, Brazydas zerwał się na nogi i rozciął pęta o jedną z wymierzonych w niego włóczni, a potem unieszkodliwił kolejnych dwóch wartowników.

Monger odsunął się od Kasandry, aby odeprzeć atak. Na wpół oślepiona i nadal obezwładniona przysłuchiwała się odgłosom walki i wściekłym okrzykom Mongera. W pewnej chwili jej kajdany opadły z brzękiem i usłyszała nad sobą głos Brazydasa:

– Wstawaj! – powiedział, ściągając ją ze stołu i wciskając jej w rękę włócznię Leonidasa.

W mgnieniu oka zrozumiała, co się stało. Roksana i Erinna nie uciekły, tak jak im nakazała, lecz zawróciły, by im pomóc. Oprócz Mongera w magazynie zostało jeszcze sześciu jego ludzi. Kasandra podbiegła do jednej z dziewczyn i przeszyła oszczepem bok atakującego ją napastnika, a potem odwróciła się i jednym machnięciem zbiła z nóg kolejnego.

– Uciekajcie! – syknęła. – Wracajcie do Antuzy!

Zapłakane hetery z wdzięcznością skierowały się do drzwi.

Brazydas zabił dwóch kolejnych przeciwników i był teraz tuż za plecami Kasandry. Oprócz rozwścieczonego Mongera pozostało jeszcze czterech jego ludzi.

– Mój miecz się złamał – rzucił przez ramię Brazydas, ciężko dysząc.

– Jedna włócznia przeciwko pięciu uzbrojonym? Zapewniam was, że to będzie bolało! – zawarczał Monger i skinął na swych zbirów. – Wykończcie ich!

Ludzie Mongera rzucili się do ataku, ale właśnie wtedy uciekająca Roksana przewróciła się o linę. Otworzyła w ten sposób znajdujący się nad nimi silos i wyzwoliła lawinę ziarna, która pogrzebała dwóch zbirów. Kasandrze udało się zablokować uderzenie jednego z ocalałych i wbić mu włócznię z brzuch. Potem, gotowa na przyjęcie kolejnych ciosów, niezwłocznie się odwróciła, jednak ostatni z osiłków uciekł, porzucając broń.

Pozostał więc tylko Monger, który stał z włóczniami w każdej dłoni gotowy do ataku niczym rozwścieczony byk. Kasandra spojrzała wymownie na Brazydasa, a potem na łańcuch zwisający z kajdan, które nadal okalały jej nadgarstki. Brazydas w mig zrozumiał jej intencję. Monger zaatakował, a oni rzucili się w jego stronę i podskoczyli, owijając ciężki łańcuch wokół jego szyi. Olbrzym zachwiał się i zrobił kilka niepewnych kroków w tył, potykając się o wypełniony po brzegi tygiel rozgrzanego żelaza, i z nieludzkim wrzaskiem runął w gorącą ciecz, aż cały zniknął w bulgoczącym kotle. Portowy magazyn wypełnił się smrodem palonych ciała oraz włosów okrutnika.

Mieszkańcy Koryntu, budząc się ze snu, ujrzeli obłok czarnego dymu, który unosił się nad miastem. Po raz pierwszy od wielu miesięcy zaczęli wychodzić ze swych domów, choć nadal pełni obaw i niepokoju. Z niedowierzaniem powtarzali między sobą pogłoski o wielkim pożarze w portowym magazynie Mongera. Około południa potwierdzono, że doszczętnie spłonął, i zwołano wszystkich do amfiteatru, który był zamknięty od czasu, gdy sadystyczny zarządca przejął władzę nad miastem. Arena zapełniła się ludźmi, wielu zajęło także miejsca na pobliskich dachach i wysoko położonych ulicach i wszyscy z zaciekawieniem oczekiwali dalszych wieści.

Mimo zmęczenia Kasandra wmieszała się w tłum. Jej udo i bok zostały opatrzone leczniczymi maściami i lnianymi bandażami. Brazydas udał się z powrotem do Sparty, aby poinformować o wszystkim jej dwóch królów. Zanim wyruszył, błagał Kasandrę, by wrzuciła kości Mongera do wody.

– Niech ślad po nim zaginie – uzasadniał swą prośbę.

– Lubię cię, Brazydasie. Mam nadzieję, że męstwo nie okaże się twoją słabością. Nie masz pojęcia, jak potworny jest Kult Mongera i na jaką skalę działa.

Z zamyślenia wyrwał ją orator, który właśnie wszedł na scenę amfiteatru i ogłosił, że miasto znów jest wolne. Odpowiedziały mu głosy niedowierzania. Mieszkańcy Koryntu najwyraźniej obawiali się, że to jakiś nowy wymyślny zabieg Mongera, by zgromadzić w jednym miejscu wszystkich dysydentów i ich zgładzić.

Po chwili nad sceną z łoskotem zawisł przedmiot o groteskowym kształcie. Części ludzkiego ciała mieszały się w jego strukturze z masą zastygłego metalu. W amfiteatrze zaległa kompletna cisza, którą po chwili zastąpiły wybuchy radości, płacz i modlitwy. Koryntyjczycy wyrażali swą wdzięczność wobec tajemniczego wybawiciela, ale Kasandra nie czuła satysfakcji.

W pewnej chwili zauważyła, że z tłumu wyłoniła się postać, która zmierzała w jej kierunku.

– Twoja matka odpłynęła stąd na okręcie o nazwie Syreni Śpiew, pomalowanym w charakterystyczne ogniste języki – powiedziała Antuza. – Udała się na Cyklady.

10

Zamaskowany mężczyzna cisnął na podłogę wykrzywiony żelazny pogrzebacz.

– Monger zawiódł.

Pozostali zgromadzeni w komnacie wbili wzrok w metalowy pręt.

– On był z nas najsilniejszy... – wydukał ktoś z kręgu.

– Może i najsilniejszy, ale nie najmądrzejszy – powiedział kto inny.

– Czyżbyśmy zapomnieli, że jest wśród nas ktoś jeszcze bardziej bezwzględny niż Monger, komu i sprytu nie brakuje? – spytał trzeci.

– Ale Dejmos tak naprawdę nie należy do Kultu. Poza tym jest dość nieobliczalny. Zachowuje się jak wściekły pies i gryzie także rękę, która go karmi.

– Racja – wtrącił się pierwszy z rozmówców. – Mamy więc okazję wykorzystać go do wyższych celów... lub wymienić na kogoś bardziej wartościowego. Wygląda na to, że jego siostra zdobyła w Koryncie cenne informacje. Spędziła całą zimę na Cykladach, podróżując od wyspy do wyspy w poszukiwaniu matki. Odwiedziła niemal wszystkie miasta i konfederacje archipelagu, odpierała ataki piratów; wszystko na darmo, nadal nie wie, gdzie jest Myrrine. Nie jest też świadoma, że zastawiliśmy na nią pułapkę i już nam się nie wymknie. Teraz siostra Dejmosa wraca do Aten z nadzieją, że Perykles i jego świta zdołają jej pomóc.

– Do Aten? – zapytał ktoś, a reszta zamilkła.

– Tak. Zgodziliśmy się przecież, że nadeszła pora na polityczne roszady w tym prastarym mieście…

Zgromadzeni potaknęli, a inicjator pomysłu kontynuował:

– Wyślijmy więc Dejmosa, aby ich dokonał, a przy okazji zgotował siostrze odpowiednie powitanie. Nikt nie jest w stanie go pokonać, więc i ona tego nie zrobi. Albo do nas dołączy, albo wyda swe ostatnie tchnienie…

Przez całą zimę Adrestia krążyła wśród wysp archipelagu Cyklady. Morze Egejskie raz po raz nawiedzały opady śniegu. Kasandra spędzała noce na ponurych plażach, dygocząc z zimna, a za dnia bezskutecznie wypytywała mieszkańców wysp o miejsce pobytu Myrrine. Zima minęła i Adrestia zmierzała teraz w kierunku Aten. Wpłynęła właśnie w gęstą mgłę, która otuliła żaglowiec niczym wilgotny całun. Kasandra wychyliła się za reling pędzącego okrętu i zmrużyła oczy, próbując zobaczyć coś poza obłokami pary.

– Nie patrz zbyt długo, *misthios* – doradzał Barnaba. – Nie spałem kiedyś trzy dni i trzy noce, wypatrując skał w takiej mgle. Nie zmrużyłem oka ani na chwilę. I wtedy zobaczyłem te istoty… Na skałach, których tak bardzo się obawiałem. Ależ one były piękne… i w dodatku śpiewały głosem słodszym niż miód. Myślałem, że oszaleję… Nie mogłem przestać na nie patrzeć ani ich słuchać, skręciłem więc w ich stronę…

Barnaba rozmarzył się i oczy zaszły mu łzami. Przechodzący obok Reza rzucił niby mimochodem:

– Ha, dobrze to pamiętam. Niemal rozbiłeś okręt o te przeklęte skały, bo zasnąłeś!

Barnaba rzucił mu pogardliwe spojrzenie, ale Reza nawet tego nie zauważył, bo zdążył się już wdrapać wysoko na maszt.

Kasandra uśmiechnęła się, a potem znów wbiła wzrok we mgłę, która na chwilę się rozstąpiła, ukazując w oddali wybrzeże Attyki. Nadal było ono usiane zrujnowanymi domostwami i niszczejącymi gospodarstwami, ale obozy odzianych w szkarłat żołnierzy zniknęły.

– Spartanie nie blokują już miasta – wyszeptał Herodot.

– Chwilowo – powiedziała Kasandra, spodziewając się, że Stentor nie podda się tak łatwo.

Reza krzyknął coś z pogrążonego we mgle bocianiego gniazda, a Barnaba wydał komendy reszcie załogi i żaglowiec stanął w miejscu. Przez chwilę Kasandra obawiała się, że mogli wpaść w szpony któregoś ze stworów morskich Barnaby, ale kiedy mgła się nieco przerzedziła, *misthios* zobaczyła kamienne wieże i keję portu w Pireusie. Wraz z Barnabą i Herodotem ze zdziwieniem obserwowali niemal całkowicie wyludnione wybrzeże. Nie zauważyli handlarzy ani uwijających się niewolników. Gdzieś w oddali biły dzwony, ale poza tym panowała tam zupełna cisza. Tu i ówdzie stały pojedyncze wozy, jakby porzucone w pośpiechu. Niektóre były poprzewracane, a ich zawartość najwyraźniej częściowo splądrowano. Nagle, niczym znienacka wymierzony policzek, poczuli intensywny smród rozkładu.

– Na bogów! – jęknął Barnaba, zakrywając sobie twarz chustką. – Co tu się wydarzyło?

Kasandra opuściła pokład i rozejrzała się po pustej plaży. Zerknęła na okalające port mury. Twarze pojedynczych wartowników również były zasłonięte chustkami. Jeden z nich wskazał na promenadę, która wiodła wzdłuż Długich Murów, i warknął:

– Zdążaj w kierunku miasta, ale niczego ani nikogo nie dotykaj.

Skóra Kasandry ścierpła. Pomyślała o Foibe. Bardzo chciała, by okazało się, że nic się jej nie stało. Skrępowane w jej sercu uczucia odżyły na nowo.

– Zostańcie na statku – poprosiła Barnabę, który stał przy relingu z Ikarosem przy boku.

Herodot zszedł z pokładu i podszedł do niej.

– Za długo już siedzę na tym żaglowcu. Idę z tobą. Poza tym tu się dzieje coś bardzo dziwnego.

– Wrócimy, jak tylko uda nam się porozmawiać z Peryklesem i Aspazją – ustaliła Kasandra, wstępując na spowitą mgłą promenadę. W oddali dostrzegła niewyraźne zarysy chat uchodźców. Dochodziły stamtąd dziwne odgłosy, jakby zawodzenie i płacz mieszały się z brzęczeniem potężnej chmary much. – Jedno z nich musi wiedzieć, gdzie na Cykladach może być moja matka. Jeśli miałabym sama odwiedzić każdą z tych wysp, zajęłoby mi to całe lata. Nie mogę o to prosić Barnabę i jego zało… – nagle urwała i zatrzymała się w miejscu.

Herodot także zastygł w bezruchu. Mgła niemal zupełnie się rozrzedziła i zobaczyli przed sobą nie szałasy, ale ułożone jedne na drugich setki, a nawet tysiące zwłok. Były wśród nich martwe ciała żołnierzy, zwykłych mieszkańców oraz zwierząt: psów i koni. Zszarzałe trupy dzieci, starców, matek, z zastygłymi twarzami i zmatowiałymi lub wyłupionymi przez kruki oczami, leżały jeden przy drugim jak sterta zepsutych przedmiotów. Ich zniszczona, pokryta ohydnymi, jątrzącymi się ranami skóra zaczynała się rozkładać. Im dalej szli, tym składowisko bezwładnych rąk i nóg, pokrytych plątaniną włosów, ropą, krwią i ekskrementami, rosło. Chwilami ciała sięgały szczytu okalających promenadę murów. Żywiące się padliną drapieżne ptactwo wydziobywało kawałki śmierdzącego, gnijącego mięsa i wszędzie rozlegało się ogłuszające brzęczenie much.

– Czyżby Spartanom udało się sforsować Długie Mury? – zastanawiał się przygnębiony Herodot.

– Nie – odparła Kasandra, przyglądając się poranionym zwłokom. – To plon zarazy. Hipokrates przewidywał, że tak się stanie.

Ostrożnie przechodzili pomiędzy zwłokami.

– Tak, masz rację, to choroba – zasmucił się Herodot. – Spartanie nie poradzili sobie z murami Peryklesa, ale śmierć zaskoczyła Ateny od środka. Zbyt wielu ludzi tłoczyło się w jednym miejscu i wybuchła zaraza. Spartanie odeszli, ale nowy wróg rozplenił się na ulicach miasta.

Dotarli do agory, na której także piętrzyły się stosy trupów. Mężczyźni i kobiety z chustkami na twarzach co chwilę układali na nich kolejne ciała. Odór rozkładu był na placu tak silny, że Kasandra i Herodot byli zmuszeni zakryć nosy i usta płaszczami.

Przygarbiona kobieta położyła na jednym ze stosów ciało młodej dziewczyny i oddaliła się z płaczem. „Foibe!" – zaniepokoiła się w duchu Kasandra przez chwilę, widząc w twarzy zmarłej oblicze ukochanej przyjaciółki.

– Ilu ludzi pomarło? – zapytał Herodot odchodzącej kobiety.

– Zaraza zabrała już niemal jednego na trzech mieszkańców. Z mojej rodziny zostałam tylko ja... a i mnie dopada choroba. Prosiłam sąsiada, żeby mnie tu przyniósł, kiedy przyjdzie na mnie czas, ale on sam leży zdjęty gorączką... Epidemia zdziesiątkowała naszą armię, a najemni żołnierze i sojusznicy za nic nie chcą tu przychodzić. Zaraza nikogo nie oszczędza – westchnęła.

Przez plac szybkim krokiem przeszedł niewielki oddział miejskich hoplitów.

– Zamieszki? – zaniepokoiła się Kasandra.

– Nigdy nie ustają. Kleon próbuje wykorzystać to nieszczęście i przejąć władzę. Jego ludzie także umierają jeden po drugim, więc gromadzi wokół siebie bojowników i kupuje lojalność miejskich żołnierzy.

Kasandra i Herodot spojrzeli na zamglony zarys Pnyksu na horyzoncie. Partenon i majestatyczny posąg Ateny kontrastowały z nieukończoną budowlą świątyni Ateny Nike. Na wzgórzu także piętrzyły się sterty trupów, nad którymi krążyły sępy i chmary much. Pożegnali się z kobietą i wykutymi w skale schodkami udali się na płaskowyż Akropolu, do willi Peryklesa.

– Ani jednego strażnika... – zdziwiła się Kasandra.

– Rzeczywiście. Widziałem tylko garstkę uzbrojonych ludzi w porcie i kilku na obrzeżach miasta – potwierdził Herodot.

„I ani śladu Foibe" – pomyślała z trwogą Kasandra.

Przez nikogo nie niepokojeni, weszli do willi Peryklesa, która wyglądała zgoła inaczej niż podczas sympozjonu. Dom straszył pustkami i wszędzie unosił się słodki zapach wonnych świec, maskujący wszechobecny fetor śmierci. Ich kroki odbijały się echem wśród pustych ścian. Szybko przemierzyli andron i schodami weszli na piętro. W jednej z sypialni rozległ się słaby głos:

– Mury miały być dla nas wybawieniem...

Przez otwarte okna do komnaty wpadało słabe światło. Na wielkim łożu leżał wątły, kościsty mężczyzna z resztkami włosów na głowie i potarganą brodą. Kasandra zastanawiała się przez chwilę, kim mógłby być ten wyniszczony, schorowany człowiek. Po chwili w osobach, które go otaczały, rozpoznała Sokratesa i Aspazję.

– Perykles? – wyszeptała w osłupieniu.

Aspazja zadrżała, a Sokrates wyraźnie się przestraszył. Perykles odwrócił wychudzoną twarz w ich kierunku i popatrzył na nich wielkimi, zmęczonymi oczyma.

– *Misthios*! Herodocie! – powiedział ochryple – Przykro mi, że oglądacie mnie w takim stanie. Miałem być przywódcą i prowadzić ludzi do zwycięstwa, ale zaraza okazała się silniejsza i pokonała nas wszystkich... Zawsze byłem wierny moim zasadom – dodał po chwili. – Mówiłem otwarcie, co należy robić dla wspólnego dobra, kochałem moją ojczyznę i nie byłem przekupny. Ale obrońcy pokoju tym wzgardzili. Kleon i inni zwolennicy wojny mnie nienawidzą, a ja nie zdołam już wiele zdziałać...

Perykles zaniósł się gwałtownym kaszlem. Aspazja przyłożyła do jego ust chustkę, która szybko zabarwiła się krwią.

– Prawda o tym mieście leży ułożona w makabryczne sterty na jego ulicach. Atena opuściła nas wszystkich. Zawiodłem... – odezwał się po dłuższym czasie.

– To nieprawda, przyjacielu – uspakajał go Sokrates. – Jeśli tego, który stara się ocalić to, co kocha, pokonuje choroba, człowiek ów nie przegrywa swej walki, ale pozostawia testament miłości i poświęcenia...

– Kiedy ta przeklęta zaraza zabierze mnie ze sobą, będzie mi brakować naszych wspólnych rozmów – rzekł Perykles, gładząc dłoń Sokratesa.

Aspazja wstała i skierowała się do wyjścia, rzucając Kasandrze porozumiewawcze spojrzenie. Kiedy wyszły razem na korytarz, Kasandra z niepokojem zapytała:

– Foibe nie zaraziła się tą chorobą? Proszę, powiedz, że nie...

Aspazja położyła rękę na jej ramieniu i odrzekła:

– Foibe ma się dobrze. Bawi się w ogrodzie.

Kasandra odetchnęła z ulgą i przybierając obojętny wyraz twarzy, powiedziała krótko:

– To dobrze.

– Odnalazłaś Hipokratesa? – spytała Aspazja, a *misthios* skinęła głową. – Czy mówił coś o lekarstwie na tę chorobę?

Kasandra zaprzeczyła i choć spodziewała się, że ta odpowiedź rozczaruje Aspazję, jej twarz pozostała niewzruszona. „Każdy radzi sobie ze smutkiem inaczej" – pomyślała.

– Co z twoją matką? Udało ci się ją odnaleźć?

Kasandrę zaskoczyło to pytanie. Nie była pewna, czy mówienie o własnych problemach było w tych okolicznościach stosowne. Pomyślała jednak, że Aspazja mogła chcieć porozmawiać o czymś zupełnie innym, więc odpowiedziała:

– Nie. W Argolidzie niczego się nie dowiedziałam i poza zatargiem z kapłanką Kultu wiele nie zdziałałam. Podobnie było w Koryncie, choć tam otrzymałam cenną wskazówkę. Moja matka podobno opuściła to miasto dawno temu na pokładzie okrętu o nazwie Syrenia Pieśń i udała się na Cyklady.

Aspazja zmrużyła oczy.

– Cyklady? Po tym archipelagu można podróżować latami i wciąż odkrywać nowe wyspy.

– Owszem. Dlatego wróciłam do ciebie, jak mi poradziłaś. Miałam nadzieję, że może będziesz w stanie pomóc mi w dalszych poszukiwaniach.

Aspazja wolno pokręciła głową.

– Niestety nie. Ale na zboczach Pnyksu mieszka kobieta, która dobrze zna te tereny. Ma na imię Ksenia. Może będzie coś wiedzieć na temat wspomnianego przez ciebie statku. Porozmawiam z nią.

Kasandra podziękowała skinieniem głowy. To Perykles słynął z mądrości i przebiegłości, ale Aspazja na pewno w niczym mu nie ustępowała. A może nawet przewyższała go sprytem?

W korytarzu rozległy się ciche kroki niewolnicy, która niosła miskę gorącej wody i stos tkanin. Przechodząc obok Aspazji, ukłoniła się i weszła do sypialni. Herodot i Sokrates szybko się pożegnali i opuścili komnatę.

– Czas na kąpiel? – domyśliła się Kasandra.

– Tak. Pomogę go wykąpać. To jedna z niewielu rzeczy, które mogę jeszcze dla niego zrobić. A ty idź odpocząć. Większość z naszych pracowników umarła, więc dom jest w nieładzie, ale czuj się jak u siebie. W spiżarni jest chleb i wino. Poczęstuj się, jeśli jesteś głodna. Wieczorem zjemy porządny posiłek. Dołączysz do nas, prawda?

Kasandra kiwnęła głową.

Aspazja weszła do sypialni i zamknęła za sobą drzwi, a zmęczona Kasandra zaczęła się rozglądać po domu w poszukiwaniu miejsca spoczynku. Na górnym piętrze willi znalazła pusty pokój. Usiadła na obitej miękką tkaniną ławie i podparła rękami głowę, przypominając sobie wydarzenia z dwóch ostatnich lat. Z zamyślenia wyrwał ją znajomy, cudowny śmiech, rozlegający się gdzieś niedaleko. Podbiegła do balkonu i wyjrzała na zewnątrz. Za zaniedbanym żywopłotem dostrzegła Foibe.

– Foibe! – zawołała uradowana.

Dziewczyna zatrzymała się i spojrzała z zaciekawieniem w górę, a potem wyjąkała:

– Kas?

– Poczekaj tam na mnie! – krzyknęła Kasandra i co sił w nogach wypadła z komnaty.

Popędziła schodami w dół, do ogrodu i zatrzymała się przed Foibe. Miała przemożną ochotę wykrzyczeć, jak bardzo ją kocha, ale zatwardziałe spartańskie zasady nauczyły ją dawno, dawno temu nie okazywać uczuć. Próby stłumienia w sobie emocji spełzły jednak na niczym, kiedy Foibe rzuciła się w jej ramiona. Kasandra podniosła ją, śmiejąc się, i wirowały wkoło ze szczęścia. Kiedy wreszcie wypuściła Foibe z objęć, wyjęła drewnianego orła z sakwy i powiedziała:

– Chara się mną opiekowała.

– Może nie będzie ci już potrzebna… – Foibe spojrzała na nią z nadzieją w oczach.

Kasandra pogładziła ja po włosach i odrzekła:

– Niestety moje podróże jeszcze się nie skończyły.

Na twarzy Foibe zagościł grymas rozgoryczenia, więc *misthios* szybko dodała:

– Ale nie myślmy o przyszłości. Pobawmy się razem!

Dziewczyna rozchmurzyła się i zaczęła chować za krzakami żywopłotu, a Kasandra pospieszyła ją schwytać. Mroczny Akropol po raz pierwszy od wielu dni rozbrzmiewał radosnym śmiechem.

Wieczorem Kasandra, Herodot, Sokrates, Aspazja i Foibe zebrali się w sypialni Peryklesa, aby spożyć posiłek składający się z chleba, oliwek i pieczonej dorady. Aspazja karmiła wycieńczonego Peryklesa cienką zupą. W świetle świec Herodot opowiadał o ich wspólnych przygodach. Foibe przytuliła się do Kasandry i słuchając uważnie, zapamiętywała każdy szczegół. Kiedy położyły się razem spać w pomieszczeniu dla służby, Kasandra pocałowała czubek jej głowy.

– Pobawimy się znów jutro? – zapytała Foibe, wtulając głowę w poduszkę. – Możemy poudawać twoją walkę z zastępem owiec w Argolidzie.

Kasandra uśmiechnęła się na wspomnienie barwnych wtrętów, które Herodot wplatał do swych historii, aby zabawić dziewczynkę. Szybko jednak spoważniała i wbiła wzrok w ciemność. Aspazja miała następnego ranka porozmawiać z Ksenią, co oznaczało, że najprawdopodobniej wkrótce uzyska nowe informacje na temat miejsca pobytu matki.

– Jutro muszę wyjechać – powiedziała.

– Ale znajdziemy czas na zabawę, zanim nas opuścisz?

– Tak – odrzekła, mocno przytulając dziewczynę.

– Kocham cię, Kas – wyszeptała Foibe.

Usta Kasandry poruszyły się, by odpowiedzieć na to wyznanie, ale słowa ugrzęzły jej w gardle.

O poranku miasto spowijała jeszcze gęstsza niż poprzedniego dnia mgła. Po lekkim śniadaniu Foibe pobiegła do ogrodu, a Kasandra udała się do komnaty Peryklesa, aby wraz z innymi spędzić z nim trochę czasu. Perykles wciąż wracał do jakichś niedokończonych spraw i jego przyjaciele próbowali go uspakajać i pocieszać. Upierał się jednak przy jednym:

– Jest coś, co koniecznie muszę jeszcze zrobić. Zabierzcie mnie, proszę, do nieukończonej świątyni. Może tam uda mi się porozmawiać z Ateną i poprosić ją o radę...

– Brakuje ci sił, Peryklesie – wtrąciła się Aspazja.

– Atena mnie wspomoże.

Herodot i Sokrates pomogli Peryklesowi wstać. Koszula powiewała na jego kościstym ciele niczym żagiel na maszcie, a miękkie skórzane pantofle były o wiele za duże na jego stopy. Potem Sokrates i Herodot, podtrzymując ostrożnie stawiającego kroki przyjaciela, wyprowadzili go z sypialni. Aspazja okryła męża płaszczem i spojrzała na Kasandrę:

– Pójdę porozmawiać z Ksenią. Zaczekaj tu na mnie. Jeśli zna odpowiedzi na twoje pytania, to je uzyskasz.

Kasandra usiadła w pustym pokoju i westchnęła. Stan Peryklesa i wszechobecna mgła sprawiały, że czuła tego poranka wyjątkowe przygnębienie. Jednak po chwili, tak jak poprzedniego dnia, usłyszała z zewnątrz lekkie kroki i wesoły, zadziorny głos:

– Dzisiaj na pewno mnie nie znajdziesz, Kas!

Perspektywa beztroskiej zabawy odpędziła smutek i Kasandra wybiegła do zamglonego ogrodu. Rzuciła się w stronę labiryntu krzaków, warcząc niczym dzikie zwierzę z nadzieją, że tak jak poprzedniego dnia rozśmieszy to Foibe do łez. Nie odpowiedział jej jednak żaden, nawet najmniejszy dźwięk. „Musiała się dobrze schować...” – pomyślała. Podkradła się do pobliskiego krzewu, złapała za wystającą gałązkę i potrząsnęła nią. Zwykle

Foibe wyskakiwała wtedy z ukrycia, chichocząc, ale tym razem tak się nie stało. Kasandra dostrzegła niewyraźny zarys wysokiej postaci.

– Foibe?! – zawołała, wstając i kierując się w stronę dojrzanej sylwetki, ale ta zniknęła we mgle.

Kasandra zrobiła jeszcze kilka kroków i zamarła. Tuż przed nią na ziemi leżała martwa Foibe w kałuży krwi. Otwarte oczy dziewczyny wpatrywały się nieprzytomnie w dal, jedna z jej rąk zastygła w geście obrony, a drobna klatka piersiowa była rozpłatana na pół.

Kasandra padła na kolana. Jej serce rozdzierał niewyobrażalny ból, a tłumione dotąd uczucia wreszcie znalazły swe ujście.

– Nie. Nie. Nie... nie... tylko nie to... – załkała, drżąc na całym ciele.

Chciała pogłaskać i przytulić ciało Foibe, ale zawahała się. Wydawało jej się, że jeśli tego nie zrobi, obudzi się za chwilę z tego koszmaru.

– Kto ci to zrobił... – zapłakała, chwytając dziewczynę za rękę. Wielkie, gorące łzy spływały po jej policzkach po raz pierwszy od dzieciństwa.

Wysoka postać pojawiła się znowu, tym razem bliżej, i Kasandra zobaczyła nieopodal zamaskowanego mężczyznę z ociekającym krwią toporem w ręku. Zza żywopłotu wyszło jeszcze dwóch innych uzbrojonych członków Kultu.

– Narobiłaś sobie długów, *misthios* – odezwał się ten, który stał najbliżej. – Wielu z nas zgładziłaś. Teraz musisz za to zapłacić, zgadzając się na służbę Kultowi. Inaczej zginiesz.

Zbliżali się do niej pewnym krokiem, tak jakby już wygrali tę walkę. Ocierając łzy, Kasandra wyszła im naprzeciw i zaatakowała z furią. Jednym ruchem wyciągnęła z naramiennika niewielki sztylet i wbiła go głęboko w oko najbliżej stojącego mężczyzny, powalając go na ziemię. Podbiegła do mordercy Foibe i kopnięciem pozbawiła go broni, a potem wbiła włócznię Leonidasa tuż nad jego obojczykiem. Wstrząsany spazmami, padł na kolana, wymiotując ciemną, gęstą krwią. Potem szybko odwróciła się, aby przyjąć cios trzeciego napastnika. Udało mu się sięgnąć maczugą jej ochraniacza, ale uderzenie nie było wystarczająco silne, by ją zranić. Kasandra zamierzyła się włócznią i wbiła ją tuż pod jego szczękę. Ubrudzone krwią i tkanką mózgową ostrze sterczało teraz z jego potylicy. Wyrwała oszczep i kopniakiem posłała ciało mężczyzny w krzaki.

Jeszcze raz uklękła przy Foibe i przytuliła ją. Potem wyciągnęła z sakwy Charę i włożyła zabawkę w jeszcze ciepłą dłoń dziewczyny.

– Tak mi przykro, że nie mogłam cię ochronić – wyszeptała, pochylając się nad martwym ciałem. Pocałowała ją w czoło, a potem w suche usta i z trudem zdobyła się na słowa, których nigdy nie było jej wolno wypowiadać: – Kocham cię…

Nieopodal rozległ się stłumiony krzyk. Kasandra wytężyła zmysły. Okryła Foibe swym płaszczem i poderwała się do biegu.

– W świątyni jest Perykles! – krzyknął ktoś żądnym krwi głosem.

„To kolejny członek Kultu" – pomyślała Kasandra. „Jest ich więcej…". Popędziła przez Akropol, mijając dwóch martwych hoplitów. Jednemu rozcięto brzuch, a drugiego uduszono grubą liną, która była nadal mocno zaciśnięta wokół zsiniałej szyi. Dotarła do świątyni Ateny Nike i przez zastawioną drewnianym rusztowaniem, nieukończoną tylną ścianę z ciosanego kamienia zobaczyła pomalowane na niebiesko wnętrze budowli i rzucające nieco światła żelazne paleniska. Otoczony przez Sokratesa, Herodota i Aspazję Perykles klęczał przed skromnym, odartym ze złoconych zdobień posągiem bogini. U głównego wejścia do sanktuarium stali dwaj krzepcy wartownicy. Kasandra odetchnęła z ulgą. Pierwszy zauważył ją Sokrates, potem w jej stronę odwrócili się pozostali. Wchodząc do środka, powiedziała:

– Na wzgórzu grasują mordercy. Foibe nie żyje...

Przerwały jej dwa gardłowe odgłosy. Zobaczyła, jak twarze dwóch strzegących wejścia hoplitów wykrzywił okropny grymas. Z ich klatek piersiowych wystawały ostrza włóczni. Zza ich martwych ciał wyłonił się ubrany w biel i złoto Dejmos z ociekającymi krwią włóczniami w obu rękach. Na jego twarzy malowała się chęć zemsty i nienawiść. Odrzucił drzewcową broń, szybkim świszczącym ruchem ze skórzanej pochwy wyjął sztylet i podszedł wprost do klęczącego Peryklesa, wymierzając w niego oskarżycielskie ostrze. Sokrates, Herodot i Aspazja cofnęli się o krok. Do wnętrza świątyni wpadła jeszcze garstka uzbrojonych, zamaskowanych mężczyzn. Dejmos zacisnął swe potężne ramię wokół szyi ateńskiego dowódcy, a potem spojrzał kolejno na Herodota, Sokratesa, Aspazję i wreszcie na Kasandrę.

– Zniszczę wszystko, co zbudowałeś – wyszeptał wprost do ucha Peryklesa, przykładając ostrze do jego gardła.

– Nie rób tego, Aleksiosie – próbowała powstrzymać brata Kasandra, lecz on szarpnął ręką i szata Peryklesa pokryła się szkarłatem.

Zdjęte chorobą ciało zsiniało w mgnieniu oka. Dejmos rozluźnił uścisk i wstał. Jego biało-złota zbroja nosiła ślady krwi. Herodot i Sokrates stali nieopodal przerażeni, a Aspazja patrzyła przed siebie z wyrazem niedowierzania na twarzy.

– A teraz muszę się zająć tobą, siostro, i zrobić to, czego zaniechałem przy naszym ostatnim spotkaniu. Ty od tamtego czasu nie próżnowałaś, ale przyszła pora na długi, zasłużony odpoczynek – z tymi słowami w jednej chwili rzucił się na nią.

Kasandra odskoczyła w tył i tylko cudem udało jej się uniknąć jego ostrza.

– Uciekajcie – krzyknęła w stronę Sokratesa, Herodota i Aspazji, oddzielając ich od napastników własnym ciałem. Udało im się wymknąć przez jedną ze szczelin w ścianie, a Kasandra i Dejmos kontynuowali starcie.

– Bez wątpienia jesteś ode mnie słabsza, siostro – warknął Dejmos i próbował ją rozbroić, szarpiąc za włócznię Leonidasa u jej boku. – Przygotuj się na swój koniec!

Jego miecz nagle uderzył ją w ramię. Rozcinając skórzaną zbroję, sięgnął aż do mięśni. Kasandra krzyknęła z bólu; czuła, jak po jej boku spływa krew. Zrobiła kilka kroków w tył i uniosła włócznię. Dejmos splunął w jej kierunku:

– Nie możesz ze mną wygrać!

Zaatakował serią potężnych ciosów i Kasandra mogła się tylko bronić. Wycelowała włócznię w odsłonięty fragment łydki brata, chcąc go przewrócić. Dejmos był jednak szybszy i zdołał zablokować jej uderzenie. Jego miecz, niczym język żmii, zadrasnął skórę na jej czole. Oczy Kasandry zalała krew i poczuła, że opada z sił. Wiedziała, że Dejmos miał rację. Nie mogła z nim wygrać.

Zaczęła się wycofywać w kierunku nieukończonej ściany świątyni, brat jednak nie ustawał w walce i dotrzymywał jej kroku. W pewnej chwili wbiła włócznię z całej siły w jedną z belek podtrzymujących drewniane rusztowanie. Ogromna konstrukcja zawaliła się z łoskotem, wzniecając ogromy obłok kurzu i zasypując posadzkę połamanym drewnem i ogromnymi odłamkami kamienia. Kasandra wybiegła ze świątyni, zostawiając za sobą wrzeszczącego z wściekłości Dejmosa i na łeb na szyję popędziła skalnymi schodkami w dół Pnyksu i dalej, w stronę okalającego wzgórze wysokiego muru. Po dachach budynków oraz stertach zwłok ułożonych na agorze dotarła do promenady. Ostatkiem sił dobiegła do portu w Pireusie i z pomocą Herodota oraz Aspazji wdrapała się na pokład Adrestii.

– Wypływamy! Pospieszcie się!

Załoga wprawiła w ruch wiosła i skrzypiący okręt nabrał prędkości. Mgła na chwilę się rozrzedziła, ukazując widok Pnyksu. Po marmurowych schodach maszerował w górę oddział wojowników w srebrno-białych zbrojach. Nawet z tej odległości doskonale było widać, kto im przewodzi. Płomienna czupryna Kleona jaśniała na wzgórzu niczym pochodnia.

– Wygląda na to, że Ateny mają nowego zarządcę – westchnął Reza, mrużąc oczy, by przyjrzeć się dokładniej zajmującym swe stanowiska żołnierzom.

– To wojska Kleona – jęknął Herodot. – Z wszystkich, którzy mogli przejąć władzę po Peryklesie, ten krwiopijca i zwolennik wojny jest zdecydowanie najgorszy…

Próbując poukładać sobie w głowie ostatnie wydarzenia, Kasandra wbiła wzrok w dal. Nagle zauważyła postać stojącą samotnie na molo.

– To Sokrates! Musimy zawrócić! – zaniepokoiła się.

– Nie zbaczaj z kursu, *misthios* – odkrzyknął Sokrates. – Ateny potrzebują mnie teraz bardziej niż kiedykolwiek. Zadbam o to, by Foibe pogrzebano z szacunkiem, i zrobię, co w mojej mocy, aby rządy Kleona nie doprowadziły tego miasta do zupełnej ruiny.

Kasandra przez chwilę przyglądała mu się w milczeniu, a potem poprosiła:

– Obiecaj mi, że nie zginiesz!

Sokrates podniósł rękę i rzucił na pożegnanie:

– Czymże jest życie, jeśli nie iluzją?

Wkrótce potem wybrzeże ponownie zasnuła gęsta mgła.

Kasandra godzinami stała przy burcie, wpatrując się w morze. Po pewnym czasie zdała sobie sprawę, że Aspazja, podobnie jak ona, nie spuszcza oka z miejsca, które do niedawna było jej domem. W jej oczach nie było łez, tylko głęboki smutek i powaga. Najwyraźniej umiała dobrze sobie radzić z przeciwieństwami losu. Kasandra podeszła do niej, chcąc ją pocieszyć, ale to Aspazja odezwała się jako pierwsza.

– Dowiedziałam się, gdzie jest twoja matka – rzekła.

II

Kasandra siedziała wysoko na rei z Ikarosem przy boku, przysłuchując się skrzypiącym belkom i linom. Wiatr rozwiewał jej rozpuszczone włosy, muskał mocno opaloną skórę i spękane od słońca wargi. Minął rok, odkąd opuścili Ateny – rok uciekania przed galerami Kultu. Niekończąca się obława zapędziła Adrestię na północ i na dalekie wody otaczające Tesalię, niemal do samego Hellespontu. Dopiero zimą członkowie Kultu zrozumieli, że nie dopędzą żaglowca Barnaby. Wtedy zmienili taktykę i dwukrotnie próbowali zastawić na Adrestię pułapki, raz kiedy okręt przybił do brzegu, aby uzupełnić zapasy świeżej wody, a drugi kiedy wpłynął do wąskiej cieśniny nieopodal Skopelos.

Obu zasadzek udało im się uniknąć i z początkiem wiosny na dnie morza leżało już siedem okrętów Kultu i co najmniej ośmiu jego ludzi. Teraz, kiedy dobiegała pełnia lata, wszystko wskazywało na to, że załodze Adrestii wreszcie udało się na dobre zgubić pościg i mogła się ponownie skierować na południe, w stronę Cyklad.

Zmierzali ku wyspie Naksos. Ich oczom ukazał się zalany słońcem, niemal rajski krajobraz, pełen lasów i srebrzystych skał, otoczony szafirowymi, jedwabistymi wodami. Aspazja była pewna, że to na tę wyspę udała się Myrrine po opuszczeniu Koryntu, ale Kasandra nie chciała zbytnio polegać na tej płonnej nadziei. Doświadczyła podczas swej podróży zbyt wielu porażek i zbyt wiele tropów okazało się mylnych. Co więcej, wszystko wskazywało na to, że i tutaj czekała kolejna przykra niespodzianka.

Z masztu podpływającej do Naksos Adrestii Kasandra zauważyła setki okrążających wyspę okrętów z wydętymi zielonymi żaglami. Ostrożnie przesunęła się wzdłuż rei i pospiesznie zeszła na pokład.

– Wygląda to na blokadę – powiedział Reza, który dołączył do niej w drodze na dziób żaglowca. – Galery z Paros – wyjaśnił, wskazując na sąsiednią wyspę, położoną nieco na zachód i wyglądającą zgoła inaczej niż Naksos.

Była to niemal zupełnie pozbawiona roślinności, górzysta enklawa, strasząca białymi jamami kamieniołomów, które wyglądały jak odciski zębów tytana.

– Dlaczego Paros miałoby oblegać Naksos? – zapytał któryś z członków załogi. – Obie wyspy należą przecież do Ateńskiego Związku Morskiego i formalnie są sprzymierzeńcami.

Z odpowiedzią pospieszył Herodot:

– Kością niezgody jest tu handel marmurem. Widzicie te kamieniołomy? Te dumne wyspy słyną z tego surowca. Fidiasz zażądał, aby materiał do budowy świątyni na Akropolu był sprowadzany wyłącznie stąd. Zasoby Paros powoli się wyczerpują – ciągnął, wskazując na sieć białych wykrotów z ogołoconych wzgórz wyspy – a Naksos ma ich pod dostatkiem, więc to pewnie jakieś sąsiedzkie niesnaski...

– No cóż – z przekąsem powiedział Barnaba – nie bawiłem się przez cały ten czas w kotka i myszkę z tym ścierwami z Kultu po to, by teraz zawrócić przez jakąś przeklętą blokadę.

Rezie i reszcie załogi wystarczyło jedno wymowne spojrzenie kapitana, aby zajęli swe pozycje, podnieśli żagle i uderzyli wiosłami o wodę, a keleustes podjął rytmiczną komendę, którą

Kasandra usłyszała po raz pierwszy dawno temu, kiedy podpływali do Megary.

– Obie naprzód! Obie naprzód! – nawoływał, przemierzając pokład i z zaangażowaniem, miarowo wybijając rytm.

Adrestia nabrała ogromnej prędkości i z dziobem wymierzonym w najbliższą paryjską galerę gnała jak szalona. Kasandra poczuła, jak wzburzone przez okręt wody smagają jej twarz.

– Przytrzymajcie się czegoś! – krzyknęła w stronę Herodota i Aspazji.

Zaciskając ręce wokół szczebli i barierek, z szeroko otwartymi oczyma czekali na wstrząs, który... nie nastąpił. Stojący im na drodze okręt nieznacznie zmienił kurs, a ten, który płynął tuż za nim, lekko zwolnił, dzięki czemu w szeregu powstała szczelina, przez którą Adrestia bez przeszkód przepłynęła.

Na pokładzie mijanej galery Kasandra dostrzegła jasnowłosego mężczyznę o nalanej twarzy, ubranego w białą pelerynę, który niezbyt przyjaźnie się uśmiechał.

– A to spryciarz! Wie, że nie watro ryzykować – zaśmiał się dumny z siebie Barnaba, kiedy Adrestia zwolniła do normalnej prędkości.

Kasandra nie była do końca przekonana, że o to chodzi, i jeszcze przez jakiś czas podejrzliwie przyglądała się kapitanowi paryjskiego okrętu, a potem odwróciła wzrok w kierunku nabrzeża. Do wyspy przybijały akurat dwie galery z blokady. Ze statków wysypali się na plażę żołnierze i mijając nieukończoną świątynię, ruszyli w kierunku starego, wykutego w wysokiej skale fortu. Herodot, Barnaba, Reza i kilku innych członków załogi wraz z Kasandrą obserwowali szybką ofensywę Paryjczyków.

Wszystko wskazywało na to, że bez przeszkód zajmą oni jedną z istotnych nadbrzeżnych warowni Naksos. Ale nagle z pobliskiego gąszczu drzew karobowych, z wibrującym wojennym okrzykiem na ustach, wypadła grupa lokalnej kawalerii. Napastnicy zatrzymali się i odwrócili w kierunku leśnej gęstwiny. Jeźdźców z Naksos było zaledwie dwudziestu, a Paryjczyków około setki. Odziani w skórzane zbroje i hełmy kawalerzyści pędzili nisko pochyleni z długimi włóczniami w rękach. Ich majestatyczny dowódca w skórzanym hełmie z żelazną zasłoną jechał na czele z wysoko podniesioną włócznią. W pewnym momencie uchylił się, aby uniknąć ciosu paryjskiejgo oszczepu, po czym wprawnym ruchem przebił szyję napastnika własną bronią. Chwilę później obydwa wojska starły się ze szczękiem zbroi i choć Adrestia popłynęła dalej, kiedy walka jeszcze trwała, było niemal oczywiste, że kontratak kawalerii z Naksos zakończy się ich zwycięstwem.

Okręt Barnaby podpłynął do brzegu, gdzie morze miało bladoturkusowy odcień, a jego dno zachwycało feerią innych kolorów – koralu, złota, granatu i różu, układających się w piękną mozaikę. Kadłub statku osiadł na białym piasku. Kasandra rozejrzała się po gęsto zalesionych wzgórzach w głębi lądu.

– To willa Feniksa, tam ją znajdziemy – powiedziała Aspazja, wskazując małą osadę na jednym z przylądków.

– Idź i odszukaj ją – zachęcał Barnaba, kładąc rękę na ramieniu Kasandry i z trudem powstrzymując łzy.

– Nie trać czasu, *misthios* – zgodził się Herodot. – Niech twoje wysiłki wreszcie zostaną nagrodzone.

Wspinając się po skałach, między krzakami morwy i jałowca, przypomniała sobie zadania, które kiedyś wykonywała dla Markosa. W pewnej chwili usłyszała tętent kopyt i schowała się w zaroślach. To jeźdźcy z zatoki wracali po skończonej bitwie szerokim traktem prowadzącym w głąb lądu. Ich brązowa zbroja nosiła ślady świeżej krwi. A więc, zgodnie z ich przewidywaniami, mieszkańcy Naksos odnieśli zwycięstwo. Po jakimś czasie Kasandra dotarła w pobliże willi Feniksa. Stała ona w centrum nieogrodzonego miasteczka, które graniczyło z lasem. Domy były otoczone drzewami i polami uprawnymi. Kobiety nosiły naczynia pełne koziego mleka, mężczyźni ostrożnie wyciągali plastry miodu z pszczelich gniazd, a dzieci doglądały stad owiec, kóz i wołów. Przez osadę przebiegał wąski jar z wodospadem zasilającym ciemnoniebieskie jezioro, ponad którym zbudowano linowy most. Aby odwrócić uwagę pilnujących wejścia do willi strażników, Kasandra rzuciła w pobliskie zarośla gałązkę i wśliznęła się do środka niezauważona. Weszła na piętro i skradając się szerokim korytarzem, usłyszała męski głos:

– Paryjczycy zdziesiątkowali naszą flotę, zablokowali handel, uciszyli posłańców i schwytali archonta marynarki Euneasza. Coraz bardziej zaciskają pętlę na naszej szyi...

Kasandra wychyliła lekko głowę, aby spojrzeć do wnętrza, i zobaczyła ogromną salę narad z polerowaną podłogą z ciemnego drewna, na której leżały stare dywany. Wszystkie okna jednej ze ścian były otwarte i do komnaty wpadało parne powietrze oraz promienie słońca. Na samym środku pomieszczenia, przy szerokim stole, na którym była rozłożona skórzana mapa wyspy i okalających ją wód, stało dwóch dowódców kawalerii. To ich miała okazję obserwować wcześniej na plaży. Obydwaj zdjęli hełmy i po drugiej stronie pokoju rozmawiali z kimś, kogo Kasandra nie widziała. Byli wyjątkowo młodzi, jeden wyglądał wręcz na nastolatka.

– Ale dziś, pod twoim niezawodnym przywództwem, udało nam się ich pokonać i fort przy Cyplu Przewoźnika pozostał w naszych rękach. Choć Paryjczycy otaczają wyspę ciasnym kordonem swych galer, jak na razie nie zdobyli jeszcze ani kawałka naszej ziemi. Odkąd tu jesteś, udało nam się nie tylko wygnać despotycznego króla, zyskaliśmy też doskonałego archonta: przywódcę i obrońcę – z tymi słowy mężczyzna zasalutował, bijąc się pięścią w pierś, a w jego głosie słychać było dumę i szacunek.

– Nie traćcie ducha. Znajdziemy sposób na złamanie blokady i odzyskanie wolności – odparł tajemniczy rozmówca głosem, który zabrzmiał dla Kasandry jak najcudowniejsza muzyka i wyzwolił lawinę emocji w jej sercu.

Na środek pokoju, trzymając pod pachą hełm z żelazną zasłoną i odziana w skórzaną zbroję noszącą ślady walki, weszła Myrrine. Kasandra oparła się o framugę drzwi i patrzyła na matkę z powątpiewaniem, z trudem opanowując cisnące się na usta słowa i drżąc na całym ciele. Choć włosy jej matki, zebrane w upięty wokół głowy warkocz, przyprószyły się już siwizną, a twarz nie wydawała się tak młoda jak niegdyś, nie było wątpliwości, że kobieta, którą zobaczyła, to Myrrine. Kasandra nie mogła oderwać od niej wzroku, kiedy ta wraz z młodymi dowódcami podeszła do mapy na stole i wydawała polecenia, gdzie rozmieścić żołnierzy, które przystanie szczególnie obserwować i w co zaopatrzyć okręty oraz wojsko.

Po jakimś czasie Myrrine odesłała dowódców, więc Kasandra ukryła się w cieniu, aby jej nie zauważyli. Gdy odeszli, znów zajrzała do komnaty. Myrrine wyszła na ocieniony pasiastą markizą balkon. Kasandra nie mogła dłużej czekać i ostrożnie stawiając kroki, weszła do pokoju. Jedna z desek na podłodze zaskrzypiała pod jej stopami i Myrrine odwróciła się w okamgnieniu, gotowa do obrony.

Ich oczy spotkały się po raz pierwszy od dwudziestu trzech lat. Przez dłuższą chwilę Myrrine wpatrywała się w nią z niedowierzaniem, ale kiedy jej wzrok padł na włócznię Leonidasa, wypuściła z rąk hełm i wyszeptała:

– Jak... jak to możliwe?

Kasandra patrzyła na nią zauroczona.

– Mamo... – wyjąkała.

Rzuciły się sobie w objęcia i pozostały w serdecznym uścisku przez kilka cudownych minut. Ciałem Kasandry wstrząsały fale rozrzewnienia. Ostatnią osobą, którą w ten sposób przytuliła, była martwa Foibe, choć wtedy towarzyszyły jej zgoła inne emocje.

– To niemożliwe – ochrypłym głosem powiedziała Myrrine. – Od ponad dwudziestu lat każdej nocy, tuż przed zaśnięciem, widziałam, jak spadasz w przepaść...

Rozluźniły objęcia tylko odrobinę i spojrzały na siebie mokrymi od łez oczyma.

– Mam ci tyle do opowiedzenia. Tamtej nocy... – zaczęła Kasandra, ale Myrrine uciszyła ją, przykładając palec do ust, i powiedziała:

– Najpierw chcę się tobą nacieszyć.

Kiedy usiadły razem, Kasandra zaczęła o wszystkim opowiadać od samego początku. O tym, co naprawdę wydarzyło się na górze Tajget, o Kefalonii i o ukochanej Foibe, a także o wyprawie do Megary, konfrontacji z Nikolaosem i zmaganiach z Kultem.

– Oni byli w naszym życiu od zawsze, matko. To nie wyrocznia, tylko Kult Kosmosu kazał zrzucić małego Aleksiosa w przepaść.

Patrząc na niewzruszony, zacięty wyraz twarzy Myrrine, Kasandra domyśliła się, że jej słowa nie są dla matki zaskoczeniem, ale przecież nie powiedziała jej jeszcze wszystkiego.

– W Argolidzie odkryłam pewną mroczną tajemnicę – ciągnęła w napięciu. – Wiem, że po opuszczeniu Sparty udałaś się do tamtejszego sanktuarium...

– Zabrałam tam Aleksiosa – cicho odparła Myrrine – jemu też udało się przeżyć upadek...

– Domyśliłam się tego – powiedziała Kasandra ze smutnym uśmiechem – podobnie jak tego, że to twoje kroki słyszałam wtedy na dnie przepaści. Uciekłam, obawiając się, że to któryś z kapłanów został wysłany, by dokończyć dzieła. Gdybym tylko miała wtedy odwagę zaczekać...

Myrrine położyła dłoń na jej ramieniu i lekko je uścisnęła:

– Zawsze byłaś odważna, Kasandro. Najważniejsze, że jesteś teraz tutaj, po tym wszystkim, co cię spotkało. Gdyby uzdrowicielom ze świątyni Asklepiosa udało się wtedy uratować Aleksiosa, być może on też byłby taki jak...

– Matko – przerwała jej Kasandra – Aleksios żyje.

Odpowiedziało jej milczenie. Dopiero po dłuższej chwili Myrrine powiedziała:

– Odbudowałam swoje życie od podstaw... bezustannie zmagając się z utratą obydwojga dzieci, a teraz dowiaduję się, że i on nadal stąpa po tym świecie...

Kasandra ze smutkiem pokiwała głową.

– Gdzie jest? – zapytała, ale jakby obawiając się odpowiedzi. – Należy do nich, prawda?

Kasandra spojrzała matce w oczy i obie splotły dłonie w serdecznym uścisku.

– Kult uważa go za swego mistrza. Nazywają go Dejmos...

– Dejmos? Nazwali mego syna imieniem boga trwogi? – nie dowierzała Myrrine.

– Gdybyś to ty go wychowała, matko, byłby zupełnie inny – ciągnęła Kasandra – ale opiekowała się nim Chryzis, kapłanka Kultu, która zatruła jego umysł...

– Zapłaci za to – syknęła Myrrine.

– Już została ukarana. Zamordowano ją siekierą...

– I bardzo dobrze – gdy wypowiadała te słowa, twarz Myrrine wykrzywił grymas złośliwej satysfakcji i przez chwilę wyglądała jak dzikie zwierzę, które właśnie pokonało innego drapieżnika, ale po chwili zasmuciła się: – Mój biedny syn, moje dziecko…

Kasandra objęła ją i szepcząc słowa pociechy, wprowadziła ją do wnętrza willi.

Minęło kilka miesięcy. Kasandra i Myrrine nie odstępowały się na krok. Wszędzie były razem, jadały wspólnie posiłki, a nawet spały w tym samym łóżku. Kasandra wiedziała, że wieści o Aleksiosie zmartwiły matkę, ale jednocześnie nie mogła się nacieszyć czasem, który był im dany. Żywo interesowała się sprawami Naksos i służyła Myrrine radą oraz doświadczeniem w zarządzaniu wyspą. Barnaba, Herodot i załoga Adrestii zamieszkali w osadzie i chłonęli uroki wiejskiego życia. Barnaba obdarzył nawet uczuciem jedną z lokalnych kobiet – Fotinę – i pozwolił jej wytatuować sobie plecy i zaplatać włosy. Reza wraz z towarzyszami wyprawiali się codziennie na połów ryb w płytkich wodach wokół wyspy i zabawiali się, wymachując genitaliami w stronę paryjskich galer lub wykonując inne obraźliwe gesty. Herodot pogrążył się w swoich pismach – katalogował florę i faunę tego cudownego zakątka świata, spisywał lokalne opowieści ludowe i szkicował ruiny starożytnych budowli. Ikaros zaś zaszył się w gęstych lasach, w których nie brakowało dla niego smakowitych kąsków. Tylko Aspazja zamknęła się w sobie i większość czasu spędzała w samotności. Kasandra często ją odwiedzała, chcąc się upewnić, że niczego jej nie brakuje. Aspazja nie mówiła zbyt wiele, ale nie wyglądała na smutną, tylko na nieobecną i jakby pogrążoną w rozmyślaniach.

Pewnego dnia Kasandra i Myrrine, odziane w przewiewne lniane szaty, odpoczywały na ocienionym balkonie. Przed nimi rozciągał się zielony krajobraz zalesionego wzgórza, a dalej, na horyzoncie, w piekącym słońcu połyskiwały lazurowe wody. Obie kobiety długo siedziały w milczeniu, które wreszcie przerwała Myrrine:

– Musimy odnaleźć Aleksiosa i zerwać krępujące go więzy Kimkolwiek się stał, musimy spróbować go uwolnić.

Kasandra spojrzała na matkę ze zrozumieniem, spodziewała się bowiem, że ten moment konfrontacji kiedyś nastąpi. Wiedziała, że kilka ostatnich miesięcy było jak cisza przed burzą. Westchnęła, przygotowując się w duchu do wyprawy, która wymagała, by znowu stała się *misthios*.

– Problem w tym, że z tej przeklętej wyspy nie można się wydostać – ciągnęła Myrrine, patrząc daleko w morze.

Kasandra popatrzyła na paryjskie galery krążące wokół Naksos niczym stado rekinów i powiedziała:

– Wpuścili nas bez większych przeszkód…

Myrrine zachmurzyła się i odparła:

– Tak, Kasandro, wszystkich wpuszczają, tylko nikt się już stąd nie wydostaje. Siedzę tu dzisiaj, by zobaczyć, czy moim najlepszym żeglarzom uda się jednak sforsować blokadę.

Kasandra powiodła wzrokiem za jej ręką, wskazującą na smukły żaglowiec, który wypływał właśnie ze skalistej przystani przy Cyplu Przewoźnika. Korpus statku był pomalowany w żółte, pomarańczowe i czerwone ogniste języki, a na pokładzie widać było garstkę żołnierzy w ciemnobrązowych zbrojach. „To Syrenia Pieśń" – pomyślała i zapytała:

– Wysyłasz przeciw nim swoją najlepszą galerę?

– Nie mam wyboru. Wszystkie inne zawiodły…

Okręt płynął na pełnych żaglach w kierunku blokady. Myrrine obserwowała go w napięciu, wbijając paznokcie w balkonową balustradę. Wydawało się, że załodze uda się pokierować statkiem tak, by przepłynął pomiędzy dwoma wrogimi galerami, ale najbliższe paryjskie żaglowce w ostatniej chwili zmieniły kurs i z obu stron napadły na Syrenią Pieśń. Jeden wbił się w rufę okrętu z Naksos, a z drugiego posypały się na załogę strzały. Dziób Syreniej Pieśni wzniósł się ponad wzburzonymi falami. Morze pokryło się odłamkami drewna i rozbitkami, których w mgnieniu oka dosięgały strzały paryjskich łuczników.

Myrrine usiadła przygarbiona.

– To o jakichś pięćdziesięciu żołnierzy mniej. Nie stać nas na kolejne straty. Na wyspie pozostało zaledwie stu hoplitów.

Kasandra zauważyła, że Paryjczycy pochwycili i związali jednego z rozbitków. Na galerze, na którą go wciągnięto, stał ten sam mężczyzna w białej pelerynie, który uśmiechał się złośliwie, kiedy Adrestia przecinała blokadę. Wydawał polecenia swoim podwładnym, którzy rozebrali Naksańczyka do naga i zaczęli ciąć jego skórę nożami. Mężczyzna krzyczał wniebogłosy, a jego blade ciało pokryło się strugami krwi. Potem przywiązano go za kostki i wrzucono z powrotem do morza. Woda za okrętem zabarwiła się na czerwono i po jakimś czasie wokół statku zaczęły krążyć rekiny, które wnet rozszarpały ciało nieszczęśnika.

– Kim jest ten sukinsyn w białej pelerynie? – zapytała Kasandra.

– To archont Paros, Silanos – odrzekła z niesmakiem Myrrine.

– Silanos? – powtórzyła Kasandra.

Wiedziała, że gdzieś już słyszała to imię, i przypomniała sobie słowa zamaskowanego mężczyzny – uczestnika spotkania w jaskini Gai: „Mam ją już prawie w garści, to na niej musimy skupić nasze wysiłki". Tak, on też nazywał się Silanos... Myrrine kiwnęła głową. Kasandra chwyciła ją za ramiona i z przerażeniem w głosie tłumaczyła:

– Silanos jest członkiem Kultu. Wygląda więc na to, że Paryjczykom nie chodzi o marmur czy pieniądze, tylko o ciebie. Kult ściga ciebie… Patrząc daleko w morze i dysząc ciężko, dodała: – Musimy się stąd wydostać.

– Przed chwilą widziałaś, co czeka tych, którzy próbują opuścić wyspę – odrzekła Myrrine. – Naszą ostatnią nadzieją był Euneasz, archont naszej marynarki wojennej. Twierdził, że w blokadzie musi być jakiś mankament.

– Wezwij go – zażądała Kasandra.

– Zniknął na morzu kilka miesięcy temu, zanim ty się pojawiłaś.

– Jak to?

– Wyruszył, by sprawdzić, czy jego teoria jest prawdziwa. Skierował się do dzielącego nasze wyspy wąskiego kanału zwanego Cieśniną Paryjską.

– Znaleziono wrak lub jego ciało?

– Nie.

– Skoro Euneasz jest naszą jedyną nadzieją, to musimy go znaleźć – zdecydowała Kasandra i ruszyła do wyjścia.

– Z całym szacunkiem, *misthios*, to trochę poniżające – skarżył się Barnaba, siedząc przy wiośle maleńkiej łodzi. Jego twarz i ramiona były oblane potem, podobnie jak tył jego tuniki.

– Skoro masz siłę narzekać, to znaczy, że nie dajesz z siebie wszystkiego – warknęła zasapana Kasandra, uderzając z całej siły drugim wiosłem o wodę.

Odwróciła się i spojrzała na obszar, do którego zmierzali. Ze szczytu wzgórza w okolicach moczarów na południowo-zachodnim krańcu wyspy dostrzegli porzuconą galerę ze zwiniętym masztem i teraz do niej dopływali. Jeden z ludzi Myrrine potwierdził, że to okręt Euneasza.

Otaczające ich turkusowe fale błyszczały w słońcu i z pluskiem rozbijały się o burtę. Kasandra przestała wiosłować, zwróciła twarz w kierunku okrętu, wokół ust ułożyła dłonie na kształt trąbki i zawołała:

– Archoncie Euneaszu!

Odpowiedziała jej cisza i łagodny chlupot wody przy burcie.

– Podpłyńmy bliżej – ponagliła Barnabę.

– Archoncie! – spróbowała ponownie.

Ikaros wylądował na relingu porzuconego statku z piskiem, jakby chciał potwierdzić podejrzenia Kasandry, że okręt jest pusty. Żaglowiec nie nosił oznak walki czy zniszczeń ani śladów krwi. Pod pokładem znajdowały się worki z ziarnem, naczynia pełne octu i oliwy oraz nienaruszone zapasy strzał i narzędzi.

Kasandra wróciła do łodzi i zastanawiała się na głos:

– Dlaczego Euneasz przypłynął akurat tutaj? Matka mówiła, że był bardzo odważny…

Rozejrzała się uważnie po wybrzeżu Naksos, a potem popatrzyła na klify Paros po drugiej stronie cieśniny.

– Może zapuścił się zbyt blisko wyspy wroga?

– Być może masz rację, *misthios* – powiedział Barnaba, wychylając się nieco do przodu i wskazując na szczyt paryjskiego wzgórza. – Popatrz, coś tam pobłyskuje w słońcu…

Kasandra zmrużyła oczy.

– Co to może być? Kolczuga? Broń? Wygląda, jakby się poruszało…

Przyłożyła dłoń do ucha i przez chwilę uważnie nasłuchiwała. Dochodził stamtąd słaby dźwięk, jakby ktoś rozpaczliwie błagał o pomoc.

– Odkąd tutaj przybyliśmy, wiele mi powiadano o tym, jak Paryjczycy rozprawiają się z nieprzyjaciółmi… – rzekł Barnaba z niewesołą miną.

* * *

Euneasz próbował pozbyć się z ust pyłu, kaszląc i prychając, ale kolejne porcje suchej ziemi lądowały jedna po drugiej na jego spalonej słońcem twarzy. Próbował się poruszyć, ale jego zagłodzone ciało było już zakopane po samą szyję.

– Chcecie pieniędzy? Zdobędę je dla was – mówił ostatkiem sił archont.

Dwójka Paryjczyków zaśmiała się szyderczo; kolejna próba przekupienia ich spełzła na niczym.

– Im szybciej zdechniesz, tym szybciej Naksos upadnie. Wtedy dorwiemy tę rządzącą wami dziwkę i nie będzie takiej rzeczy, na którą Silanos nie będzie sobie mógł pozwolić. Czemuż mielibyśmy woleć w zamian kilka worków złota?

Jeden z oprawców przyklepał ziemię wokół szyi Euneasza, a potem otwarł garnek z miodem i wylał jego zawartość na jego głowę. Gęsta, lepka ciecz spływała mu po twarzy i oblepiała włosy.

– Pychota – uśmiechnął się złośliwie drugi z Paryjczyków i kopnął w znajdujący się nieopodal wzgórek.

Euneasz z przerażeniem patrzył, jak po ziemi rozsiały się tysiące czarnych, błyszczących mrówek. Przez chwilę biegały rozzłoszczone bez celu, ale szybko zwęszyły upajający zapach miodu i chmarą rzuciły się w jego stronę. Paryjscy wojownicy wskoczyli na pobliską skałę, zanosząc się ze śmiechu. Euneasz natomiast nie potrafił opanować krzyku. Mrówki oblazły jego głowę i twarz, właziły do ust, uszu, oczu i tłoczyły się we włosach, a każde ich ukąszenie parzyło niczym ogień. „O bogowie – rozpaczał w duchu Euneasz – za cóż spotyka mnie tak okrutny koniec..."

Nagle mrówki przestały kąsać, nozdrza Euneasza wypełniły się zapachem octu, a wokół rozsypały się odłamki rozbitej amfory. Odstraszone intensywną wonią mrówki uciekały, jakby miała je za chwilę zalać potężna morska fala. Euneasz dostrzegł zwinną młodą kobietę, która zdecydowanym krokiem podeszła do paryjskich strażników i swą dziwną włócznią rozcięła szczękę jednego z nich, a drugiego powaliła mocnym ciosem w głowę.

Mieszkańcy Naksos pozdrawiali Myrrine z czcią i szacunkiem, gdy przechadzała się po ogrodach Willi Feniksa, w których wyprawiła dla nich ucztę. W powietrzu unosił się zapach jaśminu, tymianku i cytrusów, a stoły były zastawione dziczyzną, owocami i naczyniami z winem. To jedyne, co mogła dla nich zrobić w tych ponurych czasach, kiedy ich piękna wyspa była zdana na łaskę Silanosa oraz Kultu.

– Kasandra ma rację – szepnęła towarzysząca jej Aspazja. – Kult oblega wyspę ze względu na ciebie i dopóki tutaj jesteś, grozi ci niebezpieczeństwo.

Obie kobiety uśmiechały się do wszystkich szeroko, ale ich spojrzenia były pełne troski.

– Wczoraj modliłam się po raz pierwszy od wielu lat i prosiłam bogów, aby w jakiś cudowny sposób zabrali mnie stąd razem z Kasandrą.

– Nie, to by tylko ułatwiło Kultowi rozprawienie się z wami za jednym zamachem – westchnęła Aspazja. Wzięła Myrrine pod rękę, jakby były najlepszymi przyjaciółkami, i wyszeptała: – Musisz opuścić wyspę, ale ze mną.

Myrrine zmarszczyła brwi i rzekła:

– Spędziłam dwadzieścia trzy lata przekonana, że moja córka nie żyje. Nie mogę i nie chcę się z nią teraz rozstawać.

Obok fontanny ucztowała rodzina grabarza, która wśród salw radości i pobrzękiwania naczyń wzniosła toast na cześć Myrrine:

– Twoje zdrowie, archontko!

Na myśl o opuszczeniu tych serdecznych, ufnych ludzi Myrrine poczuła wyrzuty sumienia:

– Nawet gdyby wydostanie się stąd nie było tylko czczą fantazją, chyba nie mogłabym opuścić tych ludzi. Przez wszystkie te lata zastępowali mi rodzinę, a na dodatek teraz mnie potrzebują.

Nagle w ogrodzie rozległo się szemranie i wszyscy zwrócili wzrok w stronę bramy. Dwóch strzegących wejścia strażników rozstąpiło się, odrzuciło włócznie i zaczęło pomagać trzem wolno poruszającym się postaciom. Myrrine podbiegła do nich, zostawiając Aspazję za sobą.

– Jak...? Gdzie...? – załkała, obejmując spuchniętą twarz Euneasza, który z pomocą Kasandry i Barnaby dotarł do marmurowej ławy pod posągiem Apollina.

– Chciałem... sprawdzić... klify Paros... – z trudem wysapał Euneasz.

Czym prędzej podbiegło do niego kilka osób z gałgankami i maściami, aby opatrzyć jego potworne rany.

– Całymi miesiącami bito mnie, głodzono i obdzierano ze skóry. Dziś miałem umrzeć... Gdyby nie Kasandra, moja twarz zostałaby żywcem zjedzona przez mrówki. Zabiła jednego z torturujących mnie Paryjczyków, a z drugim...

– Rozprawiły się mrówki – dokończyła Kasandra, oparłszy ręce na biodrach, i z figlarnym błyskiem w oku patrzyła w kierunku zachodniego wybrzeża wyspy i Cieśniny Paryjskiej, skąd przed chwilą przybyli.

Dumna i pełna podziwu Myrrine chwyciła ją za ramiona, lecz szybko zauważyła, że Kasandrę coś martwi.

– O co chodzi, córko?

– Jeden z paryjskich oprawców miał to przy sobie – rzekła, oddalając się nieco od tłumu, który otaczał Euneasza, i podając matce skórzany zwój.

Zaniepokojona Myrrine rozwinęła go i popatrzyła na widniejące na nim dziwne znaki, w niczym nieprzypominające greckich liter. Zdała sobie sprawę, że gdzieś już kiedyś widziała podobne pismo, i serce podeszło jej do gardła.

– To szyfr członków Kultu. Miałaś rację co do Silanosa – szepnęła.

– Nigdy w to nie wątpiłam. Ale niepokoi mnie co innego. Kiedy zakopałam drugiego z Paryjczyków w ziemi i zapytałam go, komu służy Silanos, wyznał, że ten zwój pochodzi od jednego z królów.

– Nie rozumiem. Jakiego króla?

Kasandra spojrzała matce prosto w oczy:

– Jednego z królów Sparty.

Myrrine zamyśliła się i rzekła:

– Kiedyś mieli w swej garści eforów, a teraz króla... Tylko którego?

– Ledwo pamiętam króla Archidamusa, a Pauzaniasz doszedł do władzy po tamtej pamiętnej nocy, więc znam go tylko z imienia. Schwytany przeze mnie Paryjczyk również tego nie wiedział. Miałam nadzieję, że wyzna jego imię, kiedy oblazły go mrówki, ale powiedział tylko, że wszyscy członkowie Kultu chronią swoją anonimowość i że zdradziecki król jest znany pod pseudonimem Czerwonooki Lew – wyjaśniła Kasandra.

Myrrine zrolowała zwój tak, że połówki pieczęci, którą był zalakowany, utworzyły jedną całość. Widniał na niej wizerunek lwa.

– Bez względu na krzywdę wyrządzoną nam przez Spartę nie możemy dopuścić do tego, aby na jej tronie zasiadał taki król – wysyczała Myrrine przez zaciśnięte zęby, drżąc na całym ciele. – Ale jakże mamy opuścić tę wyspę?! – dodała i załamała ręce w geście rozpaczy.

– Archontko – wtrącił się Euneasz, który z trudem się do nich zbliżył. – Kasandra wyjaśniła mi, jak się sprawy mają, ale nie należy popadać w rozpacz. Tuż zanim mnie pochwycono, okazało się, że moje przypuszczenia były prawdziwe. Paryjska blokada ma pewien mankament i istnieje stąd droga ucieczki. Jest bardzo ryzykowna, ale jeśli spróbujemy w odpowiednim momencie, to mój plan może się powieść…

Grabarz, drwale, strażnicy, pasterze oraz ich rodziny zaczęli się powoli schodzić i otoczyli ich teraz, wpatrując się w nich pytającym wzrokiem. Myrrine popatrzyła im wszystkim w oczy i ze smutnym uśmiechem wyznała:

– Nie opuszczę tej wyspy…

– Myrrine… – wydusiła z siebie rozczarowana Aspazja.

– Matko, Sparta jest w potrzebie. Musimy tam wrócić… – przekonywała Kasandra.

Myrrine stała z dumnie podniesioną głową.

– Nie wymknę się, pozostawiając mych ludzi na pastwę Silanosa. Nawet jeśli mi się uda, on szybko się o tym dowie i mieszkańcy Naksos poniosą straszne konsekwencje.

Kasandra spojrzała wymownie na Euneasza i powiedziała:

– Powiedz jej…

Archont marynarki uśmiechnął się blado i rzekł:

– Moglibyśmy upiec dwie pieczenie na jednym ogniu…

12

Zdumiony Silanos wpatrywał się z pokładu swej galery w płynący od wybrzeża Naksos w ich kierunku żaglowiec.

– Na bogów! – krzyknął podekscytowany. – Próbują nas atakować!

To ten sam szybki okręt, który przepuścili przez blokadę kilka miesięcy temu i na którym płynęła siostra Dejmosa. Był niemal pewien, że to właśnie ona opierała się teraz na relingu i trzymała w rękach linę. Jego radość była tym większa, że na pokładzie zobaczył również Myrrine.

„To dopiero gratka!” – cieszył się w duchu. „Na następne zgromadzenie Kultu przyprowadzę obie naraz!”

– Rozpędzają się do niebezpiecznej prędkości – zauważył jeden z członków załogi z nutą przerażenia w głosie.

– Pozwólmy im podpłynąć bliżej – odparł Silanos – wtedy damy sygnał okrętom przed i za nami, by zaatakowały ich z dwóch stron, i pójdą w drzazgi!

– Tak jest, archoncie! – powiedział żeglarz i odszedł.

– Siostrę wraz z matką skujemy łańcuchami – tłumaczył gorączkowo Silanos żołnierzowi, który stał w pobliżu – a pozostałych wrzucimy do wody ze sztabami ołowiu uwiązanymi do stóp tak, aby nie mogli wypłynąć, tylko dotykali powierzchni wody rękami. Uwielbiam patrzeć, jak ludzie toną. Zwłaszcza gdy pozostawia się im cień nadziei, że jednak przeżyją. Wtedy widowisko jest naprawdę wyjątkowe! Te ostatnie chwile przed śmiercią muszą chyba trwać całą wieczność!

Jego monolog przerwały odgłosy zaniepokojenia.

– O co chodzi? – Silanos odwrócił się zniecierpliwiony, ale załoga i żołnierze nie musieli mu odpowiadać.

Zarówno galery płynące przed, jak i za nimi zniknęły za skalistymi cyplami i okręt Silanosa był dla nich zupełnie niewidoczny. Pewność siebie archonta zniknęła jak kopczyk piasku zmyty z plaży przez falę morską. Silanos nagle zobaczył, że ten fragment wybrzeża to martwy punkt… Adrestia zbliżała się z niesamowitą prędkością ku kadłubowi jego statku, tnąc fale niczym ostrze miecza. Silanos dostrzegł determinację na twarzach załogi, starszego, ogorzałego kapitana i wpatrującej się w niego z pokładu siostry Dejmosa. Coraz wyraźniej było słychać miarową komendę ich keleustesa: „Obie naprzód! Obie naprzód!".

– Pochylcie się! – krzyknął ktoś z załogi.

Krzyk Silanosa został zagłuszony przez trzask łamanego drewna i huk wzburzonych fal. Pokład pod jego stopami nagle runął w nicość i archont wymachując bezładnie rękami, spadł wprost na pokryty brązem, ostry dziób Adrestii. Miał wrażenie, że coś się złamało, i poczuł się dziwnie lekko, a potem runął w chłodne, wzburzone morze. Wszystko wokół stało się nagle mętne i niewyraźne. Silanos usiłował odepchnąć się nogami, aby wydostać się na powierzchnię, ale ze zdziwieniem odkrył, że jego wysiłki były daremne. Po chwili zobaczył, że woda zabarwia się na czerwono, i kiedy spojrzał w dół, dostrzegł strzępy skóry i ciągnące się za nim jak macki ośmiornicy jelita. Nieco dalej druga połowa jego ciała powoli znikała pod powierzchnią wody. W morskiej toni dostrzegł cień okrętu i wszystko wskazywało na to, że Adrestia przedostała się na otwarte morze, pozostawiając za sobą wrak jego flagowej galery. Nagle Silanos poczuł serię bolesnych szarpnięć i dostrzegł zwabioną krwią ławicę ryb, żerującą na jego okaleczonym ciele. Przeszył go potworny ból i zrozumiał, że ostatnie chwile przed utonięciem rzeczywiście wydają się trwać całą wieczność.

Członkowie Kultu przez chwilę trwali w milczeniu i spoglądali na wiele pustych miejsc w kręgu. Drzwi nagle otwarły się z hukiem i do komnaty weszła kolejna przygarbiona i zamaskowana postać. Sądząc po jej ciężkich krokach, można było się domyślić, że sprawy nie miały się najlepiej.

– Uciekła! Ta kurwa znowu uciekła, i to w dodatku razem z matką!

– A gdzie Silanos?

– Jego ciało gnije na dnie morza!

Po chwili konsternacji i rozczarowania jeden z członków Kultu zapytał:

– Gdzie się tym razem udała?

– Do samego gniazda żmij… do Sparty – syknął posłaniec.

– W takim razie musimy zawiadomić Czerwonookiego Lwa! – ktoś krzyknął podekscytowany.

Adrestia pędziła, rozpryskując pianę i chwytając chłodną jesienną bryzę w żagle. Reza zwisał z dzioba na uprzęży z lin i czyścił kadłub żaglowca z pozostałych po kolizji odłamków drewna oraz strzępów ciał i krwi członków załogi galery Silanosa.

Kasandra i Myrrine stały na rufie w cieniu ogona żaglowca o kształcie skorpiona. Myrrine była wyraźnie spięta, więc córka próbowała ją pocieszyć:

– Silanos nie żyje, zatem blokada Paryjczyków się załamie. Zresztą Aspazja jest silna i mądra. Z poświęceniem zajmie się mieszkańcami Naksos.

Myrrine pokiwała głową, jakby nie życzyła sobie, żeby jej o tym przypominać. Wiedziała, że Aspazja nie mogąc wrócić do zarządzanych przez Kleona Aten, będzie dobrze wypełniać obowiązki archonta Naksos, których się podjęła.

– Zawsze będę się martwić o ludzi, których opuściłam, Kasandro, ale teraz drąży moją duszę to, co nas czeka – odrzekła Myrrine, uważnie przyglądając się wybrzeżu Sparty, do którego powoli się zbliżali. – Mapa mówi, że to Lakonia, jednak dla mnie to kraina duchów.

Kasandra poczuła, jak zimny dreszcz przeszywa jej ciało od stóp do głów, i z trudem zdobyła się na pytanie, które zrodziło się w jej głowie po rozmowie z Nikolaosem, a którego dotąd nie odważyła się zadać matce:

– Zanim dotrzemy do brzegu, chciałabym się czegoś od ciebie dowiedzieć...

Myrrine zamarła.

– Kim naprawdę jestem? Mężczyzna, którego uważałam za ojca, był tylko moim opiekunem...

Myrrine chciała coś powiedzieć, ale jej dolna warga zadrżała i kobieta wybuchnęła płaczem. Kasandra objęła ją, pocałowała, a potem szepnęła:

– Nie musisz mi odpowiadać od razu, ale wtedy, gdy uznasz to za stosowne.

Myrrine kiwnęła głową i jeszcze przez jakiś czas pozostała w objęciach córki.

Szukający najlepszego punktu obserwacyjnego Barnaba podszedł do nich i zameldował:

– Wybrzeże jest dobrze strzeżone. Zwróćcie uwagę na te wszystkie wieże i ogniska do nadawania sygnałów świetlnych na wzgórzach. Nie odważę się zacumować okrętu w ich pobliżu. Nawet jeśli nie zostaniemy ostrzelani ognistymi pociskami, to szkarłatni żołnierze zgotują nam taki sam los jak Ateńczykom w Megarze.

– Czy to oznacza, że nie możemy przybić do brzegu? – zapytała Kasandra.

Barnaba puścił do niej oko i odrzekł:

– Nie ma takiej rzeczy, której Adrestia nie może zrobić.

Tego samego dnia, kiedy opływali drugi z trzech poszczerbionych przylądków Sparty, wiatr gwałtownie przybrał na sile i morze wezbrało, zamieniając się w niespokojny, spieniony kocioł. Herodot spędził popołudnie przy relingu, wymiotując, a w krótkich przerwach między atakami mdłości modlił się o wybawienie. Wreszcie pod osłoną ciężkiego, burzowego nieba dotarli do otoczonej czarnymi klifami zatoki, smaganej przez potężne fale, które rozbijały się z hukiem o skały. Nikt nie odważyłby się przycumować okrętu właśnie tutaj, więc Spartanie nie umieścili w tym miejscu żadnych strażnic ani punktów obserwacyjnych. Barnaba wydał komendę, by skierować żaglowiec ku nabrzeżu.

– Wybrałeś chyba najmroczniejszą przystań w tym ponurym zakątku świata! – zwróciła się do niego Kasandra, próbując przekrzyczeć szalejący wiatr.

– Poczekaj chwilę! Zaraz zrozumiesz! – wrzasnął do niej Barnaba, ciągnąc za liny, a jego załoga zawtórowała mu gromkim śmiechem.

Adrestia zmierzała wprost ku czarnej ścianie skalnej. Herodot pisnął z przerażenia, a Kasandra i Myrrine cofnęły się mimowolnie o krok, wyglądało bowiem na to, że zaraz się roztrzaskają. Po chwili jednak pośród majestatycznych klifów ukazała się ledwo widoczna, niewiele szersza od żaglowca szczelina, prowadząca do osłoniętej wzgórzami wąskiej, owalnej zatoczki. Wichura nagle ustała i Adrestia zaczęła spokojnie dryfować na wodzie.

– Tylko nieliczni wiedzą o tym miejscu – wyszeptał rozmarzony Barnaba, spoglądając z zachwytem na niewielki skrawek zachmurzonego nieba ponad nimi. – Wygląda jak Oko Bogów.

Kasandra, Myrrine i Herodot również rozglądali się wokół urzeczeni.

– A mi przypomina odbyt Kronosa – wtrącił Reza, który zwijał nieopodal luźną linę.

Barnaba popatrzył na niego z niesmakiem i kazał zacumować okręt przy niskiej półce skalnej, tworzącej naturalną keję, gdzie załoga opuściła pokład. Zaczynało się ściemniać, więc schronili się przed szalejącą wysoko burzą i podmuchami wiatru wdzierającymi się do zatoki od strony morza, po czym rozpalili ognisko.

Kasandra maczała kawałki chleba w miodzie z Naksos i żuła je powoli, przysłuchując się, jak Barnaba i Herodot zawzięcie o czymś dyskutują.

– To podróbka – żachnął się historyk.

– Niemożliwe! Przyjrzyj się uważnie! – krzyknął oburzony Barnaba, zdejmując medalion z szyi i podkładając go Herodotowi prawie pod sam nos. – To fragment kamienia z mądrościami Pitagorasa!

Kasandra przypomniała sobie w tym momencie legendę, którą Herodot opowiedział jej w cieniu kamiennego lwa w Termopilach.

– I mówisz, że zdobyłeś to na Naksos? – dopytywał Herodot.

– Tak.

– Ile za to dałeś? Ciekawi mnie, ile się teraz płaci za naiwność... – ciągnął zniesmaczony Herodot.

Barnaba zaklął cicho pod nosem i warknął:

– Nie kupiłem go, tylko dostałem. Podarowała mi go Fotina...

– Aha, twoja kochanka – zachichotał Herodot.

– Tak, to symbol naszej krótkiej miłości. Medalion należał do jej zaginionego męża Melitona...

To imię także przywołało w pamięci Kasandry wspomnienie słów Herodota. Powiedział wtedy: „Kiedyś, latem, spotkałem pewnego wędrowca. Był niski i gruby. Nazywał się Meliton. Spędził on wiele dni na morzu, dryfując bez celu na małej łodzi... Kiedy był młody, jego statek rozbił się na wybrzeżu Thery...".

Herodot wyprostował się, zmarszczył brwi i zaczął się wpatrywać w medalion w świetle ogniska. Kasandra podeszła i również przyjrzała się przedmiotowi. Był to kawałek czarnej skały z wyrytym nań dziwnym symbolem. Herodot podniósł wzrok i ich oczy się spotkały. Oboje wiedzieli, że w ich głowach przewijają się tysiące tych samych pytań.

– Jak długo tu zostaniemy? – zapytał jeden z żeglarzy, kierując myśli Kasandry na inne tory.

Usiłowała sobie przypomnieć, gdzie znajdował się jej dom z dzieciństwa, i oszacować, ile czasu zajmie dotarcie w to miejsce. Nikolaos raz zabrał ją stamtąd na wybrzeże, aby nauczyła się pływać we wzburzonych wodach. Wydawało jej się wtedy, że była to bardzo długa wyprawa, choć pewnie droga nie zajęła im więcej niż jeden dzień lub dwa.

– Matka i ja wyruszymy w podróż jutro rano. Pójdziemy same.

Herodot, Barnaba i reszta załogi spojrzeli na nią z troską.

– Pozwól przynajmniej kilku z nas pójść z wami dla ochrony... – prosił Barnaba.

– Nie. Nikt inny nie może nam towarzyszyć. Pewnie szybko nie wrócimy... – powiedziała tonem nieuznającym sprzeciwu, do którego wszyscy już przywykli.

– W takim razie musimy na jakiś czas ukryć okręt – zdecydował Barnaba, spoglądając w górę. – Ta zatoka jest doskonałą kryjówką, ale czasem Spartanie patrolują te wzgórza. Jeśli zauważą w dole żaglowiec, czeka nas marny koniec.

– Jak masz zamiar ukryć galerę? – parsknął śmiechem Herodot.

Z figlarnym błyskiem w oku Barnaba skinął na Rezę, który wraz z dwoma pomocnikami zabrał się szybko do roboty. Obniżyli maszt i pospinali wszystkie luźne przedmioty na pokładzie, zaraz potem przystawili do kadłuba żelazny kołek, a Reza stuknął weń potężnym młotem. Po spokojnej zatoczce echem poniósł się odgłos łamanego drewna i z łagodnym bulgotaniem Adrestia powoli zanurzyła się w odmętach. Po chwili widać było zaledwie jej reling.

– Na bogów! – przeraził się Herodot.

Reza i dwóch innych członków załogi po kolei nurkowali pod wodę i linami przywiązywali do kadłuba ciężkie odłamki skał, aby okręt całkowicie zniknął pod wodą i bezpiecznie osiadł na dnie.

– Na tej głębokości drewno dobrze się konserwuje, więc Adrestii nic nie grozi, a pozostanie zupełnie niezauważona. Jeśli my także będziemy ostrożni, nikt się nie dowie, że tu jesteśmy. A kiedy znów będziemy potrzebować okrętu, odetniemy liny i załatamy otwór w kadłubie – tłumaczył Barnaba.

Herodot pospiesznie wydobył swą tabliczkę i rysik, żeby sporządzić notatki na temat tego zadziwiającego zwyczaju. Reza i pomagający mu żeglarze wrócili zaś do ogniska, by się osuszyć i ogrzać. Potem między biesiadnikami zaczął krążyć flakon wina i rubaszne opowieści z morskich przygód.

Kasandra objęła ramieniem Myrrine i przez chwilę przyglądała się zaczerwienionym, roześmianym twarzom tej niezwykłej kompanii. Potem jednak poczuła na karku podmuch chłodnej bryzy, który wdarł się do zacisznej zatoki od morza. Zerknęła w niebo i wpatrując się w przetaczające się nad jej głową burzowe chmury, zaczęła rozmyślać, co przyniesie przyszłość.

Następnego dnia Myrrine i Kasandra kupiły w jednej z meseńskich stajni dwa gniade wałachy, płacąc sprzedawcy dwa razy tyle, ile były warte. Mężczyzna był bardzo ciekawski, musiały więc zapłacić również za jego milczenie. Wyruszyły w drogę otulone wełnianymi kocami. Na czystym błękitnym niebie nie było już co prawda śladu po burzowych chmurach, ale chłodne zimowe powietrze i uciążliwy wschodni wiatr dawały im się we znaki.

Przez jakiś czas konie powoli stąpały po kamienistych górskich ścieżkach, mimo to wkrótce kobiety dotarły do rozległej równiny. Od wschodu otaczało ją pasmo Parnon, a od zachodu – wzgórza Tajgetu. Kasandra poczuła, jak wzbierają w niej gwałtowne emocje. W duchu znów słyszała krzyki i klątwy rzucane tamtej koszmarnej nocy, a krążący i skrzeczący przeraźliwie nad jej głową Ikaros zdawał się łączyć z nią w bólu. Z zamyślenia wyrwał ją dotyk Myrrine. Ręka matki spoczęła łagodnie na jej udzie.

Kasandra oderwała wzrok od przeklętych wzgórz i spojrzała na rozciągającą się przed nimi równinę. Liczne strumyki czy potoki zasilające srebrzystą wstęgę rzeki Eurotas wiły się wśród gęstych, zielonych lasów i złocistych łanów pszenicy. Gdzieniegdzie widać było drewniane i ceglane budynki pomniejszych osad. Pięć największych wiosek, zgrupowanych w samym centrum równiny, wyróżniało się konstrukcjami ze słynnego w tym regionie niebieskiego marmuru.

– Sparta... – wyszeptała Kasandra.

Obie kobiety ruszyły dalej, nie zatrzymując się ani na chwilę, choć zbliżały się teraz do miejsca, które kiedyś było ich domem, więc miały coraz mniejszą ochotę wracać do swej trudnej przeszłości. Wczesnym popołudniem dotarły do lasu Eurotas. Jechały w cieniu drzew oliwnych i sękatych dębów. Chwilami wydawało im się, że złociste gałęzie przekazują sobie w sekrecie wieści o ich powrocie. Opadłe liście, wzniecane przez podmuchy zimowego wiatru, szeleściły i układały się w tajemnicze kształty, a każdy ocieniony fragment zadrzewionego terenu wydawał im się najeżony szpiegami. Nie spotkały jednak na swej drodze nikogo, aż dotarły na skraj leśnej polany, gdzie usłyszały groźne warczenie wilka i pełne przerażenia dziecięce krzyki.

Kasandra przystanęła i zatrzymała Myrrine. Wytężyła wzrok, by poprzez gąszcz drzew, krzaków i cieni dojrzeć, co działo się na polanie. Zauważyła trzech małych chłopców z ogolonymi głowami, ubranych w brudne, czerwone płaszcze. Atakował ich ogromny szary wilk. Dwóm cudem udało się uniknąć jego ostrych kłów, bestia schwytała jednak trzeciego i trzymała go teraz w pysku.

Kasandra ześliznęła się z siodła, choć Myrrine próbowała ją powstrzymać, szepcząc:

– Co ty robisz? Nie zapominaj, gdzie jesteś! Tu obowiązuje spartańskie wychowanie...

Kasandra szła jednak dalej i kiedy stanęła na obrzeżu polany, zobaczyła, że wilk wymachuje chłopcem jak zabawką. Twarz malca zsiniała, ale zdążył jeszcze odwrócić wzrok i ich oczy się spotkały... Kasandra podbiegła do wilka z włócznią w ręku i rozcięła jego bok. Ranione zwierzę zawyło ze strachu i uciekło, porzucając chłopca. Kasandra przyklęknęła i wzięła malca w objęcia. Miał złamany kark.

– Mamo? – wydusił z siebie ochrypłym głosem.

– Nie jestem twoją matką – szepnęła Kasandra.

– Powiedz jej, że… może być ze mnie dumna, bo się nie bałem.

Kasandra doskonale wiedziała, o czym mówił.

– Zimno mi – załkał chłopiec.

Kasandra otuliła go połą swego płaszcza, a kiedy wydał ostatnie tchnienie, położyła go z powrotem na ziemi.

Wtem tuż za nią rozległ się głos dorosłego mężczyzny:

– Co tutaj robisz?

Odwróciła się i zobaczyła odzianego w czerwony płaszcz, brodatego spartiatę o czarnych, długich włosach, zaplecionych w warkocze. Patrzył na nią zimnym, przeszywającym wzrokiem.

– Przechodziłam tędy i zobaczyłam, że chłopcy wpadli w tarapaty, więc chciałam pomóc…

– Kłamie! – pisnął jeden z chłopców – Zabiła wilka, żeby zgarnąć nam zwycięstwo sprzed nosa!

– Nie dość, że wtrącasz się w spartańskie wychowanie, to jeszcze kłamiesz? – warknął mężczyzna. – Nawet martwe ciało tego malca ma w sobie więcej honoru niż ty…

Chrapliwie wydając komendę, spartiata przywołał do siebie pozostałych dwóch chłopców. Jeden z nich podniósł zwłoki i razem wymamrotali pod nosem:

– Nigdy nie zostawiaj ciała towarzysza bez pochówku.

Na odchodnym mężczyzna rzucił w stronę Kasandry:

– Jeśli nie odpowiada ci nasza bezwzględność, powinnaś jak najszybciej wrócić tam, skąd przybyłaś…

Kasandra skierowała się z powrotem do miejsca, w którym czekała Myrrine. Matka patrzyła na nią karcącym wzrokiem, więc Kasandra poczuła się jak mała dziewczynka.

– Miałaś się nie wtrącać. Doskonale wiesz, że spartańscy chłopcy hartują się w tych lasach. W ten sposób stają się mężczyznami…

– Sparta nie będzie mieć z nich wielkiego pożytku, jeśli wylądują w brzuchu wilka – odgryzła się Kasandra.

– Ani jeśli są zbyt słabi, by go zabić – odwarknęła jej matka.

Przez kolejną godzinę podróżowały w dziwnym milczeniu. Przerwała je, ciężko wzdychając, Myrrine:

– To miejsce, jego zapachy, kolory, wszystko przypomina mi o poświęceniu i obowiązkach, jakich wymagało bycie Spartanką...

– Miałaś rację – przyznała Kasandrę – lepiej by było, gdybym nie próbowała ocalić tego chłopca.

– Ale właściwie dlaczego, Kasandro? Kim tak naprawdę jesteś? Spartanką? Greczynką? Tułaczką?

– Jestem znikąd – odrzekła Kasandra i spojrzała matce w oczy. – Po części jestem Spartanką i nic tego nie zmieni. Ale reszta? Dlaczego mam sobie odmawiać prawa do miłości, współczucia i smutku?

Na twarzy Myrrine pojawił się niechętny, smutny uśmiech:

– Jesteśmy bardzo do siebie podobne. Obie porzuciłyśmy to miejsce i jego surowe zasady dawno temu i wracamy tu zupełnie odmienione.

Ich podróż powoli dobiegała końca, docierały bowiem do Pitany – jednej z pięciu głównych spartańskich osad i miejsca, w którym Kasandra się urodziła. Tak jak inne spartańskie osady, Pitana nie była obwarowana. *Misthios* przypomniała sobie jedną z maksym Nikolaosa: *Murami Sparty są jej mieszkańcy, tylko ostrza ich włóczni wyznaczają jej granice.*

Z lasu do wioski prowadził szeroki trakt, zabudowany z obu stron bielonymi, krytymi dachówką domami i warsztatami. W powietrzu unosił się dym palonego drewna i zapach gotowanego czarnego rosołu. W oddali słychać było stukanie młotka, które dziwnie współgrało z niskim śpiewem kapłanów dochodzącym ze świątyni w centrum osady. Kasandra zauważyła, że przy studni nadal stał stojak do wędzenia mięsa – bawiła się przy nim jako dziecko. Rozpoznała też wzmocnione brązem drzwi skarbca oraz tawernę z wizerunkiem skrzydlatego konia nad wejściem. Tak niewiele się zmieniło...

Jechały przez osadę, patrząc prosto przed siebie, i próbowały stłumić wzbierające w nich obu emocje i wspomnienia. Mijały dźwigających ciężkie ładunki, zgarbionych helotów, którzy na znak poddaństwa nosili na głowach czapki ze skóry psów. Na ławach przed długimi, niskimi domami odziani w czerwone płaszcze Spartanie ostrzyli groty swych włóczni. Tutaj każdy posiadał broń.

Na ganku jednej z chat siedziała pracująca przy żarnach kobieta, ubrana w czarną peplos z długim, sięgającym uda rozcięciem po jednej ze stron. Od tyłu zakradł się do niej wyglądający na jej syna chłopiec i próbował ukraść mały woreczek mąki. Kiedy zadowolony z siebie malec zaczął się oddalać, matka gwałtownie się odwróciła. Strącając żarna i rozsypując mąkę, chwyciła go za gardło i uderzyła w twarz, łamiąc mu nos.

– Ty niezdaro! Ty niedołęgo! – krzyczała. – Skoro nie umiesz nawet ukraść porcji mąki, nigdy nie będziesz wystarczająco sprytny i silny!

Kiedy mały nieszczęśnik wysłuchiwał obelg matki, jego brat zwędził dwa inne mieszki z mąką i uciekł niezauważony. Kilku przyglądających się tej scenie spartiatów uśmiechnęło się i z uznaniem klepało się po udach.

Myrrine i Kasandra dotarły do rozwidlenia. Droga po prawej wiodła ku centralnej budowli Sparty – marmurowej cytadeli, zbudowanej na niskim wzniesieniu. Mieszkańcy pięciu najstarszych osad zbierali się w niej na narady. Była też rezydencją obydwu królów, z których jeden był zdradzieckim Czerwonookim

Lwem. Obie kobiety spojrzały jednak w przeciwną stronę i bez słowa skierowały swe konie w lewo, ku smutnej, zapomnianej budowli na obrzeżach Pitany. Zatrzymały się przed żelazną, skutą łańcuchami bramą. Kasandra przypomniała sobie niewinne początki tragicznej nocy sprzed wielu lat, kiedy wraz ojcem, matką i Aleksiosem siedziała przy buchającym ogniem palenisku. Ikaros, który nigdy wcześniej nie był w tym miejscu, wydawał się odczuwać smutek Kasandry i żałośnie skrzeczał.

– To nadal jest nasz dom – powiedziała Myrrine – i odzyskamy go, kiedy tylko uwolnimy Spartę spod władzy fałszywego króla.

– To posiadłość Stentora – usłyszały za sobą męski głos.

Kasandra odwróciła się i dostrzegła zarys wysokiej, dobrze zbudowanej postaci. Przez chwilę zastanawiała się, czy będzie musiała walczyć z nieznajomym spartiatą, ale kiedy wyłonił się z cienia, rozpoznała jego zasępioną twarz, okoloną gładkimi włosami do ramion, i wiedziała już, że to nie będzie konieczne.

– Brazydasie… – wyszeptała i zrobiła krok w jego kierunku.

Myrrine zatrzymała ją zdecydowanym ruchem ręki, ale Kasandra uspokoiła ją:

– Nic mi nie grozi. Znamy się. Brazydas pomógł mi zabić Mongera.

– A mnie się wydaje, że to ty mi w tym pomogłaś, ale co tam… – uśmiechnął się Brazydas, unosząc zawadiacko brew, a potem skinął w stronę posiadłości i powiedział: – Władze przekazały ten dom Stentorowi, który cały czas wojuje, nigdy tu nie przebywa. Odkąd Wilk zaginął, majątek niszczeje…

Myrrine i Kasandra słuchały go z kamiennymi twarzami, choć nieokazywanie emocji przychodziło im z trudem.

– Wiem, kim jesteście, więc zdaję sobie sprawę, że ten dom należy w takim samym stopniu do Stentora, jak i do was… ale to nie mnie musicie o tym przekonać – ciągnął Brazydas, spoglądając na niską marmurową cytadelę na horyzoncie.

– I tak musimy się zobaczyć z królami – powiedziała Kasandra.

Brazydas przyglądał jej się przez chwilę uważnie, a potem ukłonił się lekko i zaproponował:

– W takim razie pozwólcie, że im was przedstawię. Minęło sporo czasu, odkąd tu mieszkałyście...

Teren wokół cytadeli w niczym nie przypominał ateńskiego Akropolu. Było to niewysokie wzniesienie o łagodnych stokach porośniętych trawą i pojedynczymi cyprysami. Wiodły na nie wyłożone kamieniami ścieżki. Kasandra i Myrrine w towarzystwie Brazydasa przeszły obok otwartego gimnazjonu, w którym ścigali się nadzy mężczyźni. Wyścig obserwowały stojące wokół kobiety. Przeklinały najwolniejszych zawodników i pluły na nich, gdy przebiegali tuż obok. Nagle uczestniczący w biegu mężczyzna potknął się i przewrócił, a wtedy jedna ze zgromadzonych zaklęła siarczyście i zrywając z siebie szatę, sforsowała drewniane ogrodzenie. Potem z godną podziwu prędkością dobiegła do ścigających się mężczyzn, którzy zawstydzeni próbowali wykrzesać z siebie więcej siły. Obserwatorzy zawodów krzyczeli z uciechy i oklaskiwali waleczną kobietę, która nie tylko dotrzymywała tempa mężczyznom, ale była wręcz bliska zwycięstwa. Nieopodal odbywał się pankration, a heloci oliwili ciała czekających na swą kolej zapaśników. Na kamiennych schodkach położonego nieco dalej amfiteatru siedzieli widzowie i oklaskiwali sztukę przedstawiającą legendę o Kadmosie. Odgrywający główną rolę mężczyzna skakał w swym doskonałym popisie sztuk walki wokół trzech helotów przebranych w kostiumy tebańskich smoków. Gdzieś w oddali rozległo się żałosne beczenie owcy, która zapewne wydawała ostatnie tchnienie na ołtarzu ku czci Wenus Morfo, aby zbroczony krwią kapłan mógł wznieść jej serce ku niebu, mamrocząc starodawne modlitwy.

U podnóża głównego wzniesienia dwóch młodych, gładko ogolonych mężczyzn okładało kijami leżącego na ziemi helotę. Kasandra poczuła, że robi się jej niedobrze. Młodzieńcy najwyraźniej podlegali próbie kryptei, ostatniemu etapowi spartańskiego wychowania, podczas którego nie mogli jeszcze zapuszczać włosów ani zarostu, ale mogli zabijać i zastraszać niewolników.

– Spojrzyj mi w oczy, psie! – jeden z nich krzyczał prosto w zmasakrowaną twarz heloty.

Tuż obok ze spuszczonymi głowami stali inni niewolnicy i żaden nawet się nie poruszył. Kiedy ofiara straciła przytomność, młody Spartanin podszedł do jednego ze służących i władczym gestem zażądał ręcznika, aby otrzeć ręce z krwi, po czym bez słowa rzucił zużytą tkaninę z powrotem pod jego nogi. Kasandra oskarżała Kult o okropności, które wydarzyły się na tej ziemi w jej dzieciństwie, ale przecież i ręce bezlitosnych, okrutnych Spartan spływały nie tylko krwią wrogów.

Wspinając się na wzniesienie, Kasandra zauważyła starą świątynię z ciosanego kamienia, o której istnieniu niemal zupełnie zapomniała. Drżenie przypiętej do pasa włóczni zwróciło jednak jej uwagę na grobowiec i obudziło wspomnienia z wizyty w Termopilach. Nad wejściem do sanktuarium widniało imię Leonidasa.

– On nieustannie nam towarzyszy – powiedziała Myrrine, chcąc dodać jej otuchy. – Jego dziedzictwo to dobro, prawda i siła.

Wkrótce ich oczom ukazał się szczyt wzgórza, na którym widniała pokryta czerwoną dachówką i wsparta na doryckich kolumnach z jasnoniebieskiego marmuru prostokątna budowla królewska. U jej głównego wejścia stał ogromy posąg Zeusa Agetora w wojowniczej pozie. Z westybulu dochodziły niewyraźne odgłosy wrzawy i zamętu. Bramy strzegło dwóch wartowników odzianych w odświętne jak na Spartan zbroje – wypolerowane hełmy w korynckim stylu, dopasowane skórzane pancerze, naramienniki z brązu i krwistoczerwone płaszcze. W rękach trzymali piękne włócznie ze zdobionymi grotami, przypominające tę, którą miała u boku Kasandra, oraz czarne tarcze bez charakterystycznego znaku lambdy. Oznaczało to, że należeli do elitarnej grupy *hippeis* – kilkuset wybranych strażników królewskich. Kasandra wiedziała, że nie wpuszczą ich ot tak i zauważyła, że kiedy się zbliżali, badali ich czujnym wzrokiem zza hełmów, gotowi do ataku.

Brazydas wysunął się przed kobiety i podniósł rękę w geście pozdrowienia:

– *Khaire!* Przyprowadzam przyjaciół, którzy chcą zasięgnąć rady królów.

– Tak jest, lochagosie Brazydasie! – odpowiedzieli chórem strażnicy i rozstąpili się, o nic już nie pytając.

– Zostałeś lochagosem? – cicho zapytała Kasandra, kiedy przechodzili przez bramę. – Dowodzisz jednym z pięciu najważniejszych oddziałów?

– Nie tylko ty nie marnowałaś czasu, *misthios* – odrzekł, wykrzywiając usta w ledwo zauważalnym uśmiechu.

Odgłosy rozgardiaszu za drzwiami, dotąd stłumione, gwałtownie przybrały na sile i przez chwilę podróżnikom wydawało się, że wchodzą wprost do paszczy smoka. Setki mężczyzn pokrzykiwały i szturchały się łokciami, stojąc wokół dwójki walczących na włócznie. Kasandra miała wrażenie, że przez pomyłkę trafiła do kefalońskiej tawerny, ale gdy bliżej przyjrzała się bohaterom tego spektaklu – młodemu, przystojnemu mężczyźnie i siwiejącemu osiłkowi o wściekłych, przekrwionych oczach – zrozumiała, że starszy z nich to król Archidamus...

Uczestnicy pojedynku rozluźnili na chwilę uścisk, a Archidamus zdołał się podnieść i przystawić ostrze włóczni do gardła leżącego teraz na ziemi młodszego rywala:

– Poddajesz się, Pauzaniaszu? – warknął przez zaciśnięte zęby.

Pauzaniasz z trudem łapał oddech, a na jego twarzy malowała się wściekłość, więc zaryczał tylko niczym dzikie zwierzę i uniósł rękę w geście kapitulacji. Archidamus zaś odłożył oszczep, podał Pauzaniaszowi dłoń i przy aplauzie zgromadzonych na twarzach obu królów pojawiły się szczere uśmiechy.

– A zatem, zgodnie z edyktem Archidamusa, przekażemy podatki Meseńczyków na walki w Beocji – podsumował walkę Pauzaniasz.

Kasandra nie wierzyła własnym oczom i uszom. Choć nigdy wcześniej nie była w tym miejscu, słyszała plotki o tym, w jak prymitywny sposób odbywają się spartańskie głosowania. Jeden z pijanych uczestników sympozjonu w willi Peryklesa naśmiewał się z nich, mówiąc: „Podejmują decyzje na podstawie tego, która z grup jest głośniejsza". Ciekawe, co by powiedział na głosowanie przez walkę wręcz!

Pokrzykiwania tłumu ucichły. Wszyscy zajęli swoje miejsca na ustawionych wzdłuż ścian sali ławach, a królowie zasiedli z powrotem na tronach. Największa grupa dwudziestu ośmiu łysych, przygarbionych starców, słynących z wielkiej mądrości i tworzących geruzję, stukała laskami w kamienną posadzkę, okazując swe zadowolenie. Na podeście za tronami stało pięciu odzianych w szare szaty mężczyzn, którzy nie podzielali entuzjazmu gerontów. Kasandra rozpoznała w nich eforów i jej serce skamieniało, kiedy przyglądała im się po kolei, przypominając sobie starca, który zrzucił Aleksiosa z górskiego szczytu...

i którego później zepchnęła w przepaść. Zobaczyła jednak twarze pięciu trzydziesto- i czterdziestolatków. Żaden z nich nie mógł uczestniczyć w wydarzeniach tamtej nocy. Zresztą to Kult był uosobieniem zła, nie eforzy. Ich funkcją było kontrolowanie monarchów, więc nie oczekiwano od nich wyrazów uznania. Ustrój Sparty był jak dwugłowe stworzenie trzymane na uwięzi przez istotę o pięciu głowach.

– Brazydasie! – przywitał przybysza Pauzaniasz, rozpościerając szeroko ręce. – Z czym dziś do nas przychodzisz?

Brazydas podprowadził Kasandrę i Myrrine do niskiego postumentu, na którym siedzieli królowie, i zaczął je przedstawiać. Pauzaniasz słuchał uważnie i z zainteresowaniem, ale Archidamus zagłębił się w tron, obserwując kobiety z rosnącą podejrzliwością, a nawet pogardą.

– ...przybyły, aby odzyskać niezamieszkałą posiadłość przodków – mówił Brazydas.

– Kim są? – interesował się Pauzaniasz. – Z jakiego rodu pochodzą? O który majątek chodzi?

Przekrwione oczy Archidamusa zabłysły nagle dzikim blaskiem:

– Wiem, kim jesteś! – wrzasnął, rozpoznając Myrrine. – A ty musisz być jej córką – wskazał palcem na Kasandrę.

Poderwał się z tronu, chwytając broń, i rzucił się po schodkach w ich kierunku. Pauzaniasz powstrzymał go w ostatniej chwili.

– Puść mnie albo poczujesz ostrze mej włóczni! – syknął Archidamus.

– Nie rozumiem, dlaczego się tak złościsz – dziwił się Pauzaniasz.

– Ponieważ to potomkinie Leonidasa... Należą do wyklętego rodu...

Pauzaniasz pobladł i uważnie przyjrzał się obu kobietom, a potem powiedział:

– Pamiętam tragedię na Tajgecie sprzed wielu lat...

Oczy Kasandry zaszły łzami i na chwilę zapadła zupełna cisza, którą przerwał Archidamus:

– I one mają czelność tu wracać! Myślałem, że obydwie dawno nie żyjecie i tak byłoby dla was najlepiej!

Pauzaniasz stanął pomiędzy nimi i ciągnął dalej:

– A jednak przyszły do nas w pokorze, a Brazydas za nie poręczył, czyż nie?

Brazydas skinął głową:

– Kasandra przysłużyła się Sparcie i dokonała bohaterskich czynów w czasie wojny. Pomogła mi zabić bandytę, który zawładnął Koryntem. Dzięki niej miasto wyzwoliło się spod jego tyranii.

Pauzaniasz zwrócił się następnie do Archidamusa i spolegliwym, pełnym szacunku tonem przekonywał:

– Może nie powinniśmy tak szybko ich oceniać. Ostatecznie pochodzą z rodu naszego najsłynniejszego króla...

Archidamus patrzył na nie nienawistnym wzrokiem jeszcze przez dłuższą chwilę, ale w końcu odwrócił się i usiadł z powrotem na tronie, po czym przemówił do Kasandry:

– Jeśli chcesz odzyskać majątek, musisz coś dla mnie zrobić. Wykaż, że jesteś warta tej ziemi, i zmaż plamę na swym honorze...

W jego oczach pojawił się błysk, a usta rozciągnął w nieszczerym uśmiechu, odsłaniając pożółkłe zęby:

– Pojedziesz wiosną do Beocji i wspomożesz nasze wojska w walkach o te tereny.

Geronci westchnęli z przerażeniem, zdając sobie sprawę z niebezpieczeństwa, z jakim wiązało się to zadanie. Pauzaniasz skwapliwie podchwycił tę propozycję:

– To chyba sprawiedliwy układ, prawda? Zorganizuję dla was dom, w którym będziecie mogły spędzić zimę – powiedział i klasnął w ręce, przywołując do siebie helotę z woskową tabliczką i półgłosem wydał mu kilka poleceń.

Niewolnik zapisał coś na tabliczce, a Pauzaniasz przystawił do wosku swój sygnet, by w ten sposób podpisać nakaz.

Kasandra wstrzymała oddech i popatrzyła na Myrrine, która, tak jak ona, wbiła wzrok w pierścień, próbując dostrzec, co przedstawia. Nie było na nim podobizny lwa, tylko półksiężyc... „A więc to Archidamus jest zdrajcą" – pomyślała, spoglądając na splecione ręce króla, które zasłaniały kształt wyryty na jego pierścieniu.

– To niewielka willa, ale mam nadzieję, że będzie wam w niej wygodnie – ciągnął tymczasem Pauzaniasz, odkładając tabliczkę. – A podczas długich zimowych miesięcy możesz trenować z naszym mistrzem Testiklesem, który przygotowuje się do nadchodzących igrzysk. Przyda mu się każdy przeciwnik.

– Przyjmujesz zatem moje zadanie, potomkini Leonidasa? – uśmiechnął się Archidamus, rozplatając dłonie.

Serce Kasandry biło jak oszalałe, kiedy przyglądała się emblematowi na jego sygnecie... „Jak to możliwe" – pomyślała z niedowierzaniem, wpatrując się w wizerunek lecącego jastrzębia.

– Nie boisz się chyba? – zachichotał Archidamus.

Choć Kasandra rzadko była czegokolwiek pewna, teraz coraz szybciej rosło w niej przekonanie, że to rzeczywiście Archidamus był renegatem i że wysyłał ją do Beocji na śmierć. Jeśli jej podejrzenia były słuszne i czekała tam na nią zasadzka, to pewnie znajdzie tam również dowody na powiązania króla z Kultem.

Czując na sobie wzrok członków geruzji, eforów i strażników, powiedziała:

– Wykonam twoją wolę.

13

– Wracaj! – wołał Testikles. – Naoliw mnie!

– Według mnie jesteś całkiem nieźle naoliwiony! Za dużo wypiłeś! – uśmiechnęła się Kasandra i okryła swe nagie ciało płaszczem, a potem opuściła gimnazjon, zostawiając niesfornego spartańskiego mistrza w pyle po tym, jak wygrała z nim trzeci z rzędu pankration.

Testikles był skończonym durniem, ale darzyła go sympatią. Może dlatego, że był raczej nietypowym Spartaninem – lubił się wygłupiać, miał poczucie humoru i... dużo pił.

Kasandra całą zimę ćwiczyła, współzawodniczyła z innymi i doskonaliła kunszt walki, a długie wieczory spędzała przy winie i spartańskiej poezji. Udało jej się nawet przekonać Pauzaniasza, by Herodot i Barnaba wraz z załogą mogli zamieszkać w wiosce. Cytadela była jeszcze pokryta cienką warstwą szronu, ale na łąkach wokół świątyń przebijały się już pierwiosnki, a w drzewach cyprysowych gnieździły się śpiewające ptaki. Nadchodziła wiosna. Następnego dnia miała znów stać się *misthios* i wyruszyć na północ do odległej Beocji. Jej zadaniem było zmienić losy walk na tych terenach, ale jeszcze zimą dowiedziała się, że zarówno Spartanie, jak i Ateńczycy doskonale się tam obwarowali, więc czuła, że warunek Archidamusa był niemal nie do spełnienia. Miała dotąd zdobyć dowody na to, że stary król był zdrajcą, lecz nie udało jej się to. Choć była pewna, że coś ukrywa, nie mogła mu postawić żadnych zarzutów, dopóki nie uzyskała potwierdzenia, że współpracował z Kultem.

Przeszła obok nadal zamkniętej i opuszczonej posiadłości, która niegdyś należała do jej rodziny, i zatrzymała się w niewielkim dwupokojowym domu, który Pauzaniasz przeznaczył dla niej i dla matki. Umyła się i zaspokoiła pragnienie kilkoma łykami owocowej wody, a potem spojrzała w kierunku świątyni Leonidasa na obrzeżach Pitany. Było już niemal południe, wstała więc i z głębokim westchnieniem ruszyła w tamtym kierunku. „Dlaczego mamy się spotkać właśnie tam, matko? I to w samo południe?" – pomyślała.

Myrrine i Brazydas również opuszczali Spartę następnego dnia i wybierali się do sąsiedniej Arkadii. Myrrine dowiedziała się, że Lagos, archont Arkadii, również może mieć powiązania z Kultem i chciała się z nim rozprawić, mając nadzieję, że przy okazji wyjawi tożsamość nieuczciwego króla Sparty.

Kasandra weszła do sanktuarium i w słabym świetle lichtarza zobaczyła matkę. Klęczała pod posągiem spartańskiego męża stanu. Rzeźba przedstawiała nagiego Leonidasa z hełmem na głowie oraz włócznią w jednej ręce i tarczą w drugiej.

– Leonidas był ostatnim prawdziwym bohaterem Sparty – powiedziała Myrrine, kiedy Kasandra przyklęknęła obok niej. – Gdyby nie jego odwaga i waleczność, bylibyśmy teraz poddanymi Persów.

– Cóż to ma wspólnego z moją wyprawą na północ, gdzie Grecy zabijają Greków?

– Wiesz dlaczego Leonidas wybrał się do gorących wrót mimo ryzyka?

– Bo w przeciwieństwie do mnie był silny i nieustraszony – warknęła Kasandra.

– Wyciągnij swą włócznię – łagodnie zażądała Myrrine.

Kasandra spojrzała na matkę nieufnie, ale wykonała jej polecenie:

– Ostatnio poprosił mnie o to Herodot, gdy…

Myrrine zbliżyła włócznię do posągu, a ciałem Kasandry wstrząsnął błysk.

Jestem w sali królewskiej, ale pomieszczenie to wygląda jakoś inaczej… Trony władców są mniej zmurszałe, jaśniejsze i… zupełnie puste.

– Pytia przemówiła i Sparta nie pójdzie na wojnę – krzyczy za tronem wychudzony mężczyzna, w którym rozpoznaję jednego z eforów.

Czterech pozostałych najwyraźniej podziela jego zdanie i odwrzaskuje z aprobatą. Twarze kilku z nich są zakryte znanymi maskami, pozostali trzymają je w rękach. Pośrodku klęczy stara kobieta o pomarszczonym ciele i w prześwitujących szatach ze świecidełkami. To pytia, którą trzymają niczym psa na uwięzi.

Samotna postać, stojąca dotąd u stóp podestu tyłem do mnie, podchodzi bliżej i mówi:

– Tylko pytia i pytia! Ona mówi wyłącznie to, co jej każecie! Jest narzędziem w waszych rękach i najwyższa pora z tym skończyć!

– Czasy wielkich bohaterów się skończyły, Leonidasie. Wydaje ci się, że krew płynąca w twych żyłach czyni cię wyjątkowym? Rozetnij je, a spłynie i wsiąknie w ziemię jak każda inna. Jesteś nikim!

Wreszcie rozumiem, gdzie jestem i co się wokół mnie dzieje.

Leonidas podnosi swą włócznię i wymierza ją w efora ze słowami:

– Według ciebie jestem nikim? Zejdź tutaj i stań ze mną do pojedynku, wtedy się przekonasz…

Wyrocznia przestaje mamrotać pod nosem, podnosi głowę i łagodnie kładzie rękę na grocie włóczni Leonidasa:

– Dlaczego sprzeciwiasz się przepowiedniom, Synu Lwa? Kserkses nas zjednoczy. Zaprowadzi porządek.

Jej słowa mrożą mi krew w żyłach. Dlaczego wieszczka i eforzy żądają od króla Sparty, by biernie czekał, aż Kserkses, król królów, władca Persji i jego potężna armia zajmą tę ziemię?

Na twarzy efora pojawia się szeroki uśmiech:

– Widzisz? Jeśli sprzeciwisz się pytii, wszystko, co reprezentujesz, upadnie.

Leonidas wpatruje się w nich wszystkich przez chwilę, a potem odwraca się na pięcie i kierując się ku wyjściu, woła:

– Przygotujcie wojsko! Jeśli Kserkses chce zdobyć Spartę, to będzie musiał się ze mną zmierzyć.

Niczym widmo, przechodzi przeze mnie i nagle wszystko znika w białym świetle…

Kasandra ocknęła się, nadal klęcząc obok matki.

– Czy już rozumiesz? – spytała Myrrine. – Leonidas poszedł na wojnę, by ochronić Spartę przed Persami… i przed Kultem.

– Czyli oni są związani z tą ziemią od dawna?

– Tak – potwierdziła Myrrine. – Odkąd wróciłyśmy do Sparty, wiele się dowiedziałam, ale niestety nie są to dobre informacje. Idź na północ, Kasandro, i nie myśl o Archidamusie ani o przeszłości, tylko przetrwaj… Spróbuj też znaleźć potrzebny nam dowód, dzięki któremu będzie można raz na zawsze wyzwolić naszą ojczyznę spod panowania tego ohydnego bractwa.

Samotna podróż na północ sprzyjała wspomnieniom i Kasandra rozmyślała o tym wszystkim, co wydarzyło się w jej życiu przez ostatnich kilka lat, o wojennej zawierusze, której stała się częścią, a także o odleglejszych czasach, które pozostawiły ślad w jej pamięci. Z zadumy wyrwał ją tętent końskich kopyt – zaskoczona uniosła głowę. Ale oprócz jej wałacha na szarych, porośniętych gdzieniegdzie zielonymi krzakami wzgórzach Beocji nie było widać żadnego innego rumaka. Krainę otaczały wysokie zbocza doliny i to zapewne echo niosło stukot kopyt jej własnego wierzchowca.

„To już niedaleko" – pomyślała, widząc w oddali ścieżkę wijącą się ku srebrzystym szczytom. Skalne ściany mieniły się w słońcu i wyraźnie odcinały na tle kobaltowego nieba. Kasandra uśmiechnęła się na widok Ikarosa, który krążył nad górską drogą niczym zwiadowca. Nie wyglądało na to, żeby był czymś zaniepokojony, więc bez obaw jechała dalej. Wyjęła z sakwy jabłko i zatopiła zęby w przyjemnym, słodkim miąższu. Kiedy zwolniła nieco, by nakarmić wałacha ogryzkiem, stało się coś dziwnego. Pogłos końskich kopyt w dolinie niósł się jakby nieco dłużej, niż powinien. Kasandrę oblał zimny pot. Spojrzała za siebie, ale niczego nie zauważyła, słychać było tylko głośny śpiew cykad, szemranie pobliskiego potoku i odległe stukanie dzięcioła. Zaśmiała się głośno, by dodać sobie otuchy, ale nadal czuła się dość niepewnie, bo każde stuknięcie kopyta brzmiało jakoś... niewłaściwie. Odtąd starała się cały czas trzymać jedną rękę na schowanej pod płaszczem włóczni Leonidasa.

Niepokojące Kasandrę echo nie przerodziło się jednak w nic, co by jej zagrażało, więc późnym popołudniem bezpiecznie dotarła do podnóża połyskującego w promieniach słońca Helikonu. Na płaskowyżu dostrzegła krąg włóczni, odzianych w czerwone płaszcze wartowników i białe namioty. Upewniła się, że skórzany zwój, który wiozła, znajdował się na swoim miejscu, i pospieszyła wałacha, skutkiem czego pocwałował w górę, ku wejściu do obozowiska. Pilnujący go spartiaci wymierzyli w nią włócznie, unieśli tarcze i patrzyli złowrogo. Wyjęła skórzany zwój i widniejące na nim oznaczenia otwarły jej drogę do środka.

Kasandra zsiadła z konia, przywiązała go w pobliżu koryta z wodą i ruszyła pieszo pomiędzy namioty. Idąc, starała się dostrzec każdy szczegół, który mógłby sugerować, że Archidamus jest zdrajcą. „Nawet najsłabszy trop pozwoli mi cię zdemaskować" – myślała. „Wszyscy dowiedzą się, że jesteś jednym z członków Kultu i twoja nieprawomocna władza upadnie, a wtedy całe to zamaskowane zgromadzenie legnie w gruzach".

Zatrzymała się przed nieco wyższym od innych beżowym namiotem głównego dowództwa, gdzie toczyła się zawzięta dyskusja. Jego ściany były uniesione tak, by heloci mogli swobodnie wchodzić i wychodzić z tacami trunków i strawy, a żołnierze przynosić wieści. Przy stole stał dobrze zbudowany spartański dowódca i z pochyloną głową uważnie studiował mapę. Zgromadzeni wokół niego głośno debatowali, udzielając sprzecznych rad. Kasandra pomyślała w duchu, jak niewdzięczną miał rolę do spełnienia. Dowódca podniósł wzrok i *misthios* zamarła...

– Stentor? – zdziwiła się.

Jego twarz najpierw pobladła, potem przybrała odcień purpury, a zaciśnięte usta wyglądały niczym ostrze sztyletu. Odepchnął stojącego najbliżej doradcę i zdecydowanym krokiem podszedł wprost do niej.

– Nie wiedziałam, że...

Przerwało jej mocne uderzenie prosto w twarz i na chwilę straciła przytomność. Kiedy się ocknęła, leżała na ziemi i kręciło jej się w głowie.

– *Malákas*! – zaklęła.

Stentor stał nad nią z mieczem w ręku i wyrazem wściekłości na twarzy. Wokół zebrał się tłum. Kasandra szybko się otrząsnęła i wyciągając skórzany zwój, warknęła:

– Przyszłam ci pomóc, głupcze!

– Nie po tym, co zrobiłaś w Megarze, ty dziwko! Sprzedajna zabójczyni!

Zgromadzeni wokół spartiaci pokrzykiwali ze złością i Kasandra zastanawiała się, jak wiele powiedział im Stentor. Podniosła zwój wysoko, tak aby wszyscy mogli go zobaczyć.

– Król Archidamus przysłał mnie, bym wam pomogła odzyskać kontrolę nad tą ziemią.

Wzrok wszystkich zgromadzonych spoczął na edykcie i gniewne głosy powoli ucichły. Stentor niechętnie schował miecz do pochwy, odwrócił się i przeszedł na drugi koniec namiotu.

– Archidamus musi mi bardzo ufać, skoro powierza takie zadanie pierdolonej najemnicy – rzucił przez ramię.

Kasandra dotknęła swej obolałej szczęki i spuchniętej wargi, a potem ostrożnie podeszła do swego przybranego brata. Stanęła tuż za nim i patrzyła na rozciągający się na horyzoncie krajobraz północnej części Beocji – obszerną, spaloną słońcem równinę w centrum, wielkie jezioro Kopais i wpadającą do niego rzekę Kefisosa. Lekkie chmury, przesuwające się po niebie, rzucały na równinę czarne cienie.

– To, że tu jesteś, to kara, którą zesłali na mnie bogowie – powiedział Stentor, wyczuwając jej obecność.

– Gdybym tu przyszła, żeby cię ukarać, już byś nie żył – odparowała Kasandra, straciwszy cierpliwość.

– Co Archidamus chce osiągnąć, przysyłając tutaj jedną sprzedajną najemnicę?

– To, czego najwyraźniej ty nie potrafisz – warknęła Kasandra.

Stentor gwałtownie odwrócił się w jej stronę:

– Wydaje ci się, że wszystko wiesz, bo raz walczyłaś razem z nami? Ten konflikt trwa już cztery lata…

Kasandra zaczynała powoli oswajać się z bólem po uderzeniu i powściągnęła swój gniew:

– Od bitwy pod Megarą moje losy były nieustannie splecione z wojną, Stentorze. Nie walczmy ze sobą. Mamy coś do zrobienia. Myślałam, że znajdę tu posłańców i sojuszników. Nie zdawałam sobie sprawy, że stacjonują tu główne spartańskie oddziały. Dlaczego jesteście właśnie tutaj, w Beocji?

Głowa Stentora lekko opadła, tak jak wcześniej przy mapie.

– Mieliśmy w garści Ateny – zaczął, unosząc w górę zaciśniętą pięść – ale potem władzę przejął Kleon i zaczął najeżdżać nasze wojska. Wiele z tych ataków kończyło się dla Ateńczyków kompletną porażką, ale niektóre przynosiły im zwycięstwo. Kiedy próbowaliśmy się przebić z powrotem do Attyki, Kleon zatrzymał nasze oddziały i zmusił je do odwrotu, dlatego ugrzęźliśmy tutaj, pomiędzy sojusznikami i odwiecznymi wrogami. Teraz Ateńczycy wraz ze sprzymierzonymi Platejczykami mogą nas wyprzeć także stąd, a to byłaby prawdziwa katastrofa.

– Zrobię, co w mojej mocy, aby tak się nie stało – spokojnie odparła Kasandra.

– Nakaz, który ze sobą przywiozłaś, jest jedynym powodem, dla którego jeszcze żyjesz – oparł Stentor, nie podnosząc wzroku. – Nie jesteś naszym poplecznikiem, tylko płatnym orężem.

– Nie wiesz, co tak naprawdę stało się tamtej nocy w Megarze – zaczęła Kasandra.

Stentor uniósł w górę rękę, żądając, by zamilkła:

– Zdążyłem to sobie poskładać w jedną całość. Jesteś zaginioną córką Wilka i udawałaś najemnego wojownika, a w rzeczywistości przybyłaś tam, by go zabić...

– Nie rozumiesz... – zaczęła Kasandra, podchodząc do Stentora, ale przerwał jej świst miecza wyciąganego z pochwy.

– Ani słowa więcej! – syknął.

Odezwał się po dłuższej przerwie:

– Mamy tu tylko jeden lochos, tak jak w Megarze. Przepowiednie były zbyt niejednoznaczne i eforzy nie zezwolili na wysłanie czterech innych oddziałów, więc szanse na wygraną zależą od wsparcia naszych dwóch sojuszników: Tebańczyków – mówił, wskazując na otoczone jasnymi murami miasto na wschodzie, ledwo widoczne w skwarze południowego słońca – oraz potężnej koryncktiej floty, która przeprawiła się już od południa przez zatokę i tylko czeka, żeby dobić do brzegu i nas wspomóc.

Kasandra powiodła wzrokiem od Teb poprzez złocistą równinę ku wybrzeżu i zauważyła coś, co przypominało rzekę. Po chwili jednak zrozumiała, że srebrzącą się smużkę, która wiodła od południowych krańców jeziora Kopais do wschodniej ściany Helikonu, tworzyli kopiący wały ateńscy hoplici.

– Doskonale. Teraz już wiesz. Ta linia oddziela nas od Tebańczyków, którzy jako jedyni mogą nas wesprzeć kawalerią. Pagondas i jego konnica nie mogą do nas dołączyć, bo Ateńczycy w pełni kontrolują teren równiny. Mają wystarczające zapasy, a grono ich wojowników nieustannie się powiększa. Niektórzy mówią, że ateńskie wojsko nabrzmiewa niczym wrzód. Mimo pustek w skarbcu Kleon nie zważa na wydatki, byleby tylko uciszyć głosy niezadowolenia z powodu tchórzliwej polityki swego poprzednika.

Kasandra spojrzała na skraj ateńskiej linii obrony, dochodzący do południowego brzegu jeziora Kopais, a potem zerknęła na jego północną stronę, by sprawdzić, czy jest jakaś droga, którą można by obejść akwen. Stentor uprzedził jej pytanie:

– To trudny do przebycia, wysokogórski teren, usiany urwiskami. Tebańska kawaleria zna go lepiej niż ktokolwiek inny i nawet oni nie chcą ryzykować swych doskonałych koni, bo wiedzą, że połowa z nich połamałaby nogi na tych niebezpiecznych uskokach.

Stentor wskazał dziwne skrzyżowane kształty w pobliżu ateńskich okopów od strony Helikonu. Kasandra musiała dobrze wytężyć wzrok, aby dostrzec, że były to nagie ciała około dwudziestu Spartan, wbite na pale i piekące się na słońcu.

– Na bogów, nie raz próbowaliśmy złamać tę zaporę, za każdym razem z tym samym skutkiem…

„A zatem naszą jedyną nadzieją jest koryncka flota i ich liczne wojsko" – głośno myślała Kasandra.

– Kiedy dobiją do brzegu, zaatakują Ateńczyków od południa. To odwróci ich uwagę, a wtedy wy będziecie mogli ich podejść z tej strony, a tebańska kawaleria Pagondasa od drugiej.

Stentor zaśmiał się drwiąco:

– Świetnie, problem tylko w tym, że Beocja słynie ze swych równin i lasów… oraz bardzo niewielu przystani. Koryncka flota może bezpiecznie zacumować tylko w dwóch miejscach…

– A Ateńczycy kontrolują i jedno, i drugie – domyśliła się Kasandra.

– Witaj w moim świecie, *misthios* – syknął Stentor. – I co, nadal jesteś tak pewna siebie?

Przez wiele kolejnych nocy Kasandra przemierzała zbocza Helikonu, zapuszczając się w poszukiwaniu rozwiązania tak daleko na południe i na północ, jak to było możliwe. Wreszcie udało jej się opracować plan i wróciła do namiotu Stentora, by mu opowiedzieć o obmyślonej strategii.

– Jesteś tylko najemnym żołnierzem, cóż takiego wymyśliłaś, czego moi ludzie dotąd nie próbowali? – powiedział z pogardą, wstając i biorąc łyk rozcieńczonego wodą wina.

– Potrzebuję dwunastu ludzi – powiedziała Kasandra.

– Na bogów! Niczego ode mnie nie dostaniesz – odrzekł z lodowatym półuśmiechem Stentor.

– Musimy odzyskać kontrolę nad tym terenem. Sparta tego potrzebuje!

Stentor przestał się uśmiechać, zacisnął zęby i obchodząc dookoła stół z mapą, powiedział:

– Obiecałem korynckiej flocie, że przed końcem lata wyślemy im sygnał świetlny. Jeśli go nie otrzymają, zawrócą i odpłyną. Nie możemy im go dać, dopóki przystań nie będzie w naszych rękach.

– Daj mi tych ludzi, a obiecuję, że Koryntyjczycy bezpiecznie przybiją do brzegu.

Stentor odwrócił się, a na jego twarzy znów zaigrał złośliwy uśmieszek. Pstryknął palcami na jednego ze stojących za nią niewolników. Usłyszała ciche kroki.

– Tak, panie? – odezwał się umięśniony helota z burzą zakrywających mu twarz czarnych kędziorów, które wystawały spod skórzanej czapki.

– *Misthios* ma pewien plan, który pomożesz jej zrealizować – zdecydował Stentor.

Kasandra otwarła usta, by zaprotestować, ale ostatecznie wykrzywiła je tylko w gniewnym grymasie i syknęła na odchodnym:

– Dobrze więc, bądź gotów do ataku o poranku.

O zmierzchu Kasandra wraz z helotą dotarli na południe Beocji. Zatrzymali się na krótko, by się posilić i nieco odpocząć. Zjedli pieczonego nad ogniskiem zająca, a Ikaros raczył się teraz jego pozostałościami. Niewolnik był nieśmiałym, lękliwym trzydziestolatkiem o imieniu Lydos. Kasandra próbowała nawiązać z nim rozmowę, pytając o jego rodzinę, ale oprócz imion jej członków niczego się o niej nie dowiedziała. Lydos co chwilę nerwowo odgarniał włosy z twarzy, wkładając kosmyki za uszy, i w pewnej chwili Kasandra zauważyła, że jeden z jego policzków był zapadnięty, najprawdopodobniej wskutek dawnego złamania. Jego nogi także były pokryte wieloma bliznami.

– Czy to *kryptoi* znęcali się nad tobą? – spytała, mając w pamięci młodzieńców, których zadaniem było terroryzowanie helotów, a jej serce ścisnęła litość wobec tych ostatnich i pogarda dla okrutnych spartańskich praktyk.

Lydos wiercił się chwilę z zakłopotaniem, a potem, unikając jej wzroku, odrzekł:

– To nie *kryptoi*…

– A więc kto?

– Król Archidamus słynie z napadów złości i często wyładowuje ją na nas. Kiedyś kazał mnie wychłostać kolczastym biczem za to, że przeszkodziłem mu nocą w spotkaniu, które odbywał z jakimiś nieznajomymi przybyszami. Odkąd mu służę, złamał mi już kilka żeber, nogę, nos…

– I kość jarzmową? – wtrąciła Kasandra.

– Nie, to zrobił król Pauzaniasz – powiedział z dziwnym uśmiechem. – On nie jest aż tak okrutny jak drugi z królów i akurat wtedy mi się należało. Nalewałem mu wina i trochę mi się wylało. Próbowałem je wytrzeć rąbkiem mojej tuniki, ale zrobiłem tylko większą plamę i zostawiłem odcisk mojej ręki na skraju dokumentu, który sporządzał. Wstał i uderzył mnie, ale na tym się skończyło. Miałem szczęście, że to nie był król Archidamus, bo on na pewno zupełnie rozkwasiłby mi twarz.

– Powiedziałeś, że Archidamusa odwiedzili kiedyś nocą jacyś nieznajomi? – zapytała Kasandra prawie szeptem, obawiając się, że nawet w tym zupełnie opustoszałym miejscu Kult mógłby ich podsłuchiwać.

Lydos zmarszczył brwi i odrzekł:

– To byli jacyś wędrowcy z daleka, mówili i wyglądali inaczej, ale dla nas nawet Spartanie wydają się dziwni... Bez urazy...

Ruchem głowy Kasandra zapewniła go, że się nie gniewa.

– Czy ci nieznajomi byli jakoś dziwnie ubrani? Mieli może maski?

– Maski? – zapytał zdziwiony. – Nie... wyglądali raczej jak urzędnicy i handlarze.

Kasandra zastanawiała się, czy mogłaby go jeszcze o coś zapytać, ale nic nie przychodziło jej do głowy. Z zamyślenia wyrwało ją pohukiwanie sowy. Zdała sobie sprawę, że powinni ruszać dalej. Ich droga wiodła cały czas na południe, ku porośniętej paprociami równinie. Kiedy tam dotarli, Kasandra wskazała na światła pochodni w oddali.

– To Korsja, jedna z dwóch wiosek na wybrzeżu.

Lydos pokiwał głową.

– Pamiętasz wszystko, co ci powiedziałam? – upewniła się.

Lydos potwierdził skwapliwym skinieniem, a Kasandra westchnęła, zastanawiając się przez chwilę, czy nie popełnia największego życiowego błędu, który może ją drogo kosztować, ale w końcu powiedziała:

– Ruszaj!

Lydos podniósł skórzaną sakwę i pobiegł w stronę czarnych wzgórz nad Korsją.

Pod osłoną paproci Kasandra podkradła się z Ikarosem na ramieniu do wioski. Księżyc i gwiazdy świeciły na czystym nocnym niebie niczym pochodnie, utrudniając jej zadanie. Pochyliła się więc, by przyczernić twarz i ramiona ziemią. Było duszno, gdzieś dalej rechotały żaby, a w zaroślach raz po raz przemykały polne myszy i lisy. Kasandra zatrzymała się nieopodal wybrzeża. Zalesionych doków strzegły setki ateńskich hoplitów. Oprócz tego w wiosce stacjonowała reszta garnizonu, licząca dwie brygady po pięciuset ludzi każda. Wiedziała już, dlaczego Stentor był tak powściągliwy. Gdyby zaatakował to dobrze strzeżone miejsce i przegrał, Ateńczycy bez trudu zajęliby Beocję, co mogłoby zaważyć na losach całej wojny. Z tawern dochodziły pijackie okrzyki, a dachy domów i wybrzeże uważnie patrolowali łucznicy. Kasandra przyglądała się wąskiej zatoce, z dwóch stron otoczonej postrzępionymi klifami. Właśnie wtedy zauważyła wyróżniającą się na tle innych budowlę – świeżo ociosaną drewnianą wieżę, po której spacerował kapitan łuczników. Jego obnażona pierś i biała peleryna odcinały się na tle nocnego nieba, oświetlone blaskiem księżyca. W oddali dostrzegła słaby blask pochodni i zarysy korynckich okrętów, czekających na próżno na morzu. Ateńczycy tak dobrze strzegli tego kawałka lądu, że koryncka flota odniosłaby dotkliwe straty, jeszcze zanim dobiłaby do brzegu.

Kasandra jeszcze raz popatrzyła na drewnianą wieżę w centrum wioski i na czarne wzgórza ponad nią. Była niemal pewna, że Lydos popędził na te wzgórza po swoją wolność. „Za późno teraz na takie zmartwienia" – pomyślała. Wzdychając, poruszyła lekko ramieniem i siedzący na nim Ikaros poderwał się ku górze, a ona sama przedarła się przez paprocie na obrzeża wioski. Żołnierzy strzegących osady od strony lądu było mniej niż na wybrzeżu, a jeden nawet uciął sobie drzemkę, co Kasandra skrzętnie wykorzystała i wśliznęła się do wioski. Pokonując niskie ogrodzenie i skradając się przez czyjś ogród, dotarła do niewysokiego muru, zza którego widoczny był główny trakt, a tuż za nim podstawa drewnianej wieży. Kasandra poczekała, aż dwóch żołnierzy zniknie bezpiecznie za rogiem, po czym przeskoczyła przez mur. Szybko przetoczyła się na drugą stronę traktu, gdzie schowała się w stogu siana, unikając wzroku dwóch kolejnych, przechodzących tamtędy Ateńczyków. Kiedy się oddalili, podkradła się pod wieżę strażniczą, gdzie poczuła intensywny zapach żywicy. Przechowywano ją w setkach amfor ułożonych wokół podstawy wieży. Nawet gdyby Koryntyjczycy odważyli się podpłynąć bliżej, czekałaby ich śmierć przez spalenie. Nieopodal znajdowało się także jakieś dziwne urządzenie – wydrążona, długa jak maszt belka, wzmocniona żelazem, z miechem na jednym końcu i kociołkiem zwisającym na łańcuchach na drugim. Kasandra przyglądała się tej wojennej machinie przez chwilę, snując kolejny plan, na wypadek gdyby jej misja jakimś cudem się powiodła...

Popatrzyła w górę, na wieżę. Jej ściany były gładkie, ale gdzieniegdzie dostrzegła szczerby i zwisające z nich pojedyncze liny. Szybko oceniła, którędy najlepiej się wspiąć i ruszyła w górę. Palce bolały ją od wysiłku, a łydki dotkliwie ocierały się o surowe drewno. Tuż przy szczycie zatrzymała się na chwilę, słysząc powolne, zdecydowane kroki dowódcy łuczników i ciężkie sapanie drugiego żołnierza, a po chwili także ich rozmowę:

– Koryncka flota odpłynie pod koniec tego miesiąca, a wtedy Spartanie będą musieli wrócić na swoje gospodarstwa... Później upadną Teby – snuł plany dowódca. – Losy wojny niedługo się rozstrzygną i nasze zasługi wreszcie zostaną docenione.

– Ale, kapitanie Nesaia... To, co tu się stało... – odezwał się drugi głos. – Rodziny, które zamordowaliśmy...

– To tylko naturalna konsekwencja podboju – żachnął się Nesaia. – Zresztą, jeśli ta sprawa wyjdzie na jaw, to ty weźmiesz za nią odpowiedzialność...

Kasandra wskoczyła na platformę strzelniczą i mężczyźni odwrócili się gwałtownie w jej kierunku.

– Nie kłóćcie się, rozwiążę za was ten problem – powiedziała półgłosem, rzucając wyjętym z naramiennika sztyletem i wbijając go w szyję ciężko dyszącego żołnierza.

Niemal równocześnie wbiła włócznię głęboko w pierś kapitana Nesaii. Oba ciała osunęły się na platformę prawie bezgłośnie. Kasandra odczekała chwilę, by się upewnić, że nikt z dołu niczego nie zauważył, i przystąpiła do realizacji następnej części planu.

Popatrzyła na czarne skały w głębi lądu i otaczając dłońmi usta, trzykrotnie wydała piskliwy dźwięk, przypominający nawoływanie ptaków. Przez chwilę nasłuchiwała odpowiedzi, ale dobiegły ją tylko odgłosy z tawern – pobrzękiwanie naczyń i wybuchy śmiechu. Wbijając gniewny wzrok w ciemne szczyty, pomyślała w duchu: „Ależ jestem durna!".

Spojrzała w dół, gdzie kilku żołnierzy odwróciło się od nabrzeżnej palisady i mrużąc oczy, popatrywało w kierunku wieży strażniczej. Jeden z nich zawołał:

– Wszystko w porządku, Nesaia?

Kasandra zamarła, a potem, naśladując najlepiej, jak umiała, niski głos kapitana, odrzekła:

– Tak jest!

Z przerażeniem zauważyła jednak, że po obrzeżu platformy spływa z jego ciała krew.

– Krew? – usłyszała zaniepokojony głos przechodzącego obok wojownika. – Coś jest nie tak. Tam, na wieży!

Z pobliskich tawern dochodziły teraz odgłosy ciężkich kroków, a w miejsce wybuchów śmiechu pojawiły się pomruki rozdrażnienia.

– Nesaia? Co tam się dzieje?

Zarejestrowała teraz chrzęst butów i wieża zaczęła się chwiać pod ciężarem wspinających się na nią Ateńczyków. Ikaros próbował im przeszkadzać, ale nie był w stanie ich zatrzymać.

Nagle ponad wioską, od strony górskich szczytów, nad zaroślami paproci i ulicami Korsji poniósł się sygnał bojowy. Wspinający się na wieżę żołnierze zatrzymali się, a potem ich głosy zlały się z okrzykami setek innych. W namiotach, kwaterach i tawernach podniosła się głośna wrzawa:

– Spartanie atakują! Zewrzeć szeregi! Podnieść tarcze!

Kasandra obserwowała z góry, jak ateńskie oddziały formują szyk i wdzierają się między paprocie, aby odeprzeć natarcie niewidzialnej armii.

– Dziękuję ci, Lydosie – wyszeptała z ulgą.

Większość stacjonujących na wybrzeżu żołnierzy opuściła swe posterunki i na palisadzie została zaledwie garstka łuczników. Nie wyglądało na to, by którykolwiek z nich miał przy sobie pochodnię. Wzrok Kasandry spoczął więc na pojemniku ze smołą i lichtarzu płonącym na wieży strażniczej. „Mam nadzieję, że nie śpicie, Koryntyjczycy" – pomyślała Kasandra i kopnęła w naczynie z gęstą, cuchnącą cieczą, która szybko rozlała się po platformie, a potem przewróciła lichtarz.

– Oto sygnał świetlny, jaki wam obiecano... – mruknęła pod nosem.

Kasandra skoczyła w dół i wylądowała w stogu siana, a wieża w mgnieniu oka stanęła w płomieniach.

Daleko na północy niczego nieświadomi żołnierze z lochosu Stentora formowali szyki u podnóża Helikonu. Ich dowódca stał na przedzie i w pierwszych promieniach słońca patrzył na rozciągające się przed nimi równiny Beocji i dalej, ku potężnej linii obrony Ateńczyków.

– Nie powinniśmy opuszczać obozu w górach – powiedział jeden z doradców Stentora.

Archont zagryzł wargi, by nie powiedzieć tego, co cisnęło mu się na usta, i wycedził tylko:

– Ale jesteśmy tutaj.

Prawie w ogóle nie spał tej nocy i z obolałą głową wpatrywał się po raz kolejny w szeregi ateńskiej piechoty, by znaleźć jakiś słaby punkt ich linii obrony. Niektórzy z Ateńczyków zaczęli krzyczeć i pohukiwać, widząc, że oddział Spartan zszedł ze wzgórza, by się z nimi zmierzyć. „Pięciuset ludzi przeciwko pięciu tysiącom..." – pomyślał. „A może *misthios* celowo zwabiła jego lochos w miejsce, z którego nie było ucieczki? Kiedy odchodziła, powiedziała wyraźnie: «bądź gotów do ataku o poranku». Może nie należało wysyłać z nią heloty, w dodatku tylko jednego..."

– Lochagosie! – syknął Spartanin stojący u jego boku. – Zobacz! Ateńczycy się przemieszczają!

Rzeczywiście, długa linia ateńskich żołnierzy zwierała szyki, by zaatakować jego niewielki oddział... Czekała ich niechybna porażka i upokorzenie...

– Lochagosie! Spójrz! – zawołał drugi.

Stentor odwrócił się i na południowym krańcu ateńskiego frontu zobaczył coś dziwnego, wręcz nierealnego, jakby bogowie zmarszczyli równinę i posyłali w ich kierunku potężną falę pyłu. Ateńczycy w panice skierowali się na południe, by zmierzyć się z nacierającą stamtąd koryncką armią.

– Udało jej się – warknął Stentor z mieszanką zazdrości i radości, a potem krzyknął: – Spartanie, do ataku!

Kasandra maszerowała pod czerwonymi sztandarami Koryntu wraz ze strategiem Arysteuszem i jego gwardią oraz pozostałymi oddziałami, które cięły ateńską linię obrony od południa niczym sierp.

– Zaatakować flankę! Stratować ich! – grzmiał Arysteusz w rytm bębna.

Misthios stuknęła w swój hełm, by zakryć ruchomą zasłoną twarz, i razem z koryncką gwardią wkroczyła na najbliższy pagórek z wyciągniętą przed siebie włócznią. Jeden z ateńskich dowódców wskazał na nią palcem i zapewne miał zamiar z niej zadrwić, podobnie jak dowódca, z którym starła się w Megarze, ale nie zdążył wypowiedzieć ani jednego słowa, gdyż z impetem wbiła ostrze w jego twarz, przeszywając na wskroś jego hełm, czaszkę i mózg.

Koryncka ofensywa parła naprzód, zostawiając za sobą ciała poległych Ateńczyków. Kasandra zauważyła, że od strony Helikonu zbliża się oddział wojowników ubranych w czerwone płaszcze.

– Z zachodu nadchodzą Spartanie! – krzyknęła. – Dajcie sygnał Tebańczykom!

Zabrzmiały trąby i gwizdki. Wartka wojenna pieśń wzmagała się z każdą chwilą. Oddział Stentora zaatakował Ateńczyków od zachodu, a krótko potem na wschodzie pojawiła się pobłyskująca srebrem tebańska kawaleria ze wspaniałym Pagondasem na czele. Twarze żołnierzy były zasłonięte szerokimi hełmami z brązu i żelaza, a ich ręce wyposażone w ogromne oszczepy.

– *Áge! Áge! Áge!* – rozległ się bitewny zaśpiew tebańskich jeźdźców, którzy ustawili swe konie w szyku i z furią wbili się w środkową część ateńskiej linii obrony.

Niczym burza wpadli w wir walki, miarowo uderzając żelazem o żelazo. Nad polem bitwy tryskały fontanny krwi, a w pyle turlały się odcięte głowy i kończyny. Krzykom i wrzaskom nie było końca. Grupa Ateńczyków przypuściła szturm na zajęty przez Koryntyjczyków pagórek. Kasandra kopnęła pierwszego z nich i schroniła się za tarczą, odpierając ciosy kolejnych. Ze wzniesienia widać było, jak ateńska flanka na zmianę zwija się i atakuje niczym wąż podgryzany ze wszystkich stron jednocześnie... Zaskoczenie nie mogło jednak trwać wiecznie, a liczebnie Ateńczycy nadal przewyższali sprzymierzone wojska Sparty.

Jeden z korynckich wojowników, przebijając włócznią nacierającego Ateńczyka, rozerwał jego klatkę piersiową i sięgnął płuc. W miejsce tego żołnierza pojawiły się jednak dziesiątki innych.

– Chrońcie strategosa! – krzyknął któryś z Koryntyjczyków i Kasandra wraz z innymi gwardzistami otoczyła Arysteusza ścianą tarcz.

Najpierw posypały się na nich ateńskie oszczepy, a potem strzały. Kasandra rozcięła włócznią brzuch jednego z Ateńczyków, a drugiego raniła w kolano, ale krąg nieprzyjaciela coraz bardziej się zacieśniał i spadające na nich bezustannie strzały raz po raz dosięgały korynckich sprzymierzeńców, którzy ze zduszonymi okrzykami padali na ziemię. Ludzki mur wokół strategosa coraz bardziej się kurczył...

– Dawajcie tu tę machinę! – krzyknęła Kasandra, nie wiedząc, czy ktokolwiek ją usłyszy. – Dawajcie ją!

Jakiś olbrzym z szeregów nieprzyjaciela obciął głowę stojącego tuż obok niej Koryntyjczyka, a potem powalił jednego z osobistych gwardzistów Arysteusza. Kasandra niezwłocznie zajęła jego miejsce i porzucając hoplicki oszczep, wyjęła zza pasa włócznię Leonidasa. Gigant rzucił się na nią i choć udało jej się zablokować jego potężny cios, zadrżała na całym ciele. Kątem oka zauważyła, że oprócz niego atakuje ją jeszcze dwóch Ateńczyków, i wiedziała, że nie uda jej się obronić. Dokładnie wtedy rozległ się potworny wrzask, któremu towarzyszyło uderzenie nagłej fali gorąca. Wszędzie roztaczał się smród palonego ciała i włosów. Za napierającymi na nich Ateńczykami wzniosła się łuna pomarańczowego żaru, a stojący najbliżej niej zajęli się ogniem i niczym żywe pochodnie rzucili się z krzykiem na ziemię. Wielu innych uciekło w popłochu, porzucając broń i tarcze. Opuszczony przez towarzyszy olbrzym chwiał się teraz, a z jego gardła sterczała włócznia korynckiego strategosa.

W oparach czarnego, duszącego dymu, który unosił się nad polem bitwy, Kasandra z trudem łapała powietrze. W oddali widziała, jak trzech Koryntyjczyków dmucha skórzanym miechem w miedzianą rurę, a napełniony żywicą kocioł co chwila razi ogniem ateńskie szeregi. To dzięki niej Koryntyjczycy zabrali ze sobą machinę z portu w Korsji i chyba zdążyli się już przekonać, że ta mała niegodziwość dobrze im się przysłuży.

Przez zapadnięciem zmierzchu Ateńczycy byli w pełnym odwrocie. Tebańska kawaleria udała się za nimi w pogoń i rozprawiała się z najbardziej zuchwałymi, a korynccy łucznicy słali za nimi deszcz strzał. Bitwę można było uznać za wygraną.

Kasandra wbiła swą podniszczoną włócznię w kopczyk ziemi, a Ikaros sfrunął i usadowił się na jej ramieniu. Z korynckiej straży królewskiej ocalało zaledwie kilku żołnierzy, którzy teraz odprowadzali strategosa z pola bitwy.

– Nie zapomnę, co zrobiłaś dzisiaj dla mojej armii ani wcześniej dla Koryntu, *misthios* – zawołał Arysteusz, odchodząc.

Przez jakiś czas nad beocką równiną rozlegała się pieśń zwycięstwa, której towarzyszyło brzęczenie much i pisk drapieżnego ptactwa. Kasandra wiedziała, że nie będzie jej łatwo zapomnieć zapachu śmierci i spalonych ciał. Odczuwała ulgę, że ten dzień się już skończył. Przypasała włócznię do boku i zeszła z pagórka umorusana pyłem, błotem i plamami zaschniętej krwi. Na obrzeżach pola bitwy czekał na nią skulony Lydos, dzięki któremu jej plan przechytrzenia Ateńczyków się powiódł. Trzymał w rękach miskę wody i naczynie z oliwą, aby ją obmyć. Kasandra podeszła do niego i powiedziała:

– Zrobiłeś już dziś wystarczająco dużo. Na bogów! Według mnie powinieneś za to zyskać wolność.

– Ja… nigdy bym się nie odważył o to prosić – wyjąkał helota, trzęsąc się i nerwowo odgarniając włosy z twarzy.

Kasandra lekko uścisnęła jego ramię i obiecała:

– Zadbam o to, by twój udział w wyzwoleniu tych ziem został doceniony, Lydosie.

Tam, gdzie jeszcze do niedawna znajdowała się ateńska linia frontu, sprzymierzone oddziały celebrowały zwycięstwo. Kasandra usłyszała gardłowy okrzyk Spartan, którzy otoczyli swego dowódcę i z podniesionymi włóczniami gromko zawołali *Aroo!* Zaraz potem zakrwawiony Stentor opuścił krąg swych żołnierzy i szybkim krokiem ruszył w stronę Kasandry.

– Zwyciężyłeś! Twoje dowództwo doprowadziło do triumfu Sparty! – pogratulowała mu z daleka.

Stentor nawet nie zwolnił i z pochmurnym wyrazem twarzy podchodził coraz bliżej.

– Teraz, kiedy nakaz króla Archidamusa został wykonany, możemy wreszcie wyrównać rachunki… – warknął, wymierzając w nią włócznię.

Kasandra uskoczyła w bok.

– Straciłeś rozum? – krzyknęła.

– Mój rozum nigdy nie miał się lepiej – syknął, odganiając atakującego go Ikarosa. – Zginiesz za to, co zrobiłaś pod Megarą!

– Nie rozumiesz… – sapała, unikając jego ciosów.

– Doskonale rozumiem! Gdybyś się nie pojawiła, wszystko byłoby inne. Przez ciebie ta wojna potoczyła się nie po naszej myśli! Zgładziłaś mojego ojca, ty pieprzona suko!

– Robiłam to, co musiałam… – burknęła Kasandra, dobywając włóczni.

– Więc powinnaś mnie dobrze rozumieć!

Stentor spiął się do natarcia, lecz jego mięśnie nagle zwiotczały i zrobił kilka kroków w tył, wpatrując się w jakiś punkt za jej plecami.

Kiedy Kasandra się odwróciła, zobaczyła zarys zbliżającej się do nich postaci. Ubrany w brązową tunikę dojrzały mężczyzna wyłonił się z unoszącego się nad pobojowiskiem dymu. Nie wyglądał jak Spartanin ani Ateńczyk, tylko jak zwykły obywatel Hellady.

– Ona nie jest niczemu winna, Stentorze – powiedział Nikolaos spokojnym tonem.

Przeszedł obok i porozumiewawczo skinął głową w jej stronę. Kasandrę przeszył dreszcz, zrozumiała bowiem, że jej podejrzenia były słuszne i odkąd znalazła się w Beocji, Wilk śledził uważnie jej każdy krok.

– Ojcze...? Myślałem, że nie żyjesz... – wyjąkał zaskoczony Stentor.

– Umarłem dla wojny – odrzekł Nikolaos. – Po konfrontacji z Kasandrą w Megarze wiedziałem, że nie mógłbym już przewodzić armii, niosąc tak ciężkie brzemię na swych ramionach. Byłem też pewien, że miałem godnego następcę. Nie chciałem odchodzić bez pożegnania, ale gdybym tamtej nocy wrócił do obozu, nie mógłbym go opuścić...

– Byłem przekonany, że ona cię zabiła... – nadal nie dowierzał Stentor.

– I mogła to zrobić, a może nawet powinna. Ale stało się inaczej. Zabrała mój hełm, by otrzymać nagrodę, którą jej obiecano. A ja zostałem i płakałem jak dziecko. Słowa prawdy, które od niej wtedy usłyszałem, sięgnęły głębiej niż jakiekolwiek ostrze, ale jednocześnie oświeciły mnie niczym światło Apollina. Przez jakiś czas wędrowałem bez celu i moja dusza nieraz umierała podczas tej wyprawy. Wreszcie udało mi się pogodzić z przeszłością, wróciłem i od tamtej pory walczę u twego boku. Od niespełna dwóch lat obserwowałem twój lochos i robiłem, co w mojej mocy, by nie przeniknął do niego ani jeden szpieg. Zostawiałem ci też wskazówki, jak unikać zasadzek i które trasy obierać.

Kasandra schowała włócznię i popatrzyła Stentorowi w oczy bez cienia triumfu.

– Prawda jest jednak taka, że nie potrzebowałeś mojej pomocy – ciągnął Wilk, podchodząc do Stentora. – Będziesz znacznie lepszym dowódcą niż twój ojciec.

Stentor zasalutował w podziękowaniu. „Spartanie są rzeczywiście zimni jak lód" – dziwiła się w duchu Kasandra. „Oddanie honorów to najlepsze powitanie, o jakim myśli syn, widząc ojca, który powraca z zaświatów..." Zaraz potem Nikolaos rozpostarł jednak ramiona i Stentor, odrzucając broń, w geście pełnym emocji rzucił się w jego objęcia i pozostał w nich przez dłuższą chwilę. Kasandra patrzyła na nich ze smutkiem i rozrzewnieniem. „Pod tym lodem tli się jednak płomień uczuć" – pomyślała. „Doświadczenie miłości było jedyną rzeczą, jakiej kiedykolwiek chciałam. Pragnęłam kochać ojca, matkę, brata i być przez nich kochaną. Teraz, Stentorze, ten dar stał się twoim udziałem... Ciesz się nim..."

Stentor zdusił łkanie, podniósł mokrą od łez twarz i spojrzał dokoła. Szybko otarł policzki, twierdząc, że to dym podrażnił mu oczy. Kasandra uśmiechnęła się pobłażliwie i wraz z nieodstępującym jej na krok Ikarosem opuściła pole bitwy.

14

Pod koniec lata Kasandra udała się z Beocji z powrotem do Sparty, mając głęboko w pamięci pożegnalne słowa Nikolaosa:

– *Bądź ostrożna. Już kiedyś przestrzegałem cię przed żmijami czającymi się w trawie, ale jest znacznie gorzej, niż mi się wtedy wydawało. Nad Krainą Dolin zawisło coś strasznego. Nie dostrzegałem tego, będąc w armii i biorąc udział w wojnie, ale z zewnątrz stało się dla mnie oczywiste, że nad Spartą zaległ jakiś mroczny cień…*

Dobrze wiedziała, o czym mówił. Nawet dla kogoś, kto nie znał za bardzo tematu Kultu Kosmosu, atmosfera w Sparcie wydawała się napięta, a poczucie nadciągającej klęski było wszechobecne. Kasandra otuliła się ciaśniej płaszczem, pogrążając się w kolejnych wspomnieniach. Przypomniała sobie, jak Nikolaos uważnie słuchał, gdy opowiadała mu o Myrrine. O tym, że wciąż żyje i że wróciła do ojczyzny. Milczał potem przez dłuższy czas, aż wreszcie niemal szeptem powiedział:

– Może kiedyś będę mógł znów usiąść obok niej, zjeść razem posiłek i napić się wina…

W jego głosie nie było jednak słychać nadziei, że to życzenie kiedykolwiek się spełni.

Kasandra jechała wzdłuż zachodniego brzegu rzeki Eurotas. Minęła świątynię Likurga i most Babyks. Za leśnym prześwitem czekała na nią Myrrine i jej nowa rodzina – Barnaba, Brazydas i Herodot. Opłacony przez nią posłaniec najwyraźniej dotarł do nich na czas. Matka miała łzy w oczach, Herodot i Brazydas patrzyli na nią z dumą, a Barnaba nie posiadał się z radości. Kiedy zeszła z konia i padła w objęcia Myrrine, przypomniała sobie spotkanie Nikolaosa i Stentora na polu bitwy. Wtuliła się w matkę i upajała się jej delikatnym zapachem. Minęła dłuższa chwila, zanim odstąpiły od siebie i przybrały poważne, niewzruszone wyrazy twarzy, przypominając sobie, gdzie się znajdują. Wszyscy razem udali się do skromnego domu w Pitanie. Barnaba szybko pogrążył się w głębokim śnie, a Brazydas usiadł na progu, by naostrzyć grot włóczni. Herodot zaś szkicował Ikarosa, który czyścił sobie piórka we wnęce nad wejściem. Myrrine i Kasandra grzały się przy palenisku po chłodnej kąpieli w Eurotasie, popijając czarny rosół. Kasandra opowiedziała matce o wydarzeniach w Beocji i o powrocie Nikolaosa.

– Nigdy ci nie wyjawiłam, że darowałam mu życie. Nie byłam pewna, czy mi wybaczysz... – wyznała.

Myrrine nalała im dodatkową porcję zupy i podzieliła kolejną porcję chleba.

– Kiedyś powiedziałaś mi o płomieniu, który się w tobie palił, Kas – zaczęła cicho Myrrine. – Powiedziałam ci wtedy, że powinnaś go zdusić w sobie i nikomu o nim nie mówić... Ale myliłam się. Jesteśmy Spartankami, ale nie tylko – dokończyła, ściskając jej dłoń.

Kasandra uśmiechnęła się łagodnie i wzięła kolejny łyk rozgrzewającego rosołu.

– To nie Nikolaosa pojechałam tam szukać... – powiedziała po chwili. – Na temat powiązanego z Kultem króla, Czerwonookiego Lwa, niestety niczego się nie dowiedziałam. Nie znalazłam żadnych jego śladów ani poszlak jego win.

Wpatrując się w ogień, ściszyła głos i niemal szeptem ciągnęła:

– Jutro mam się stawić w sali królewskiej, by zdać relację z wyprawy do Beocji. Chciałam wykorzystać tę okazję, by zdemaskować zdrajcę, ale najwyraźniej Archidamus doskonale zaciera tropy...

– Ja też niewiele odkryłam – powiedziała Myrrine. – Arkadia to dziwne miejsce i nie raz dziękowałam bogom, że Brazydas był ze mną. Włócznie przydawały nam się tam znacznie częściej, niż myśleliśmy. Użyliśmy ich nawet przeciw samemu archontowi.

Kasandra dopiero teraz zauważyła świeże blizny na rękach matki.

– Tak jak się obawiałam, archont Lagos należał do Kultu – ciągnęła Myrrine, odkładając miskę z zupą, jakby nagle straciła apetyt. – Razem z nim była grupa zamaskowanych osób. Brazydas i jego wojownicy walczyli jak lwy, by zgładzić przeciwników, i w końcu został tylko Lagos. Nawet gdy powaliłam go na ziemię i przystawiłam włócznię do jego piersi, nadal myślał, że jest niezniszczalny, jakby ten jego Kult miał moc w każdej chwili go uratować. Dopiero gdy powiedziałam mu, kim jestem i kim jest moja córka, przestał być tak pewny siebie. Niegdyś było ich czterdzieści dwoje. Teraz pozostało tylko sześcioro głównie dzięki twoim wysiłkom – powiedziała, kładąc córce rękę na kolanie.

– I jeden z nich nadal zasiada na tronie Sparty... – rzekła zrezygnowana Kasandra.

– Próbowałam zmusić Lagosa do wyjawienia tożsamości zdradzieckiego króla – westchnęła Myrrine – zanim go zabiłam, wył i błagał o litość, ale nie powiedział mi, kim on jest. Jedyne, co udało mi się zdobyć, to kolejny szyfr Czerwonookiego Lwa – dodała, wyjmując zniszczony zwój.

Kasandra przyjrzała mu się w świetle paleniska i zauważyła pieczęć z lwią głową, tę samą, którą zalakowano pismo z Paros. Rozwinęła rulon – były na nim tylko niezrozumiałe symbole, a co gorsza, dokument poplamiono i część tekstu przesłaniał zaciek... Odkrycie, którego właśnie dokonała, zmroziło jej krew w żyłach. Wstrzymała oddech i upuściła naczynie z zupą, budząc tym Barnabę. Zaniepokojony Brazydas odstawił naostrzony grot włóczni i wpadł do środka, a matka schwyciła ją za ramiona i powtarzała:

– Co się stało, o co chodzi?

Kasandra jeszcze długo nie mogła odpowiedzieć na to pytanie.

W sali królewskiej rozlegało się ględzenie członków geruzji. Rozstrzygali właśnie spór pomiędzy dwoma spartiatami, którzy krzyczeli i jeden przez drugiego przedstawiali swoje racje. Pierwszy uważał, że gaj oliwny na jednym z niższych stoków pasma Tajgetu należał do niego, ponieważ go pielęgnował. Drugi zaś twierdził, że to on był właścicielem uprawy z uwagi na przywilej pierworództwa. Mężczyźni wrzeszczeli wniebogłosy, aż poczerwienieli na twarzach. Wreszcie ten ubiegający się o własność z tytułu pierwszeństwa dziedziczenia otrzymał najgłośniejszą aklamację i sprawa została uznana za zamkniętą, po czym uzbrojeni *hippeis* wyprowadzili obu z sali. Oczy zgromadzonych skierowały się następnie na Kasandrę, Myrrine i Brazydasa.

Kasandra podeszła do podestu, który zajmowali obydwaj królowie oraz pięciu eforów.

– Ach, tak... doniesiono mi, że zwyciężyliśmy w Beocji. Nie zginęłaś zatem w walkach? – zapytał Archidamus jakby od niechcenia.

Członkowie geruzji zaśmiali się szyderczo, lecz niezrażona Kasandra wbiła w króla wyczekujący wzrok. Długo przyglądała się burzy jego zmierzwionych włosów, potarganej brodzie, przekrwionym oczom i nienawistnemu obliczu, aż ten wreszcie wymamrotał:

– Sparta jest ci wdzięczna...

– Możecie też wrócić do waszej posiadłości – dodał pospiesznie król Pauzaniasz. – Zadbam o to, by zdjęto z niej łańcuchy i uprzątnięto ją, zanim się tam przeniesiecie.

Dwóch wartowników podeszło do Kasandry, aby odprowadzić ją do drzwi, ona jednak nie miała zamiaru opuszczać sali.

– Czy to wszystko? – syknął zniecierpliwiony Archidamus.

– Moja rodzina została oszukana, podobnie jak cała Sparta – rzekła Kasandra, a członkowie geruzji westchnęli chórem. – Przyszliśmy tu dzisiaj, by zdemaskować osobę, która za to odpowiada.

– Tak? A któż to taki i jaki czyn popełnił? – zaśmiał się głośno Archidamus, licząc na wsparcie geruzji.

– Na wyspie Paros znalazłam dowód na to, że jeden z królów Sparty, zwany Czerwonookim Lwem, nie służy swej ziemi ani bogom, tylko... Kultowi Kosmosu.

W sali zapadła przejmująca cisza.

– To bardzo poważny zarzut, zhańbiona potomkini Leonidasa – powiedział wreszcie Archidamus, marszcząc czoło. – Jeśli chcesz zachować swą głowę, musisz to udowodnić.

Kasandra rzuciła mu pismo z Paros. Król pobladł, a jego oczy jeszcze bardziej zaszły krwią.

– To rzeczywiście symbole Kultu, ale to jeszcze niczego nie dowodzi – powiedział.

U boku Kasandry stanęła Myrrine.

– To prawda. Ten dokument sam w sobie jest bezwartościowy, ale kiedy przebywałam w Arkadii, udało mi się zdobyć drugi, podobny zwój z pieczęcią lwa – powiedziała, potrząsając skórzanym rulonem. – Inny członek tego tajemnego bractwa potwierdził także przed śmiercią, że na tronie Sparty zasiada zdrajca.

Archidamus zatrząsł się z wściekłości i zaczął wymachiwać swoją potężną dłonią i sygnetem z wizerunkiem jastrzębia na jednym z palców. Potem wskazał na Pauzaniasza i jego pierścień przedstawiający półksiężyc, po czym wrzasnął:

– Jesteście ślepe?! Na tronach Sparty nie ma żadnego Czerwonookiego Lwa!

Na jego skinienie do Kasandry i Myrrine zbliżyło się dwóch strażników z uniesionymi w górę i gotowymi do użycia włóczniami.

– Powinienem to zrobić, kiedy przyszłyście tu po raz pierwszy – syknął.

– Zaczekaj! – krzyknęła Kasandra, rzucając zwój z Arkadii w jego stronę. – Przyjrzyj się temu dokumentowi!

Archidamus złapał go i po chwili wahania rozwinął zwój.

– Czy widzisz po jednej stronie plamę w kształcie ręki? – zapytała Kasandra. – W Beocji pomagał mi helota, którego ręka odbiła się na skraju dokumentu, ponieważ rozlał wino, kiedy... podpisywał go król Pauzaniasz!

Z twarzy Archidamusa odpłynęły resztki krwi. Skierował wzrok na trzymane w rękach pismo, a wszyscy zgromadzeni popatrzyli na młodszego z królów.

– Pokaż mi swe suplementarne pieczęcie – grobowym tonem poprosił Archidamus.

– Po co? – zaśmiał się Pauzaniasz. – Przecież to oskarżenie jest niedorzeczne... One zasługują na śmierć...

Archidamus rzucił mu groźne spojrzenie, a potem poderwał się i podniósł drugiego z królów niczym zabawkę. Chwycił zawieszony na jego szyi cienki srebrny łańcuszek, zerwał go i uniósł w górę. Sala królewska zamarła, z łańcuszka zwisał bowiem sygnet z wizerunkiem lwa.

– To ty?! – warknął Archidamus z niedowierzaniem.

– Tak, mój panie – spokojnie rzekła Kasandra. – Pauzaniasz za dnia chowa się za głosem rozsądku, a nocami, gdy spotyka się ze swym tajnym bractwem, za maską.

Członkowie geruzji podnieśli się z miejsc i podeszli do obydwu królów. Archidamus postawił Pauzaniasza na ziemi, a ten zwrócił się najpierw w kierunku starszyzny, a potem eforów:

– Nie rozumiecie! One kłamią! – nerwowo przekonywał żądnych zemsty mężczyzn, którzy go otoczyli.

– Dowody są jednoznaczne – powiedział spokojnie jeden ze starców, wyjmując zza pasa buławę.

– Państwo i bogowie zakazują wyrządzania krzywdy królom Sparty – próbował się bronić Pauzaniasz.

– Bogowie zrozumieją – zapewnił go jeden z eforów, rozciągając cienką linę.

Archidamus wyszedł z zacieśniającego się wokół Pauzaniasza kręgu i zwrócił się do Kasandry, Myrrine i Brazydasa:

– Zostawcie nas. Wyrównamy rachunki. Zdrajca nie będzie nam więcej zagrażać.

Kasandrze zrobiło się nagle żal Pauzaniasza. Zanim *hippeis* zdołali zatrzasnąć za nimi drzwi sali królewskiej, usłyszeli jego mrożący krew w żyłach krzyk. Niemal przez cały ten czas Kasandra była pewna, że to Archidamus był zdrajcą, i zdała sobie sprawę, że mało spartańskie zachowanie Pauzaniasza i chęć pomocy powinny być dla niej swego rodzaju wskazówką. W odmętach jej pamięci zabrzmiała gorzka maksyma Sokratesa: „Nic nie jest takie, jakim się wydaje, Kasandro".

15

Kasandra stała na dziobie Adrestii tnącej wezbrane fale Morza Egejskiego. Popatrując na ścigające się z okrętem delfiny oraz dotrzymującego im tempa Ikarosa, myślała o tym, co wydarzyło się przez ostatni rok, odkąd Sparta pozbyła się fałszywego króla.

Jesień i zimę Kasandra spędziła głównie w gimnazjonie, ćwicząc z Testiklesem. Trenowali nawet podczas burz śnieżnych. Barnaba i Reza zbudowali specjalnie dla czempiona górę ze śniegu, by mógł trenować podbiegi. Pewnego dnia nie udawało im się go nigdzie znaleźć. Dopiero kiedy z wnętrza śnieżnego pagórka usłyszeli stłumiony pijacki śpiew, wiedzieli, gdzie go szukać. Odgarnęli śnieg i w niewielkiej jamie zobaczyli upojonego Testiklesa, przytulonego do bukłaka z winem.

– Wiecie, jak Spartanie uczą młodych, by nie pili nierozcieńczonego wina? Zmuszają helotów do upicia się i wystawiają ich na pośmiewisko – tłumaczyła Kasandra, kiedy wraz z Barnabą wyciągali Testiklesa za kostki na świeży śnieg. – Najwyraźniej nasz mistrz nie wyniósł zbyt wiele z tej lekcji.

Kiedy Testikles wytrzeźwiał, Reza zaproponował mu rywalizację w pankrationie. W pierwszej rundzie spartański mistrz świetnie sobie radził, unikał ciosów sternika Adrestii, kopał, mocował się z nim i wreszcie powalił go na ziemię. Reza wstał i zacisnął pięści gotowy do ataku. Stojący z boku Herodot zagrzewał Testiklesa do walki, wołając:

Z furią rzuca się w walki wir
Spartanin nieustraszony.
Czymże dla niego żałobny kir,
Gdy chwałą będzie nagrodzony.

Zdziwiony Testikles odwrócił głowę i wymamrotał:

– Co takiego?

– To fragment słynnego spartańskiego poematu... – westchnął Herodot.

Wykorzystując konsternację przeciwnika, Reza uderzył Testiklesa pięścią w twarz i rozłożył go na łopatki. Czempion ocknął się po chwili, żądając mocnego wina, aby ukoić ból.

Kasandra i Myrrine spędzały długie, mroźne wieczory, grzejąc się przy palenisku w odzyskanej willi. Często rozmawiały o przeszłości, a także o chwilowo uśpionej w związku ze zbliżającymi się igrzyskami wojnie. Zastanawiały się, gdzie może być Dejmos. Kasandra przeczuwała jednak, że zawieszenie broni było tymczasowe i że ten okres wytchnienia nie może trwać wiecznie. Tak jak wiele lat temu przed tragedią na górze Tajget, wiedziała, że coś się wkrótce wydarzy...

Wiosną Spartę obiegła wiadomość, że duża grupa helotów zamordowała swego właściciela i uciekła na zachód. Jeden z posłańców twierdził, że zaopatrzeni w broń i pożywienie schronili się oni na pobliskiej wyspie Sfakteria. Śmiały występek helotów stanowił dla Sparty duże zagrożenie, był jak pociągnięcie za luźną nitkę tuniki, cała szata zaraz uległaby zniszczeniu, dlatego też należało go zdusić w zarodku. Zgromadzenie eforów podjęło decyzję wysłania przeciw zbiegom całego lochonu pod dowództwem Brazydasa, który pretendował do rangi prawdziwego spartańskiego bohatera.

W tym samym czasie Adrestia z Testiklesem na pokładzie wypłynęła w morze, by okrążając Peloponez, dotrzeć do Elis na zebranie olimpijczyków. Herodot skrzętnie zapisywał każdy odcinek podróży mistrza, a Barnaba z entuzjazmem młodzieńca wymieniał liczne zwycięstwa, które ten miał odnieść. Ostatecznie Testikles zasłużył sobie tylko na jeden, nieoficjalny tytuł największego głupca w historii Hellady, jeszcze zanim Adrestia przybiła do brzegu. Na dzień przed olimpijskim zgromadzeniem, jak zwykle upojony, atleta obudził się i zażyczył sobie, by ktoś go naoliwił. Reza i Barnaba uznali wtedy, że wysoko na maszcie czekają na nich jakieś niecierpiące zwłoki obowiązki, a Herodot zniknął nagle w kabinie i zamknął się w niej od środka. Czempion zwrócił się zatem ze swą prośbą do Kasandry, która rzuciła tylko:

– Sam się naoliw!

– Ale niektórych miejsc sam nie dosięgnę – żalił się Testikles, uśmiechając się szeroko. – No, chodź! – prosił, rozpościerając szeroko ramiona i rzucając się ochoczo w jej kierunku.

Próbując go uniknąć, Kasandra odsunęła się w bok, zupełnie nie przewidując opłakanych konsekwencji tego ruchu. Testikles potknął się o zwiniętą linę i wypadł za burtę, z potężnym pluskiem znikając pod wodą. Barnaba pędem wrócił na pokład i chwycił linę, aby go wyłowić.

– Testiklesie?! – zawołał.

Ale ślad po atlecie zaginął.

Po chwili nad powierzchnię wody wyłoniła się czarna płetwa i morska toń zabarwiła się na czerwono. Na pokładzie wszyscy zamarli z przerażenia, patrząc, jak w otoczeniu pojedynczych bąbelków powietrza wypływa brudna przepaska, którą nieszczęsny czempion nosił na biodrach. Niepocieszony Barnaba padł na kolana i wyciągając ręce ku niebiosom, zawył po stracie bohatera, w którym pokładał wielkie nadzieje.

Po tej tragedii igrzyska nie były już tym samym wydarzeniem. Tak długo wyjaśniano, że Sparta nie będzie mieć swego reprezentanta, że Kasandra, zmęczona bezczelnością i złośliwością organizatorów, wzięła w nich udział zamiast Testiklesa i pokonując wszystkich przeciwników w pankrationie, zdobyła wieniec laurowy. W biegu przegrała tylko z Alkibiadesem, który nie omieszkał zaprosić jej do wspólnego świętowania tej okazji we właściwy sobie sposób. *Misthios* świetnie rzuciła też dyskiem, bijąc poprzedni rekord Sparty, ale przegrała z dobrze zbudowanym reprezentantem jednej z wysp.

Z zamyślenia wyrwały Kasandrę bojowe okrzyki rozlegające się na pokładzie. To Barnaba odgrywał jej zwycięski pankration i wściekle boksował powietrze, a stojący na stosie worków z ziarnem podekscytowany Herodot opatrywał scenę stosownym komentarzem:

– ...potem objęła przeciwnika w pasie i rzuciła nim o ziemię...

Barnaba nie zapomniał o żadnym z jej ruchów, tymczasem Ikaros wymachiwał skrzydłami i skrzeczał, co stanowiło głośny doping.

Kasandra podarowała lojalnemu kapitanowi swój wieniec laurowy i Barnaba nie zdejmował go z głowy, odkąd opuścili Elis. Była niemal pewna, że nikt w Sparcie aż tak by nie cenił tego trofeum. Po raz pierwszy w życiu myślała jednak o swej ojczyźnie bez cienia nienawiści. W oddali widać już było zarys Trinísii, jednego ze spokojniejszych portów Sparty. Przy brzegu zacumowanych było wiele łodzi i tratw, których właściciele raz po raz zanurzali się w wodę, by po chwili wyłonić się z naręczem muszli ślimaków morskich, z których sączył się charakterystyczny fioletowy atrament. Kasandra spojrzała głębiej w ląd i nagle odczuła silną tęsknotę za matką i domem.

Kiedy podpłynęli bliżej portu, zobaczyła, że Myrrine czeka już na nią na przystani. Jej twarz była wyraźnie zatroskana, więc schodząc z pokładu na molo, Kasandra zapytała:

– Co się stało?

Wokół nich zaniepokojeni żołnierze pokrzykiwali nerwowo. Myrrine musiała się uspokoić i otrzeć łzy, zanim powiedziała:

– Kiedy Brazydas i jego ludzie dotarli do Sfakterii, okazało się, że ukrywający się tam heloci nie byli dla nich największym zagrożeniem. Ateńskie oddziały wojskowe zdołały tam dotrzeć przed nimi.

– Zastawili na nich pułapkę?

– Na to wygląda. Brazydas domyślił się wszystkiego na czas i zdołał jej uniknąć, ale jego ludzie cały czas walczą, by utrzymać wyspę. Okręty blokują ciasne zatoczki, na wyspie i na wybrzeżu Pylosu raz po raz dochodzi do potyczek, a wszelkie ugody i pozorne rozejmy ostatecznie zawsze prowadzą do kolejnych starć. Sfakteria tonie we krwi. Brazydas nie może się stamtąd wydostać, mimo iż jego elitarny oddział niełatwo pokonać. Wieść głosi, że zmierzają tam właśnie wysłane przez Kleona dodatkowe posiłki Ateńczyków, które mają odbić wyspę z rąk Spartan… – urwała.

Kasandra wyczytała w oczach matki, co chciała powiedzieć, i dokończyła za nią:

– Wśród nich jest Dejmos, prawda?

Myrrine skinęła i oparła głowę na piersi Kasandry. Chwilę stały przytulone w świetle zachodzącego słońca. W tle rozlegały się gorączkowe nawoływania żołnierzy, którzy wysyłali na morze łodzie do połowu skorupiaków, by te czym prędzej sprowadziły do portu nieliczne spartańskie galery wojskowe. Eforzy nie zgodzili się na posłanie na odsiecz Brazydasowi jeszcze jednego lochonu z obawy, że zbyt poważnie osłabi to ich zdolności obronne. W ich miejsce skierowali grupę tysiąca tegeańskich sojuszników.

Myrrine uniosła głowę i patrząc Kasandrze w oczy, powiedziała:

– Wiem, o czym myślisz, i nie chcę cię powstrzymywać. Skoro Dejmos płynie na Sfakterię z Ateńczykami, to znaczy, że Kult chce, by to oni wygrali tę wojnę, i ma zamiar rozprawić się z Brazydasem i jego wojskami. Nie możemy do tego dopuścić. Udaj się tam i zrób to, co wydaje ci się słuszne, ale proszę, przyprowadź mi mojego syna...

Zarówno Spartanie, jak i inni mieszkańcy Hellady zwykle nie walczyli w sposób obłudny lub przewrotny, ale tocząca się wielka wojna nagięła klasyczne zasady.

Czasy, gdy falangi ścierały się przeciwko sobie w honorowych bitwach, odeszły w przeszłość. Zdesperowane strony konfliktu zaczęły więc w swych działaniach wykorzystywać podstęp, oblężenie, potężne machiny, oszustwa i kłamstwa. Przysięgi straciły swe znaczenie i stały się symbolem dwulicowości. Cała Hellada przypominała gniazdo żmij i nie inaczej było na Sfakterii.

Zastygłe w powykręcanych kształtach ciała Spartan, helotów i Ateńczyków leżały niepogrzebane na polach bitew. Żołnierze Brazydasa walczyli mężnie i choć ich oddział kurczył się z dnia na dzień, nadal pozostawali niepokonani. Ateńskie galery przybijały do brzegów wyspy każdego miesiąca z nowymi posiłkami, natomiast odsiecz dla Spartan została wysłana dopiero w ostatnich dniach lata. Brazydas i jego ludzie bronili się resztkami sił, zapędzeni na Sfakterię, gdy dziesięć trirem tegeańskich wojsk z Adrestią na czele podpłynęło nocą do brzegów tego wąskiego północnego półwyspu.

Przywitał ich ciepły, cuchnący wiatr wiejący od wyspy. Kasandra z Ikarosem na ramieniu przycupnęła na dziobie i bacznie obserwowała gęsto zalesiony teren, gdzieniegdzie oświetlony słabym blaskiem.

– Dlaczego wyspa jest oświetlona? Przecież nie ma tu osad, tylko stary spartański fort…

– Obawiam się, *misthios*, że Ateńczycy wyciągnęli wnioski z porażki w Beocji – odrzekł Barnaba z grobową miną.

Kasandra zmrużyła oczy i zobaczyła, że to, co wydawało jej się światłem, było w rzeczywistości łuną bijącą z szalejącego w centrum wyspy ognia. Gaje oliwne i sosnowe trzeszczały zajęte płomieniami. Im bliżej załoga podpływała, tym wyraźniej widać było odcinające się na tle nocnego nieba płonące strzały. Ateńczycy najwyraźniej używali też ziejących ogniem machin, bo z północnych wybrzeży na zajętą ogniem środkową część wyspy nieustannie spadały rozżarzone pociski.

– Tak muszą wyglądać bramy Hadesu… – wyszeptał Barnaba.

Kasandra usłyszała odległy, samotny jęk spartańskich piszczałek i rozpoznała w nim sygnał dla ostatniej linii obrony. Dokładnie taki sam wybrzmiał podczas wizji bitwy pod gorącymi wrotami, którą ukazała jej włócznia Leonidasa.

– Musimy się pospieszyć – ponagliła załogę.

– Nie możemy tak po prostu przybić do brzegu. Na wybrzeżach roi się od ludzi Kleona, ale możemy podkraść się bardzo blisko. Przytrzymaj się czegoś, *misthios* – rzekł Barnaba i oddalił się, a Kasandra chwyciła za wiszącą obok linę.

Adrestia popędziła wzdłuż wybrzeża, niebezpiecznie blisko mielizny, ale za to pod osłoną nisko wiszących półek skalnych. W pewnej chwili załoga okrętu zobaczyła ateńskie wojska zgromadzone w jednej z zatok. Było tam kilkuset łuczników i falanga pięciuset hoplitów – a to tylko niewielka część wojsk nieprzyjaciela, stacjonujących na północnym wybrzeżu wyspy.

Adrestia z chrzęstem osiadła na kamienistej plaży, tuż zanim Ateńczycy zdążyli ich zauważyć.

– Zajmijcie wybrzeże – krzyknęła Kasandra w stronę dziewięciu kolejnych galer przybijających za nimi do brzegu i zeskoczyła z pokładu.

W ich kierunku posypały się tysiące ognistych strzał nieprzyjaciela. Kasandra zakryła się tarczą, a Tegeańczycy szybko uformowali za nią szyk. Wiedziała, że byli odważni i lojalni, ale brakowało im pewności siebie. Nie mogła więc na nich polegać tak jak na spartiatach Stentora i musiała ich zmotywować do walki. Gardła stojących za nią wojowników były raz po raz przebijane strzałami i wielu poległo w tych pierwszych chwilach. Jeden z Tegeańczyków zajął się ogniem i niczym żywa pochodnia rzucił się z powrotem ku mieliźnie. Inny, któremu grot wbił się prosto w oko, padł bezwładnie na mokry piasek.

– Przygotować włócznie! – zagrzmiała Kasandra, cudem unikając jednego z płonących pocisków. – Naprzód marsz!

W duchu czuła, że jej zdecydowanie dodaje odwagi sojuszniczym wojskom. Szybkim marszowym krokiem zmierzali w głąb lądu. Ateńscy łucznicy przez jakiś czas nie ruszali się z miejsc, ale wkrótce zaczęli znikać wśród drzew. Nie mieli szans w walce z hoplitami. Czekało ich zatem starcie z pięciuset żołnierzami ateńskiej piechoty. Ich taksiarcha wydał rozkaz do ataku i wkrótce oba oddziały pogrążyły się w walce. Szczęk oręża i krzyki żołnierzy zlały się z odgłosami innych potyczek, prowadzonych głębiej na lądzie i wzdłuż wybrzeży.

Kasandra wbiła swą włócznię w ramię przeciwnika i szybko ją wyrwała, by odeprzeć kolejny cios.

– Wykończ go! – rzuciła w kierunku stojącego tuż obok Tegeańczyka, który wykonał zadanie, przebijając Ateńczyka na wskroś.

Nieprzyjacielskie wojska kurczyły się z każdą chwilą i trup ścielił się gęsto pod stopami Kasandry i reszty załogi. Parli coraz głębiej w ląd. Po jakimś czasie zdziesiątkowani Ateńczycy zaczęli w panice uciekać. Droga do płonącego lasu przypominała bramę do podziemi. Kasandra wysłała Tegeańczyków na wzgórza, gdzie wśród plątaniny zarośli dostrzegła sylwetki walczących na śmierć i życie Spartan. Twarze wielu z nich były poparzone, pokryte pęcherzami i sączącymi się ranami. Niektórzy mieli spalone włosy. Przeważający nad nimi liczebnie Ateńczycy otoczyli ich w tym ognistym piekle niczym szakale.

Na jednym ze wzniesień Kasandra zobaczyła pogrążonego w ferworze walki Brazydasa i z determinacją rzuciła się mu na pomoc. Spartański dowódca zwinnym ruchem przebił atakującego go od tyłu Ateńczyka, wyrwał z jego ciała włócznię i w okamgnieniu zamachnął się nią ponownie. Głowa kolejnego napastnika z głuchym tąpnięciem spadła na ziemię. Brazydas wbił oszczep w brzuch trzeciego i kątem oka zauważył nadciągającą Kasandrę.

– *Misthios*! – zawołał. Jego zalana krwią i czarna od dymu twarz rozjaśniła się w szerokim uśmiechu.

– Trzymaj się! – krzyknęła. – Oczyścimy wam drogę na wybrzeże…

Urwała w pół zdania, bo zza zasłony ognia wyłoniła się tuż za Brazydasem potężna postać zmierzająca w jego stronę ze zwieszoną głową. Przez chwilę Kasandrze wydawało się, że to sam Ares, ale gdy mężczyzna podniósł głowę, ujrzała twarz Dejmosa…

– Uważaj, Brazydasie! Za tobą! – wrzasnęła, pędząc co sił w nogach w kierunku dowódcy.

Brazydas odwrócił się, radość z jego oblicza zniknęła. Włócznia Dejmosa zabłysła niczym piorun i roztrzaskała tarczę dowódcy. Ten ostatni próbował zablokować kolejny potężny cios, ale jego przeciwnik był szybszy. W oparach gęstego dymu Kasandra widziała, jak mężczyźni siłowali się przez chwilę, a potem ciało Brazydasa stoczyło się wzdłuż płonącego wzgórza.

Kasandra zatrzymała się w miejscu, w którym jeszcze przed chwilą stał Brazydas, tuż przed Dejmosem. Przyglądał się jej przez chwilę niczym drapieżna bestia przygotowująca się do skoku na swą ofiarę. Jego biało-złota zbroja była osmolona i spływała krwią, a twarz wykrzywiał mu demoniczny grymas. Rzucił się na nią z wściekłością.

Zakryła się tarczą, by przyjąć cios jego miecza, ale potężne uderzenie przebiło warstwę brązu i uszkodziło drewniany stelaż. Odrzuciła ją więc, sparowała cios włóczni Dejmosa i sama zaatakowała. Przez chwilę toczyli zacięty pojedynek. Od ich uderzeń sypały się wokół iskry. Opadająca z sił Kasandra przyjęła jeden z ciosów włócznią i zaczęli się szamotać. Wokół obojga walczących na ziemię padały potężne, zajęte ogniem drzewa, wzniecając obłoki dymu. Kasandrze udało się odepchnąć włócznię brata. Zauważyła też wówczas, że z jego twarzy zniknęła na chwilę zuchwałość. Nie trwało to jednak długo. Jej przewaga jeszcze bardziej go rozwścieczyła i z dzikim rykiem Dejmos rzucił się na nią, wytrącając włócznię z jej ręki. Kasandra przetoczyła się po ziemi, by uniknąć jego następnego ciosu, i szybko wstała, by się wycofać.

– Przybyłaś tutaj, by umrzeć? – warknął Dejmos, podchodząc do niej.

Kasandra wyczuła za sobą niewielkie wzniesienie i była zmuszona się zatrzymać.

– Nie ułatwiaj mi zatem zadania i walcz! – ciągnął Dejmos.

– Przybyłam, by zabrać cię do domu – powiedziała Kasandra. – Matka chciała, byś wrócił do Sparty... – dodała, widząc, że się zawahał.

Oczy Dejmosa zaszły mgłą, jakby te słowa obudziły w nim wspomnienia odległej przeszłości, ale zaraz potem jego usta wykrzywił fałszywy uśmiech.

– Nie rozumiesz – zaczął, wskazując na płonący las i dymiącą ziemię pod ich stopami. – Wojna jest moim domem. Żyję po to, by mordować nieprzyjaciół… takich jak ty! – dokończył i rzucił się na nią z impetem.

W ostatniej chwili zdążyła odskoczyć i uderzyć w skraj jego włóczni. Oszczep zmienił kierunek i ugodził Dejmosa w skroń. Oszołomiony, zachwiał się i cofnął o kilka kroków, a potem padł na ziemię. Kasandra podeszła do niego, przyklęknęła i objęła jego ciało. Dotknęła ręką jego piersi i wyczuła bicie serca.

– Wezmę cię do domu…

Kiedy wypowiadała te słowa, nad jej głową rozległ się pomruk walącego się drzewa. Zdążyła tylko dojrzeć płonącą koronę wielkiej sosny, która niczym topór oprawcy zmierzała w ich kierunku. Potem wszystko pogrążyło się w ciemnościach.

16

Gdy się ocknęła, usłyszała nad sobą świst bata.

– Wstawaj, dziwko! Jeśli potrafisz mamrotać przez sen, to znaczy, że możesz iść o własnych siłach – odezwał się nieznajomy głos.

Potwornie bolała ją głowa i wydawało jej się, że od wieków nie miała w ustach wody. Czyjaś ręka brutalnie poderwała ją w górę. Niesiono ją chyba na noszach, ale nie mogła otworzyć oczu, by się przekonać, czy tak było naprawdę. Zrobiło jej się niedobrze i bardzo chciała się znów położyć. Jej nadgarstki były jednak związane liną, za którą nagle pociągnięto i półprzytomna potoczyła się do przodu.

Powoli otworzyła jedno oko. W oślepiających promieniach słońca zobaczyła krajobraz przypominający Arkadię. Ziemia była pokryta szronem, a lasy mieniły się jesiennymi kolorami. Stała się częścią wielkiego pochodu, na czele którego szli ateńscy żołnierze. Za nimi jechały wozy z zaopatrzeniem. Krępująca jej ręce lina była przywiązana do posłusznie dreptającego w kolumnie stada mułów. Po chwili dostrzegła wokół siebie innych jeńców, których spotkał ten sam los. Ich włosy były brudne i zmierzwione, mieli na sobie łachmany, a ich ciała nosiły ślady świeżych poparzeń i blizny.

– Tak, kurwo, przegraliście... – poganiacz niewolników wyszczerzył się w bezzębnym uśmiechu.

Nie zdążyła nawet na niego spojrzeć, a jego kolczasty bat wylądował ze świstem na jej plecach. W uszach usłyszała dziwne dzwonienie. Chciała krzyknąć z bólu, ale usta wykrzywił tylko potworny grymas, a kolana ugięły się pod wycieńczonym ciałem. Poganiacz chwycił ją za włosy i syknął:

– Jeszcze raz upadniesz, to odrąbię ci nogi i zostawię tutaj na pastwę wilków.

Obok Kasandry wlókł się jeden z Tegeańczyków. Jego ręce również były skrępowane.

– Mało brakowało, a udałoby nam się uratować Spartan – szepnął. – Gdybyśmy przybyli nieco wcześniej, mielibyśmy szansę na wygraną, ale tej nocy wyspa okazała się dla nas śmiertelną pułapką. Ci, których nie pochwycono, spalili się żywcem. Sparta odniosła na Sfakterii sromotną porażkę. Wieść o niej poniesie się echem po całej Helladzie. Ci, którzy niegdyś bali się nawet wymawiać słowo „Sparta", teraz będą się z niej naśmiewać – ciągnął, wzdychając ciężko. – Co gorsza, Sparta zaproponowała rozejm w zamian za naszą wolność – dodał, wskazując na kolumnę jeńców.

– Rozejm? – cicho spytała Kasandra. – Dlaczego więc udajemy się na północ?

– Bo Ateny go nie przyjęły. Podobno Kleon przekonał Ateńczyków, że należy odrzucić resztki defensywnej strategii Peryklesa i wykorzystać obecną dominację, by ostatecznie rozprawić się ze Spartą.

Kasandra zamknęła oczy i pomyślała: „Zwycięstwo Ateńczyków przysłużyło się zatem Kultowi, który odzyskał kontrolę nad działaniami wojennymi i… nad całym światem…". Po chwili zwróciła się do Tegeańczyka:

– Ty i twoi towarzysze dzielnie walczyliście. Wasze wysiłki nie zostaną zapomniane.

– Pamięć po mnie nie wykarmi mojej żony i córek... – wyszeptał w odpowiedzi i dalszą drogę odbyli w ciszy.

Kasandra usłyszała nad głową znajomy pisk. Ikaros krążył w pobliżu, próbując ją ochronić. „Zostań, stary przyjacielu – pomyślała – tam, gdzie zmierzamy, nie jest bezpiecznie..."

Po miesiącu marszu, podczas którego walczący po stronie Aten i ich jeńcy spokojnie i bezkarnie rozbijali obozy na terenach sprzymierzeńców Sparty, dotarli do Attyki i pewnego mroźnego poranka przekroczyli bramy Aten. Zwycięską armię przywitał radosny śpiew mieszkańców polis, którzy sypali na głowy wojowników płatki kwiatów. Dopiero wtedy Kasandra zdała sobie sprawę z ogromnego znaczenia, jakie miała dla Ateńczyków przegrana Sparty na Sfakterii.

Ulice udekorowano wojennymi trofeami – tarczami porzuconymi przez poległych lub schwytanych Spartan, które zdążyły tutaj dotrzeć wcześniej niż kolumna z jeńcami. Ateńczycy ozdobili nimi ulice zwycięskiego polis, gdyż słynni wojownicy z Krainy Dolin uważali porzucenie oręża za największą hańbę. Wśród wojennych zdobyczy były też tarcze Tegeańczyków. Idący obok Kasandry mężczyzna westchnął i z rozpaczą w głosie wyszeptał:

– Na zawsze okryliśmy się niesławą...

Jeńcy szli ulicami miasta poganiani batami. Po epidemii nie zostało nawet śladu i w miejscach, gdzie kiedyś piętrzyły się zwłoki, teraz stały tłumy ludzi. Na pojmanych posypały się przekleństwa, drwiny i gnijące warzywa. Pluto na nich, a jakaś kobieta wybiegła z domu z naczyniem pełnym jeszcze ciepłych ekskrementów i oblała nimi Kasandrę oraz maszerujących obok niej więźniów.

U wejścia na agorę żeglarze wyławiali z kolumny grupy tegeańskich jeńców. Długie Mury wiodły stamtąd do wybrzeża i portu w Pireusie. Towarzysz Kasandry wyjaśnił:

– Zabierają nas do kolonii, gdzie skuci łańcuchami będziemy harować jak woły na spalonych słońcem polach albo w ciemnych kopalniach srebra. Większość traci w nich wzrok, a wielu po kilku spędzonych pod ziemią latach odbiera sobie życie.

Kasandra patrzyła, jak jej towarzysza dołączono do grupy pięćdziesięciu więźniów i zapędzono ich niczym bydło ku wybrzeżu. Ten sam los spotkał setki innych jeńców. Wreszcie na agorze pozostała tylko grupa Spartan. Jeden z poganiaczy niewolników podszedł do Kasandry, wyciągnął w jej stronę brudny paluch i z ohydnym uśmiechem rzekł:

– Ciebie czeka tu specjalne traktowanie... Każdy dzień będzie gorszy od poprzedniego...

Ktoś położył wtedy rękę na jej ramieniu i powiedział do zajmującego się bydłem mężczyzny:

– Poczekaj, rodowici spartiaci mają zostać uwięzieni w mieście. To gwarancja, że Spartanie nas nie zaatakują. Zostaną wysłani do młynów, gdzie urobią sobie palce do krwi. Ale ona pójdzie ze mną.

– Tak jest, dowódco – odrzekł poganiacz, wycofując się i pokornie się kłaniając.

Kasandra odwróciła się i iskierka nadziei, która zatliła się na chwilę w jej sercu, szybko zgasła. Stał bowiem przed nią Kleon. Twarz wykrzywiał mu fałszywy uśmiech. Jego słynna ruda czupryna i spiczasta broda były starannie ufryzowane, a pod tuniką odznaczał się znany jej kształt maski.

– Jesteś jednym z nich – syknęła pogardliwie.

– I to najmroczniejszym – zjadliwie wyszeptał Kleon.

Dwaj strażnicy pochwycili ją i poczuła ostrze przystawione do pleców. Poprowadzono ją na drugą stronę głównego placu, skąd widać było pogrążone w cieniu ponure więzienie.

Przypomniała sobie wówczas słowa Herodota: „To miejsce wiecznego zapomnienia".

– Nie – wyszeptała, na próżno próbując się wyrywać – tylko nie to...

Mijał miesiąc za miesiącem. Do kamiennej celi przez maleńki otwór w suficie wpadały tylko pojedyncze promienie słońca, które w ślimaczym tempie przesuwały się po płytach posadzki. Przez więzienną kratę Kasandra godzinami wpatrywała się w siano, które leżało w ciemnym korytarzu. Od czasu do czasu wiatr wpadający od wejścia poruszał pojedyncze źdźbła. Była to jedna z oznak toczącego się na zewnątrz normalnego życia. Pamięć o nim była dla Kasandry niczym tortury. Gwar na głównym placu, nieco mniej intensywny zimą, odżywał na nowo wiosną i latem. Przez wiele dni nie widziała nikogo i niczego oprócz brudnej ręki więziennego strażnika. Codziennie o tej samej porze stawiał na podłodze w korytarzu porcję wodnistej owsianki i kubek nieświeżej wody, na tyle blisko, by mogła po nie sięgnąć.

Kiedy ją tu przyprowadzono, Kleon niczego jej nie wyjaśnił, ale nie musiał tego robić. W chwili gdy drzwi celi zamknęły się za nim z trzaskiem, zrozumiała, że Kult potrzebuje jej tylko po to, by zastąpiła Dejmosa, gdy będą zmuszeni się go pozbyć. O ile wiedziała, z bractwa pozostał już tylko Kleon i kilku innych. Nie pamiętała dokładnie, ilu udało jej się wraz z Myrrine zgładzić przez ostatnich kilka lat, ale z czterdziestu dwóch członków Kultu, których spotkała w jaskini Gai, nie mogło ich przetrwać zbyt wielu.

Nocami, kiedy Ateny pogrążały się w ciszy, Kasandra miewała koszmary i śniło jej się, że zamaskowane, złośliwie uśmiechnięte postacie otaczają jej więzienną pryczę i gapią się na nią. Za dnia odpędzała złe myśli, uprawiając ćwiczenia. Podskakiwała do okienka w suficie i chwytała za żelazne pręty. Patrząc na przetaczające się po niebie chmury, podciągała się setki razy. Dzięki temu jej ramiona, plecy i ręce pozostawały silne i zręczne. Brakowało jej jednak biegania. Marzyła, by popędzić przed siebie polną ścieżką, czuć wiatr na twarzy i wdychać zapach unoszący się nad letnią łąką... Wszystko, byle nie gówniany smród agory, który doprowadzał ją do szaleństwa.

Pewnej nocy obudziły ją dźwięki dobiegające z celi obok, gdzie wtrącono nowego więźnia. Jej serce napełniło się nadzieją i choć przez kamienny mur nie była w stanie zobaczyć sąsiada, chłonęła każdy dźwięk i słowo dochodzące zza ściany.

– Gdzie to znalazłeś? Gdzie?! – wrzeszczał jeden ze strażników i uderzył więźnia mocno w twarz.

Kasandra słyszała, jak po kamiennej posadzce rozsypały się zęby więźnia. Potem padł na posadzkę i słabym głosem powiedział:

– Nie wiem... Rozbiłem się na morzu. Skąd mogę wiedzieć, skoro nie wiem, gdzie byłem...

– Będziemy tu przychodzić codziennie, może po kilku dniach sobie przypomnisz... – zaśmiał się drugi ze strażników i zamknął za sobą drzwi celi.

Kasandra przysunęła się do ściany i wyszeptała:

– Kim jesteś?

– Nie rozmawiaj ze mną – poprosił. – Jeśli nas usłyszą, wrócą tu i zaczną mnie bić.

– Dlaczego?

– Bo sprawia im to przyjemność. Poza tym chcą ze mnie wydusić tajemnicę, której nie mogę im wyjawić.

– Strażnicy spędzają noce w tawernie po przeciwnej stronie agory, stamtąd nie mogą nas usłyszeć.

Po dłuższej chwili milczenia zza ściany dobiegły dźwięki rozmowy:

– Znalazłem coś... coś, czego oni szukają...

– Oni? Masz na myśli Kult?

– Tak, zamaskowani – powiedział po chwili, uważnie dobierając słowa. – Ateńscy strażnicy wykonują ich polecenia.

– Dlaczego nie chcesz im powiedzieć, czego od ciebie oczekują?

– Bo jeśli odnajdą inskrypcje, to świat czeka zagłada... – urwał nagle, a potem dodał – Powiedziałem ci już zbyt wiele...

Tej nocy nie odezwał się już ani słowem. Mijały dni, a każdy z nich rozpoczynał się dla więźnia w celi obok torturami. Kiedy strażnicy wychodzili, Kasandra próbowała pocieszać sąsiada, zagadując do niego, ale ten zwykle pogrążał się w czymś w rodzaju transu i mruczał coś do siebie pod nosem.

Pewnego dnia Kasandra słyszała, jak go biją i łamią palce u rąk, jeden po drugim.

– Wydusimy z ciebie twą tajemnicę, kundlu – szydzili strażnicy.

Kasandra zacisnęła powieki i mocno objęła rękoma kolana, błagając w duchu, by jego męczarnie jak najszybciej się skończyły. Na odchodnym strażnicy warknęli:

– Jutro kolej na palce u nóg!

Biedak zaszlochał cicho:

– Droga Fotino, mam nadzieję, że masz się dobrze i że Demeter pobłogosławiła gleby Naksos, a Ariadna jej winnice. Ufam, że nie jesteś głodna ani spragniona... Kochana Fotino, tak bardzo mi ciebie brakuje, moja słodka! Pamiętam twój dotyk, choć tak długo się nie widzieliśmy...

Kasandra zaczęła się z uwagą przysłuchiwać słowom współwięźnia i po chwili domyśliła się, że musiał mówić o tej samej Fotinie, którą obdarzył uczuciem Barnaba:

– Fotina z Naksos to twoja żona? – zapytała.

Odpowiedziało jej milczenie.

– W takim razie ty musisz być podróżnikiem Melitonem…

– Strażnicy ci to powiedzieli, prawda? Płacą ci, żebym się wygadał… – powiedział po dłuższej chwili wahania.

– Nie – zaprzeczyła Kasandra. – Dawno temu rozmawiałeś z Herodotem i opowiedziałeś mu, jak rozbiłeś się na wyspie Thera. Odnalazłeś tam tajemnicze inskrypcje, zawierające mądrości Pitagora…

– Ciii… – uciszył ją gwałtownie. – Możemy porozmawiać, ale błagam, nie wymawiaj głośno jego imienia, bo oboje zginiemy.

Tego dnia długo rozmawiali. Meliton dokładnie opisał to, co mu się przydarzyło, wychwalając przy okazji Herodota i potwierdzając słuszność jego obaw, że Kult mógł odnaleźć zaginione pisma. Tej samej nocy, kiedy obydwoje położyli się już spać, do celi Melitona wkroczyło dwóch strażników. Kasandra słyszała, jak go tłukli, a potem któryś z nich ciężkim butem zmiażdżył mu głowę. Usłyszała, jak mózg Melitona rozpryskuje się po podłodze i jak strażnicy wywlekają jego ciało z celi.

Znów była sama. Mijały kolejne dni i miesiące. Kasandra zaczęła widywać zamaskowane cienie nie tylko we śnie, ale także na jawie. Bywał wśród nich również Dejmos. Pojawiały się także wtedy, kiedy zawzięcie wykonywała tysiące skłonów, podskoków, przysiadów i ćwiczeń równoważnych. Czasem wyobrażała sobie, że trzyma w dłoni włócznię Leonidasa i jednym rzutem rozpędza to zbiegowisko duchów. Później fantazjowanie weszło jej w nawyk i gdy udawało jej się rozpędzić zjawy, śmiała się głośno.

Pewnego poranka obudziło ją dziwne drapanie. Najpierw pomyślała, że to szczury, lecz okazało się, że dźwięk dochodził z góry. Przez małe okienko w suficie zobaczyła jakieś opierzone stworzenie. Jej serce zamarło:

– Czyżby to Ikaros?

Zanim zdążyła się przekonać, czy rzeczywiście był to jej wierny przyjaciel, ptak poderwał się do lotu, a do celi wpadł niewielki obiekt, który uderzył ją w głowę. Kasandra jęknęła, a potem chwyciła podarunek – mały gliniany dysk – zanim upadł na więzienną posadzkę, i uważnie mu się przyjrzała. Widniał na nim napis: „Przygotuj się".

– Na co? – spytała, patrząc w górę.

Upływały kolejne dni i noce, podczas których prześladowały ją wizje zamaskowanych postaci. Pewnego dnia zobaczyła stojącego samotnie u wejścia do celi Dejmosa. Uznała, że to kolejne przywidzenie i wycelowała swą niewidzialną włócznię w jego pierś, by odpędzić zjawę.

– Siostro – odezwał się, a jego głos odbijał się od ścian więzienia głośnym echem.

Kasandra zachwiała się z wrażenia. Tak dawno nikt się do niej nie odzywał... Dejmos był jak zwykle ubrany na biało, ale po raz pierwszy widziała go bez zbroi.

– Próbowałem zrozumieć, co chciałaś zrobić podczas walk na Sfakterii – zaczął.

– Chciałam cię ocalić – jej głos brzmiał dziwnie po tak długim okresie milczenia.

– O ile mnie pamięć nie myli, uderzyłaś mnie włócznią tak mocno, że straciłem przytomność – odrzekł. – Nie po raz pierwszy chciałaś mnie zabić.

– A więc w to Kult kazał ci wierzyć?

– Nie. Ja to po prostu wiem.

Kasandra zaśmiała się szyderczo:

– Po co tu zatem przyszedłeś? Rozerwać mi gardło?

– To mogę zrobić w każdej chwili. Także teraz – parsknął.

Pokręciła tylko głową i zrezygnowana pomyślała, że może lepiej by było, gdyby Dejmos rzeczywiście spełnił swoje groźby. Nagle zauważyła jednak, że z niepokojem zerknął za siebie, jakby chcąc się upewnić, że w więzieniu nie ma nikogo innego. Wydawał się czymś zaniepokojony. Chwycił za żelazne pręty celi i powiedział:

– Zanim to zrobię, powiesz mi, co wiesz.

– Myślałam, że członkowie Kultu powiedzieli ci już wszystko. Wygląda na to, że ty jesteś po ich stronie, ale oni nie są po twojej. Dobrze wiesz, że to dlatego mnie tu trzymają… Na wszelki wypadek.

Dejmos wykrzywił usta w grymasie odrazy i potrząsnął ze złości kratami, aż zatrzeszczały.

– Wydaje ci się, że można mnie zastąpić? Myślisz, że jestem tylko narzędziem w ich rękach? Kult byłby niczym beze mnie!

– To też ci powiedzieli? – spytała z ironią Kasandra.

Dejmos wściekle przewrócił oczami.

– Nie prowokuj mnie… może powinienem cię zabić! Wtedy to ty będziesz nikim!

– Otwórz więc celę i zrób to – butnie odrzekła Kasandra.

Z mocno bijącym sercem przygotowywała się do ucieczki, zastanawiając się, czy jej nogi są wystarczająco sprawne. Ale gniew Dejmosa zelżał:

– Najpierw powiesz mi, jaka jest twoja wersja wydarzeń i dlaczego zostałem strącony w przepaść tamtej nocy…

Jego pytanie sprawiło, że Kasandra porzuciła plan ucieczki. Odkąd pamiętała, zawsze chciała móc mu wyjaśnić, co tak naprawdę się wtedy stało. W jej głowie kłębiły się setki myśli. Wzięła głęboki oddech, by je uporządkować. Rozmowy z Sokratesem nauczyły ją, że debaty wygrywa się poprzez zadawanie prostych pytań i logiczne rozumowanie. Wtedy rozmówca sam może wyciągnąć wnioski. Uklękła więc na kamiennej posadzce i gestem poprosiła Dejmosa, by zrobił to samo.

– Co sam zapamiętałeś z tamtej nocy? – spytała. – Nie pytam o obrazy, które pokazał ci artefakt, ale o twoje własne wspomnienia.

Dejmos osunął się na podłogę i mierzwiąc ręką włosy, powiedział:

– Pamiętam matkę, ojca i… ciebie. Patrzyłem na was, kiedy podnosił mnie jakiś starzec.

– Starzec? – dopytywała.

– Chyba jeden z eforów… – powiedział, marszcząc brwi.

– Dokładnie tak – potwierdziła.

– Dlaczego? Nie byłem przecież kulawy czy chory, prawda?

– Nie, ale wyrocznia wydała na ciebie okrutny wyrok…

Dejmos przez chwilę patrzył nieprzytomnie przed siebie i milczał.

– Wiesz, kto wkłada słowa w jej usta, prawda? – ciągnęła Kasandra.

Dejmos powoli pokiwał głową.

– Cóż to była za przepowiednia? Jaki los musiał mnie czekać, skoro kazano mnie strącić w przepaść?

– Wyrocznia wywróżyła, że Sparta upadnie, jeśli przeżyjesz… Sparta zrobiła więc to, co zwykła robić. Czekanie na to, co się stanie, było dla nich zbyt wielkim ryzykiem. A kiedy cudem przeżyłeś, Kult zagarnął cię dla siebie i uczynił z ciebie swego mistrza… swoją broń.

– To, kim jestem, zawdzięczam tylko sobie – warknął Dejmos. Gdy podniósł wzrok i popatrzył jej w oczy, wyglądał niczym dzikie zwierzę.

– I taki chciałeś być?

– Kult uważa mnie za boga. Otacza mnie czcią!

– Naprawdę? – spytała z powątpiewaniem.

Dejmos wstał i zaczął nerwowo przechadzać się przed celą.

– *Malákas*! – zaklął. – A może to ty jesteś tym cudownym dzieckiem i tamtej nocy zrzucono mnie przez pomyłkę? Nie, nie... to ja ocalałem i uwolniłem się od ciebie i reszty mojej przeklętej rodziny.

– Czy pamiętasz, jak popatrzyłeś na mnie wtedy po raz ostatni?

Dejmos zatrzymał się i powoli odpowiedział:

– Pamiętam... twoje spojrzenie...

– To było tuż zanim rzuciłam się w stronę urwiska, by cię uratować... – westchnęła ciężko i spuściła głowę, próbując powstrzymać wzbierający płacz. – Nie udało mi się. Próbując cię złapać, zepchnęłam do urwiska efora... Za karę mnie także strącono w przepaść. Moje życie także się tam skończyło...

– Ależ z ciebie bohaterka... – prychnął pogardliwie Dejmos, ale nie spojrzał jej przy tym w oczy.

– Wina leży wyłącznie po stronie Kultu, Dejmosie. Nawet ojciec, zaślepiony poczuciem obowiązku i spartańską dumą, był tej nocy ich ofiarą. Zrozumienie jego zachowania zajęło mi ponad dwadzieścia lat. Jeśli nie poddałby się wtedy nakazom wyroczni, wszyscy okrylibyśmy się hańbą.

– Hańbą?! – rozjuszył się Dejmos. – A niby teraz jesteśmy w lepszej sytuacji?

– Matka zeszła do przepaści, by cię odszukać – wtrąciła Kasandra.

– Co takiego? – spytał zaskoczony Dejmos.

– Zeszła do kotliny pełnej ludzkich kości i odnalazła cię.

Dejmos wpatrywał się w nią z niedowierzaniem, a ona ciągnęła:

– Opuściła Spartę i zabrała cię do świątyni Asklepiosa. Niestety trafiła na kapłankę Chryzis, członkinię Kultu, która skłamała i powiedziała jej, że umarłeś.

Kasandra oplotła dłońmi pręty dzielącej ich kraty.

– Kult cię wykorzystuje, Dejmosie... Nie przyszedłbyś tutaj, gdybyś wierzył, że mówią ci całą prawdę – wyszeptała, wskazując na drzwi więzienia. – Oni pragną dominacji za wszelką cenę i kontrolują wszelką siłę tak długo, jak jest im potrzebna. Tak jest w twoim przypadku i tak było, gdy przejęli władzę w Atenach, a jeszcze wcześniej w Sparcie. Tam mieli swych przedstawicieli wśród eforów, a nawet królów. Kiedy ktoś lub coś, nawet całe państwo, przestaje być dla nich wartościowe, pozbywają się tego czegoś lub niszczą.

– Kleon nie jest głupcem, nie odda władzy w Atenach i nie zapomni, kto mu umożliwił jej przejęcie – syknął Dejmos.

Chwycił za kratę w drzwiach więzienia, wetknął w nią twarz, niemal dotykając czubkiem nosa twarzy Kasandry, i dodał:

– Kult nigdy nie zdobędzie nade mną władzy. To dzięki mnie wygrywa tę wojnę!

Kasandra spojrzała mu głęboko w oczy i zapytała:

– Ale jakim kosztem... Aleksiosie?

Dejmos zadrżał i szepnął:

– Koszty się nie liczą... Czy to nie także twoja dewiza, *misthios*?

Przez dłuższą chwilę wpatrywali się w siebie nawzajem i dopiero skrzypnięcie zewnętrznych drzwi więzienia sprawiło, że oderwali od siebie wzrok.

Do wnętrza wszedł Kleon i zmierzył Kasandrę pełnym pogardy wzrokiem. Dejmos puścił kratę, a na jego twarzy malowało się zakłopotanie.

– Szukałem cię, Dejmosie – syknął poirytowany Kleon. – Nie sądziłem, że znajdę cię akurat tutaj...

– Przyszedłem, żeby... Nieważne... – odrzekł Dejmos, unikając jego karcącego wzroku.

– Żeby ją zabić? – domyślił się Kleon. – To nie było twoje zadanie, chłopcze. Wyjdź. No już! – powiedział, unosząc brew i pstrykając palcami w stronę wyjścia.

– Nie muszę spełniać twoich poleceń – warknął Dejmos, mierząc go wzrokiem. – Nie jesteś moim panem i władcą...

Kleon spojrzał na niego i znacznie łagodniejszym tonem odparł:

– Oczywiście, że nie, mistrzu. Po prostu się o ciebie martwiłem...

– Zrób z nią, co chcesz – syknął Dejmos, wzruszając ramionami i odwracając się do wyjścia. Zanim opuścił więzienie, zdążył jednak jeszcze raz spojrzeć Kasandrze w oczy.

Kleon, ubrany w jedną z szat Peryklesa, stał z palcami zatkniętymi za pas i wyglądał jak grubas, który właśnie pochłonął podwójną porcję strawy. Kasandra poczuła mdlący zapach pomady nałożonej na jego misternie ułożoną fryzurę i szpiczastą brodę.

– Strój zmarłego leży na tobie zadziwiająco dobrze... – skomentowała z ironią.

– Polityka Peryklesa doprowadziła Ateny na skraj katastrofy – zaśmiał się.

– Więc go zabiłeś...

– Podczas wojny ofiary są nieuniknione. Perykles nam nie odpowiadał. Dopiero jego śmierć i wygrana na Sfakterii dały początek serii zwycięstw, dzięki którym moja chwała nieustannie rośnie. Wkraczamy nawet na neutralne dotąd tereny. Wyspa Milos odmówiła przejścia na naszą stronę, więc zniszczyliśmy jej główne miasto i zawłaszczyliśmy ją siłą. Egińczyków, którzy odważyli się sprzymierzyć ze Spartą, doszczętnie rozgromiliśmy.

Przejęliśmy też niektóre terytoria od zawsze należące do Spartan. Tak stało się na wyspie Kithira. Moja sława niesie się szerokim echem. Mogę zrobić, co tylko zechcę.

– Na przykład podnieść wysokość daniny, tak by ludzie przymierali głodem? Lub wysyłać młodych Ateńczyków na śmierć? Chodzą słuchy, że pod Delium ponieśliście sromotną porażkę. Ilu to ludzi wtedy straciliście? – szydziła Kasandra. – Nawet przez mury więzienia da się odczuć zmianę nastrojów. Nie słychać już pieśni na twą cześć, które rozlegały się na początku mego uwięzienia. Zamiast nich docierają do mnie narzekania, że podboje cię zaślepiły. Coraz częściej ludzie napomykają o rozejmie i zawieszeniu broni. Już nie jesteś bohaterem, za którego niegdyś cię uważali...

– Bo nie wiedzą, jaki będzie mój następny ruch, który przewyższy wszystkie inne – przerwał jej Kleon. – Na Lesbos, w Mitylenie, wybuchł bunt i ponoć rozpoczęto rozmowy ze Spartanami, by dołączyć do Związku Peloponeskiego.

– I co zrobiłeś? – zapytała, widząc bestialski błysk w jego oczach.

– Jeszcze nic – zachichotał. – Oni zagłosowali, a nasza flota wypłynęła na morze. Żołnierze i mieszkańcy Mityleny przestaną się buntować, gdy będą martwi!

– Kolejna masakra... Kiedyś Ateńczycy naśmiewali się z ciebie i nazywali cię głośną małpą. Pewnie dlatego, że byłeś w ich oczach odrażający i dużo krzyczałeś. Teraz wiem, że jesteś taki nie tylko na zewnątrz, ale i wewnątrz. Rozdrapujesz najmniejsze rany, tuszujesz własne niegodziwości i wykorzystujesz każdą okazję, by za wszelką cenę utrzymać się przy władzy. Jesteś tyranem idealnym. Perykles zaś nie poddawał się zwierzęcym instynktom mas, ale starał się opierać na rozumowaniu i wskazywać ludziom ścieżki budowania demokracji.

– Demokracja? Teraz przy osławionym stole zasiada tylko jeden człowiek. I jestem nim ja! – uśmiechnął się szeroko Kleon, wbijając palec we własną pierś. – Ale czas już na mnie. Na północy, nieopodal Amfipolis, wybuchły zamieszki. Do Spartan najwyraźniej nie dotarło jeszcze, że przegrali tę wojnę. Teraz próbują zagarnąć północ. Najwyraźniej mają chrapkę na złoto, srebro i doskonałe drewno, z których to dóbr słyną tamte tereny. Czuję, że znowu zatriumfujemy na morzu. A kiedy się z nimi rozprawię, droga do Tracji stanie dla mnie otworem. Wiesz, co to oznacza, prawda?

Kasandrę przeszył zimny dreszcz.

– Król Sitalkes obiecał kiedyś, że poświęci swą ogromną armię na potrzeby Kultu. Sto tysięcy dzikich i brutalnych wojowników oraz pięćdziesiąt tysięcy koni. Niestety Sitalkes umarł, ale jego barbarzyńskie wojsko jest jak najbardziej do mojej dyspozycji. Podporządkują mi się na jedno zawołanie, a wtedy podbijemy i skujemy kajdanami całą Helladę. Nadchodzą czasy porządku i kontroli.

Kasandra patrzyła na niego posągowo, ale czuła, jak opuszczają ją resztki nadziei.

– Kult wygrywa, Kasandro, a ty przegrywasz. Przypieczętowałaś swój los, odrzucając propozycję dołączenia do nas. I wreszcie nadszedł twój koniec...

Gdy Kleon wyszedł, do więzienia wkroczyło dwóch strażników. Ich twarze były zacięte, a w rękach trzymali topory. Weszli do celi i zamknęli za sobą drzwi na zasuwę. Jeden z nich uśmiechnął się szeroko i powiedział:

– Kleon powiedział, że to ma zaboleć – zaraz po tych słowach rzucił swemu towarzyszowi porozumiewawcze spojrzenie i rozkazał: – Odrąb jej stopy.

Kasandra instynktownie podskoczyła do okienka w suficie i chwyciła się kraty. Strażnik zamachnął się toporem, trafiając w puste miejsce, i otrzymał potężnego kopniaka w głowę. Rozległo się chrupnięcie łamanych kręgów i mężczyzna runął na posadzkę. Kasandra zeskoczyła i podniosła topór. Zablokowała cios drugiego z wartowników i przyparła go do ściany, a potem obróciła się dookoła własnej osi i z impetem wbiła broń w nadal uśmiechniętą twarz przeciwnika, przecinając ją na pół. Górna część jego głowy groteskowo zawisła na wbitym w ścianę ostrzu topora, dolna natomiast osunęła się wraz z resztą ciała na ziemię, zostawiając na kamiennej ścianie smugę czarnej krwi.

Trzęsąc się z emocji i wysiłku, Kasandra podeszła do pierwszego z mężczyzn i odszukała klucze do celi, po czym otwarła zakratowane drzwi. Nie mogła się już doczekać wyjścia na wolność. Usłyszała jednak odgłosy zbliżających się kroków. „Tylko nie to…" – pomyślała, bowiem pokonanie wartowników pozbawiło jej niedożywione ciało niemal całej energii. „Nie dam już rady walczyć…"

– Do ataku! – za drzwiami rozległ się znajomy głos i do więzienia wpadło dwóch mężczyzn; jeden uzbrojony w łopatę, a drugi w miotłę.

Obaj wyglądali na zdezorientowanych i jakby lekko rozczarowanych widokiem zatłuczonych strażników. Zaraz potem na ich twarzach zawitały jednak szerokie uśmiechy.

– Barnabo! Sokratesie! – krzyknęła Kasandra z euforią.

– *Misthios*! – zawołał ucieszony Barnaba i odrzucając swą żałosną broń, objął ją mocno.

Sokrates zaś uniósł ręce w górę, niczym mistrz igrzysk olimpijskich, i powiedział uroczyście:

– Odpływając stąd, prosiłaś, żebym przeżył i oto jestem!

– Doszły nas słuchy, że cię tu zamknęli, ale nie byliśmy pewni. Wysłaliśmy Ikarosa, żebyś… – zaczął Barnaba.

– ...była przygotowana – dokończyła Kasandra. – Ale musimy być ostrożni – dodała, nasłuchując. – Nieobecność tych dwóch szybko zostanie zauważona. Czy możemy się gdzieś ukryć? Kleon trzyma miasto w garści...

– Mamy wszystko pod kontrolą – zapewnił ją Sokrates. – Chodźmy! Bocznymi uliczkami i sekretnym przejściem dotrzemy do willi Peryklesa. Odkąd zginął, stoi opuszczona. Tam opracujemy dalszy plan. Wciąż jest nadzieja, choć nasze szanse topnieją w zastraszającym tempie...

Kasandra stała na balkonie willi Peryklesa w południowym upale i trenowała ruchy drzewcową bronią. Dobrze było trzymać w ręku starą, wysłużoną włócznię Leonidasa, którą Herodot odnalazł w zgliszczach po bitwie na Sfakterii. Barnaba zadbał o dobrą skórzaną zbroję, którą miała teraz na sobie. Wykonała jeszcze kilka zwinnych ruchów, po czym przytroczyła broń do pasa. Dzięki długiemu odpoczynkowi i pożywnym posiłkom z chleba, miodu i orzechów czuła się silna i zregenerowana.

Ikaros sfrunął na poręcz balkonu, więc Kasandra podeszła, by go pogłaskać i pocałować w głowę. Ze smutkiem zauważyła, że bardzo się postarzał. Potem spojrzała na srebrzącą się na wschodnim wybrzeżu ateńską flotę, która przy pełnych żaglach wypływała na północ, w stronę odległego Amfipolis. Kleon opuszczał miasto, by – jak sądził – wkrótce świętować swe kolejne zwycięstwo. Ale miasto nadal pozostawało w jego rękach, a więc i w rękach Kultu. Sokrates twierdził, co prawda, że podczas jej pobytu w więzieniu zabito czworo innych członków bractwa. Istniała więc możliwość, że Kleon był już ostatnim z nich. „Ostatnim i najmroczniejszym, jak sam powiedział” – pomyślała Kasandra.

Wewnątrz domostwa na temat starć dyskutowali zwolennicy Peryklesa. Kasandra zerwała winogrono ze zwisającego nad balkonem pędu i włożyła je do ust. Chłodny sok przyniósł jej orzeźwienie, a jego słodycz pozwoliła na chwilę zapomnieć o smutnej rzeczywistości. Wokół zakurzonego stołu, na którym zwykł planować swe posunięcia zmarły przywódca, stali Sokrates, ledwo ubrany Alkibiades, Herodot, Arystofanes, Eurypides, Sofokles i Hipokrates, a na ich zmęczonych twarzach widać było rozterkę i niezdecydowanie.

– Wezwijcie Tukidydesa – nalegał Herodot – niektóre oddziały i galery są mu nadal wierne i przeciwstawią się Kleonowi.

– To za mało – westchnął Sokrates – poza tym Tukidydes przebywa na zesłaniu za udział w odbiciu Amfipolis z rąk Aten.

– Ale my jesteśmy tutaj właśnie teraz, kiedy miasto najbardziej nas potrzebuje – uniósł się Hipokrates, nerwowo stukając palcami w stół.

– Co zatem proponujesz? – obruszył się Sokrates. – Mamy przejąć nad nim kontrolę uzbrojeni w łopaty i miotły? To idiotyczne! A co gorsza, to nic innego niż tyrania.

– Kleon przejął władzę siłą, bo inaczej nie potrafi – wtrącił się Arystofanes. – Istnieją jednak inne, bardziej wyrafinowane i trwałe sposoby na to, by serca i umysły Ateńczyków zwróciły się ku nam.

– Zaraz powie, że trzeba napisać sztukę – przewrócił oczami Sofokles – i niech zgadnę, tylko on jest wystarczająco dowcipny, by się tego podjąć.

Na twarzy Arystofanesa zagościł cierpki uśmiech:

– Skądże znowu, będę potrzebował pomocy. Ktoś musi trzymać moją tabliczkę do pisania i przynosić mi wino!

Sofokles wściekł się nie na żarty, a Sokrates odszedł od stołu, ciężko wzdychając. Wpadł wprost na Alkibiadesa, który próbował wymasować mu ramiona, by go zrelaksować… po czym zaczął całować w ucho. Poirytowany Sokrates odepchnął go, a Alkibiades zamachał rękami i z niewinną miną zapytał:

– Czyż zadaniem osoby kochanej nie jest emanowanie miłością?

Udobruchany Sokrates zachichotał:

– A zatem czasem mnie słuchasz? Masz rację, ale nie na to teraz pora – odrzekł, podchodząc z powrotem do stołu.

Kasandra obserwowała dyskutujących mężczyzn z nadzieją, że uda im się obmyślić doskonały plan, ale potem mijały już dni, a rozwiązania nadal nie udało się wypracować. Pewnego razu podszedł do niej Barnaba i zwierzył jej się:

– Chyba się nie mylę, że czujemy to samo, *misthios*. Bezczynne czekanie tutaj jest jak swędzące miejsce, którego nie można podrapać...

– Po tym wszystkim, czego przeze mnie doświadczyłeś, chcesz płynąć do Amfipolis? – zapytała z niedowierzaniem.

– Nie powiedzieli ci nic na temat stacjonujących tam spartańskich oddziałów, prawda?

– Słyszałam, że w Amfipolis czekają tysiące spartiatów – odrzekła, marszcząc brwi. – Kleon zbierze po drodze dziewięć tysięcy Ateńczyków, więc będzie miał trudne zadanie, aby ich pokonać. Zdobycie północy nie przyjdzie mu tak łatwo.

Kasandra przypomniała sobie przechwałki Kleona i pomyślała o hordach trackich wojowników. W duchu obawiała się o los spartańskich wojsk. Barnaba pokiwał ze smutkiem głową.

– W Amfipolis jest tylko nieco ponad stu spartiatów i garstka hoplitów ze sprzymierzonych armii.

– Co takiego?

– Od porażki na Sfakterii eforzy nie zgadzają się na wysłanie własnych oddziałów na wojnę. Do obrony Amfipolis skierowali niewielki zastęp spartiatów, reszta to heloci.

– Heloci?! – wykrzyknęła Kasandra.

Wiedziała, że niewolnicy byli wykorzystywani do transportowania broni oraz zapasów i świetnie się sprawdzali w drobnych potyczkach, ale zbudowanie z nich całej armii było czystym szaleństwem.

– Niech bogowie mają ich w swej opiece! Kto stoi na ich czele?

– Dowódca Brazydas – odrzekł Barnaba, a Kasandra wbiła w niego zaskoczony wzrok.

– Udało mu się przeżyć walki na Sfakterii i uratowano go. Kiedy byłaś w więzieniu, przemierzał północne tereny na czele armii helotów, szukając sprzymierzeńców i słabych ogniw w imperium Kleona – wyjaśnił Barnaba.

Pozostali recytowali w tle wersy sztuki, którą napisali w ciągu ostatnich dni. Eurypides stał na drewnianej skrzyni i odgrywał rolę władczego i poważnego, ale rozsądnego Peryklesa. Potem na scenę wtargnął Arystofanes. Wymachując rękami i udając, że zrywa polne kwiaty, zakwiczał niczym zarzynana świnia:

– Nie słuchajcie go, tylko mnie! Mnie! Popatrzcie! Oto ciemna jama. Wskoczmy do niej na oślep!

Popijający wino z bukłaka Alkibiades zachodził się ze śmiechu. Herodot klaskał w dłonie, a Sofokles z dumą stukał w tabliczkę, z której odczytywał tekst. Sokrates tymczasem podszedł do Kasandry i szepnął:

– Jutro zbiera się Zgromadzenie. Odegramy przed nim tę sztukę, ukazując cynizm Kleona. Powinno ich to przekonać, że żaden z niego bohater, i jego reputacja na tym ucierpi.

Kasandra dostrzegła, że spogląda na nią z zaciekawieniem.

– Widzę, że bardzo chcesz coś powiedzieć. O co chodzi? – zapytał wreszcie, unosząc brew.

– Zszarganie jego reputacji nie wystarczy – powiedziała. – Nie możemy go tylko zranić, bo to go jeszcze bardziej rozsierdzi i sprowadzi na nas straszliwą zemstę. Trzeba go zniszczyć.

– Zgadzam się – ze smutkiem odparł Sokrates.

– Muszę zatem odegrać swoją własną rolę w tej sztuce, ale nie tu, tylko na polu bitwy – oznajmiła, patrząc na Barnabę.

– Adrestia jest gotowa do drogi, *misthios*. I jak zawsze czekamy na twe rozkazy – skłonił się wierny kapitan.

17

Ciepły wiatr rozwiewał włosy Brazydasa. Opierając jedną stopę na południowym murze Amfipolis, patrzył na spalone słońcem tereny przylegające do miasta. Od północy okalała je rzeka Strymon, a nieco od południa niewielkie wzniesienie. Jeszcze poprzedniego poranka ów wyżynny teren był zupełnie pusty, ale odkąd do kontrolowanego przez Ateńczyków portu w Eionie wpłynęły wojska Kleona, zaroiło się na nim od hoplitów i górotwór połyskiwał teraz srebrem, bielą i granatem. Wśród tysięcy wrogich wojsk byli też uzbrojeni jeźdźcy i sprzymierzeńcy Aten. Nieustannie dobiegały stamtąd prześmiewcze pieśni o porażce Spartan na Sfakterii.

– Jest ich zbyt wielu – rzekł Klearydas, zastępca Brazydasa.

Kątem oka dowódca spojrzał na żołnierzy stłoczonych wewnątrz Amfipolis – armię, którą mu powierzono w celu obrony tego ważnego północnego przyczółku. Stu pięćdziesięciu spartiatów stało na baczność tuż przy bramie miasta. Ale reszta? Heloci służyli mu co prawda wiernie podczas tej kampanii i z poświęceniem bronili swych pozycji, a nawet odważnie atakowali, ale nigdy nie walczyli przeciwko tak dobrze zorganizowanemu przeciwnikowi. Zamiast hełmów mieli na głowach tylko swe skórzane czapki, a czerwone płaszcze zostały zastąpione szarobrązowymi pelerynami.

Brazydas spojrzał na północ, na zalany słońcem drugi brzeg rzeki, który na razie świecił pustkami, ale za którym gdzieś w oddali rozpościerała się Tracja.

– Biada Helladzie, jeśli ten czerwonowłosy skurwysyn zdobędzie te ziemie i połączy siły z tamtejszymi barbarzyńskimi wojskami.

Na razie jednak największe niebezpieczeństwo czaiło się na tym wzgórzu, wśród zastępów Kleona. Bestia, która niemal go zabiła na Sfakterii. Dejmos. Niepokonany potwór.

– Co robimy? – nalegał Klearydas. – Nie zostało nam zbyt wiele ziarna. Kleon doskonale o tym wie.

– Cóż możemy zrobić? – odrzekł Brazydas. – To jedna z nielicznych sytuacji, kiedy Ateńczycy mają odwagę zmierzyć się z nami na lądzie, a my jesteśmy zbyt słabi, by ich pokonać. Cenię walczących dla nas helotów, tak samo jak spartiatów... ale elitarne ateńskie wojska zmiażdżą ich w otwartej walce. Jedyne, co możemy zrobić, to czekać i modlić się, by bogini Tyche okazała się dla nas łaskawa.

Klearydas odszedł, by przekazać tę wiadomość żołnierzom i podnieść ich na duchu. Brazydas zaś pozostał na murach obronnych miasta. Wpatrywał się w zagrażającą mu potężną armię i poczuł strach – uczucie, na które Spartanie nie mogli sobie pozwolić.

Kark Kleona niemiłosiernie parzyły promienie słońca, a od siedzenia w siodle zdrętwiały mu pośladki. Nie mógł sobie jednak pozwolić na zejście z konia i zmieszanie się z otaczającym go tłumem pospolitych żołnierzy. Poza tym był wśród nich także Dejmos, który stał na wyżynie w zasięgu jego wzroku. „Nie potrzebuję cię, kundlu" – pomyślał Kleon.

Przez całą drogę, za każdym razem, gdy mistrz opuszczał swą kabinę, na pokładzie galery witały go okrzyki podziwu i oklaski, a odkąd zacumowali w porcie Eion, nie było końca pieśniom opiewającym jego bohaterskie wyczyny na Sfakterii.

Większość jednak kurczyła się ze strachu, gdy przechodził obok.

– Strach i szacunek… Cóż za doskonałe połączenie… – syknął zazdrośnie Kleon, próbując wymacać coś pod płaszczem. – Ale może na polu bitwy spotka cię tym razem największy honor, Dejmosie… – uśmiechnął się złośliwie, a jego dłoń wreszcie odnalazła ramię łuku, którego szukał – i umrzesz w walce jak prawdziwy bohater!

Nad wzgórzem rozległ się donośny śmiech. Za najlepszymi, ustawionymi w równe rzędy żołnierzami Kleona rozsiedli się sojusznicy z Kerkyry, którzy odłożyli włócznie, by się posilić chlebem i wodą. Jeden z nich cwałował wkoło i wywołując salwy śmiechu, wołał:

– Patrzcie na mnie! Na mnie!

Plecy dowódcy przeszył gwałtowny dreszcz i groźba kompromitacji ścisnęła jego gardło. „Przeklęta sztuka!" – pomyślał. Plotki o tym, co działo się w Atenach pod jego nieobecność, dotarły do niego o poranku. Widział też rozbawione do łez twarze, które na jego widok odwracały się szybko w drugą stronę. Jeden z posłańców potwierdził, że zwolennicy Peryklesa opuścili swe nory i niczym szczury roznosili wśród ludności zarazę kłamstw na jego temat. „Zawiadomię moich wpływowych ateńskich przyjaciół, a wtedy…" – pomyślał, ale przypomniał sobie ostatnie zebranie członków Kultu, na którym był tylko on i jeszcze jedna zamaskowana osoba. Cała reszta była martwa. „Kiedy wrócę, powieszę te ścierwa na murach miasta. Kruki będą im wydłubywać oczy…" – postanowił.

Odgrywający sztukę rozochocili się teraz na dobre. Kleona zalewały fale wściekłości, ale mimo to zdawał sobie sprawę, że nie mógł rozprawić się ze zwolennikami zmarłego Peryklesa tu i teraz, na oczach całej armii. Mógł ich oczywiście ukarać, ale nie w tak potworny sposób, jak to sobie zaplanował, miał bowiem zamiar rzucić ich żywcem na pożarcie swym psom, które zostały w Eionie.

– Dowódco – z zamyślenia wyrwał go głos jednego z taksiarchii – co rzeczesz? Atakujemy miasto?

Kleon spojrzał na Amfipolis i sylwetkę stojącego na murach Brazydasa. Niektórzy z dowódców donieśli mu, że hoplici zaczynali się niecierpliwić, dziwiąc się, że po latach krytykowania zachowawczej strategii Peryklesa, dowódca teraz boi się zaatakować garstkę helotów. Kleon poczuł, jak wzbiera w nim duma. Już miał sięgnąć po miecz i dać wojskom sygnał do natarcia, które z pewnością zakończyłoby się jego wielkim triumfem i ucięło spekulacje wzniecone przez nieszczęsną sztukę, gdy jego rozmówca powiedział:

– Nie jestem pewien, czy powinniśmy. W lasach za miastem mogą się chować jeźdźcy. Pamiętasz, jaki los zgotowała nam tebańska kawaleria w Beocji? Jeśli mają w zanadrzu podobne siły, to…

Kleon poczuł, jak jego żołądek skręca się ze złości i głośne burczenie zagłuszyło pozostałe słowa taksiarchy.

– Wyślijcie zwiadowców, aby przeczesali lasy i zostawcie tam kogoś, kto będzie trzymał wartę. Armia na razie wróci do Eionu.

Odpowiedziały mu westchnienia i odgłosy poirytowania dochodzące z ateńskich szyków, co doprowadziło Kleona do furii:

– Jutro wracamy! – wrzasnął. – Spartanie rozdadzą jedną z ostatnich porcji chleba i nie prześpią ze strachu kolejnej nocy! Jutro wbijemy ich głowy na nasze włócznie! Wrócimy tu po zwycięstwo!

Jego przemowa wzbudziła pojedyncze oklaski, które szybko zostały zagłuszone przez rozkazy, jakie wydawali dowódcy poszczególnych oddziałów. Wzniecając obłoki kurzu, ateńska armia zaczęła schodzić wzdłuż południowego stoku wzniesienia w kierunku portu. Kleon przyglądał się kerkyryjskim sojusznikom z lewego skrzydle. Teoretycznie powinni oni stać na czele zawracających wojsk, ale byli wyjątkowo opieszali i nie zdążyli nawet uformować szyku, niektórzy dopiero podnosili swe hełmy i włócznie, inni korkowali bukłaki. Wściekłość Kleona sięgnęła zenitu.

– Ruszcie się! – wrzasnął, kierując swego konia w ich stronę i drewnianą pałką zaczął okładać głowy najwolniejszych żołnierzy.

Brazydas miał wrażenie, że gorący wiatr na chwilę ustał. „Wycofują się?" – szepnął sam do siebie, z niedowierzaniem obserwując niezdarny odwrót ateńskich wojsk. W jego pamięci odżyły wspomnienia z okresu *agoge*, kiedy stratedzy uczyli chłopców, w tym jego, jak rozpoznać słabości i błędy przeciwnika. „Zwracajcie uwagę na tyły i flanki" – grzmiał w jego myślach ochrypły głos spartańskiego stratega, układającego na ziemi oszlifowane kamienie, które reprezentowały poszczególne oddziały.

Brazydas wyprostował się, a jego ciało od stóp do głów przeszył gwałtowny dreszcz.

– Spartanie! – zagrzmiał. – Przygotujcie się do ataku!

Odpowiedziało mu gromkie *Aroo!* i stu pięćdziesięciu uzbrojonych we włócznie żołnierzy stanęło na baczność.

– Hańba, która spotkała nas na Sfakterii, zbyt długo ciążyła mi na sercu. Wam również?! – krzyczał, pędząc w dół, by stanąć na ich czele.

Spartanie uderzyli włóczniami w swe tarcze i ryknęli chórem, zgadzając się ze swym dowódcą. Potem Brazydas zwrócił się do helotów:

– A wy, dzielni wojownicy, ściągnijcie czapki z głów, podnieście włócznie i kroczcie z nami… ku chwale!

* * *

Adrestia zatrzymała się z gwałtownym szarpnięciem w niewielkiej zatoczce, gdzie do morza wpadała rzeka Strymon. Kasandra zeskoczyła na piaszczystą plażę. Wokół panowała niemal zupełna cisza. Dopiero po chwili, wraz z podmuchem ciepłego wiatru, dobiegł ją z oddali jęk otwieranych bram i wojenne okrzyki atakujących żołnierzy. Dochodziły one zza niewysokiej, pokrytej trawami wydmy, którą czym prędzej pokonała, zapadając się w piasek. Szybujący nad nią Ikaros skrzeczał wściekle i kiedy dotarła na szczyt diuny, zrozumiała dlaczego.

Na południowym stoku niewielkiego wzniesienia w nierównym szyku tłoczyła się ateńska armia. Na południowe zbocze wbiegała garstka odzianych w czerwone płaszcze żołnierzy. Kasandra odszukała wzrokiem ich dowódcę. Spartańskie oddziały były niczym w porównaniu z Ateńczykami. „Cóż ty wyczyniasz, Brazydasie?" – pomyślała. „Wiesz przecież, że nie masz szans wygrać w tej bitwie..."

Stu pięćdziesięciu spartiatów uderzyło w lewą flankę zaskoczonych Ateńczyków i ze szczękiem oręża oraz chrzęstem zbroi bezlitośnie wbiło się w nią, siejąc wśród przeciwników popłoch. Zabiwszy wielu, żołnierze Brazydasa parli, atakując środkową flankę. Kasandrze przypomniała się wizja bitwy pod Termopilami. Brazydas miotał się wśród nieprzyjaciół i wraz z innymi Spartanami ciął ich na prawo i lewo. Musiał jednak wiedzieć, że liczebna przewaga wroga jest przytłaczająca. Zabrzmiały ateńskie trąbki i prawa flanka z Kleonem na czele zawróciła, by wspomóc zaskoczonych żołnierzy z lewego skrzydła. Kasandra posmutniała, wiedziała bowiem, że Brazydas i jego oddział tego nie przeżyją.

Na zachodnim stoku wzgórza rozległo się jednak kolejne spartańskie wezwanie do walki i jak spod ziemi na pole bitwy wpadła chmara helotów. Kasandrę przeszył dreszcz, gdy z przeraźliwym wojennym okrzykiem na ustach rzucili się na nieosłonięte tyły ateńskiej armii.

Wzgórze pobłyskiwało srebrem ostrzy i raz po raz tryskały z niego fontanny szkarłatnej krwi. Kasandra spojrzała w kierunku Brazydasa, którego otoczyli pierwszorzędni ateńscy hoplici. Kierował nimi sam Kleon i żądał od nich głowy spartańskiego dowódcy. Wizja śmierci wielkiego bohatera spod gorących wrót znów pojawiła się w jej myślach. „Nie, nie tym razem" – powiedziała sobie w duchu.

Rzuciła się w dół wydmy i przeskakując przez niewielki strumyk, dotarła na skraj pola bitwy. Zwinnie uniknęła wycelowanej w nią włóczni jednego z Ateńczyków i przemykając tuż ponad zalaną krwią ziemią, wyłoniła się nieco dalej, parując cios atakującego ją Kerkyryjczyka. Jak najszybciej chciała dotrzeć do swego prawdziwego celu – Kleona.

Pod jej nogi wtoczyła się odcięta głowa jednego z żołnierzy, a jej plecy opryskała gorąca krew i ludzkie wnętrzności. Wreszcie dotarła w pobliże Brazydasa, który dzielnie odpierał ciosy Ateńczyków. Kasandra chwyciła jednego z nich za ramię, a gdy się odwrócił, wbiła włócznię Leonidasa głęboko pod jego żebra. Inny dosięgnął ją swym oszczepem i zadrasnął ostrzem w brzuch, rozcinając skórę. Krew zalała jej udo, ale zdołała uniknąć kolejnego ciosu napastnika i odrąbać mu rękę. Brazydas wykorzystał to chwilowe zamieszanie i uderzył jednego z nieprzyjaciół głową, a kolejnego rozpłatał od krocza po szyję. Zmęczony walką Brazydas, chwiejąc się na nogach, drżącą ręką podniósł swą włócznię, by zasalutować Kasandrze. Jego twarz była czarna od kurzu i krwi, pobłyskiwały w niej tylko białka oczu i zaciśnięte z wysiłku zęby.

– Wiedziałem, że jeszcze cię zobaczę! Nie mogłaś wybrać lepszego momen…

Jego ciałem wstrząsnęły drgawki, a pierś przebiło zbroczone krwią ostrze włóczni.

– Nie! – wrzasnęła Kasandra, wyciągając do niego ręce.

Nabite na drzewcową broń ciało Brazydasa uniosło się w górę niczym rybacka zdobycz. Spartański dowódca wydawał ostatnie tchnienie, wymiotując krwią. Dejmos zaś z wysiłkiem trzymał oszczep w górze, by wszyscy wokół mogli zobaczyć jego wojenny łup, po czym cisnął zwłoki Brazydasa na ziemię i zaskoczony spojrzał na siostrę:

– A cóż to? Kleon nie zdołał się ciebie pozbyć? Może powinien zostawić to jednak mnie!

Rzucił się w jej kierunku z wyciągniętym mieczem, próbując nim przeszyć szyję Kasandry. Zrobiła krok w tył, by zablokować cios oszczepem. Tak jak na Sfakterii, skrzyżowali ostrza i przez chwilę się siłowali, drżąc z wysiłku wśród szalejącej wokół bitwy.

– To koniec, siostro! – warknął Dejmos przez zaciśnięte zęby, powoli spychając ostrze włóczni w jej kierunku. – Jedno z nas dziś umrze!

W nagłym przypływie siły Kasandra odepchnęła jego miecz i przechyliła szalę zwycięstwa na swoją stronę. Im bardziej napierała, tym bardziej Dejmos kurczył się pod naciskiem jej włóczni i jego pewność siebie wyraźnie zmalała. W jego rozszerzonych źrenicach ujrzała cień strachu. Po raz kolejny znalazła się w sytuacji, w której musiała dokonać wyboru, czy ocalić brata, czy pozwolić mu umrzeć. Zanim zdążyła podjąć decyzję, Dejmos przeraźliwie krzyknął. Zdezorientowana Kasandra odstąpiła o krok i popatrzyła na ostrze swej włóczni. Wiedziała, że nie zrobiła mu krzywdy, bo nie było na nim śladów krwi. Wtedy dostrzegła sterczącą z jego pleców strzałę. Dejmos padł na kolana, a potem przewrócił się na bok, a jego ciało szybko zniknęło pod nogami nadbiegających żołnierzy.

Kasandra zastanawiała się, skąd mogła nadlecieć strzała, która raniła brata, i jej wzrok spoczął na niewielkim skalistym występie. Stał na nim Kleon z łukiem w ręku i uśmiechem szaleńczego triumfu na twarzy. Wyjął kolejną strzałę. Kasandra rzuciła się w jego stronę.

– *Skatá!* – zaklął, gdyż strzała wyśliznęła mu się z rąk i zaplątała w cięciwie.

Kasandra posłała na niego włócznię, ale chybiła. Kleon cisnął łuk pod jej nogi i uciekł przez pole bitwy. Ruszyła w pogoń, odpierając po drodze ataki ateńskich hoplitów. Wokół niej śmigały strzały i kamienie, którymi strzelano z proc. Przeskakiwała ponad rannymi, wpadając w kałuże krwi, wymiotów i rozprutych wnętrzności, ani na chwilę nie spuszczając Kleona z oka. Wreszcie wokół niej zaczęło się przerzedzać i dotarła na skraj pola boju, zostawiając za sobą bitewny zgiełk. Myślała tylko o tym, by go dopaść. Gnała niczym łania, czując, jak grunt pod jej stopami zamienia się w mokry piasek, a odgłosy walki zastępuje szum rozbijających się o skały fal. Kleon nadal biegł, zostawiając głębokie ślady na plaży. Wpadł na mieliznę i zaczął brnąć dalej, aż woda sięgnęła jego szyi. Wtedy się zatrzymał, dyszał ciężko i przez chwilę nerwowo się rozglądał, raz w jedną, raz w drugą stronę. Potem zbladł i wymamrotał:

– Nie umiem pływać…

Kasandra bez słowa podeszła do miejsca, w którym stał. Kleon dobył miecza, ale chwyciła go za nadgarstek i wykręciła tak mocno, że upuścił broń, po czym powlokła z powrotem na mieliznę. Klęczał przed nią, błagając o litość, ale nie miała zamiaru go słuchać. Położyła mu rękę na karku, wcisnęła jego twarz w piach i poczekała, aż znieruchomiał. Potem usiadła na plaży, łapiąc oddech. Ostatni i najniebezpieczniejszy członek Kultu był martwy.

W oddali rozległ się dźwięk spartańskich piszczałek i podniosły okrzyk zwycięstwa *Aroo!* Z podniesionymi wysoko włóczniami spartiaci otoczyli ciało swego dowódcy. Brazydas zginął, ale Amfipolis odparło atak ateńskich najeźdźców i ocaliło całą północ.

Spod szaty Kleona coś wypłynęło na powierzchnię wody. Po chwili Kasandra ujrzała maskę, wyszczerbioną na skroni od uderzenia mieczem. Ikaros sfrunął i wylądował na jej ramieniu, wściekle skrzecząc, aż dryfujący obiekt zniknął pod wodą.

– Tak, Ikarosie, nareszcie ich pokonaliśmy – szepnęła.

18

Opowiadano, że Brazydas, słuchając zwycięskich pieśni swych żołnierzy, poległ z uśmiechem triumfu na twarzy. Ale tylko niewielu wiedziało, że tak naprawdę zginął potworną śmiercią, nabity na szpic włóczni Dejmosa. Adrestia opuściła zatokę Amfipolis i Kasandra patrzyła na zalany zachodzącym słońcem krajobraz, który zostawiali za sobą. Wzgórze, na którym rozegrała się bitwa, uprzątnięto, ale stosy pogrzebowe i kopce usypane przez zwycięzców długo jeszcze miały przypominać o poległych. W osobie Brazydasa Sparta zyskała nowego bohatera, a jego mieszaną armię już zaczęto nazywać brazydianami. Spartiaci i heloci po raz pierwszy bez podziału na klasy świętowali wspólne zwycięstwo w jednym obozowisku.

Mimo wygranej powrotna podróż na południe przebiegała w dość posępnej atmosferze. Barnaba i jego załoga spędzali wieczory na cichych rozmowach i wspomnieniach. Na jakiś czas Adrestia zatrzymała się w Atenach, gdzie wybrano już nowego dowódcę. Popierany przez Sokratesa i innych zwolenników Peryklesa Nikias nawiązał pokojowe rozmowy ze Spartą i wszystko wskazywało na to, że miały one doprowadzić do rozejmu i trwałego pokoju. Niektórzy napomykali nawet o tym, że zawieszenie broni miałoby trwać pięćdziesiąt lat. „To miałoby sens" – myślała Kasandra. „Zarówno Sparta, jak i Ateny zostały przez tę wojnę zrujnowane i nie zyskały nic poza zastępami wdów i sierot".

Po miesiącu spędzonym w Atenach, głównie przy grobach Foibe i Peryklesa, Kasandra znów wyruszyła w morze, tym razem udając się do domu. Do wybrzeża Sparty dotarli na początku sierpnia. Kasandra w towarzystwie Barnaby wyruszyła konno z portu w Trinisie w stronę Krainy Dolin. Od porażki na Sfakterii minęło tak wiele czasu. Tak długo nie widziała się z matką, że teraz czuła się podobnie, jak wówczas gdy podpływali do Naksos. Nie była pewna, czy Myrrine wie, że udało jej się przeżyć. Zastanawiała się, czy matka nadal miała się dobrze, więc z mocno bijącym sercem przejeżdżała przez spartańskie wioski. Heloci zatrzymywali się i patrzyli na nią, szepcząc między sobą:

– To *misthios*!

– Bohaterka z Beocji…

– Czy to naprawdę ona? Ta, która walczyła u boku Brazydasa w Amfipolis?

Kiedy dotarła do gimnazjonu, przechwalający się i toczący pojedynki spartiaci zamilkli i wpatrywali się w nią z zaciętymi twarzami, a po chwili jak jeden mąż chwycili za włócznie. Pomyślała, że chcą ją zaatakować, ale wznieśli broń wysoko w geście szacunku i zawołali *Aroo!*, wzruszając ją tym do głębi.

Z gimnazjonu było już widać otwartą bramę jej rodzinnej posiadłości. Przed domem stała Myrrine z rękami skrzyżowanymi na piersiach, wyraźnie rozrzewniona. Kasandra zeskoczyła z konia i padła matce w objęcia. Wieczorami przesiadywały przy palenisku, pijąc mocno rozcieńczone wino, jedząc oliwki i ciasto jęczmienne. Prowadziły długie rozmowy, w których Kasandra próbowała opisać i wyjaśnić matce wszystko, co jej się przydarzyło – od porażki na Sfakterii, przez długie miesiące w ateńskim więzieniu, aż po dzień, w którym wszystko się odmieniło. Opowiadała jej o tym, jak odzyskała wolność, jak Arystofanes zdyskredytował Kleona swą sztuką i jak popłynęła na północ, do Amfipolis.

– Wieści o bitwie w Amfipolis dotarły tutaj w zeszłym miesiącu – powiedziała Myrrine, podnosząc kubek z winem do ust. – Mówiono o wielu ofiarach, ale także o wielkim zwycięstwie. Dowiedzieliśmy się wtedy także o śmierci Brazydasa.

– Dokonał wspaniałych rzeczy i wszyscy powinniśmy brać z niego przykład – rzekła Kasandra. – Eforzy dali mu zaledwie garstkę żołnierzy, a on i tak ocalił północ i powstrzymał szaleńcze zapędy Kleona. Słyszałam, że planują wznieść Brazydasowi pamiątkowy grobowiec obok świątyni Leonidasa. To bardzo słuszna decyzja.

– Gdy usłyszałam o jego śmierci, długo płakałam. Potem dowiedziałam się także o najemnicy, która walczyła u jego boku, i w moim sercu pojawiła się iskierka nadziei, że może to ty nią byłaś. Od kiedy odpłynęłaś na Sfakterię, nie miałam żadnych wieści. Docierały tu tylko opowieści o setkach spalonych tam ciał. Bałam się jednak uwierzyć, że brałaś udział w walkach pod Amfipolis, nawet wolałam, żeby tak nie było, szczególnie gdy doszły mnie słuchy, że znalazł się tam też Dejmos...

– Tak... – powiedziała Kasandra z trudem.

Myrrine podniosła wzrok. Jej oczy były pełne łez.

– A więc zapewne prawdą jest też to, że to on zamordował Brazydasa...

– Prosiłaś mnie... żebym przyprowadziła go do domu – szepnęła Kasandra. – Nie udało mi się to...

Myrrine zamilkła i odwróciła głowę, próbując odciąć się od tego bolesnego wątku.

– Próbowałam... ale Kleon postrzelił go z zazdrości.

Po dłuższej chwili Myrrine skinęła i cicho powiedziała:

– Niewielu nas już zostało...

Potem usiadła obok córki, obejmując ją ramieniem.

– Chyba powinnam ci odpowiedzieć na jedno z pytań, które zadałaś mi dawno temu – rzekła, delikatnie odgarniając kosmyki włosów z twarzy Kasandry i patrząc jej prosto w oczy.

– Nie rozumiem...

– Chodzi o twojego ojca... twojego prawdziwego ojca – powiedziała Myrrine i pochyliła się, by wyszeptać jego imię. Kasandra poczuła się jak rażona piorunem. Ta wiadomość była niczym objawienie...

Lato minęło i nadeszły jesienne wiatry oraz deszcze. Kasandra budziła się w ciepłym posłaniu, wypoczęta, nie towarzyszyły jej już – jak przez lata tułaczki – ból i niewygody. Pewnego poranka wyjrzała na zewnątrz i zobaczyła ponure niebo wiszące nad pasmem Tajgetu. Ten widok wyjątkowo ją poruszył, może dlatego, że dopiero wstała, a może dlatego, że wierzchołek wzgórza spowijały chmury i znów przypomniała sobie wydarzenia tamtej pamiętnej nocy. Lecz myśląc o nich, po raz pierwszy nie czuła strachu. Na dodatek poświęciła się pasjonującym ją aktywnościom: odkąd wróciła do Sparty, odwiedziła wszystkie z pięciu historycznych osad, brała udział w wieczorach poezji i ucztach, ćwiczyła w gimnazjonie i niemal każdego poranka pływała w rwących wodach Eurotasu. Tego dnia miała zamiar zabrać Ikarosa do lasu na łowy, ale zmieniła plany, bo zrozumiała, że jest jeszcze jedno miejsce, w którym bardzo dawno nie była.

Chciała tam pójść sama, więc nie wspomniała o swym zamiarze ani matce, ani Barnabie. Zabrała tylko bukłak z wodą oraz krążek sera i ruszyła w drogę. Oddychała głęboko świeżym powietrzem, pachnącym sosnowym igliwiem i wilgotną ziemią. Kiedy dotarła na stok, odwiązała swą słynną włócznię i próbowała podpierać się nią jak laską, tak jak to robiła wiele lat temu. Uśmiechnęła się ze smutkiem, zdała sobie bowiem sprawę, że wysłużona broń wyjątkowo do tego celu się nie nadawała. Zrozumiała też, że bardzo od tamtej pory urosła. Wyobrażała sobie, że idą przed nią duchy osób, które niegdyś towarzyszyły jej w wędrówce na szczyt – przeklęci eforzy i kapłani, Nikolaos, Myrrine oraz... mały Aleksios, którego tuliła w ramionach.

Oczy zaszły jej łzami i zatopiona w myślach nie zauważyła, że lecący nad nią Ikaros zaczął wydawać ostrzegawcze dźwięki. Gdy dotarła na płaskowyż, zobaczyła smutny, zmurszały ołtarz, na którym przed laty odbyła się dramatyczna ceremonia. Przez chwilę wydawało jej się, że nabrzmiewający w niej przez ten cały czas smutek wreszcie znajdzie tutaj swoje ujście, ale coś ją powstrzymało.

Na skraju urwiska stał mężczyzna. Był do niej odwrócony plecami i patrzył w przepaść.

– Czy to ty... Aleksiosie? – wyjąkała niepewnie.

Wreszcie zrozumiała zaniepokojenie Ikarosa, który krążył teraz nad nią, wściekle skrzecząc. Aleksios milczał i nawet się nie poruszył.

– Wydawało mi się, że zginąłeś w bitwie pod Amfipolis... – zaczęła, wpatrując się w świeżą bliznę po strzale na nagich ramionach brata, częściowo zakrytą przez jego ciemne, długie włosy.

– Moje blizny służą mi za ozdoby – warknął, odwracając się od przepaści. Jego oblicze było zupełnie beznamiętne. – Od miesiąca czekałem tu na ciebie. Wiedziałem, że w końcu przyjdziesz...

Patrzył lodowatym wzrokiem, ale nie na nią, tylko na coś lub kogoś tuż za nią.

– Moje dziecko... mój skarb... – wyszlochała Myrrine, stając u boku Kasandry.

– Śledziłaś mnie? – syknęła Kasandra.

– Nie, to wzgórze przyciągnęło nas wszystkich tutaj… – odparła Myrrine, kładąc jej delikatnie rękę na ramieniu i stawiając kolejny krok w przód. – Obiecałaś, że przyprowadzisz go z powrotem do domu i tak się stało.

Kasandra chwyciła matkę za nadgarstek, próbując ją zatrzymać.

– To niebezpieczne – wyszeptała.

Myrrine ze łzami w oczach wyciągnęła ręce w stronę syna.

– Jakie to wzruszające… Matka wyciąga ręce ku swemu dziecku, stojącemu na skraju przepaści… – wycedził, unosząc brew.

– Aleksiosie… proszę… – zaszlochała Myrrine.

– Zwracasz się do mnie w ten sposób, jakby to imię miało dla mnie jakieś znaczenie… – warknął.

– Tak cię nazwaliśmy… ja i twój ojciec.

Aleksios przechylił głowę w bok, zerkając na nią nieufnie, i zapytał:

– A potem przyniosłaś mnie tutaj, by strącić mnie w przepaść?

– To Kult nas tu wszystkich przywiódł owej nocy. Próbowałam wszystkiego, by cię ocalić – starała się wyjaśnić Myrrine.

Aleksios zacisnął pięści i zadrżał z emocji. Kasandra widziała, jak narasta w nim wściekłość.

– Wojna się skończyła, Aleksiosie. Kult został pokonany. Musisz się wyzwolić spod ich mrocznego wpływu. Przypomnij sobie, kim naprawdę jesteś – przekonywała brata.

– Celem Kultu było zaprowadzenie w świecie porządku. Ja miałem im w tym pomóc i mam zamiar tego dokonać – odrzekł, powoli kręcąc głową.

– W naszych żyłach płynie ta sama krew, Aleksiosie – ciągnęła Kasandra. – We mnie zawsze tliło się pragnienie, by odzyskać rodzinę. Ono żarzy się i w tobie. Czuję to…

Aleksios spuścił głowę na piersi i przez dłuższą chwilę milczał, a potem powiedział:

– Kiedy byłem mały i opiekowała się mną Chryzis, znalazłem raz małe lwiątko, które złapało się we wnyki. Mój przyjaciel chciał je uratować, ale zaraz usłyszał groźny pomruk lwicy... – Aleksios podniósł wzrok. – Patrzyłem, jak rozszarpywała mojego towarzysza na kawałki. W świecie zwierząt matka chroni młode za wszelką cenę...

W oczach miał łzy, a jego oblicze było pełne emocji.

– Bardzo cię kochałam, Aleksiosie – zapłakała Myrrine. Jej twarz na chwilę wykrzywił dziwny grymas, jakby walczyła sama ze sobą, i dodała: – Zresztą, do diaska ze spartańskim wychowaniem! Kochałam cię... i nadal cię kocham!

Aleksios powoli sięgnął do zawieszonej na ramieniu pochwy.

– Nazywam się Dejmos. Ten, którego kochałaś, nie żyje. Znam swoje przeznaczenie i nikt nie stanie mi na drodze – warknął, podchodząc do Myrrine i wyciągając miecz.

Kasandra w mgnieniu oka zablokowała jego cios swą włócznią. Uratowała matkę. Ostrze zatrzymało się tuż nad głową Myrrine, ona jednak nawet nie drgnęła, po jej twarzy spływały tylko potoki świeżych łez.

– Aleksiosie, przestań! – krzyknęła Kasandra, siłując się z bratem.

Zaciskając zęby, Dejmos nadal próbował ugodzić matkę. Kasandra zebrała w sobie całą energię i odepchnęła go, po czym wymierzyła w niego włócznię.

– Nie chcę z tobą walczyć... – wyszeptała.

– Powiedziałem ci już raz pod Amfipolis, siostro, że jedno z nas musi umrzeć – wycedził Aleksios i rzucił się na nią.

Broń uderzyła o broń, wzniecając iskry, a dźwięki pojedynku niosły się echem wśród wzgórz.

Zrozpaczona Myrrine padła na kolana, błagając:

– Nie! Nie!

Dejmos atakował z wyjątkową zaciętością i udało mu się rozciąć siostrze skórę na ramionach i czole. Niemal strącił ją do przepaści i gdyby nie refleks Kasandry, bez wątpienia udałoby mu się przebić mieczem jej ciało. Ponad walczącymi zbierały się ciemne chmury i w oddali słychać było pierwsze pomruki zbliżającej się burzy. W Kasandrze wezbrał wielki gniew i z determinacją zaatakowała brata. Długo toczyli boje w strugach ulewnego deszczu. W pewnej chwili wytrąciła z ręki brata miecz, który poszybował w przepaść, i wówczas demoniczne spojrzenie Dejmosa zastąpił strach. Pokonany padł na ziemię i zasłonił się ramieniem jak tarczą. Kasandra czuła, jak napina się w gotowości do zadania ostatecznego ciosu, jej ręka jednak zadrżała i zatrzymała swe ostrze tuż przed piersią brata. Dysząc z wysiłku, wpatrywali się w siebie nawzajem, przedłużając tę decydującą chwilę. Niebo rozdarła błyskawica.

Myrrine podeszła bliżej, rwąc włosy z głowy i powtarzając:

– Proszę, nie...

– Dokonałem okropnych rzeczy – wyszeptał Aleksios. – A przecież wszystko mogło wyglądać zupełnie inaczej, siostro...

– I nadal może tak być – zapewniała Kasandra, lecz on tylko pokiwał głową i powiedział:

– Jedno z nas musi tutaj umrzeć. Do momentu, gdy starłem się z tobą na Sfakterii, nie było nikogo, kto mógłby mi dorównać... Wtedy trafiłem na godnego siebie przeciwnika. Podobnie pod Amfipolis. Gdyby nie strzała Kleona, pokonałabyś mnie.

– To nie ma znaczenia! – przekonywała. – Pomyśl o tym, co przed nami. Możemy wreszcie stać się rodziną... Pragnęliśmy tego...

Patrzyli teraz na siebie tak jak dawno temu na skraju tej samej przepaści, gdy Kasandrze niemal udało się go złapać. Po mokrym od deszczu policzku Aleksiosa stoczyła się łza.

– Nie mogę być tym, kim chcesz, abym był – wyszeptał drżącymi wargami. – Zło zapuściło we mnie zbyt głębokie korzenie – po tych słowach sięgnął do nagolennika, wyciągnął schowany tam niewielki sztylet i wymierzył go w Myrrine.

Dla Kasandry czas jakby się zatrzymał... Instynktownie wbiła włócznię głęboko w ciało brata, sztylet z brzękiem wypadł z jego ręki i Aleksios patrząc w niebo, wydał ostatnie tchnienie.

Myrrine krzyknęła z rozpaczy, a Kasandrą wstrząsnął gwałtowny płacz. Ponad płaskowyżem przetoczył się potężny grzmot, a gdy ucichł, zapłakane kobiety zwróciły się ku sobie.

– Próbowałam go ocalić, matko... – wydusiła Kasandra.

– Wiem. Widziałam... – zaszlochała Myrrine. – Teraz przynajmniej jest wolny...

Objęły się i zostały nad ciałem Aleksiosa przez długie godziny, aż burza ustała i górę Tajget oświetliły przebijające się przez chmury promienie czerwonawego słońca.

Epilog

Szłam w ciemnościach, nie czując strachu. Byłam wszak Spartanką, misthios *i bohaterką wojny. Odgłosy moich kroków brzmiały w tym dziwnym miejscu bardzo samotnie. Nie czułam już letniego skwaru i podążałam coraz głębiej i głębiej. Uderzyłam w krzesiwo, by zapalić pochodnię, która oświetliła puste kamienne komnaty. Nadal leżały w nich łańcuchy, a na ścianach widniały plamy zaschniętej krwi ofiar Mongera. Minęłam korytarz z ohydnym posągiem żmii. W korycie pod jej kłami już dawno nie płynęła krew, więc bestia zapewne zginęła z głodu. Ołtarz, przy którym po raz pierwszy spotkałam Chryzis – wynaturzoną kapłankę Kultu – był teraz pokryty grubą warstwą kurzu. Przeszłam obok, nie zatrzymując się.*

Głęboko we mnie tliła się nadzieja, że gdzieś w tych jaskiniach ponownie odnajdę brata, że pojawi się nagle, tak jak wiele lat temu, gdy odbywało się tutaj zebranie zamaskowanego bractwa. Ale pamięć o tym, że przebiłam jego serce własną włócznią, była jeszcze zbyt świeża i bolesna. Od jego śmierci minął niemal rok. Pochowałyśmy go z matką, tonąc we łzach. Nie spodziewałyśmy się, że ktokolwiek inny pojawi się na jego pogrzebie, a jednak – Nikolaos i Stentor zaskoczyli nas swoją obecnością. Uczestniczyli w ceremonii z daleka. Kiedy ich dostrzegłam, zaprosiłam ich skinieniem głowy, by podeszli bliżej. Tego wieczoru zjedliśmy razem kolację w naszej posiadłości. Było to chwilami bardzo dziwne spotkanie. W pewnym momencie Nikolaos poprosił o wino. Matka, siedząca przy przeciwległym końcu stołu, nalała pełen kubek i... wypiła go duszkiem, po czym jadła dalej, jak gdyby nigdy nic. Stentor najwyraźniej uznał to za zabawne, ale szybko zrozumiał, że nikomu innemu nie było do śmiechu, więc udał, że się zakrztusił. Wspólny posiłek nie zaleczył starych ran i pewnie nigdy to nie nastąpi. Ale jedno jest pewne – nienawiść została pogrzebana wraz z Kultem i zastąpiło ją wzajemne zrozumienie.

Za zgodą matki wiosną wyruszyłam w jeszcze jedną, ważną podróż na niezastąpionej Adrestii. Gdy przemierzaliśmy morze, Barnaba wspominał i odgrywał liczne przygody, które razem przeżyliśmy, często mocno je ubarwiając. Herodot zaś nie odstępował go ani na krok, skrzętnie wszystko notując na glinianych tabliczkach. Stukał w nie niczym dzięcioł wykuwający dziuplę w pniu drzewa.

Naszym celem była zniszczona wyspa o nazwie Thera. Dotarliśmy do jej brzegów w pogodny poranek. Morze wyglądało niczym bela jasnozielonego jedwabiu, a jego spokoju nie mącił nawet pojedynczy podmuch wiatru. Herodot chciał mi towarzyszyć w wyprawie na czarne wzgórza, ale poprosiłam go, by poczekał na mnie na wybrzeżu. Tę drogę musiałam odbyć w samotności. No, może niezupełnie. Był ze mną mój nieodłączny kompan – Ikaros. Przemierzałam tę wulkaniczną wyspę, która przypominała rozłupaną skorupę, zastanawiając się, czy opowieści Melitona o skomplikowanych inskrypcjach, wyrytych wysoko na jej czarnych skałach, były tylko wytworem jego wyobraźni lub wymyślnym żartem. Nie wyglądało na to, żeby na tym zapomnianym terenie znajdowało się cokolwiek oprócz pyłu i kamieni.

Wspinałam się coraz wyżej i przez wiele dni z uwagą przeczesywałam tę nieprzyjazną wyspę. Pewnego razu dotarłam do wielkiej skalnej ściany. Na pierwszy rzut oka nie było w niej nic nadzwyczajnego, kiedy jednak oparłam się na niej, by złapać równowagę, pod palcami wyczułam płytko wyryte w skale znaki. Odsunęłam się nieco i wtedy je zobaczyłam. Były widoczne tylko wtedy, gdy spojrzało się na nie pod pewnym kątem. Zostałam tam przez kilka dni, próbując odczytać symbole i je zrozumieć. Miałam nadzieję, że może kiedyś zabłysną dla mnie dziwnym blaskiem, tak jak opowiadał Meliton. I pewnej nocy tak się stało. W skale pojawiło się wtedy ukryte wejście, prowadzące w głąb wzgórza. Weszłam do środka i znalazłam tam mego prawdziwego ojca. Wielkiego Pitagorasa.

Choć większość ludzi od niemal sześćdziesięciu lat uznawała go za martwego, Pitagoras nadal żył. Mimo że był znacznie starszy od przeciętnych śmiertelników, jego oczy nadal pałały blaskiem, a umysł miał wyjątkowo sprawny. To, co mi powiedział, zupełnie zmieniło moje postrzeganie świata. Pokazał mi rzeczy, których nikt nie potrafiłby zrozumieć... może z wyjątkiem Barnaby. Thera była rzeczywiście wulkaniczną łuską, a za jej skalnymi bramami znajdowały się prawdziwe cuda. Dziwne inskrypcje były zaledwie namiastką tego, co znajdowało się głębiej. Pitagoras podarował mi starożytną laskę, która przypominała dzieło sztuki. Kiedy jej dotykałam, odczuwałam to samo, co trzymając w ręku włócznię Leonidasa. Dzięki niej zobaczyłam wiele innych cudownych rzeczy. Ale, jak zwykle, moje szczęście nie mogło trwać zbyt długo i spędziłam w towarzystwie ojca zaledwie kilka dni. Pitagoras chodził z coraz większym trudem, jego oczy straciły swój blask, a oddech stał się płytki. Tłumaczył, że to przeznaczenie, że dzięki lasce zyskał dodatkowe lata życia, a teraz ja miałam ją przejąć. Rano trzeciego dnia pobytu we wnętrzu wzgórza obudziłam się i zobaczyłam, że jego usta zsiniały, z trudem chwytał powietrze. Chciałam mu pomóc i próbowałam oddać mu laskę, ale odmówił, twierdząc, że przyszedł na niego czas. Umarł w mych ramionach. Jak Aleksios.

Spaliłam jego ciało na stosie w przykazany mi sposób i ujrzałam, jak cień Pitagorasa uniósł się z dymem w zaświaty. Potem odkułam ze skały otaczającej tajemne wejście bryłę, która spadła i pogrzebała właz na zawsze. Pitagoras kazał mi przysiąc, że to zrobię. Doskonale wiedziałam, dlaczego mu na tym zależało. Te kilka dni, które spędziłam z nim we wnętrzu jaskini, umocniło mnie w przekonaniu, że – tak jak mawiał Sokrates – nic na tym świecie nie jest takie, jakim się wydaje. A mimo to na wiele pytań nadal nie uzyskałam odpowiedzi i wiele spraw wciąż okrywała tajemnica. Wydając ostatnie tchnienie, Pitagoras powiedział, że jeszcze się spotkamy. To dlatego musiałam wrócić do jaskini Gai.

Kiedy weszłam do głównej komnaty, moje kroki odbijały się echem – dźwięk ten przypominał gołębie zrywające się do lotu. Spojrzałam na znajdujący się na samym środku pomieszczenia wypolerowany kamień, na którym stał postument z czerwonego marmuru. Byłam zupełnie sama. Nie było wokół mnie członków Kultu, nie było też Dejmosa… a raczej Aleksiosa. Serce podeszło mi do gardła, kiedy przypomniałam sobie wszystko, co straciłam. Na postumencie nadal tkwiła pokryta kurzem piramida. Jej widok osłodził mój smutek.

Podeszłam do niej i wziąwszy głęboki wdech, zdmuchnęłam warstwę pyłu, odkrywając złotą powłokę. Jaskinia wypełniła się niskim, głębokim dźwiękiem, który emanował z piramidy, zobaczyłam też, jak przedmiot rozbłyska dziwnym blaskiem.

Zaraz potem usłyszałam:

– Podejdź bliżej.

Serce mi zamarło. Z piramidy dobiegał mnie głos matki… Prawdziwy ojciec wyjawił mi przed śmiercią, że artefakty pozostałe po tych, którzy istnieli przed nami, mają magiczną moc, ale są jednocześnie zdradliwe. Powiedział, że sięgają w nasze wnętrza, wiedzą, kim jesteśmy, co kochamy i czego się boimy. Przestrzegał mnie, że potrafią zmienić nasze serca, uformować dusze i zaćmić umysły. Prosił, bym była ostrożna.

Wyciągnęłam przed siebie dłoń i poczułam bijące od piramidy ciepło.

– Dotknij mnie – nalegał głos.

Zwilżyłam usta i szeroko rozstawiłam nogi, jakbym przygotowywała się do walki, a potem położyłam rękę na gładkiej powierzchni piramidy. Poczułam się tak, jakby wielki głaz uderzył mnie w głowę. Wokół zawirowały białe światła i złote błyski. Rozległ się przeraźliwy śpiew. Coś mnie porwało i mną zatrzęsło, a potem wyżęło niczym mokrą tkaninę. Wydawało mi się, że jakieś ogromne ręce przytwierdzają mnie do ściany i ktoś wykuwa moją duszę niczym kowal uderzający młotem w ostrze miecza. Ta niewidzialna siła próbowała wyrwać ze mnie wszystko, czym byłam… a może nawet mnie zabić. Poczułam, jak w mym gardle wzbiera potężny krzyk.

Potem, wraz z podmuchem mocnego wiatru, ta potworna energia nagle zniknęła tak szybko, jak się pojawiła. Nie odczuwałam już zagrożenia. Znajdowałam się w jakiejś nieznanej rzeczywistości, w której byłam bezkształtnym bytem. To tam usłyszałam kolejny głos:

– Właśnie doświadczyłaś tego, do czego może prowadzić kontakt z tym i jemu podobnymi artefaktami – powiedział Pitagoras.

– Czy to ty, ojcze? – chciałam się upewnić.

– Głos, który cię wcześniej przywoływał, nie był głosem twej matki, ale zapewniam cię, że tym razem jest inaczej. To ja. Powiedziałem ci, że jeszcze będziemy mieć okazję porozmawiać.

– Jak to możliwe? Przecież spaliłam twoje ciało na stosie… – pytałam z niedowierzaniem.

– Charon czeka na mnie na brzegu Styksu. Moja więź z artefaktem to jedyna rzecz, która zatrzymuje moją duszę w świecie żywych, ale nie na długo. Dlatego muszę wyjawić ci prawdę o piramidzie, zanim będzie za późno. Została stworzona przez tych, którzy istnieli przed nami, by mogli zaglądać w przeszłość, teraźniejszość i przyszłość…

– To dlatego Kult otaczał ją taką czcią – powiedziałam, nagle zdając sobie sprawę, że to dzięki artefaktowi mogli sprawować kontrolę i chcieć zaprowadzić porządek.

– Tak naprawdę nigdy nie zrozumieli jej działania – westchnął Pitagoras. – Wiele lat temu grupa ludzi zebrała się, by zaproponować teorię, której wdrożenie, jak twierdzili, mogłoby zapewnić światu stabilność. Byłoby w niej miejsce dla porządku i chaosu, dyscypliny i wolności, kontroli i możliwości wyboru, w równych proporcjach. Jej symbolem mogłaby stać się waga pozostająca w idealnej równowadze.

W łagodnej poświacie ujrzałam owo zgromadzenie z młodszym Pitagorasem na czele. Wyjaśniał coś i przekonywał. Wielu z zebranych kiwało głowami, niektórzy dopytywali lub dyskutowali. Była tam również garstka ludzi stojących na uboczu; szeptali między sobą.

– Niektórzy nie mogli się oprzeć pokusie nieograniczonej władzy i wpadli w pułapkę anarchii… w ten sposób powstał Kult Kosmosu.

Zobaczyłam obrazy zebrań zamaskowanej grupy, słyszałam ich śpiewy i głosy. Knuli podstępne plany skutkujące wojną, niepotrzebną śmiercią tysięcy żołnierzy i cywilów oraz egzekucjami niewinnych ludzi… w tym małego dziecka zrzuconego ze skały…

– Kult nadużył swej władzy i skazał świat Greków na wieczny konflikt – ciągnął głos ojca. – Wojnę, którą ty miałaś zakończyć.

Obrazy nagle zniknęły. Poczułam szybkie bicie serca.

– Ja? A co z Aleksiosem?

– Kult zagarnął go dla siebie i uczynił go swoim narzędziem. W twoich żyłach płynie zarówno krew śmiertelników, jak i cudowny eliksir tych, którzy istnieli przed nami. Ich potomkiem był Leonidas i twoja matka, a także ja. Stąd mój związek z Myrrine. Może będąc ze mną, zdradziła Spartę i Nikolaosa, ale…

– Nie pozwoliła oddać świata w ręce Kultu – dokończyłam za niego.

– W rzeczy samej. Ty, ja, twoja matka i brat jako jedyni mogliśmy w pełni wykorzystać artefakty, dlatego byliśmy przez nich ścigani. Piramida przemawia tylko do potomków istot, które ją stworzyły. Z tego powodu Kult potrzebował Dejmosa nawet wtedy, gdy jego chaotyczna natura wymykała im się spod kontroli.

– Ale Kultu już nie ma. Zniszczyłam ich. To wielki sukces – powiedziałam.

– Chciałbym, aby tak było, Kasandro. Ale porażka Kultu oznacza, że szale wagi przechyliły się zbytnio w jedną ze stron. Świat może się cieszyć harmonią tylko wtedy, gdy panuje w nim równowaga. Musisz to zrozumieć. To jedyna mądrość, którą chcę ci przekazać, zanim odejdę: pokonując Kult, oczyściłaś drogę dla jeszcze gorszego, mroczniejszego zła. Równowaga musi zostać zachowana.

Przeszył mnie lodowaty dreszcz.

– Jak mogę sprawić, by świat wrócił do równowagi? Od czego mam zacząć?

– Odpowiedź kryje się w lasce, którą ode mnie otrzymałaś. W niej jest zaklęty dar czasu. Czas to najwyższa wartość. Z jego pomocą… – nagle urwał i zamilkł.

– Ojcze?

– Nie… spóźniliśmy się – powiedział zdecydowanym głosem. – Ciemna moc już zaczęła się rozrastać.

– Nie rozumiem… – powiedziałam.

– Musisz już iść, Kasandro! – ponaglał.

– Ojcze! – krzyknęłam, ale wizja zniknęła i gdy rozejrzałam się wokół, zobaczyłam tylko pustą jaskinię Gai. Piramida straciła blask i była zupełnie chłodna. Mój przyspieszony oddech uspokoił się i serce zaczęło bić wolniej.

– To była piękna wizja! – w ciemnościach odezwał się nagle kobiecy głos i dopiero teraz zauważyłam, że na drugiej stronie piramidy spoczywa szczupła, blada ręka. Moja skóra ścierpła ze strachu.

– Kim jesteś? – zapytałam.

Tajemnicza postać wyszła z cienia.

– Aspazja? – zdziwiłam się.

– Jesteś zaskoczona?

Nie odpowiedziałam. Stałam tylko w miejscu zupełnie oszołomiona. Wpatrywałam się w nią – w jej piękną twarz i elegancką białą stolę. Dopiero po chwili zobaczyłam, że wystaje spod niej ohydna maska z haczykowatym nosem i złowieszczym uśmiechem. Aspazja zbliżyła się do mnie i wyjęła ją.

– Jak to możliwe? – wyjąkałam.

– Kult nie istnieje, Kasandro – odrzekła, po czym rzuciła maskę na ziemię i zgniotła ją stopą. – Odgrywałam w nim swoją rolę, ale tylko po to, by osiągnąć własne cele.

– Własne, czyli jakie?

– Słyszałaś słowa słynnego Pitagorasa, prawda? Mówił o potrzebie zaprowadzenia nowego porządku.

– Nie wiem, co widziałaś lub słyszałaś, Aspazjo, ale nie o takim ładzie, jak myślisz, mówił mój ojciec. Twierdził, że ani skrajny porządek, ani chaos nie są odpowiedzią na problemy tego świata. Według niego liczy się równowaga.

– Pitagoras nie był wystarczająco silny, by zaprowadzić prawdziwy ład – ciągnęła Aspazja, jak gdyby w ogóle mnie nie słuchała – podobnie jak Kult. Ty okazałaś się cennym sprzymierzeńcem i likwidując bractwo, odsunęłaś ich od uczestnictwa w tej wielkiej rozgrywce.

– Jak mogłaś pozwolić im zabić Peryklesa?

– Powstrzymałabym ich, gdybym mogła – powiedziała beznamiętnie. – Byłaś wtedy z nami i sama widziałaś, co się stało. Dejmos i jego towarzysze zamordowaliby nas wszystkich, gdybym zainterweniowała. Zresztą Perykles chętnie oddałby życie, jeśli miałoby się to przysłużyć unicestwieniu Kultu.

Przez chwilę obie milczałyśmy. Wreszcie, obawiając się jej odpowiedzi, zdobyłam się na pytanie:

– I co teraz?

– Czas na realizację wielkiego marzenia – odrzekła Aspazja.

Nie mogłam oderwać wzroku od jej oczu, które błyszczały niczym kryształki lodu.

– Marzenia o Helladzie jako republice, w której nie będzie już wiecznie skłóconych miast-państw i rywalizujących ideologii. Spory na temat demokracji i oligarchii, związki, odróżniające nas kolory... to wszystko pójdzie w niepamięć. Będzie tylko jedno państwo pod wodzą jednego władcy: króla i filozofa. On mądrze nas wszystkich poprowadzi i sprawi, że w świecie zapanuje ład. Aby tak się stało, potrzeba czasu. Należy się za to zabrać tak, jak do sadzenia nowego lasu, który najlepiej rośnie na spopielonej pożarem ziemi...

– Popiół? Ogień? O czym ty mówisz, Aspazjo? W Helladzie wreszcie zapanował pokój... – powiedziałam.

– Mówisz o tym żałosnym porozumieniu? Dopilnuję, by długo nie potrwało – syknęła. – Tych celów nie da się zrealizować inaczej niż tylko poprzez wojnę.

Jej twarz wykrzywiła się w grymasie przypominającym okrutny uśmiech, po czym Aspazja zniknęła w cieniu jaskini. Instynkt podpowiadał mi, że powinnam pójść za nią, i zrobiłam kilka kroków naprzód, ale nie mogłam jej znaleźć. Z ciemności dotarły do mnie jej ostatnie słowa, które przez chwilę odbijały się echem:

– Marzenie o jedynym, prawdziwym, niczym niezmąconym porządku...

Usłyszałam jeszcze niewyraźne odgłosy oddalających się stóp, a potem zostałam sama. Przez mój umysł przemykały sprzeczne myśli i odczucia. Bardzo chciałam chwycić za przypasaną u boku włócznię Leonidasa i pobiec za Aspazją. Ale cóż by to dało? Gdybym ją zabiła, ściągnęłabym tylko na siebie zemstę jej zapewne doskonale wszędzie ulokowanych popleczników. Po tym wszystkim, co przeszłam i co się wydarzyło, zrozumiałam, że walka wcale się nie skończyła.

To był dopiero jej początek.

Słowniczek

Abaton – komnata dla chorych w sanktuarium Asklepiosa

Adyton – ukryta część greckiej świątyni

Agoge – sposób wychowywania spartańskich chłopców, którzy od siódmego roku życia podlegali wielu niebezpiecznym próbom. Uczono ich wyjątkowego umiłowania ojczyzny i poświęcenia się dla niej. Edukacja trwała do ukończenia przez mężczyzn trzydziestego roku życia, kiedy to osiągali status rodowitego spartiaty.

Andron – główna komnata w greckiej willi, służąca do podejmowania gości

Archont – przywódca

Auloi – spartańskie instrumenty wojenne (piszczałki)

Bakteriya – charakterystyczna laska w kształcie litery T, noszona przez spartańskich dowódców

Enomotia – grupa trzydziestu dwóch spartańskich żołnierzy, często spokrewnionych ze sobą lub pozostających w bliskich relacjach. Podczas wypraw wojennych wspólnie maszerowali, rozbijali obozy i spożywali posiłki.

Eforzy – grupa pięciu spartańskich mężów stanu wybieranych przez obywateli. To oni ogłaszali wojny i decydowali o tym, ile spartańskich oddziałów weźmie w nich udział. Odpowiadali przed nimi także dwaj królowie Sparty.

Eksomis – tunika wkładana na jedno ramię, zwykle noszona przez mężczyzn

Geruzja – spartańska starszyzna

Hetery – otaczane czcią kurtyzany, służki bogini Afrodyty

Himation – męskie odzienie starego typu, odsłaniające klatkę piersiową

Hippeis – spartańska gwardia królewska

Hoplita – przedstawiciel opancerzonej piechoty w starożytnej Grecji.

Keleustes – dowódca wioślarzy na triremie

Khaire! – witaj!

Kothon – naczynie, z którego Spartanie pili tradycyjny czarny rosół (podobny czerninie, czarnej polewce)

Kybernetes – sternik galery

Lochagos – dowódca spartańskiego oddziału zbrojnego (lochosu)

Lochos – Spartański oddział zbrojny. W opisywanych czasach coraz rzadziej spotykany

Malákas! – dupek!

Misthios – najemnik/najemniczka

Pankration – dyscyplina sportowa łącząca boks i zapasy

Peltaści – posługująca się oszczepami lekka piechota, której zadaniem było osłabianie tyłów wroga z obrzeży pola bitwy

Porpax – skórzany lub metalowy uchwyt wewnątrz tarczy, w który wkładało się przedramię, dzięki czemu tarcza stawała się poniekąd częścią ciała wojownika

Skatá! – gówno!

Skiryci – spartański oddział zaciężny, składający się z wolnych, niebędących obywatelami Sparty mieszkańców okolic górskiego pasma Skiritis. Najczęściej odgrywali rolę zwiadowców i pełnili nocną straż, ale wspierali także spartańskich żołnierzy na polu bitwy.

Stola – długa plisowana szata

Strategos – wysoki rangą dowódca armii. Był mianowany na czas wojny i mógł w zastępstwie króla objąć stanowisko głównodowodzącego

Strigil – narzędzie służące do złuszczania skóry po kąpieli

Sympozjarcha – osoba zarządzająca sympozjonem (rodzajem uczty)

Taksiarcha – dowódca oddziału wojskowego (brygady)

Taksiarchia – pułk wojsk ateńskich (najprawdopodobniej wszystkie greckie miasta-państwa używały tej nazwy na określenie oddziału wojskowego)

Trierarcha – kapitan triremy

Lista ważniejszych bohaterów

Aleksios – młodszy brat Kasandry, na mocy przepowiedni wyroczni delfickiej w dzieciństwie strącony w przepaść ze wzgórza Tajgetu. Odkąd trafił do Kultu Kosmosu, znany jako Dejmos.

Alkibiades – sprytny i używający życia podopieczny Peryklesa, najpotężniejszej postaci w Atenach

Antuza – zwierzchniczka heter w koryncklej świątyni Afrodyty

Archidamus – starszy z dwóch królów Sparty

Arysteusz – koryncki strategos

Arystofanes – jeden z najsłynniejszych ateńskich komediopisarzy

Aspazja – genialna myślicielka i doskonała mówczyni. Partnerka rządzącego Atenami Peryklesa. Centralna postać intelektualnej elity Aten

Barnaba – lojalny towarzysz i przyjaciel Kasandry, lubujący się w barwnych opowieściach. Doświadczony żeglarz, okazjonalnie najemnik.

Brazydas – jeden z najlepszych i najodważniejszych spartańskich dowódców. Mąż stanu dążący do zakończenia wojny.

Chryzis – kapłanka Kultu, która wychowała i ukształtowała Dejmosa, by stał się żywą bronią zgromadzenia

Cyklop – rządzący Kefalonią tyran i przestępca

Dejmos – wychowany przez kapłankę Chryzis mistrz i bohater Kultu Kosmosu, ich brutalna żywa broń. Dzięki swym nadprzyrodzonym mocom sieje postrach i przerażenie. W rodzinie znany jako Aleksios.

Diona – członkini Kultu z Kitiry

Dolops – syn Chryzis i kapłan w sanktuarium Asklepiosa

Elpenor – bogaty i wpływowy kupiec z Kirry

Erinna – jedna z heter Antuzy

Euneasz – dowódca wojsk morskich z Naksos

Eurypides – słynny ateński dramatopisarz

Foibe – ateńska sierota przygarnięta przez Kasandrę

Hermippus – dramatopisarz i poeta o mrocznych powiązaniach

Herodot – ojciec historii, kolekcjoner faktów i wydarzeń, kronikarz oraz doskonały gawędziarz, który towarzyszy Kasandrze w jej podróżach

Hipokrates – uważany za ojca współczesnej medycyny

Hyrkanos – działający w Megarze najemnik Ateńczyków

Ikaros – ptak, najwierniejszy towarzysz Kasandry, przygarnięty przez nią jako młode orlątko

Kasandra – zahartowana w bojach i budząca szacunek najemnica

Kleon – żądny władzy, zagorzały rywal Peryklesa, popierający agresywną strategię wojenną

Leonidas – legendarny król Sparty, dziadek Kasandry, znany ze słynnej bitwy pod Termopilami

Lydos – helota i niewolnik królów Sparty

Markos – spekulant z Kefalonii

Monger – prowadzący ciemne interesy członek Kultu, znany z okrucieństwa i tortur

Myrrine – matka Kasandry, Spartanka

Nikolaos – ojciec Kasandry, twardy i nieugięty dowódca zwany Wilkiem, bezwzględnie wierny Sparcie

Wyrocznia delficka – wyrocznia, do której przychodzą zarówno prości obywatele, jak i mężowie stanu. Jej przepowiednie i rady mogą wpływać na losy narodów i zmieniać bieg historii.

Pauzaniasz – młodszy z dwóch królów Sparty

Perykles – demokratycznie wybrany ateński przywódca

Pitagoras – legendarny filozof, myśliciel, ideolog i matematyk

Roksana – jedna z heter Antuzy

Silanos – członek Kultu, który dzięki umiejętnościom prowadzenia walk morskich i odpowiednim koneksjom zdobył władzę na Paros

Sokrates – słynny filozof, stały bywalec w intelektualnych kręgach Aten

Sofokles – znany ateński dramatopisarz

Stentor – adoptowany syn Nikolaosa, oficer spartańskiej armii

Testikles – utalentowany, lecz wiecznie pijany spartański atleta, mistrz pankrationu

Trazymach – ulubiony partner Sokratesa w dyskusjach intelektualnych

Tukidydes – jeden z najważniejszych ateńskich dowódców wojny peloponeskiej i jeden z pierwszych historyków w obiektywny sposób opisujących ten konflikt

Szczególne podziękowania

Yves Guillemot, Laurent Detoc, Alain Corre, Geoffroy Sardin, Yannis Mallat, Thierry Dansereau, Jonathan Dumont, Melissa MacCoubrey, Susan Patrick, Stéphanie-Anne Ruatta, Etienne Allonier, Elena Rhodes, Aymar Azaïzia, Anouk Bachman, Antoine Ceszynski, Maxime Durand, Sarah Buzby, Clémence Deleuze, Julien Fabre, Caroline Lamache, Anthony Marcantonio, François Tallec, Salambo Vende, Elsa Fournier, Virginie Gringarten, Marc Muraccini, Cécile Russeil, Michael Beadle, Dominic DiSanti, Kimberly Kaspar, Heather Haefner, Joanie Simms, Aaron Dean, Tom Curtis, Annette Dana, Grace Orlady, Stephanie Pecaoco, Sain-Sain Thao, Giancarlo Varanini, Morgane Frommherz, Valentin Hopfner, Valentin Meyer, Aline Piner, Clement Prevosto, Trevor Horwood, Joel Richardson, Elizabeth Cockeram, Thomas Colgan, Miranda Hill…

Przyjmijcie, proszę, moje serdeczne wyrazy wdzięczności.